KB092365

마음에 이는 물결

THE WAVE IN THE MIND:

Talks and Essays on the Writer, the Reader, and the Imagination by Ursula K. Le Guin

Copyright ⓒ 2004 by Ursula K. Le Guin

All rights reserved.

This Korean edition was published by Hyundae Munhak Publishing Co., Ltd. in 2023 by arrangement with Ursula K. Le Guin Literary Trust c/o Curtis Brown Ltd. through KCC (Korea Copyright Center Inc.), Seoul.

이 책의 한국어판 저작권은 (주)한국저작권센터(KCC)를 통한 저작권자와의 독점계약으로 (주)현대문학에 있습니다. 저작권법에 의해 한국 내에서 보호를 받는 저작물이므로 무단 전재 와 복제를 금합니다.

# 마음에 이는 물결

— 작가, 독자, 상상력에 대하여

**어슐러 K. 르 귄**
URSULA K. LE GUIN

김승욱 옮김

**H**

버지니아 키드를 애정으로 기억하며

딱 맞는 단어에 대한 당신의 생각은 틀렸습니다. 문체는 아주 간단한 문제예요. 리듬이 가장 중요하죠. 이걸 알고 나면 엉뚱한 단어를 쓰기가 불가능해집니다. 오전이 절반쯤 지난 지금 내 머리에는 갖가지 아이디어와 비전 등등이 빽빽하게 차 있지만, 나는 그것들을 덜어낼 수 없습니다. 올바른 리듬을 찾지 못해서. 이건 매우 심오한 문제예요. 리듬이 무엇인가 하는 문제. 단어보다 훨씬 더 깊습니다. 어떤 광경, 감정이 마음속에 이렇게 물결을 일으킵니다. 그리고 한참 지난 뒤에야 거기에 단어를 맞춥니다. 글을 쓸 때 우리는 이것을 다시 포착해서(이것이 현재 나의 믿음입니다) 작동하게 만들어야 합니다(단어와는 아무런 상관이 없는 듯합니다). 그리고 나면 그것이 마음속에서 깨어지고 구르면서 단어를 자신에게 맞추죠. 하지만 내년이면 내 생각은 틀림없이 달라져 있을 것 같네요.

—버지니아 울프
비타 색빌웨스트에게 쓴 편지
1926년 3월 16일

# 차례

일러두기

1. 원주 표시가 없는 본문의 각주는 모두 옮긴이 주이다.
2. 본문의 고딕체는 원서에서 이탤릭체로 강조된 것이다.

개인적인 문제들

# 나를 소개하기

공연용 작품으로 1990년대 초에 쓴 글. 두어 번 공연되었으며, 이 책에 수록하기 위해 조금 손을 보았다.

나는 남자다. 여러분은 내가 젠더에 대해 멍청한 실수를 저질렀거나 여러분을 속이려 하는 건지도 모른다고 생각할 것이다. 성姓을 제외한 내 이름이 'a'로 끝나고, 나는 브래지어 세 개를 갖고 있으며, 다섯 번 임신한 적이 있기 때문이다. 그 밖에도 어쩌면 여러분이 눈치챘을지도 모르는 세세한 특징들이 있다. 하지만 세세한 부분들은 중요하지 않다. 정치인에게서 배울 점이 있다면, 바로 세세한 부분들은 중요하지 않다는 교훈이다. 나는 남자다. 여러분이 이것을 사실로 받아들여 믿어주길 바란다. 내가 오랫동안 그런 것처럼.

메디아와 페르시아가 전쟁하던 내 어린 시절과 백년전쟁 직후의 대학 시절과 한국전쟁, 냉전, 베트남전쟁을 겪으며 내 아이들을 키우던 시절에는 여자가 전혀 없었다. 여자는 아주 최근에 새로 만들어진 존재다. 나는 여자가 만들어지기 수십 년 전에 생겨났다. 뭐, 현학적으로 꼭 정확한 서술을 원한다면, 여자는 아주 다양한 지역에서 여러 차례 만들어졌다고 할 수 있다. 하지만 여자를 만들어낸 사람들은 그 제품을 어떻게 팔아야 할지 알지 못했다. 그들의 유통 기법은 초보적이었고 시장조사는 아예 없었으므로 여자라는 개념은 전혀 뜨지 못했다. 설사 천재가 배후에 있더라도 새로운 발명품은 반드시 시장을 찾아내야 한다. 그런데 여자라는 개념은 오랫동안 기본적인 수준에도 도달하지 못한 것 같다. 오스틴이나 브론테 같은 모델들은 너무 복잡했고, 여성 참정권 운동에 사람들은 그저 웃음만 터뜨렸으며, 울프는 자신의 시대를 너무나 앞서 있었다.

그래서 내가 태어났을 때 세상에는 사실 남자뿐이었다. 사람은 곧 남자였다. 대명사는 남자의 것 하나뿐이었다. 그러니 나도 남자다. 나는 일반적인 대명사로 '그'가 된다. 그러니 나는 남자다.

아마 일류급 남자는 아닐 것이다. 사실 내가 이류급 남자이거나 남자의 모방품, '남자를 흉내 내는 자'일 수 있다고 얼마든지 인정할 수 있다. 진짜 남자와 나를 비교하는 것은 잘 구운 치누크 연어와 전자레인지에 돌린 피시핑거*를 비교하는 것과 같다. 내 말은, 그러니까, 내가 씨를 뿌릴 수 있겠는

---

* 생선살을 막대 모양으로 잘라 튀긴 냉동식품.

가? 보헤미안 클럽*에 들어갈 수 있겠는가? 제너럴모터스를
경영할 수 있겠는가? 이론적으로야 가능하지만, 이론만 따지
다가 어떻게 되는지는 우리 모두 잘 안다. 래드클리프 여대
출신 여자가 하버드 대학 총장이 되는 날 나를 깨워서 말해주
겠는가? 아니, 그럴 필요는 없을 것이다. 이제 래드클리프 여
대는 존재하지 않으니까.** 그 대학은 불필요해져서 사라졌
다. 하기야 나는 눈밭에 소변으로 내 이름을 쓰지 못한다. 설
사 성공하더라도 엄청 애를 써야 할 것이다. 나는 아내와 자
식들과 이웃을 쏜 뒤 나 자신까지 쏘는 일을 하지 못한다. 솔
직히 나는 운전도 못한다. 면허를 딴 적이 없다. 겁이 나서 뒤
로 물러났다. 그래서 버스를 타고 다닌다. 끔찍하다. 내가 사
실 남자의 아주 한심한 모방품 또는 대용품임을 인정한다. 옛
날에 유행하던, 탄약 주머니가 달린 일반 판매 군복을 입은
모습을 보았다면 여러분도 무슨 말인지 알았을 것이다. 나는
마치 베갯잇을 뒤집어쓴 암탉 같았다. 내 생김새가 틀려먹었
다. 사람은 모름지기 날씬해야 한다. 아무리 말라도 지나치지
않다. 모두 그렇게 말한다. 특히 거식증 환자들이. 사람은 모
름지기 날씬하고 단단해야 한다. 남자들이 보통 그렇게 날씬
하고 단단하기 때문이다. 어쨌든 처음에는 많은 남자들이 그
렇다. 심지어 그 상태를 계속 유지하는 남자들도 있다. 남자

---

\*     미국 최고의 엘리트 남성으로만 이루어진 폐쇄적인 사교 모임.
\*\*   1999년 하버드 대학과 완전히 통합되었다.

는 사람이고 사람은 남자다. 이건 아주 분명하게 확립되어 있다. 그래서 사람들, 진짜 사람들, 올바른 종류의 사람들은 날씬하다. 하지만 나는 사람이 되는 솜씨가 영 형편없다. 전혀 날씬하지 않고 땅딸막한 편인 데다가, 실제로 지방이 뭉친 부위들이 있기 때문이다. 나는 단단하지 않다. 사람은 또한 강인해야 한다. 강한 것은 좋은 것이다. 하지만 나는 강했던 적이 없다. 부드럽고 연한 편이다. 좋은 스테이크처럼. 치누크 연어처럼. 날씬하고 강하지는 않지만 맛이 아주 풍부하고 연하다. 하지만 연어는 사람이 아니다. 어쨌든 얼마 전부터 우리가 듣기로는 그렇다. 이 세상에 사람은 한 종류밖에 없으며, 남자가 바로 그런 사람이라는 말을 줄곧 들었다. 우리 모두 그걸 믿는다는 점이 아주 중요한 것 같다. 남자들에게는 확실히 중요하다.

요약하자면 내가 전혀 남자답지 않다는 뜻이 되는 것 같다. 어니스트 헤밍웨이는 남자다웠다. 수염과 총과 여러 아내와 짧은 문장. 나도 노력은 한다. 내 턱에도 아홉 가닥이나 열 가닥쯤 계속 자라는 털 같은 것이 있다. 어떤 때는 그보다 더 많은 가닥이 자라기도 한다. 하지만 나는 그 털을 어떻게 하는가? 뽑아버린다. 남자라면 그렇게 할까? 남자는 뽑지 않는다. 면도할 뿐이다. 어쨌든 백인 남자들은 털이 많아서 그렇게 한다. 솔직히 나는 남자가 될지 말지보다 백인이 될지 말지에 대해 더 선택의 여지가 없다. 내가 백인으로 살아가는 것을 좋아하든 싫어하든 나는 백인이다. 의사들도 어떻게 손을 써주지 못한다. 하지만 나는 백인처럼 굴지 않으려고 주어진 상황에서 최선을 다하고 있는 것 같다. 면도를 하지 않고 털을 뽑으니까. 하지만 이건 무의미하다. 내게 이렇다 할 진짜 수염이 없기 때문이다. 총도 없고 아내도 없다. 내 문장은 온갖 구문을 품고 자꾸만 길게 늘어진다. 어니스트 헤밍웨이라면 구문을 품느니 차라리 죽었을 것이다. 세미콜론도 마찬가지다. 나는 한심한 세미콜론을 아주 많이 사용한다; 지금 여기에도 썼다; 연달아서.

다른 점이 하나 더 있다. 어니스트 헤밍웨이라면 늙어가느니 차라리 죽었을 것이다. 실제로 그렇게 했다. 스스로 총을 쏘아서. 짧은 문장sentence. 긴 문장만 아니면 무엇이든. 종신형life sentence만 아니면. 사형선고death sentence는 짧고 아주, 아주 남자답다. 종신형은 그렇지 않다. 구문과 수식 어구와 헷갈리는 참조 자료와 노화를 가득 품고 한없이 길게 늘어진다. 그러고 보니 내가 남자로서 얼마나 엉망인지를 보여주는 진짜 증거가 하나 더 있다. 내가 심지어 젊지도 않다는 점. 사람들이 마침내 여자라는 개념을 만들어내기 시작한 무렵에 나는 늙기 시작했다. 나는 바로 거기에 뛰어들었다. 파렴치하게. 늙어가는 나를 방치하고, 총으로든 무엇으로든 전혀 조치를 취하지 않았다.

이게 무슨 뜻이냐면, 내게 진짜로 스스로를 존중하는 마음이 조금이라도 있었다면 최소한 얼굴 리프팅이나 지방 흡입술 정도는 받지 않았을까? 비록 내 귀에 지방 흡입술이라는 말은 텔레비전에 나오는 사람들이 늙었을 때가 아니라 젊었을 때나 젊은 듯할 때 많이 하는 일, 한 사람은 남자고 다른 사람은 여자일 때 하는 일처럼 들리지만 말이다. 다른 조건일 때는 그런 일을 전혀 하지 않는다. 젊거나 젊은 듯한 이 남녀는 서로를 끌어안고 손으로 서로의 몸을 쓸다가 지방 흡입술을 한다. 우리는 그들의 그 모습을 지켜보아야 한다. 그들은 고개를 내두르고, 상대의 입과 코에 자신의 입과 코를 납작하게 붙이고, 다양한 방식으로 입을 벌린다. 그러면 우리는 그런 광경을 보면서 뜨거워지거나 축축해지거나 하여튼 그런 감정을 느껴야 한다. 하지만 나는 지금 두 사람이 지방 흡입술을 하는 걸 보고 있는데, 이래서 사람들이 마침내 여자를 만들어낸 건가? 하는 기분이 든다. 그건 아니겠지.

사실 나는 구경할 수 있는 스포츠 중에서 섹스가 가장 지루하다고 생각한다. 심지어 야구보다 지루하다. 만약 내가 스포츠를 직접 하지는 않고 구경만 해야 하는 입장이라면, 승마 장애물 뛰어넘기를 택할 것이다. 말은 정말 잘생겼다. 말을 타는 사람들은 대부분 일종의 나치주의자인데, 모든 나치주의자가 그렇듯이 그들은 자기가 타고 있는 말만큼 힘이 좋고 잘나갈 뿐이다. 게다가 가로대가 다섯 개인 게이트를 뛰어넘을 것인지, 아니면 그 앞에서 우뚝 멈춰 서서 나치를 바닥에 떨어뜨릴 것인지 결정하는 것은 결국 말이다. 대부분의 말이 자신에게 그런 선택권이 있다는 사실을 기억하지 못할 뿐이다. 말은 머리가 엄청나게 좋은 동물이 아니다. 어쨌든 승마 장애물 뛰어넘기와 섹스에는 공통점이 아주 많지만, 미국 텔레비전에서 볼 수 있는 것은 장애물 뛰어넘기뿐이다. 그것도 캐나다 채널을 잡을 수 있는 경우에만. 섹스는 그렇지 않다. 비록 내게 선택권이 있다는 사실을 자주 잊어버리긴 해도, 어쨌든 내 선택권을 감안할 때 나는 확실히 **구경하는** 쪽은 장애물 뛰어넘기, **직접 하는** 쪽은 섹스를 택할 것이다. 이 둘의 자리를 교환할 생각은 전혀 없다. 어차피 나는 이제 장애물 뛰어넘기를 하기에는 나이가 너무 많다. 섹스에 대해서는, 누가 알까? 나는 알지만 여러분은 모른다.

　물론 요즘 황금 노년을 즐기는 사람들은 가로대가 다섯 개인 게이트를 뛰어넘는 말처럼 이 침대에서 저 침대로 통통 뛰어다닌다고 한다. 하지만 일흔 살에 즐기는 슈퍼 섹스 어쩌고 하는 이야기는 대부분 가설에 불과한 것 같다. 제너럴모터스의 여자 CEO나 하버드의 여자 총장 이야기와 같다. 가설은 주로 40대 사람들, 즉 걱정하는 남자들을 안심시키기 위해 만들어진다. 예전에 우리에게 카를 마르크스가 있었던 이유, 지금 우리에게 아직 경제학자가 있는 이유도 같다. 하지만 카를 마르크스는 이제 사라진 것 같다. 그런 이유로 가설은 훌륭하다. 현실, 그러니까 마르크스주의자들이 X를 좋아해서 프락시스praxis*라고 부르던 것에 대해서는 여러분이 예순 살이나 일흔 살이 될 때까지 기다렸다가 내게 여러분의 섹스 현실,

---

*　뭔가를 하는 방식을 뜻하는 철학 용어.

즉 프락시스를 말해주면 될 것이다. 여러분이 원한다면. 하지만 나는 그 이야기에 귀를 기울이겠다는 약속은 하지 않는다. 만약 내가 귀를 기울이더라도 십중팔구 극도로 지루해져서 텔레비전을 켜고 장애물 뛰어넘기 방송을 찾아볼 것이다. 어쨌든 나의 섹스 현실 즉 프락시스에 대해 여러분이 한마디라도 들을 수는 없을 것이다. 지금이든 언제든.

하지만 그런 건 다 차치하고, 지금 나는 노인이 되었다. 이 글을 쓸 때 나는 예순 살이었다. 예이츠의 말처럼 "예순 살의 미소 짓는 공인公人". 하기야 예이츠는 남자였다. 이제 나는 일흔 살이 넘었다. 이건 모두 내 잘못이다. 사람들이 여자를 만들어내기 전에 태어나, 수십 년 동안 훌륭한 남자가 되려고 열심히 노력한 탓에 젊음을 유지하는 법을 몽땅 잊어버렸다. 그래서 나는 젊음을 유지하지 못했다. 나의 시제가 뒤죽박죽이다. 조금 전까지만 해도 젊다가 갑자기 예순 살이 되고 어쩌면 여든 살이 될지도 모른다. 그다음은?

별것 없다.

진짜 남자라면 틀림없이 어떻게든 할 수 있었을 것이라는 생각이 자꾸 든다. 총은 아니더라도, 화장품보다는 더 효과적인 어떤 것. 하지만 나는 실패했다. 아무것도 하지 않았다. 젊음을 유지하는 데 완전히 실패했다. 내가 열심히 노력했던 것을 모두 되돌아본다. 나는 정말로 노력했다. 남자가 되려고, 훌륭한 남자가 되려고 열심히 노력했다. 내가 어떻게 실패한 건지 알겠다. 나는 기껏해야 형편없는 남자다. 열

가닥짜리 수염과 세미콜론을 지닌 가짜 모조품 이류 남자. 이게 어디에 쓸모가 있을지 궁금하다. 가끔은 모든 걸 그냥 포기하는 게 낫겠다 싶기도 하다. 가끔은 나의 선택권을 행사해서 게이트 앞에 우뚝 걸음을 멈추고 나치주의자를 머리부터 떨어지게 하는 편이 낫겠다 싶다. 내가 남자인 척하는 데에도 젊음을 유지하는 데에도 재주가 없다면, 그냥 늙은 여자인 척하는 편이 나을지도 모른다. 누가 늙은 여자를 만들어낸 적이 있는지는 아직 잘 모르겠다. 하지만 한번 시도해볼 가치는 있을 것 같다.

# 화강암 취급

　　가끔 나는 화강암 취급을 당한다. 누구나 가끔 화강암 취급을 당하지만 나는 지금 모두에게 너그러워질 수 있는 기분이 아니다. 나한테 너그러워지고 싶은 기분이다. 나는 아주 자주 화강암 취급을 당하는데, 그게 영 마음에 걸린다. 나는 화강암이 아니니까. 내가 무엇인지는 잘 모르겠지만, 화강암이 아니라는 건 안다. 나는 화강암 유형들을 몇 가지 알고 있다. 누구나 안다. 돌 같은 성격, 꼿꼿함, 움직이지 않음, 변하지 않음, 로키산맥만큼이나 크고 단단한 의견. 거기에 연한 미소 한 자락을 새겨 넣으려면 5년 동안 돌을 깎아야 한다. 그건 괜찮다. 훌륭하다. 하지만 나와는 아무런 상관이 없다. 꼿꼿함은 좋다. 하지만 내가 있는 곳은 곳곳하다. 아니, 꼿꼿하다.

나는 화강암이 아니니까 화강암 취급을 당하면 안 된다. 나는 부싯돌도 다이아몬드도 아니다. 그렇게 크고 딱딱한 물건이 아니다. 만약 내가 돌이라면, 사암이나 사문석처럼 잘 부서지고 조악한 돌이다. 어쩌면 편암일 수도 있다. 아니, 아예 돌이 아니라 찰흙이거나, 찰흙도 되지 못한 진흙일 수도 있다. 나를 화강암으로 취급하는 사람들이 가끔 한 번씩이라도 나를 진흙으로 취급해주면 좋겠다.

진흙과 화강암은 아주 다르니까 서로 다른 취급을 받아야 마땅하다. 진흙은 축축하고 무겁고 질척질척하며 창조적이다. 진흙은 발밑에 있다. 사람들이 진흙에 발자국을 찍는다. 진흙으로서 나는 발을 받아들인다. 무게를 받아들인다. 그 무게를 지탱하려 하고, 친절하게 구는 것을 좋아한다. 나를 화강암 취급하는 사람들은 그렇지 않다고 말하지만 그들은 자기 발이 어디를 딛는지 본 적이 없다. 그래서 집이 온통 더럽고 사방에 자국이 나 있다.

화강암은 발자국을 받아들이지 않는다. 거부한다. 화강암은 뾰족한 산봉우리를 만들고, 사람들은 서로의 몸을 밧줄로 묶고 신발에 뾰족한 핀을 붙인 뒤 엄청난 노력과 돈을 들여 위험을 무릅쓰고 그 산봉우리를 오른다. 어쩌면 대단한 스릴을 경험할지도 모르지만, 화강암은 그런 것을 느끼지 않는다. 아무 결과도 없고, 바뀐 것도 전혀 없다.

거대하고 무거운 것이 와서 화강암 위에 서면, 화강암은 그냥 가만히 있다. 반응하지도 않고, 뒤로 물러나지도 않고,

적응하지도 않고, 호의를 보이지도 않는다. 그 거대하고 무거운 것이 다른 곳으로 가버린 뒤에도 화강암은 예전과 똑같은 모습으로 그냥 거기에 있을 뿐이다. 너무 똑같아서 감탄이 나온다. 화강암을 변화시키려면 폭파해야 한다.

하지만 사람들이 내 위를 걸어 다닐 때는 정확히 어디에 발이 놓이는지 볼 수 있다. 거대하고 무거운 것이 와서 내 위에 서면 나는 자리를 양보하고 반응하고 뒤로 물러나고 적응하고 받아들인다. 폭발물을 동원할 필요가 없다. 감탄도 필요하지 않다. 나는 나만의 본성에 충실하다. 화강암과 마찬가지다. 심지어 다이아몬드도 그렇다. 하지만 내 본성은 단단하거나 꼿꼿하거나 보석 같지 않다. 나를 정으로 쪼아낼 수는 없다. 내게는 깊은 자국이 남는다. 질퍽질퍽해서.

서로의 몸을 밧줄로 묶는 사람들과 거대하고 무거운 것들은 그렇게 잘 변형돼서 불확실한 바닥에 화를 낼지도 모른다. 마음이 불안해지기 때문이다. 어쩌면 그들은 진흙 안으로 빨려 들어갈까 봐 두려워할지도 모른다. 하지만 나는 빨아들이는 데에 관심이 없고 배가 고프지도 않다. 나는 그냥 진흙일 뿐이다. 상대에게 자리를 비워준다. 친절하게 대하려고 노력한다. 그래서 사람들과 그 거대하고 무거운 것들은 전혀 변하지 않은 모습으로 그 자리를 떠난다. 그냥 발에 진흙이 묻었을 뿐이다. 하지만 나는 달라져 있다. 여전히 이 자리에 있고 여전히 진흙이지만, 발자국과 깊고 깊은 구멍과 걸어간 자국과 흔적과 변화가 사방에 가득하다. 나는 달라졌다. 당신이 나를 변화시킨다. 나를 화강암으로 취급하지 말라.*

# 인디언 삼촌들

어슐러 크로버 르 귄 씀

1991년 11월 4일 버클리 캘리포니아 대학 인류학과 명예교수 강연에서 발언했던 원고 중에서. 2001년 11월 16일 이 학과 100주년을 기념해 글을 고쳐 썼다.

나의 배경과 내가 언급한 모든 사람에 대해 잘 아는 사람들 (개중에는 내 배경에 대해 나보다 더 잘 아는 사람도 있었을 것이다)이 청중이었으므로 당시 나는 아무런 설명도 하지 않았다. 따라서 몇 가지 설명이 필요하다.

내 아버지 앨프리드 L. 크로버가 1901년에 버클리 캘리포니아 대학에 인류학과를 개설하고 1947년 퇴직할 때까지 교단에 섰다. 아버지는 내 어머니 시어도라 크래코 브라운과 1925년에 결혼했다. 우리 집은 버클리의 캠퍼스 근처였다.

1911년에 '야생의' 인디언이 캘리포니아 북부의 작은 도시에 나타났다. 그는 그 지역에 아직 남아 있던 인디언들도 모르는 언어를 사용했으며, 얼마 남지 않은 부족 사람들과 함께 백인을 피해 평생 숨어 산 것 같았다. 대학의 언어학 교수인 T. T. 워터먼이 그와 조금 이야기를 나눌 수 있었다. 워터먼은 당시 샌프란시스코에 있던 인류학 박물관으로 그를 데려갔다. 그는 그때부터 그곳에 살면서 이 새로운 세상의 방식을 배우고, 자신이 잃어버린 세상의 방식을 박물관 관람객들과 과학자들에게 가르쳤다. 그의 부족은 다른 사람들이 부를 수 있는 이름을 정하지 않았으므로, 그는 '이시'라고 불렸다. 그가 사용하는 야히 언어로 '남자'라는 뜻이다. 다음에 이어지는 글에서 나는 내 어머니가 이시의 전기를 쓰게 된 과정을 설명했다. 어머니의 책은 『두 세상의 이시』와 『부족 최후의 인간 이시』다. 내 생각에는 우리가 서부를 어떻게 손에 넣었으며 미국인이 어떤 사람인지 잘 안다고 생각하는 사람, 또는 그런 지식을 배우고 싶어 하는 사람이 이시의 이야기를 반드시 읽어야 할 것 같다.

아주, 아주 많은 사람들이 열렬한 기대에 차서 내게 물었다. "이시와 아는 사이라서 좋지 않았어요?"

　나는 매번 어이가 없다. 내가 태어나기 13년 전에 이시가 죽었다는 말로 그들을 실망시키는 수밖에 없다. 내 기억에 나는 심지어 50대 후반이 되어서야 그의 이름을 처음 들었다. 이시의 전기가 그때 처음으로 우리 가족들 사이에서 화제가 되더니, 어머니가 그 뒤로 여러 해 동안 줄곧 그 작업에 몰두하셨다.

　하지만 내 기억에 아버지는 이시에 대해 말씀하신 적이 없다. 아버지는 과거에 대해 거의 말하지 않았다. 과거를 회상하지 않았다. 어머니와 스무 살이나 차이가 나서 할아버지 같은 아버지였으니 옛날이 좋았다며 지루한 얘기를 수다스럽게 늘어놓는 노인이 되지 않겠다고 굳게 결심하신 건지도 모른다. 하지만 기질적으로도 아버지는 과거가 아니라 현재를 사셨다. 여든네 살에 돌아가실 때까지 줄곧. 아버지가 과거를 많이 회상하셨다면 좋을 텐데. 흥미로운 곳에서 흥미로운 일들을 많이 하셨고, 이야기 솜씨도 뛰어나셨기 때문이다. 하지만 아버지에게서 과거의 이야기를 끌어내는 것은 마치 있지도 않은 이를 뽑는 것과 같았다. 아버지가 1906년 샌프란시스코 화재 때 있었던 일을 우리한테 이야기해주신 적이 있기는 하다(어머니가 쓰신 아버지 전기에 나온다). 아버지가 회상에 잠겨 있을 때, 나는 지진과 그 이후에 어떤 기분이었느냐고 아버지에게 물었다. 아버지는 파이프 담배에 불을 붙이려고 계속 성냥을 켜서 작은 성냥 더미를 만들더니 마침내 이렇게 말했다. "들떴지."

아버지가 네-아니요라는 대답밖에 모르는 사람이라는 뜻은 아니다. 아버지는 대화 솜씨가 아주 좋은 사람이었지만 당면한 그 순간에 벌어지는 일들에 워낙 관심이 많아서 과거를 잘 돌아보지 않았다. 나는 아버지의 첫 번째 아내인 샌프란시스코의 헨리에타 로스차일드에 대해 좀 알고 싶었지만 아버지에게 어떻게 여쭤보아야 할지 알 수 없었다. 아버지도 어떻게 대답할지 알지 못했다. 아니면 가슴속에 묻어둔 과거의 슬픔이 너무 커서 그것을 꺼내 보여줄 생각이 없었던 것일 수도 있다. 슬픔도 점잖아야 할 때가 있는데, 아버지는 점잖은 사람이셨다.

아버지가 이시에 대해 이야기하지 않은 이유도 그것인지 모른다. 과거의 슬픔, 과거의 고통이 너무 크고 여전히 날카로워서. 사이코드라마를 만드는 사람들이 싸구려 마술처럼 꺼내서 보여주는 싸구려 죄책감은 아니다. 정서적으로 자라다 만 과학자가 고결한 야만인을 이용하는 패턴, 그러니까 트레브스 박사와 엘리펀트맨 같은 일이 크로버 박사와 이시 사이에서 일어나지는 않았다. 우리 모두 알다시피, 그리고 크로버 박사도 알았듯이, 그런 사례가 세상에 존재하기는 하지만 이시의 경우는 아니었다. 어쩌면 정반대였던 것 같기도 하다.

관찰자가 주관성에서 철저히 자유로울 때에만 객관적인

관찰이 가능하다는 생각에는 비인간적인 순수성을 이상으로 보는 태도가 관련되어 있다. 그 이상을 실현하기란 다행히도 불가능하다는 사실을 이제 우리는 인정하고 있다. 그러나 객관성을 실현하려 애쓰는 주관적인 사람의 딜레마는 여전하며, 특히 인류학자에게 가장 심각하고 고통스러운 형태로 나타난다. 관찰자와 관찰 대상이 모두 인간일 때 그 두 사람의 관계가 바로 문제다. 사람에 대한 글을 쓰는 사람인 소설가도 똑같은 도덕적인 문제, 즉 상대를 이용하고 착취한다는 문제를 안고 있으나 그렇게까지 적나라한 형태로 그 문제와 직면하는 경우는 드물다. 그 문제를 다루기가 몹시 힘들다는 사실을 솔직히 인정하는 모든 과학자의 용기에 나는 경탄할 뿐이다.

멋모르는 외부인의 시각에서 보면, 프란츠 보아스*를 따르는 사람들은 대부분 그 점에 대해 상당히 엄격한 태도를 갖고 있는 듯하다. 나는 아버지가 아마추어든 전문가든 인디언들에게 정서적으로 또는 영적으로 동질감을 느낀다고 주장하는 백인들을 불신했음을 알고 있다. 아버지는 그런 주장에 감상적인 기원이 들어 있다고 보았다. 아버지에게 **토착민처럼 행동하다**라는 말은 마뜩잖다는 뜻의 표현이었다. 아버지와 인디언들의 우정은 문자 그대로 우정이었다. 개인적인 호감과 존중을 바탕으로 협동을 하면서 시작된 그 우정에는 누

---

\*     독일계 미국인 인류학자(1858~1942). 미국 인류학의 시조로 꼽힌다.

가 누구에게 은혜를 베푸는 척하는 태도도 없고 자신의 소망을 실현하려는 태도도 없었다.

비극적으로 혼자가 되었다는 점에서 상상하기 어려울 만큼 약한 면을 갖고 있던 이시는 필연적으로 누군가에게 의존할 수밖에 없었지만, 그래도 강하고 너그럽고 정신이 맑고 애정을 베풀 줄 알았다. 어느 모로 보나 훌륭한 사람이었던 그에게 아버지와의 우정은 틀림없이 보기 드물게 복잡하고 강렬했을 것이다.

아버지는 객관적인 학문 연구라는 이상에 의식적으로 일관되게 충실했으나, 뉴욕에서 이시의 시신 부검을 막으려고 메시지를 보낸 것은 개인적인 슬픔과 의리라는 열정에서 우러난 행동이었다. "적어도 지금 내게는 학문 따위 어찌 되든 상관없다고 그들에게 전해주세요. 우리는 친구를 지키고 싶습니다."

아버지의 메시지는 너무 늦게 도착했다. 한 인류학자는, 만약 아버지가 그 일을 막고 싶다는 생각이 그토록 강했다면 왜 직접 비행기를 타고 서부로 날아와 조치를 취하지 않았는지 모르겠다고 말한 적이 있다. 인류학자라면 1916년에는 비행기가 그렇게 많지 않았다는 사실을 알 법도 한데. 아버지가 시신 모독을 막으려고 동원할 수 있는 수단은 전보뿐이었다.

그 뒤로 시신이 여기저기로 나눠지게 된 무서운 정황에 대해서는 내가 아는 것이 별로 없다. 옛날에 왕들과 황제들이 머리는 빈에, 심장은 합스부르크에, 다른 부위들은 제국 내의 또 다른 지역에 묻히는 식으로 조각조각 나뉘어 묻힌 것이 생각난다. 성자들도 마찬가지다. 팔 한 짝은 여기, 손가락 하나는 저기, 발가락 하나는 성물함에…… 시신을 잘라서 그 조각 하나를 가까이에 보관해두는 것이 유럽인의 눈에는 존경의 표시로 보이는 모양이다. 하지만 우리 미국인들의 문화적 상대주의로는 그것을 받아들이기가 확실히 힘들다. 이 문제의 해결은 인류학자인 여러분에게 맡겨두겠다.

크로버 박사는 패배를 인정하고 할 일을 하는 데 몰두했다. 아버지의 침묵은 무심함이 아니었을 것이다. 원하지 않게 공범이 된 것에 말문이 막히고, 슬픔 때문에 멍해진 탓이었을 것이다. 아버지는 친구를 잃었다. 자신이 사랑하던 사람, 자신이 책임져야 했던 사람을 잃었다. 몇 년 전 아내를 데려간 바로 그 병, '백인의 병'이라던 결핵 때문에. 아버지는 부족의 마지막 생존자들과 일한 적이 많았다. 그 과정에서 어떤 식으로든 아버지의 사람들과 백인의 병이 그들을 죽음으로 이끌었다. 아버지가 침묵한 것은 아버지 자신도 아버지의 학문도 이 사실을 묘사할 길이 없었기 때문이다. 올바른 표현을 찾지 못하는 상황에서 틀린 표현을 사용할 수는 없었다.

이시가 세상을 떠나고 얼마 되지 않아 아버지는 인류학과에 휴가를 내고 정신분석을 받은 뒤 몇 년 동안 분석을 시행했다. 하지만 프로이트 역시 아버지에게 필요한 표현을 갖고 있었을 것 같지는 않다. 세월이 흐르면서 아버지의 연구와 집필 범위는 점점 넓어졌지만, 말년에 아버지는 캘리포니아 민족학으로 되돌아와 오랫동안 축적된 전문 지식을 이용해서 캘리포니아의 여러 부족들이 미국 정부를 상대로 제기한 소송을 도왔다. 그들은 정부에 자기 땅의 보상과 복원을 요구했다. 아버지는 연방법원에 나가 증언하는 데 몇 달을 쏟았다. 여러 차례 차로 아버지를 법원까지 모셔다드린 우리 오빠 테드는 재판관이 가끔 아버지에게 쉬면서 하시라고 권했던 것, 아버지가 참을성을 발휘하면서도 어떻게든 일을 끝마치려고 단호히 서둘렀던 것을 기억하고 있다.

아버지는 이시에 대해 최소한의 글만 썼다. 누가 이시에 대해 물으면 대답은 해주었다. 누가 이시의 전기를 써보라고 권하면 거절했다. 로버트 하이저는 그 일을 우리 어머니에게 제안하는, 놀라운 임기응변을 보여주었다. 어머니는 이시와 아는 사이도 아니었고, 그의 친구였던 적도 없고, 인류학자도 아니고, 남자도 아니지만, 반드시 올바른 표현을 찾아낼 수 있을 것이라고 믿을 수 있는 사람이었다.

10년 전 내가 앨프리드 크로버의 어린 증손녀와 함께 이곳의 로위 박물관에 왔을 때, 아이가 이시 전시물에 걸려 있는 헤드폰을 보여주었다. 그 헤드폰을 끼면 이야기를 들려주는 이시의 목소리를 들을 수 있다. 나는 그것을 끼고 처음으로 그의 목소리를 들었다. 그리고 눈물을 터뜨렸다. 순간적으로. 그것만이 적절한 반응이었던 것 같다.

여러분 중에는 우리 가족이나 아버지의 동료와 제자에 대해 더 많은 이야기를 기대한 사람이 있을지도 모르겠다. 그들이 우리 가족의 삶에서 커다란 요소였던 것은 확실하다. 하지만 나도 아버지처럼 회상하는 능력이 부족한 것 같다. 과거를 기억하는 솜씨보다는 이야기를 지어내는 솜씨가 훨씬 더 좋다. 아버지의 인디언 친구들 중에 내가 이야깃거리를 갖고 있는 사람이 두 명 있다. 어렸을 때 내가 그 두 사람에게 정말로 공감했기 때문이다. 파파고족의 후안 돌로레스와 유록족의 로버트 스폿. 하지만 여기서 나는 작가인 우리들과 인류학자인 여러분이 공유하는 도덕적 문제와 부닥친다. 실존 인물을 이용한다는 문제. 사람이 다른 사람을 이용해서는 안 된다. 이 두 미국 토착민에 대한 나의 기억은 조심성이라는 산울타리와 두려움이라는 가시를 갖고 있다. 솔직히 예나 지금이나 내가 그들에 대해 제대로 이해하는 것이 있는가? 그들과 알고 지내던 시절 나는 그들에 대해, 그들의 정치적 상황이나 개인적 상황에 대해 무엇을 알고 있었는가? 아무것도 몰랐다. 그들 부족의 역사도, 그들의 개인사도, 그들이 인류학에 기여한 바도 몰랐다. 전혀.

나는 어린아이였다. 우리 집 막내. 우리는 6월에 학기가 끝나자마자 항상 나파 계곡으로 올라갔다. 부모님이 2천 달러를 주고 산 1만 6천 제곱미터 규모의 농장이 거기 있었다.

우리는 짐을 풀고 흙을 단단히 다져 크로케 코트를 만들었다. 죽여주는 크로케 실력을 지닌 후안은 항상 자기 생일에 맞춰 우리 농장에 도착했다.

어른인 후안 돌로레스가 사실은 자기가 태어난 날을 모른다는 것을 알고 나는 신기했다. 생일은 중요한 것인데. 내 생일, 오빠들 생일, 부모님 생일에 우리는 케이크와 아이스크림과 양초와 리본과 선물로 축하 파티를 열었다. 사람이 일곱 살이 되는 순간은 얼마나 굉장한가. 어떻게 그게 **중요하지 않** 은 사람이 있을 수 있지? 서양식 시간과 인디언 시간의 차이점을 처음 알아내고 생각에 잠긴 그 순간에 어쩌면 나는 나중에 내 소설의 문화적 상대주의가 자라나 꽃을 피울 토양에 퇴비를 준 건지도 모른다. 하지만 후안(나를 포함한 어린애들은 그를 우안이라고 불렀다. 후안이라는 스페인식 발음을 몰랐기 때문이다)은…… 사회보장 서류나 연금 서류를 작성하려면 후안에게도 반드시 생일이 있어야 했다. 관료주의자들도 나처럼 생일을 중요하게 생각한다. 그래서 후안과 아버지가 생일을 골랐다. 함께 앉아서 자신이 태어난 날을 언제로 할지 결정한 건 멋들어진 일이었다. 두 사람은 세례요한 축일 전야를 선택했다. 그리고 그때부터 후안의 생일에도 케이크, 양초 등등으로 축하 파티를 열었다. 매년 북쪽으로 97킬로미터를 이동해 온 직후 우리가 작은 부족처럼 파파고족의 연례 방문과 하지를 기념하며 벌이던 축제였다.

파파고족 후안은 한 달 남짓 머물렀다. 계곡에 있는 그

낡은 집의 맨 꼭대기 층 앞쪽 침실을 우리 부족의 장로들은 지금도 후안의 방이라고 부른다. 그가 머무는 동안 아버지와 함께 작업을 했을 수도 있다. 나는 관심을 기울이지 않았다. 후안에 대해 기억나는 것이라고는 그를 이용했던 사실뿐이다. 아이가 어른을 이용하는 것은, 사람이 다른 사람을 이용하면 안 된다는 나의 법칙에서 수많은 예외 중 하나다. 약한 사람은 당연히 강한 사람을 이용하게 된다. 그럴 수밖에 없다. 하지만 그 이용의 한계를 약자가 아니라 강자가 정하는 것이 가장 좋다. 후안은 한계를 정하는 데 서툴렀다. 적어도 아이들을 대할 때는 그랬다. 그는 우리가 살인을 저질러도 그냥 도망치게 놔둘 사람이었다. 우리는 그에게 북을 만들어달라고 졸랐다. 내 기억으로는, 대초원 인디언들의 북이어야 한다고 고집을 부린 것 같다. 그것이 **진짜** 인디언 북이기 때문이었다. 그는 사실 대초원 인디언이 아닌데도. 어쨌든 그는 훌륭한 북을 만들어주었고, 우리는 몇 년 동안 그 북을 치며 놀았다.

우리는 '보아라! 가엾은 인디언이로다!' 같은 표현들을 배웠다. 어떤 잡지에서는 '사라지는 붉은 인디언'이라는 제목도 보았다. 아이들다운 잔인함으로 우리는 이런 표현들을 사용했다. 후안을 보아라, 사라지는 파파고라고 불렀다. 안녕하세요, 보아라! 아저씨는 아직 안 사라졌네요! 내 생각에는 그도 이것을 재미있어한 것 같다. 그렇지 않았다면 우리도 눈치를 채고 입을 다물었을 것이다. 내 희망 사항이다. 우리는 잔인한 게 아니었다. 무지하고 어리석었던 거지. 아이들은 무지하고 어리석다. 하지만 차츰 배워나간다. 배울 기회가 주어진다면.

그 산속에는 덩굴옻나무가 많았다. 그래서 우리는 항상 칼라민로션*을 온몸에 발랐다. 후안은 인디언들은 절대 옻이 오르는 법이 없다고 자랑했다. 우리 오빠들이 "인디언들은 절대 옻이 오르지 않는다고요? 절대? 증명해봐요! 한번 해보라고요!"라고 을러대자 후안은 기온이 섭씨 38도를 넘나들던 날 약 3.5미터 높이의 덩굴옻나무 수풀이 있는 개울가로 내려가 큰 칼로 전부 베어버렸다. 그 모습을 코닥 카메라로 찍은 아주 작은 사진이 한 장 있다. 덩굴옻나무의 바다 속에서 머리털이 다 벗어진 작은 머리통 하나가 간신히 보인다. 가무잡잡한 머리가 땀으로 번들거린다. 후안은 지치기만 했을 뿐 옻이 오르지는 않았다. 수십 년이 흐른 뒤 나는 세라 위네무카의 자서전에서 어렸을 때 처음 옻나무를 접하고 죽을 뻔했다는 이야기를 읽고 후안의 주장을 수정했다. 절대 옻이 오르지 않는 인디언은 '일부'일 뿐이라고. 어쩌면 절대 옻이 오르지 않겠다는 후안의 굳은 결심이 효과를 발휘한 건지도 모른다.

후안은 심지가 굳고 강한 사람이었던 것 같다. 그가 했던 지적인 작업이 그 증거다. 그래서 그가 우리 같은 아이들에게 한없는 참을성을 발휘한 것이 더욱더 아름답게 보인다. 이제

---

* 피부 소염제.

부터 이야기할 추억은 내 것이 아니라 어머니에게서 들은 이야기다. 후안이 여름에 처음으로 우리를 찾아왔을 때, 그러니까 그에게 생일이 생기기 한참 전에 나는 한창 걸음마를 배우고 있었다. 아마 1931년이었던 것 같다. 나는 휘청휘청 후안에게 걸어가 "가, 가?" 하고 말하곤 했다고 한다. 그러면 후안은 글을 쓰고 있었든 책을 읽고 있었든 대화 중이었든 작업 중이었든 상관없이 하던 일을 그만두고 다른 사람들에게 양해를 구한 뒤 진지한 태도로 나와 함께 마당을 가로질러 진입로를 걸었다. 약 100미터쯤 되는 이 위대한 여정에서 나는 그의 손가락 한 개를 단단히 붙잡고 매달렸다. 이 부분은 나도 분명히 기억나는 것 같다. 그냥 어머니의 이야기가 너무 생생해서일 수도 있지만, 내가 잡은 것이 어느 손가락이었는지 분명히 알고 있다. 왼손 집게손가락. 튼튼하고 굵고 가무잡잡한 그 손가락이 따뜻하게 내 손을 가득 채웠다.

1940년대에 오클랜드에 살던 후안은 강도를 만나 심하게 구타당했다. 그가 병원에서 퇴원한 뒤 버클리의 우리 집에 왔을 때 나는 아래층으로 내려가기가 무서웠다. "그의 머리가 깨졌다"는 말을 듣고 온갖 끔찍한 모습을 상상한 탓이었다. 결국 부모님의 명령으로 아래층에 내려온 나는 인사를 한 뒤 몰래 그를 훔쳐보았다. 그는 끔찍한 모습이 아니었다. 지치고, 늙고, 슬퍼 보였다. 나는 너무 부끄럽고 창피해서 그에게 내 애정을 보여주지 못했다. 내가 그를 사랑한다는 사실을 알지 못했다. 부족 안에서든 가정 안에서든 몹시 안전한 환경에서 자란 아이들은 사랑을 잘 인식하지 못한다. 물고기가 물을 의식하지 못하는 것과 비슷한 것 같다. 원래 그래야 하는 것이기도 하다. 사랑은 공기 같고, 사랑은 인간적인 요소이니까. 하지만 이제는 후안이 고향에서 쫓겨나 가난하게 살아가던 온화하고 지적인 사람이었음을 알겠다. 사람들의 편협함이 그를 불한당들의 먹잇감으로 만들었다. 1940년대의 세상은 그런 사람들 천지였다. 지금도 그런 사람들 천지다. 그때 내가 눈치 있게 그의 손을 잡아주었으면 좋았을걸.

로버트 스폿이 처음 계곡의 우리 집에 와서 머물렀을 때, 그에게 가장 중요한 문제는 틀림없이 어떻게 하면 음식을 충분히 먹을 수 있을까 하는 점이었을 것이다. 내가 기억하기로 유록족의 식사 예절에 따르면, 식사 중에 누가 말을 하면 모두 포크든 스푼이든 손에 들고 있던 것을 내려놓고 입에 있던 음식을 꿀꺽 삼킨 뒤 대화가 끝날 때까지 식사를 중단한다. 사람들은 이야기가 끝난 뒤에야 다시 음식을 먹을 수 있다. 먹을 것이 풍부하고 식사 시간도 충분하며 예의를 다소 중시하는 사람들 사이에서 생겨날 법한 관습이다. (나는 소설을 쓸 때 이 점을 염두에 두고, 빙하시대의 행성에 사는 사람들의 이야기를 만들어낸 적이 있다. 먹을 것도 온기도 여가도 부족해지기 일쑤인 그곳에서는 식사 중에 누가 입을 여는 것 자체가 극심한 무례였다. 식사부터 하고 이야기는 나중에. 중요한 것부터 먼저 해야지. 아무래도 너무 논리적이라서 현실적인 관습이라고 하기는 힘들 것 같다.) 아니면 내가 그들의 예절을 잘못 이해했거나 잘못 기억했을 수도 있다. 우리 오빠 칼이 기억하는 유록족의 식사 예절은 음식을 한 입 베어 문 다음 완전히 씹어서 삼킬 때까지 스푼과 손을 식탁 위에 내려놓는 것이다. 또한 집주인이 식사를 멈추면 손님도 식사를 멈춘다. 어쨌든 식탁에는 로버트와 우리 남매 네 명, 벳시 할머니와 우리 부모님이 있었다. 그 밖에도 이런저런 친척들이나 민족학자나 피난민이 있었던 것 같다. 우리는 수다스럽고 논쟁하기 좋아하는 사람들이었다. 아이들도 대화에 당당히 참여하는 것이 장려되었다. 그래서 누가 말을 할 때마다 가엾은 로버트는 포크를 내려놓고 음식을 씹어 삼킨 뒤 예의 바르게 집중해서 우리를 바라보았다. 하지만 우리는 게걸스레 식사하며 계속 수다를 떨었다. 또한 아버지가 깔끔하면서도 엄청나게 빠른 속도로 식사하는 사람이었으므로, 로버트는 뭘 제대로 먹기도 전에 식사를 중단해야 했을 것이다. 나중에는 그도 우리의 거친 방법을 흉내 낼 수 있게 되었던 것 같다.

　　로버트 스폿과 있을 때면 내가 무례하고 거친 사람이 된 것 같은 기분을 느낄 때가 많았다. 로버트는 엄청나게 품위 있고 권위 있어 보이는 사람이었다. 오랫동안 나는 그가…… 언어학을 공부하는 조카가 내게 샤먼이라고 발음해야 한다고 알려주었지만 나는 지금도 샤이먼이라고 부른다. 아버지가 그렇게 발음하셨고, 샤먼이라는 발음은 별로 뉴에이지스럽지 않기 때문이다. 나보다 6년을 더 살아서 머리가 깨어 있던 테드 오빠의 기억에 따르면, 로버트의 어머니가 샤먼이었다. 로버트를 가르친 사람도 어머니였다. 어쩌면 부족의 다른 여자들도 그를 가르쳤을 수 있다. 그가 배운 것은 딱히 샤먼이나 치유사가 되는 방법이 아니라 부족의 관습과 종교적인 관습에 대한 지식이었다. 어머니를 비롯한 여자 어른들이 평생을 바친 이 묵직한 지식을 그에게 다그치듯 가르친 것은 적당한 후보가 달리 없기 때문이었다. 만약 그가 배우지 않는다면, 그 지식은 그들이 죽을 때 함께 죽어버릴 판이었다. 내 생각에는 왠지 로버트가 그 짐을 마지못해 받아들였을 것 같다. 테드의 말에 따르면, 로버트는 새크라멘토에서 자기 부족의 대변인이 되어 백인들의 무시와 착취에 맞서 유록족의 문화와 가치관을 보존하기 위한 노력을 떠맡았다. 당시만 해도 희망이 없어 보이던 이 임무 앞에서 누구라도 주춤했을 것 같다. 당시 나는 어두운 정치적 상황에 대해서는 전혀 몰랐으므로, 로버트를 마지못해 샤먼이 된 신화적인 인물로 생각하면서 낭만적인 생각에 잠겼던 것 같기도 하다. 잘생기고 품위 있고 근엄하고 말이 별로 없는 가무잡잡한 남자를 보면 여자아이들은 로맨틱한 이야기를 자아내는 경향이 있다.

로버트는 근엄하고 진지했다. 우리는 그에게 스스럼없이 굴지 못했다. 후안 돌로레스는 우리 말썽꾸러기들 때문에 오랫동안 고생한 반면 로버트 스폿은 초연하게 우리를 가르치는 사람처럼 보였던 것은 문화적 차이 때문이었을까, 아니면 기질적 차이 때문이었을까? 혹시 둘 다였을까? 내가 평소와 조금 다르게 식탁을 붙잡고서 그날 있었던 일을 신나게 떠들어대다가 갑자기 로버트의 제지로 입을 다물어야 했던 기억을 떠올리면 지금도 얼굴이 붉어진다. 그때 나는 교육을 잘 받은 유록족 여자아이에게 허락된 대화의 한계를 한참 넘어버린 모양이었다. 그래봤자 단어 한 개나 두 개 차이였던 것 같지만. 로버트는 포크를 내려놓고 음식을 삼켰다. 그리고 내가 숨을 쉬려고 말을 잠깐 멈췄을 때 어른들에게 어른다운 관심사에 대한 이야기를 꺼냈다. 우리 문화에서는 남의 대화를 방해하는 것이 무례한 일이었으므로 나는 화가 났지만 입을 다물었다. 진짜 권위 있는 사람을 알아보지 못하는 아이는 멍청하거나, 문화적으로 멍청해지도록 교육받은 것이다. 내가 화를 낸 것은 그때 느낀 창피함을 정당화하려는 시도였다. 로버트는 대단히 유록족스러운 도덕적 감정, 즉 수치심을 내게 가르쳐주었다. 죄책감이 아니다. 그건 죄책감을 느낄 일이 아니었으니까. 그냥 수치심이었다. 그런 순간에 사람들은 씩씩거리며 얼굴을 붉히고, 말을 참고, 상황을 파악한다. 내가 사회적 도구로서 수치심을 깊이 존중하게 된 데에는 로버트의 공이 조금 있다. 내 생각에 죄책감은 역효과를 낳지만, 수치심은 대단히 유용하다. 예를 들어, 의원들이 어떤 형태로든 수치심을 익힌다면…… 아니, 생각하지 말자.

후안과 로버트를 생각할 때면 커다란 바위를 옮기는 광

경이 연상된다. 길의 불그스름한 흙 속에서 파낸, 파란색 사문석. 우리 집 남자들과 벳시 할머니가 그것으로 돌담을 만들었다. 우리 집 쪽 끄트머리의 돌은 아름다운 청록색 바위인데, 지금도 다들 그것을 '후안의 바위'라고 부른다. 하지만 우리들 중 일부는 그 이유를 모를 것 같다. 후안이 그 돌을 골라 가져왔으며, 진입로에서 지금 위치로 그것을 굴려 넣을 때에도 힘을 썼다. 그 과정에서 목숨을 잃은 사람은 물론 장애를 입은 사람도 없지만, 여자들은 부엌에서 걱정스럽게 지켜보며 탄식했다. 나는 그 바위 아래쪽으로 내려가면 안 된다는 말을 2천 번쯤 들은 것 같다.

그때인지 그 전인지, 하여튼 후안과 로버트가 모종의 경쟁을 벌인 것이 분명하다. 내 바위가 네 것보다 크네 마네 하는 경쟁이었다. 로버트는 우리에게 멋들어진 야외 벽난로를 만들어주었다. 기술적으로도 실제로도 신성한 장소다. 유록족의 명상의 집처럼 지어졌기 때문이다. 지을 때의 의도도 그러했다. 그러나 명상하는 사람이 앉아야 할 자리에서 불이 타올랐기 때문에, 로버트는 사람들이 불가에 둘러앉을 수 있게 납작한 돌들을 반원형으로 놓아 명상의 반원을 완성했다. 우리 식구들은 70년 동안 그 자리에 앉아 식사도 하고, 서로에게 이야기도 들려주고, 여름밤의 별들도 구경하는 중이다.

아버지와 로버트를 찍은 사진에서 한 사람은 열심히 듣고 있고 다른 한 사람은 이야기를 하고 있다. 한 손을 들어 올리고 먼 곳을 바라보는 듯한 표정을 짓고 있다. 두 사람이 앉아 있는 곳이 바로 벽난로의 그 납작한 돌이다. 로버트와 앨프리드는 이야기를 나눌 때 영어도 쓰고 유록족의 말도 썼다. 뉴욕 출신 독일 이민 1세대의 딸인 내가 유록어를 말하는 아버지의 목소리를 들은 것은 아마도 이례적인 일이었을 텐데 그때는 그것을 몰랐다. 아무것도 몰랐다. 모두 유록어를 쓰는 줄 알았다. 그래도 세상의 중심이 어디인지는 알고 있었다.

# 내 도서관들

1997년 포틀랜드의 멀트노마 카운티 도서관 리노베이션을 축
하하는 자리에서 한 연설.


도서관은 공동체의 초점, 신성한 장소입니다. 누구나 접
근할 수 있다는 점, 공개된 장소라는 점에서 신성합니다. 모두
의 장소지요. 제가 저의 도서관이라고 생생하고 즐겁게 기억
하는 곳이 몇 군데 있습니다. 제 인생 최고의 요소들입니다.

제가 처음으로 친해진 도서관은 캘리포니아주 세인트헬
레나에 있었습니다. 당시에는 주로 이탈리아 사람들이 사는
평화로운 소도시였죠. 작은 카네기 도서관이었습니다. 하얀
치장 벽토, 서늘한 공기. 어머니가 오빠와 저를 그곳에 남겨
두고 장을 보러 가시던 뜨거운 8월 오후에는 졸린 곳이기도
했습니다. 칼 오빠와 저는 단어를 찾아다니는 미사일처럼 어
린이 방을 돌아다녔습니다. 뚱보 어린이 탐정의 모험을 그린
13권짜리 전집을 포함해서 그곳의 책을 모두 읽은 뒤에는 허

락을 얻어 어른들 방에 들어갔습니다. 사서들에게는 쉬운 일이 아니었습니다. 섹스와 죽음, 히스클리프*나 조드** 같은 이상한 어른들이 가득한 방에 애들을 풀어놓는 것 같은 기분이었으니까요. 사실이 그렇기도 했고요. 허락을 받았을 때 얼마나 고마웠는지 모릅니다.

세인트헬레나 도서관의 유일한 문제점은 한 번에 대출할 수 있는 책이 다섯 권밖에 안 되는데 우리는 일주일에 한 번만 시내로 나갔다는 겁니다. 그래서 우리는 진짜 무거운 책들, 그러니까 500페이지쯤 되는 종이에 자그마한 글자들이 2단으로 인쇄된 책들을 골라서 가져왔습니다. 이를테면 『몬테크리스토 백작』 같은 책 말입니다. 짧은 책은 소용이 없었습니다. 이틀 동안 잔치를 벌인 뒤 남은 닷새 동안 굶주려야 하니까요. 있는 거라고는 시골집 책꽂이뿐인데, 우리는 열 살 때 이미 거기 꽂힌 책들을 전부 줄줄 외울 정도였습니다. 나파 계곡에서 쿼터스태프***로 서로의 머리를 때리며 "기사의 종자야! 받아라!" "뭐, 이 뚱보야, 네가 이 다리를 건널 수 있을 것 같은가?" 하고 소리 지르는 게 일상인 집은 아마 우리 집뿐이었을 겁니다. 칼 오빠는 저보다 나이가 많다는 이유로 보통 로빈 후드 역할을 맡았으나, 그래도 최소한 제가 로빈 후드의 연인인 마리안 역을 맡은 적은 한 번도 없었습니다.

---

\*　『폭풍의 언덕』의 주인공.

\*\*　『분노의 포도』의 주인공.

\*\*\*　유럽에서 사용되던 봉 형태의 무기.

제 생애 두 번째 도서관은 가필드 중학교 근처에 있는 버클리 도서관 분원입니다. 그곳에서 제 친구 셜리가 저를 'N' 서가로 데려가서 "여기 E. 네스빗이라는 작가가 있는데, 『모래요정과 다섯 아이들』이라는 책을 너도 꼭 읽어봐야 돼"라고 말하던 소중한 추억이 있습니다. 세상에, 셜리의 말은 정말 옳았습니다. 8학년 무렵 저는 어른 방으로 슬그머니 스며들어 갔습니다. 사서들은 모른 척해주었고요. 하지만 제가 로드 던세이니*의 두꺼운 전기를 성물처럼 들고 어른 대출 창구로 갔을 때 사서의 표정이 지금도 기억납니다. 나중에 세월이 흐른 뒤 시애틀에서 세관 관리가 제 여행 가방을 열었다가 스틸턴 치즈**를 발견하고 지은 표정과 아주 흡사했습니다. 제 치즈는 멀쩡한 새 치즈가 아니라, 먹다 남은 것, 곰팡이가 피고 냄새가 나는 껍질에 불과했습니다. 버크셔의 제 친구 바버라가 제 남편에게 주라면서 그 치즈를 넣어준 것은 애정에서 우러나온 행동이었지만 현명하지는 않았습니다. 세관 관리는 이렇게 말했습니다. "이게 뭡니까?"

"음, 영국산 치즈예요." 내가 대답했습니다.

관리는 키가 큰 흑인 남자로 목소리가 묵직했습니다. 그가 제 여행 가방을 닫고 이렇게 말했습니다. "부인이 원하시는 거라면 가져가셔야죠."

---

\* 아일랜드의 극작가, 시인, 수필가(1878~1957).
\*\* 영국의 블루치즈.

그 옛날의 사서도 제가 로드 던세이니의 책을 가져가는 걸 허락해주었습니다.

그다음 도서관은 바로 버클리 공립도서관 본관입니다. 버클리 공립고등학교에서 겨우 한두 블록 거리에 그 도서관이 있는 것이 축복이었죠. 저는 학교를 싫어하는 만큼 도서관을 좋아했습니다. 학교에서 저는 10대들의 습속이라는 시베리아 벌판으로 추방당한 사람이었지만, 도서관에서는 고향에 온 것처럼 자유로웠습니다. 도서관이 없었다면 저는 고등학교 시절을 이겨내지 못했을 겁니다. 적어도 제정신으로는. 하기야 10대 아이들은 모두 제정신이 아니죠.

저는 외서가 있는 3층 쪽으로는 아무도 가지 않는다는 사실을 알아차리고, 그곳으로 이동했습니다. 거미줄처럼 생긴 창가에서 『시라노 드 베르주라크』 프랑스어판을 들고 웅크린 채 살다시피 했습니다. 아직 그 책을 읽을 수 있을 만큼 프랑스어를 익히지 못했는데도 그런 건 문제가 되지 않았습니다. 사랑이 크면 알지 못하는 언어도 읽을 수 있게 된다는 걸 그때 배웠죠. 사랑이 크면 못 할 일이 없습니다. 저는 그곳에서 많이 울었습니다. 시라노 때문에, 다른 사람들 때문에. 『장 크리스토프』를 발견하고 그 때문에 울었고, 보들레르를 발견했을 때도 그 때문에 울었습니다. 『악의 꽃』을 진심으로 음미할 수 있는 건 아마 열다섯 살 때뿐일 겁니다. 때로는 도서관 아래층의 영어 구역들을 습격해 어니스트 다우슨 같은 작가들을 데려오기도 했습니다. "나는 그대에게 충실했소, 키

나라! 내 방식으로."* 그러고는 또 울었죠. 아, 울기에 좋은 때였습니다. 도서관은 울기에 좋은 장소고요. 조용히 울기에.

그다음 도서관은 래드클리프 대학의 작고 사랑스러운 도서관입니다. 그다음은…… 하버드의 와이드너 도서관이었죠. 제가 아직 1학년생이었는데, 그것도 여자였는데, 그 도서관 출입을 허락받았을 때의 이야기입니다.

자유에 대한 저의 개인적인 정의를 알려드리겠습니다. 자유는 와이드너 도서관의 서가에서 누리는 특권입니다.

믿을 수 없을 만큼 무한히 늘어선 그 서가들에서 처음 밖으로 나왔을 때의 기분을 지금도 기억합니다. 저는 그때 약 스물다섯 권이나 되는 책을 들고 있어서 걷기도 힘든 지경이었지만 날아갈 것 같은 기분이었습니다. 저는 뒤로 돌아서서 도서관 건물의 널찍한 계단을 올려다보았습니다. 저게 바로 천국이지. 나의 천국이야. 이런 생각이 들었습니다. 세상의 모든 글이 저기에 있고, 난 그 글을 읽을 수 있어. 자유입니다, 드디어, 주님, 드디어 자유예요!**

제가 이 위대한 구절을 가벼운 마음으로 인용한 것이 아님을 알아주시기 바랍니다. 여기에는 저의 진심이 있습니다. 지식이 우리를 자유롭게 합니다. 예술이 우리를 자유롭게 합

---

* 다우슨의 시 「키나라」의 한 구절.
** 마틴 루서 킹 목사가 1963년에 한 유명한 연설 '나는 꿈이 있습니다'의 마지막 문장을 조금 변형했다. 원래 문장은 "자유입니다, 드디어! 전능하신 하느님, 우리가 드디어 자유로워졌습니다!"이다.

니다. 훌륭한 도서관은 자유입니다.

그다음으로 파리에서 국립도서관과 짧지만 격렬했던 사랑을 나눈 뒤 저는 포틀랜드에 도착했습니다. 이곳에서 보낸 처음 몇 년 동안 저는 아이 둘을 낳고 키우느라 집에 있었습니다. 제게 기쁨을 안겨준 일, 제가 원하던 휴일, 제가 일주일이나 한 달 내내 고대하며 기다리던 일은 바로 보모를 구해 아이들을 맡긴 뒤 찰스와 함께 시내 도서관으로 가는 것이었습니다. 물론 밤에 갔지요. 낮에는 불가능했으니까요. 도서관이 문을 닫는 9시까지 두어 시간이 남아 있었습니다. 언어의 바다에 풍덩 뛰어들고, 넓은 정신의 벌판을 거닐고, 상상력이라는 산을 올랐습니다. 카네기 도서관의 그 아이가, 와이드너의 학생이 그랬던 것처럼. 그것이 바로 저의 자유고 저의 기쁨이었습니다. 지금도 그렇습니다.

그 기쁨은 절대 상품이 될 수 없습니다. 그 기쁨을 또 하나의 배타적인 특권으로 만들면 안 됩니다. 공립도서관은 공공의 것입니다.

그 자유에 누가 손을 대도 안 됩니다. 반드시 필요한 사람 누구나 그 자유를 누릴 수 있어야 합니다. 우리 모두가 필요할 때, 그러니까 항상 누릴 수 있어야 합니다.

# 내 섬

잡지 『아일랜즈Islands』에 기고한 글.

좋아하는 섬에 대해 글을 써보라는 요청을 받고 처음에 는 현실 속 섬이 생각나지 않았다. 상상 속 섬만 생각날 뿐이 었다. 섬이란 원래 평범한 세상과 분리된 곳이다. 세상의 일 부가 아니다. 고립된 곳……

그래서 처음에 나는 패럴론섬들Farallons을 떠올렸다. 샌 프란시스코 클리프하우스에서 가끔 볼 수 있는 그 안개 속 바 위들. 회색 바다 저 멀리 어렴풋이 보이는 곳이다. 어렸을 때 그 섬들은 내게 가장 고독한 곳의 이미지 그 자체였다. 서쪽 끝에 자리한 섬들. 게다가 이름은 또 어찌나 아름다운지. **로스 파랄로네스**los farallones는 절벽, 울퉁불퉁한 바위들을 뜻한다. 사랑스러운 단어다. 게다가 영어에서 이 단어에는 점점 메아 리가 붙는다. 저 멀리 혼자 있는 느낌…… 하지만 패럴론섬들에 대해 내가 아는 것은 이것이 전부다. 내가 그곳에 가는 일도 없을 것이다.

그래서 그다음에 떠올린 곳은 내가 내 머릿속에서 찾아낸 섬, 어스시라고 불리는 섬이었다. 이 군도에는 마법사, 주부, 용, 그리고 환상적인 사람들이 산다. 나는 이 섬들을 잘 알고 있다. 내가 이 섬들에 관한 책을 썼으니까. 그 섬들에 곤트와 로크와 해브너, 셀리더와 오스킬과 더핸즈라는 멋진 이름도 지어주었다. 어스시를 현실 세계에서 보게 될 거라고는 한 번도 예상하지 못했는데, 그런 일이 일어났다. 한 번. 당시 나는 영국제도를 끼고 돌면서 오크니제도와 헤브리디스제도를 지나고, 루이스해리스섬에 갔다가 스카이섬에 들른 뒤 서해안을 따라 스코틀랜드와 웨일스를 지나는 배에 타고 있었다…… 그때 거기 내 섬이 있었다. 황금빛 바다에 흩어진 그 섬들은 이 세상의 것이 아닌 듯 환상적이었으며 틀림없이 용들이 가득했다. 실리제도. 이 이름도 아름다웠다. 왜 웃는가? 내가 실리제도를 봤다니까!

꿈이 아니라 진짜 섬이어야 한다고? 이름만 있거나 언뜻 본 건 안 된다고? 나는 어떤 섬에 대해 글을 써야 할지 고민하다가, 모든 섬이 바다에만 있는 것은 아니라는 사실을 떠올렸다.

바다를 다니는 큰 화물선들이 매일 그 옆을 지나간다. 어떤 때는 유람선도 지나가고, 돛단배도 자주 지나간다. 하지만 내 섬은 내륙으로 약 129킬로미터 들어온 지점에 있다. 그 옆을 흘러가는 물에서 밀물과 썰물이 아주 희미하게 느껴지기는 하지만, 바닷물은 아니다. 소비섬은 포틀랜드의 윌래밋강이 넓디넓은 컬럼비아강으로 들어오는 지점에서 바로 아래쪽에 위치한다.

소비는 미국의 강에 있는 섬 중에서 가장 큰 편에 속한다. 길이는 24킬로미터, 폭은 5~6킬로미터다. 섬 외곽의 회색 강변을 따라 넓은 컬럼비아강이 힘차게 흐른다. 안쪽에는 흐름이 느린 늪지대가 있어 습지와 한데 모여 있는 주거용 배들과 오래된 농가의 선착장 사이로 어부들이 노를 저어 배를 몰면서 지나다닌다. 섬을 가로지르는 운하들은 농경지에 물을 공급한다. 얕은 호수들은 계절에 따라 더 깊어지기도 하고 완전히 말라버리기도 한다.

둑이 지어지기 전, 상류의 컬럼비아강에 댐이 자꾸만 지어지기 전인 옛날에는 매년 소비섬의 물이 넘쳐 홍수가 일어났다. 당시에는 주위에 온통 낙농장뿐이었다. 수위가 올라가면 농부들은 소를 한데 모아 몇 군데 되지도 않는 고지대(지금도 그 섬 안에서는 그런 곳을 '섬'이라고 부른다)로 올라갔다. 거기서 홍수가 끝날 때까지 기다리며 소들은 음매 하고 울고 사람들은 담배를 씹었을 것이다. 물이 빠진 뒤에 내려와보면 퇴적물이 쌓여 풍요로워진 풀밭이 있었다. 그들은 우유와 버터를 배에 실어 포틀랜드로 보냈다. 바로 상류에 있는 곳이었다. 본토와 소비섬을 잇는 다리는 1950년에야 만들어졌다.

옛날에 어떤 노인이 배를 저어 온 섬을 돌아다니며 집집마다 들러서(모든 집에 선착장이 있었다) 자질구레한 장신구와 단추와 실과 사탕을 팔았다. 한 사람과 노 두 개로 운영되는 그 섬의 10센트 상점이었던 셈이다. 이런 옛날이야기를 듣다 보면, 다리를 원한 것은 섬사람들이 아니었다는 인상을 받는다. 그들은 상당히 만족하며 살고 있었다. 물을 건너오고 싶어 안달이 난 것은 육지 사람들이었다. 그러나 요즘은 사람들이 사용하는 거대 트럭에 시달린 나머지 다리가 금방이라도 부서질 것 같은 지경이라, 이 섬의 농부들은 농작물을 포틀랜드의 시장까지 운반하지 못하게 될까 봐 조금 절박해지는 중이다.

개척자들이 찾아오기 오래전에 소비섬은 강에 사는 부족들의 고향이자 교역 중심지였다. 놀라운 카누 제작 솜씨를 지닌 그들에게 컬럼비아강은 장애물이 아니라 고속도로와 같았다. 탐험가 루이스와 클라크는 이 섬에 와파토라는 이름을 붙였다. 지금도 이곳에서 자라는 식물의 이름을 딴 것이다. 물속에 뿌리를 두고 길쭉한 창 모양 이파리가 있는 이 식물은 이곳 사람들의 식단에서 중심을 차지한다. 그러나 초창기 백인 탐험가들이 가져온 유행병에 컬럼비아강의 부족들은 초토화되었다. 한 모피 상인은 1835년에 섬사람들에 대해 이렇게 썼다. "그들이 한때 존재했음을 증언해주는 것은……무덤뿐이다." 오리건 산길*을 통해 이 섬으로 온 사람들 눈에

---

* 미국 개척사에서 이주민들이 이용한 유명한 길.

도 이곳은 황폐한 곳이었다. 지금도 이곳에는 고요함이 깊게 자리 잡고 있어 때로 으스스해진다.

현재 이 섬의 하류 쪽 절반은 생태 보존 구역이다. 따라서 습지의 나무, 커다란 떡갈나무, 하늘을 날며 먹이를 구하는 수많은 오리, 거위, 울음고니 떼가 꿈같은 침묵을 선사한다. 그러다 사냥철이 되면 한동안 소란스럽다. 섬의 상류 쪽 절반은 지금도 농경지다. 영국의 옛날 농경지처럼 이렇게 아름답게 다듬어진 곳이 미국에 또 있는지 모르겠다. 이곳에 작물을 심어 소중하게 가꾼 사람들의 정성과 생각이 이곳을 아름답게 만든다. 그러나 번창하는 종묘원, 베리 농장, 호박밭 뒤로 우뚝 솟은 푸른 산은 여전히 숲이 무성하고, 여전히 반쯤은 야생 상태를 유지하고 있다. 뒤로 돌아 북동쪽을 보면 눈 모자를 쓴 산들이 있다. 후드산과 애덤스산, 화산 폭발 이후 낮아진 세인트헬렌스산, 그리고 그보다 더 북쪽의 레이니어산. 그러다 갑자기 마치 신기루처럼 거대한 일본 화물선 한 척이 자동차들을 싣고 호박밭과 산들 사이를 조용히 떠간다.

소비섬은 인구 75만 명인 포틀랜드 시내에서 자동차로 겨우 30분 거리에 있다. 이곳으로 이어진 고속도로는 분주한 포틀랜드 항구와 산업 지대를 지난다. 창고, 저장 탱크, 철로, 공장 등이 있는 곳이다. 그러다 갑자기 2차선 다리를 향해 방향이 꺾이는 지점이 나온다. 다리를 지나면 이미 깊숙한 시골이다. 섬이 아주 가깝고 쉽게 갈 수 있는 곳이라서 많은 포틀랜드 시민들은 "소비로 건너"와 여름에는 딸기와 블루베리

등 각종 열매를 따고, 가을에는 호박과 양파를 사고, 강변에서 놀고, 강에서 수영하고, 습지에서 물고기를 잡고, 숲속에서 사냥을 하거나 산길을 걷고, 떡갈나무 밑에서 새를 관찰하거나 소풍을 즐긴다. 그런데도 이 섬은 여전히 평화로운 시골의 모습을 간직하고 있다. 마치 이곳이 두 개의 강 사이에서 시간을 초월해버린 과거의 한 조각 같다.

이 섬이 언제까지 이런 고요함을 지킬 수 있을까? 지금까지는 거대한 쓰레기장이나 일본인 소유의 백만장자용 골프장 같은 치명적인 침입에 맞서 스스로를 지켰다. 지금까지는 획일적인 토지 개발도 없었고, 농경지나 생물 보존 지역에 화려한 저택이 들어서지도 않았다. 하지만 토지사용법들은 무시되기 일쑤고, 고요함은 너무나 쉽게 깨진다. 점점 깊어지기만 하는 인간이라는 바다에서 섬 하나가 언제까지 홀로 다른 세상 같은 분위기를 유지할 수 있을까?

# 변경에서

잡지 『변경Frontiers』에 1996년에 기고한 짧은 명상. 원래 '그런데 나는 어느 편이지?'라는 제목으로 게재된 글을 다시 손봐서이 책에 실었다.

## 변경

변경에는 두 가지 면이 있다. 변경은 인터페이스, 문턱, 경계 지점이다. 어느 쪽에도 속하지 않는 경계의 위험과 가능성을 모두 갖고 있다.

변경의 앞면, 즉 자신이 바로 변경이라고 주장하는 면이야말로 누구도 가보지 않은 땅을 향해 우리가 대담하게 나아가는 방향이다. 우리는 폭풍의 전선처럼, 전장의 제1선처럼 앞으로 돌진한다. 우리 앞에 있는 것은 그 무엇도 실제가 아니다. 그곳은 텅 빈 공간이다. 나는 위대한 변경 개척자 율리우스 카이사르의 말을 좋아한다. "브리타니아가 실제로 존재하는지 확실하지 않았다. 내가 그곳에 직접 가기 전에는." 그곳은 존재하지 않는다. 그 공간은 텅 비었다. 따라서 꿈과 희망이 가득하다. 빛나는 일곱 개 도시가 있다. 그래서 우리는 그쪽으로 간다. 황금을 찾아서, 땅을 찾아서, 앞에 있는 모든 것을 자기 것으로 만들어 우리의 세상을 넓힌다.

변경의 반대 면은 음陰이다. 우리가 사는 곳이기도 하다. 우리는 항상 거기서 살았다. 사방이 그곳이다. 언제나 그랬다. 그곳은 현실 세계, 확실한 진짜 세계, 현실로 가득한 곳이다.

거기서 그들이 온다. 그들이 존재하는지는 확실하지 않았다. 그들이 오기 전에는.

다른 세상에서 온 그들은 우리에게서 우리 것을 가져가 변화시키고, 고갈시키고, 쪼그라뜨려 소유물로, 상품으로 만든다. 그들이 우리 세상을 자기들 것으로 변화시킨 뒤에야 우리 세상이 그들에게 의미를 갖게 되므로 우리는 그들 사이에 살며 그들의 의미를 받아들인다. 그래서 우리가 자기만의 의미를 잃어버릴 위험이 있다.

북미의 변경 개척 물결이 지나간 자리에서 우리 아버지 같은 인류학자들이 현장 조사를 했다. 문화가 파괴된 곳에서, 언어의 폐허에서, 지속성과 공동체가 무너지거나 거의 무너진 곳에서, 단일 문화에 의해 박살 난 무한한 다양성의 파편들 속에서. 변경 개척 이후의 사람인 백인 이민자의 아들로서 20세기 전반에 인디언 문화와 언어를 익힌 아버지는 의미를 보존하려고 애썼다. 자칫 사라질 수 있는 이야기들을 배워 들려주려고 애썼다. 아버지의 유일한 도구는 자신의 낯선 언어, 과학의 언어이자 정복자의 언어로 그것들을 기록해 번역하는 방법뿐이었다. 제국주의적인 행동. 인류의 연대를 보여주는 행동.

우리 어머니는 아버지의 작업을 이어받아, 변경 생존자이며 캘리포니아 토박이인 이시의 이야기를 기록했다. 나는 이시만큼이나 어머니의 책에도 깊이 감탄한다. 하지만 항상 그 책의 부제가 아쉬웠다. '북미 마지막 야생 인디언 전기'라니. 어머니가 말하고자 하는 이야기의 의미와 정신에 어긋나는 제목이 아닌가. 이시는 야생이 아니었다. 그는 황야에서 오지 않았다. 그의 부족을 학살하고 그들의 땅을 빼앗은 변경 개척자들보다 훨씬 더 탄탄하고 뿌리 깊은 문화와 전통을 지니고 있었다. 그가 살던 곳은 황야가 아니라 소중하고 친숙한 세계였다. 그의 부족 사람들은 그 세계의 산 하나하나, 강 하나하나, 돌멩이 하나하나를 모두 잘 알았다. 저 황금빛 산들을 피와 슬픔과 무지의 황야로 만든 자가 누구인가?

문명과 야만 사이에, 유의미와 무의미 사이에 경계선이 있다 해도 그것은 지도에 그어진 선이 아니다. 지상에 실제로 존재하는 지역도 아니다. 오로지 마음속 경계선이다.


## 나의 변경

선천적이든 후천적이든, 낯선(이질적인, '야생의') 의미를 터득하고 느끼는 기쁨과 가치 또는 의미를 변경의 한 면에만 국한시키지 않으려는 성향이 내 글의 뼈대가 되었다.

북미 사람들은 서부의 땅을 보듯이 자신의 미래를 보았다. '정복'하고 '길들여야' 할 텅 빈 땅(동물, 인디언, 외부인은 안중에 없다)에 잔뜩 들어가 자신의 행동으로 가득 채운다. 무의미한 공백에 자신의 이름을 쓴다. 대부분의 사이언스픽션에도 바로 이런 미래가 나오지만, 내 소설은 다르다. 내 소설에서 미래는 이미 가득 차 있다. 우리의 현재보다 훨씬 더 역사가 깊고 규모가 크다. 그곳에서 외부인은 우리들이다.

내 판타지 소설들은 힘의 사용을 예술로, 힘의 오용을 지배로 보고 탐구한다. 우리가 현실이라고 생각하는 것과 상상이라고 생각하는 것 사이의 신비한 경계선을 따라 오가며 변경을 탐험한다.

제국을 계속 확장하지 않으면 존재할 수 없는 자본주의의 경계선은 계속 움직이고, 계속 앞으로 나아가는 자본주의 정복자들은 영원히 엘도라도를 추구한다. 부유하면 부유할수록 좋다고 그들은 외친다. 내 사실주의 소설들은 대부분 자본주의의 음지에 사는 사람들에 관한 이야기다. 가정주부, 웨이트리스, 사서, 작고 우울한 모텔 관리인. 누군가는 이들을 가리켜 정복자가 남기고 간 망가진 세상에서 원주민 보호구역에 사는 사람들이라고 말할지도 모르겠다.

항상 팽창하고 있기 때문에 전체가 변경이며 그 자체로서는 어떤 가치도 어떤 충만함도 없는 세상, 수익만이 가치를 평가받는 세상에 사는 사람들은 스스로 생각하는 자신의 가치를 잃어버릴 위험이 있다. 그때 사람들은 다른 세상 사람들의 목소리에 귀를 기울이고, 실패와 어둠에 관한 질문을 던지기 시작한다.

나는 미국 개척자 집안의 증손녀다. 우리 외가는 이주해서 땅을 사고 농사를 짓다가 실패하면 다시 이주하는 생활을 하며 미주리에서 와이오밍으로, 콜로라도로, 오리건으로, 캘리포니아로 갔다가 다시 돌아왔다. 우리는 앞으로 나아가는 양陽의 에너지를 따라갔지만, 발견한 것은 음陰이었다. 나는 다행이라고 생각한다. 캘리포니아의 산에 스페인 사람들이 씨를 뿌린 야생 귀리, 농장을 일구던 사람들이 하니 카운티와 맬리어 카운티에 남기고 간 풀인 치트그래스가 내게 전해진 유산이다. 나의 일족들이 심고 내가 수확한 작물들이다. 짚으로 자아낸 내 황금이다.

READINGS

독서

# 모든 행복한 가정

소설을 쓰고 싶은데 쓸 이야기가 없던 어느 날, 나는 『안나 카레니나』의 첫머리를 다시 떠올렸다. 마치 진실처럼 자주 인용되는 그 문장들을 생각하다가 내 생각을 글로 적을 때가 되었다는 결론을 내렸다. 달리 할 일이 없었기 때문에. 그 글은 얼마 뒤 『미시간 쿼털리 리뷰』에 실렸다.

옛날에 나는 톨스토이를 너무 존경한 나머지 그의 생각에 이의를 제기하지 못했지만, 나이가 60대에 접어든 뒤에는 남을 존경하는 능력이 많이 줄어들었다. 게다가 지난 40년 중 어느 시점에 톨스토이가 아내를 존중했는지 의문이 생겼다. 물론 누구든 결혼 생활 중에 실수를 저지를 수 있다. 하지만 톨스토이라면 누구와 결혼하든 아내에게서 전적인 존중을 기대하면서 정작 자신은 몇 가지 측면에서만 아내를 존중할 것 같은 생각이 들었다. 톨스토이의 이런 점은 마음에 들지 않는다. 애당초 내가 그의 생각에 이의를 제기하기가 예전보다 더 쉬워진 것도, 그리고 그 뒤에 그런 이의를 입 밖에 낼 수 있게 된 것도 바로 그 덕분이다.

앞 문장의 '애당초'와 '그 뒤' 사이에는 긴 세월이 있다.

하지만 '애당초'의 시점 이전에도, 그러니까 내가 톨스토이에 대해 마음에 들지 않는다며 이의를 제기할 수 있게 되기 전에도 그만큼 긴 세월이 있었다. 그 세월 동안, 그러니까 톨스토이의 작품을 처음 읽은 열네 살 무렵부터 40대까지의 세월 동안, 나는 말하자면 톨스토이의 충실한 아내였다. 다행히 그의 원고를 여섯 번이나 손으로 옮겨 쓸 필요는 없었으나, 나는 기쁨과 열정을 안고 그의 책을 읽고 또 읽었다. 그가 나를 존중하는지 의문을 품을 생각도 하지 못한 채 그를 존경했다. E. M. 포스터가 톨스토이에 관해 쓴 에세이에서 자신은 그를 존중하지 않는다고 말했을 때 나는 이렇게 대답했다. 그는 존경받을 권리가 있어!

만약 E. M. 포스터가 왜 그에게 그런 권리가 있느냐고 물었다면, 나는 간단히 대답했을 것이다. 천재니까.

하지만 E. M. 포스터는 그런 질문을 던지지 않았다. 그것도 괜찮다. 질문을 던졌다면 내 대답을 듣고 무슨 뜻으로 천재라는 말을 했느냐고 물었을 가능성이 높으니까.

내가 말한 천재의 뜻은, 톨스토이가 다른 사람들과는 달리 자기가 무슨 이야기를 하고 있는지 실제로 알고 있다는 뜻이었던 것 같다.

하지만 마흔 살 무렵에 그가 과연 자기가 무슨 이야기를 하는지 남들보다 더 잘 알고 있었는지, 그는 그저 이야기하는 법을 남들보다 더 잘 알았던 것이 아닌지 의문이 생기기 시작했다. 사람들은 이 둘을 쉽게 혼동한다.

페미니스트들이 작게 중얼거리는 응원의 말에 에워싸인 나는 톨스토이에 대해 무례한 질문들을 머릿속으로 조용히 던지기 시작했다. 남들 앞에서는 여전히 충실하고 애정 넘치는 아내로서 그의 예술뿐만 아니라 그의 의견도 전적으로 존중했다. 하지만 입 밖으로 내지 못한 의문들, 소리 없는 이의는 분명히 존재했다. 다들 알다시피, 입 밖에 내지 못한 생각은 세월이 흐르면서 점점 강해지고 성숙해지고 풍요로워지는 경향이 있다. 포도주가 숙성되는 것과 비슷하다. 물론 제대로 숙성되지 못하고 프로이트가 가미된 식초가 되어버릴 가능성도 있다. 어떤 생각과 감정은 순식간에 식초가 되어버리기 때문에 반드시 당장 밖으로 따라버려야 한다. 그와는 달리 병 속에서 발효되다가 폭발하면서 살기 어린 유리 파편을 사방으로 비산시키는 생각과 감정도 있다. 하지만 훌륭하고 튼튼한 감정을 코르크로 잘 밀봉해두면, 지하 저장고 안에서 맛이 더 깊고 풍부해진다. 문제는 코르크 마개를 뽑을 때를 알아내는 것이다.

숙성이 끝났다. 나는 준비가 되었다. 그 위대한 책, 가장 위대한 책은 아니고 아마도 두 번째로 위대한 책쯤 되는 그 위대한 책의 위대한 첫 문장을, 그래, 우리 모두 한목소리로 외쳐보자. "모든 행복한 가정은 똑같지만, 불행한 가정은 저마다 자기만의 방식으로 불행하다." 번역에 따라 문장이 조금씩 달라지기는 하지만, 차이가 크지는 않다.

사람들이 이 문장을 그렇게 자주 인용하는 것을 보면 이 문장에서 만족감을 느끼는 것 같은데, 내 경우에는 아니었다. 나는 단 한 번도 만족하지 못했다. 내가 이 불만족을 스스로 받아들이기 시작한 것은 20여 년 전이다. 톨스토이가 모두 똑같다고 자신 있게 치부해버리는 그 행복한 가정들…… 그들은 어디에 있는가? 19세기에는 그런 가정이 지금보다 훨씬 더 흔했을까? 톨스토이는 러시아의 귀족, 중산층, 농민 계층에 존재하는 수많은 행복한 가정들이 모두 똑같다는 것을 실제로 알고 있었을까? 도저히 그랬을 것 같지 않아서 나는 혹시 그가 직접 알았던 행복한 가정은 몇 가구에 불과했던 게 아닌가 하는 생각이 들었다. 그건 불가능한 일이 아니니까. 하지만 그 몇 가구의 가정이 모두 똑같았을 가능성은 매우, 몹시 희박해 보인다. 톨스토이 자신의 가정은 행복했는가? 그가 자란 가정이나 아버지로서 일군 가정은 어떠했을까? 가족 전체와 구성원 각자가 상당한 기간 동안 정말로 행복하다고 평가될 수 있는 가정을 그가 하나라도 알고 있었을까? 만약 그랬다면, 그는 대부분의 사람들보다 한 가지를 더 알고 있었던 셈이다.

내가 60대의 냉소주의를 뽐내려고 이런 말을 하는 것이 아니다. 비록 내가 그것을 자랑스럽게 생각할 수는 있겠지만. 어느 한 가정이 행복해질 수 있다는 점은 나도 인정한다. 가족들이 거의 모두 신체적으로도 정신적으로도 건강하고 서로를 기분 좋게 대하는 상태가 상당한 기간 동안, 즉 일주일, 한 달, 또는 그보다 더 오랫동안 유지될 수 있다면 행복할 것이다. 또한 여러 가정을 비교하는 방식을 사용한다면, 확실히 1년 내내 또는 몇 년 동안 줄곧 다른 가정보다 훨씬 더 행복한 가정들이 있을 것이다. 세상에는 극도로 불행한 가정이 아주 많기 때문이다. 이 주제에 대해 내가 이야기를 나눠본 많은 사람들은 어렸을 때 이런저런 이유로 불행했다고 말했다. 어쩌면 대부분의 사람들이 가족들과의 즐거운 추억을 간직하며 여전히 깊은 애정을 느끼고 있을지라도 자기 가정을 행복하다고 말하지는 않을 것 같기도 하다. "좋은 시절이 정말로 있기는 했죠." 사람들은 이렇게 말한다.

나는 전체적으로 봤을 때 대부분의 가정보다 더 행복해 보이는 가정에서 자랐다. 그런데도 우리 집을 단순히 행복하다는 말로만 설명하는 것은 거짓 같다. 현실을 참을 수 없을 만큼 싸구려로 만드는 것 같다. 그 '행복'의 엄청난 비용과 복잡성, 그것이 기대고 있는 희생, 억압, 선택, 잡은 기회와 잃어버린 기회, 최악과 차악의 균형, 눈물, 두려움, 편두통, 부당함, 검열, 다툼, 거짓, 분노, 잔인함, 이 모든 것을 그냥 '행복한 가정'이라는 터무니없는 빗자루로 쓱쓱 쓸어서 카펫 밑에 숨겨버리자고?

왜? 행복이 쉽고, 피상적이고, 평범한 것이라는 인상을 주기 위해서? 소설의 소재가 될 가치가 없는 흔한 것이라는 인상을 주려고? 반면 불행은 복잡하고, 심오하고, 손에 넣기 힘들고, 이례적인 것인가? 이렇게 독특하니, 위대하고 독특한 소설가가 다룰 만한 소재라는 건가?

물론 이건 말도 안 되는 생각이다. 그러나 터무니없든 아니든, 이런 생각은 수십 년 전부터 소설가들과 비평가들에게 압도적인 영향을 미쳤다. 행복한 사람들, 다른 가정과 비슷한 가정, 다른 사람과 비슷한 사람에 대한 글을 쓰다가 평론가들에게 들키는 바람에 수치심 속에 시들어간 소설가가 아주 많았다. 실제로 많은 비평가들은 소설에 행복이 나오는지 열심히 주시하고 있다가 그런 소설을 발견하면 진부하고 감상적인 작품이라고, (다시 말해서) 여자들이나 보는 소설이라고 무시해버린다.

여기에 어쩌다 젠더가 끼어들게 됐는지는 모르겠지만, 하여튼 현실이 그렇다. 젠더를 기반으로 한 인식에 따르면, 남성 독자들은 리얼리티를 갈망하는 강인한 본성을 지닌 반면 연약한 여성 독자들은 작고 따뜻한 행복의 물방울 속에서 계속 안심하고 싶어 한다. 솜털이 보드라운 토끼를 갈망하는 것과 같다.

어떤 여성들은 실제로 그렇다. 어떤 여성들은 살면서 보드라운 토끼 인형보다 더 행복한 것을 전혀 경험하지 못했기 때문에 보드라운 토끼 인형으로 사방을 채운다. 이런 면에서는 대부분의 남자보다 운이 좋다고 할 수 있다. 남성들에게는 보드라운 토끼 인형이 허락되지 않기 때문이다. 섹시한 토끼 옷을 입은 여자들만 허락될 뿐이다. 어쨌든 남녀를 막론하고 이런 사람들을 누가 비난할 수 있을까? 나는 비난할 생각이 없다. 누구든 보드랍지 않은 현실 속의 진짜 행복을 경험하는 특권을 누렸으면서 일부 소설가나 비평가의 말에 속아 행복은 불행보다 더 흔하고, 불행보다 열등하고, 불행보다 흥미롭지 않기 때문에 행복에 관한 글을 읽지 말아야 한다고 믿게 된 사람들은…… 이러다가는 섣불리 남을 판단하게 될 것 같다. 침묵으로 여기서 빠져나와야겠다.

톨스토이의 유명한 문장이 거짓임을 톨스토이의 소설만큼 분명하게 보여주는 것이 없다. 앞에 인용한 문장이 첫머리에 등장하는 소설도 여기에 포함된다. 소설에서 돌리의 가정은 불행한 것 같지만, 내가 보기에는 적당히, 그러니까 현실적으로 행복한 가정이다. 돌리와 자녀들은 불만이 없고 상냥하며, 함께 즐거운 시간을 보낼 때가 많다. 남편이 멍청하게 여자들의 치맛자락만 쫓아다니는데도 부부만의 순간 또한 분명히 있다. 이보다 위대한 소설인 『전쟁과 평화』에서 로스토프 일가가 처음 등장할 때 그들을 행복한 가정으로 묘사해도 될 것 같다. 부유하고, 건강하고, 인심 좋고, 상냥하고, 열정과 차분함이 가득하고, 생기와 에너지와 사랑이 가득한 가정. 그러나 로스토프 일가는 그 누구와도 '비슷'하지 않다. 그들은 특이하고, 예측할 수 없고, 비교할 수 없다. 대부분의 인간이 그렇듯이, 그들 또한 행복을 계속 붙잡지도 못한다. 노백작은 자녀들의 유산을 허비하고, 백작·부인은 걱정이 지나쳐 몸이 아플 정도다. 모스크바가 불타고, 나타샤는 차가운 남자와 사랑에 빠졌다가 멍청한 놈과 하마터면 도망칠 뻔했다가 결혼해서 아무 생각 없이 새끼나 낳는 암퇘지처럼 변해버린다. 페차는 열여섯 살에 전쟁에서 무의미한 죽음을 맞는다. 이 얼마나 재미있는가! 보드라운 토끼 인형이 사방에 있다!

톨스토이는 행복이 무엇인지 아는 사람이다. 행복이 얼마나 희귀한지, 얼마나 위험한 지경에 처해 있는지, 행복을 얻기가 얼마나 힘든지. 그뿐만 아니라 그는 행복을 묘사하는 능력도 있었다. 그의 소설이 뛰어난 아름다움을 지니게 된 데에는 이 보기 드문 재능의 공이 크다. 그가 이미 아는 사실을 그 유명한 문장으로 부정한 이유는 모르겠다. 그는 거짓말과 부정을 아주 많이 했다. 아마 그보다 뒤처진 많은 소설가들보다 더 많이 했을 것이다. 그는 거짓말할 것이 많았다. 또한 무자비하고 이론적인 그리스도교 신앙 때문에, 소설에서는 스스로 진실임을 알고 증명한 온갖 것들을 부정했다. 그러니 어쩌면 그는 그 문장을 쓸 때 그냥 허세를 떨었던 건지도 모른다. 근사한 문장이 아닌가. 소설의 첫 문장으로도 훌륭하다.

다음 에세이에서 나는 낯선 사람을 이스마엘*로 부르라는 말을 좋아하는지 아닌지에 대해 이야기할 것이다.

---

\* 아브라함의 아들. 추방당한 자, 버림받은 자를 뜻한다.

# 실제로 존재하지 않는 것

『환상의 책』과 J. L. 보르헤스에 관하여

1988년 재너두 출판사가 『환상의 책』을 출판했다. 호르헤 루이스 보르헤스, 아돌포 비오이 카사레스, 실비나 오캄포가 1940년에 부에노스아이레스에서 처음 출간한 책 『환상 문학 선집 Antologia de la literatura fantástica』의 번역본이다. 이 영어 번역본에 서문을 써달라는 부탁을 받고 나는 기쁜 마음으로 응했다. 그리고 이번에 이 책을 준비하면서 보르헤스에게 약간의 경의를 표하고 싶어서 이 글을 다시 살펴보았다.

존경받고 사랑받는 이모할머니나 할머니로 생각하는 책이 두 권 있다. 간혹 다소 어두운 조언이 나오기는 하지만 현명하고 온화해서 내가 쉽사리 판단을 내릴 수 없을 때 의지하는 책이다. 그중 한 권은 독특한 사실들을 적은 책이고, 나머지 한 권은 그렇지 않다. 둘 중 하나인 『역경易經』은 사실보다 더 오래 살아남아 통찰력을 갖게 된 장로와 같다. 워낙 오래전의 조상이라 우리와는 다른 언어를 사용한다. 그녀의 조언은 무서울 정도로 선명할 때도 있고 몹시 모호할 때도 있다. "강을 건너는 작은 여우는 꼬리를 적시기 마련이다." 그녀는 희미한 미소를 지으며 이렇게 말한다. "용이 벌판에 나타난다." "마른 연골 같은 고기를 깨물다." 이런 조언을 읽고 나면 조용히 물러나 오랫동안 생각에 잠기게 된다.

두 번째 책은 이보다 젊고 영어를 사용한다. 사실 그녀는 그 누구보다 영어를 많이 쓴다. 용은 잘 나오지 않지만, 마른 연골 같은 고기는 더 많다. 그러나 이 책, 가족들이 OED라고 부르는 『역사적 원칙에 따른 새 영어사전』 또한 변화의 책*이다. 많은 변화가 놀라운 이 책은 「모래의 책」**이 아닌데도 끝이 없고, 「알레프」***가 아닌데도 우리가 지금까지 말했거나 앞으로 말할 수 있는 모든 것이 그 안에 있다. 우리가 그것을 찾아내기만 하면 된다.

"이모할머니!" 나는 확대경을 손에 들고 이렇게 말한다. 내가 갖고 있는 책은 겨우 모래알만 한 활자들이 가득한 두 권짜리 소형 판본이기 때문이다. "이모할머니! 환상에 대해 말해주세요. 『환상의 책』에 대해 이야기하고 싶은데, 그게 정확히 뭔지 잘 모르겠어요."

이모할머니는 목을 가다듬으며 대답한다. "환상을 뜻하는 'fantasy' 또는 'phantasy'는 그리스어 단어 'phantasia'에서 유래한 말이다. 직역하면 '보이게 한 것'이라는 뜻이지." 그녀는 'phantasia'가 '보이게 하다'라는 뜻의 동사 'phantasein'과 친척 관계라고 설명한다. 후기 그리스어에서는 '상상하다, 환상을

---

\*     『역경』을 영어로는 '변화의 책Book of Changes'이라고 번역한다.

\*\*    보르헤스가 1975년에 발표한 단편. 페이지가 무한히 많은 책의 발견에 관한 이야기를 담았다.

\*\*\*   보르헤스가 1945년에 발표한 단편. 작품 속에서 알레프는 공간 속의 한 점으로, 모든 점을 포함하고 있다.

보다'를 뜻하는 동사다. 또한 '보여주다'라는 뜻의 'phainein'도 'phantasia'와 친척이다. 이어 그녀는 영어 단어 'fansasy'의 초창기 의미들을 요약해서 들려준다. 출현, 환영幻影, 감각적인 인식을 정신적으로 처리하는 과정, 상상력, 잘못된 인식, 변덕.

그녀는 영국 여성인 만큼 올리브기름으로 광을 낸 막대나 동전으로 점을 치는 것을 꺼리지만, 그래도 변화에 대해 이야기하기 시작한다. 수 세기에 걸쳐 사람들의 머릿속을 통과한 단어의 변화다. 그녀는 'fantasy'가 중세 후기의 스콜라 철학자에게는 '인식 대상의 정신적 이해' 즉 정신이 현상계와 스스로 연결되는 행위 그 자체를 뜻했으나, 세월이 흐르면서 완전히 반대의 뜻으로 변했음을 보여준다. 환각, 환상, 스스로를 속이는 습관을 뜻하게 됐다는 것이다. 그러나 그 뒤로 이 단어는 토끼처럼 온 길을 되짚어가서 상상 그 자체를 뜻하게 되었다. "실제로 존재하지 않는 것들을 정신적으로 그려내는 과정, 능력, 또는 결과." 비록 겉으로 보기에는 스콜라 철학에서 이 단어가 지닌 의미와 아주 흡사한 것 같지만, 'fantasy'에 대한 이 새로운 정의는 상당히 반대 방향으로 흘러간다. 아예 상상은 터무니없다, 몽상이다, 그저 공상일 뿐이라고 암시하는 지경까지 갈 때가 많다.

따라서 'fantasy'라는 단어는 거짓, 어리석음, 망상, 마음의 여울, 마음과 현실의 깊은 연결 사이에서 여전히 모호한 상태를 유지하고 있다. 이 경계선에서 이 단어는 경박한 현실 도피자의 가면을 쓰고 한쪽을 바라보다가 반대편으로 돌아서곤 한다. 그러면 우리는 그 순간 천사의 얼굴, 밝고 진실한 전령의 얼굴, 일어선 유리즌*의 얼굴을 언뜻 본다.

나의 『옥스퍼드 영어사전』이 편찬되어 나온 뒤로, 'fantasy'라는 단어의 여정은 심리학자들의 등장과 퇴장에 따라 더욱 복잡해졌다. 심리학자들이 전문적인 의미로 사용하는 'fantasy'와 'phantasy'의 뜻이 이 단어에 대한 우리의 감각과 용법에 영향을 미쳤기 때문이다. 심리학자들은 또한 우리에게 편리한 동사 'fantasise'도 선사해주었다. 이 단어는 백일몽에 빠져 있다는 뜻일 수도 있고, '이성'이 알지 못하는 이성을 발견하고 자신을 스스로 발견하는 수단으로서 상상력을 치료적으로 사용하고 있다는 뜻일 수도 있다.

하지만 이모할머니는 이 동사의 존재를 인정하지 않는다. 부록에서 그녀는 'fantasist'만 인정하면서, 예의 바르지만 입꼬리를 살짝 말아 올린 표정으로 이 신참의 의미를 "fantasy를 '천으로 짜는' 사람"으로 정의한다. 그리고 오스카 와일드와 H. G. 웰스의 작품에서 가져온 인용문으로 이 단어의 의미를 더 분명히 보여준다. 그녀가 'fantasist'를 '작가'라는 의미로 보는 것은 분명하지만, 그 사실을 인정하기가 영 내키지 않는 것 같다.

사실주의가 승리를 구가하던 20세기 초에 'fantasist'는 자신의 작품에 대해 변명하는 듯한 태도를 취하며, 그냥 단어

---

*  윌리엄 블레이크가 만든 신화에서 관습적인 이성과 법의 화신.

로 만든 수예품 같은 것이라고 말할 때가 많았다. **진짜 문학**의 가장자리를 장식한 작은 털실 방울들과 비슷하다는 뜻이었다. 또는 그저 '어린이용'으로 작품을 내놓기도 했다. 당연히 비평가, 교수, 사전 제작자의 눈에 띨 만한 작품이 아니었다.

이제는 판타지가 문학으로, 아니 적어도 문학의 한 장르로, 아니 적어도 하위 문학 장르로, 아니 적어도 상업적인 생산품으로 인정받고 있으니, 작가들은 예전만큼 삼가는 태도를 취하지 않을 때가 많다. 판타지가 유행하면서 많은 작품들이 서가를 다채롭게 물들이고 있기 때문이다. 전설 속 유니콘의 머리가 마몬*의 무릎에 놓이고, 마몬은 이 공물을 받아들인다. 판타지는 이제 상당한 사업이 되었다.

하지만 1937년 어느 날 밤 부에노스아이레스에서 세 친구가 함께 앉아 환상 문학에 대해 이야기할 때는 아직 사업이 아니었다.

1818년 어느 날 밤 제네바의 어느 별장에서 세 친구가 함께 앉아 서로 유령 이야기를 들려줄 때는 아예 환상 문학이라는 이름이 없었다. 그 세 친구는 바로 메리 셸리와 그녀의 남편 퍼시, 그리고 바이런 경이었다. 클레어 클레어몬트**와 이상한 젊은 의사 폴리도리 박사***도 십중팔구 그 자리에 있었

---

\* 성서에 언급된 부와 탐욕의 신.

\*\* 메리 셸리의 이복 자매이자 바이런의 딸 알레그라의 어머니.

\*\*\* 19세에 의사가 되고 이듬해에 바이런 경의 제네바 여행에 피후견인으로 동행한 인물.

을 것이다. 서로 무서운 이야기를 주고받다가 메리가 겁에 질렸다. 그리고 바이런은 이렇게 외쳤다. "우리 각자가 유령 이야기를 하나씩 쓰는 거야!" 메리는 그 자리를 떠나 생각에 잠겼지만 결실이 없었다. 그러다 며칠 뒤 악몽 속에서 "창백한 학생"이 기묘한 기술과 기계를 이용해 생명이 없는 것에게서 "인간의 모습을 한 끔찍한 유령"을 일으키는 것을 보았다.

그렇게 해서 그녀는 친구들 중 유일하게 유령 이야기를 썼다.『프랑켄슈타인 또는 현대의 프로메테우스』라는 이 작품은 최초의 위대한 현대 판타지다. 여기에 유령은 나오지 않지만, OED의 설명처럼 판타지는 단순한 귀신 이야기 이상이다.

구전문학이든 문자문학이든 환상 문학이라는 광대한 영역에서 유령이 한 귀퉁이를 차지하고 있기 때문에, 그 귀퉁이에 친숙한 사람들은 그 일대를 모두 유령 이야기 또는 호러라고 부른다. 이 구역에서 어떤 부분을 가장 좋아하는지 또는 가장 싫어하는지에 따라 동화 나라라고 부르는 사람도 있고 사이언스픽션이라고 부르는 사람도 있다. 그냥 이름을 붙이지 않고 헛소리라고 말하는 사람도 있다. 하지만 프랑켄슈타인 또는 메리 셸리의 기술과 기계 덕분에 생명을 얻은 그 이름 없는 존재는 유령도 요정도 아니다. 사이언스픽션과 관계가 있을 수는 있지만, 헛소리는 아니다. 그는 판타지의 원형이 된 생물이며, 죽음을 모른다. 일단 생명을 얻은 뒤 그는 절대 잠을 자지 않을 것이다. 고통 때문에 잠들 수 없다. 답을 찾을 수 없는 도덕적 의문들이 그와 함께 깨어나버렸기 때문에, 그는 결코 평화로이 쉴 수 없다.

판타지 사업에 돈이 돌기 시작하자, 할리우드에서 그를 이용해 많은 돈을 벌었다. 하지만 그것도 그를 죽이지 못했다.

1937년 부에노스아이레스의 그날 밤 실비나 오캄포가 친구인 보르헤스, 비오이 카사레스와 함께 이야기를 나누던 중에 그의 이야기가 언급되었을 가능성이 아주 높다. 카사레스는 이렇게 말한다. "환상 문학에 대해…… 우리가 보기에 가장 좋은 작품들에 대해 의견을 나눴다. 우리들 중 한 명이 우리가 수첩에 기록해둔 것들 중 같은 유형의 조각들을 하나로 모은다면 좋은 책을 만들 수 있을 것이라고 제안했다."

이것이『환상의 책』이 생겨나게 된 매력적인 과정이다. 세 친구의 대화. 계획도, 방향도, 사업적인 고려도 없이 "좋은 책을 만들"겠다는 생각뿐이었다.

이 사람들은 이 책을 만들면서 특정한 이야기를 제외함으로써 특정한 방향을 암시하고, 특정한 이야기를 포함시킴으로써 다른 방향을 무시했다. 이렇게 해서 호러와 유령 이야기와 동화와 사이언스픽션이 모두 같은 표지 아래에 모이게 되었다. 아마 사상 처음 있는 일이었을 것이다. 30년 뒤 그들은 상당히 더 두꺼워진 증보판을 내놓았는데, 보르헤스는 세상을 떠나기 직전 첫 영어판 편집자들에게 더 많은 작품을 포함시키자고 제안했다.

이 책은 독특한 선집이다. 어떤 기준에도 전혀 얽매이지 않았다. 솔직히 정리되지 않은 뒤죽박죽이다. 대부분의 독자가 잘 아는 작품이 있는가 하면, 이국적이고 독특한 작품도 있다. 우리가 지나치게 잘 안다고 생각하는 작품, 예를 들어 「아몬틸라도의 술통」 같은 작품은 동양과 남미와 먼 과거의 작품들 사이에서 근본적인 기묘함을 다시 획득한다. 카프카, 스베덴보리, 예이츠, 코르타사르, 아쿠타가와, 우교*, 제임스 조이스…… 19세기 말과 20세기 초의 작가들, 특히 영국 작가들이 많이 포함된 데에는 보르헤스의 취향이 반영된 것 같다. 보르헤스 역시 키플링과 웰스를 포함한 판타지의 국제적 전통을 후대에 전한 사람이자 그 전통의 일원이었다.

아니, '전통'이라는 말은 옳지 않은 것 같다. 이렇다 할 이름이 없고, 비평가들에게도 거의 인정받지 못하며, 대학 영문과에서는 주로 무시당한다는 점이 다른 작품들과 구별되는 특징이기 때문이다. 하지만 나는 보르헤스가 초월하면서도 동시에 그 일원이었던 판타지 작가들의 무리가 존재한다고 믿는다. 또한 그가 그 무리를 변화시키면서도 동시에 존중했다고 믿는다. 그가 『환상의 책』에 그 작가들을 포함시켰으므로, 그 책을 그는 물론 함께 편집에 참여한 다른 사람들, 이른바 마술적 사실주의보다 앞선 시대의 라틴아메리카 작가들을 위한 일종의 자료집으로 봐도 될 것 같다.

---

* 중국 오대십국의 하나인 전촉의 문장가(850~920). 야담집 『영괴록靈怪錄』을 편찬했다.

판타지를 아동용으로 여기거나(아동용 작품도 있기는 하다) 상업적이고 정형화된 작품으로 치부하면서(그런 작품도 있기는 하다) 비평가들은 판타지를 무시하는 자신의 태도를 정당화한다. 그러나 이탈로 칼비노, 가브리엘 가르시아 마르케스, 필립 K. 딕, 살만 루슈디, 주제 사라마구 같은 작가들을 보면, 우리의 서술 문학이 오래전부터 천천히 모호하게 대규모로, 그러니까 철썩철썩 왔다 가는 일시적인 유행의 물결이 아니라 깊은 해류처럼 한 방향을 향해 가고 있었다고 믿어도 될 것 같다. 그들은 '이야기의 바다' 즉 판타지와 다시 합류하려고 가는 중이다.

판타지는 사실 가장 오래된 서술 문학이며 가장 보편적이다.

우리가 현재 생각하는 픽션, 즉 18세기 이후의 장편과 단편 소설은 다양한 사람들을 직접 경험하지 않고도 이해할 수 있는 최고의 수단 중 하나를 제공한다. 픽션이 실제로 겪은 경험보다 훨씬 더 유용할 때가 많다. 시간이 훨씬 적게 걸리고, 비용이 전혀 들지 않으며(도서관을 이용하면 된다), 우리가 감당할 수 있는 정돈된 형태를 하고 있기 때문이다. 우리는 픽션을 이해할 수 있다. 경험은 증기 롤러처럼 우리를 획 깔고 지나간다. 세월이 흐른 뒤에야 우리는 그것이 어찌 된 일인지 조금이나마 이해할 수 있다. 영원히 이해하지 못할 수도 있다. 사실, 심리, 도덕을 이해할 수 있는 유용한 수단이라는 점에서 픽션은 현실보다 훨씬 더 우수하다.

그러나 사실적인 픽션은 문화의 구속을 받는다. 만약 작품 속에 묘사된 것이 우리 문화, 우리 시대라면 문제가 없다. 하지만 다른 세기 또는 다른 나라에서 일어난 일들을 묘사한 작품을 읽으면서 이해하려면 우리가 지금 있는 장소를 벗어나거나 책 속의 말을 번역할 필요가 있다. 많은 독자에게 불가능하거나 내키지 않는 일이다. 생활 방식, 언어, 도덕과 습속, 암묵적인 인식 등 사실적인 픽션의 강점이자 알맹이인 세세한 부분들이 다른 시대, 다른 장소의 독자에게는 모호하게 보여서 해석이 불가능할 수 있다. 따라서 같은 시대, 같은 나라 사람뿐만 아니라 다른 시대, 다른 나라 사람도 이해할 수 있는 작품을 쓰고 싶은 작가라면 좀 더 보편적으로 이해할 수 있는 서술 방식을 찾아야 할지도 모른다. 판타지가 바로 그런 방식 중 하나다.

판타지는 보통 평범한 생활을 배경으로 하지만, 판타지의 소재가 되는 것은 사실주의가 다루는 사회적 관습보다 더 영구적이고 보편적인 현실이다. 판타지의 알맹이는 인간에게 항상 존재하는 심리적인 면이다. 우리가 지금의 뉴욕에 대해, 1850년의 런던에 대해, 3천 년 전의 중국에 대해 전혀 모르더라도 쉽게 이해할 수 있는 상황과 이미지를 말한다.

용이 벌판에 나타난다……

미국의 픽션 작가들과 독자들은 주잇이나 드라이저의 순수한 진실성을 갈망할지도 모른다. 또한 영국 독자들은 아널드 베넷의 정제된 견실성을 돌아보며 그리워할지도 모른다. 그러나 이 소설가들이 살았던 사회, 그들이 독자로 생각했던 사회는 다양성이 부족하고 한계가 있어서, 트롤럽의 표현처럼 "우리가 지금 살아가는 방식"을 묘사하는 척 진지하게 가장하는 언어로 충분히 묘사할 수 있었다. 그 언어의 한계(계급, 문화, 교육, 윤리에 대한 공통의 인식)는 픽션의 초점을 잡아주는 동시에 범위를 축소시킨다. 두 번째 천 년이 시작될 즈음의 수십 년 동안 사회는 세계를 아우르며 다양한 언어를 사용하게 되었고, 엄청나게 비이성적이었으며, 지속적으로 급격한 변화를 겪었다. 삶의 지속성과 공통의 경험을 바탕으로 삼은 언어로는 그런 사회를 묘사할 수 없다. 그래서 작가들은 '우리'가 '지금' 살아가는 방식을 최대한 정확히 묘사하기 위해 세계적이고 직관적인 판타지의 언어로 시선을 돌렸다.

따라서 많은 현대 픽션에서 우리의 일상생활을 가장 많이 보여주는 가장 정확한 묘사를 보면 기묘함이 가득하거나, 시대가 어긋나 있거나, 상상 속 세계가 배경이거나, 약물 또는 정신병이 불러내는 주마등 속으로 묘사가 녹아 들어가 있거나, 평범한 이야기가 갑자기 비전을 향해 획 솟구쳤다가 다시 획 내려와버리기도 한다.

그러니 우리 시대의 중요한 윤리적 딜레마, 즉 세상을 완전히 말살해버릴 수 있는 힘을 사용할 것인가 하지 않을 것인가 하는 딜레마가 가장 순수한 판타지 작가들에 의해 가장 설득력 있게 제시되었는지도 모르겠다. 톨킨은 『반지의 제왕』

집필을 1937년에 시작해서 약 10년 뒤에 끝냈다. 그 세월 동안 프로도는 '힘의 반지'에 손대고 싶은 것을 참았지만, 국가들은 그러지 않았다.

그러니 이탈로 칼비노의 『보이지 않는 도시들』이 그 어떤 여행안내서보다 훌륭한 우리 세계의 안내서가 될 수 있을지도 모른다.

그러니 남미의 마술적 사실주의 작가들, 그리고 인도 등 여러 곳의 비슷한 작가들이 자신의 나라와 동포들의 역사를 전적으로 진실하게 계시적으로 묘사한 가치를 인정받는다.

그러니 변방 대륙, 변방 국가의 작가였던 호르헤 루이스 보르헤스, 청소년기와 성인기에 세찬 물결이 되어 흐른 현대적 사실주의가 아니라 변방의 전통을 선택한 그가 지금도 우리 문학의 중요한 작가로 남아 있다.

그의 시와 소설, 명상과 도서관과 미로와 갈림길에 대해 그가 남긴 이미지, 호랑이와 강과 모래와 미스터리와 변화가 등장하는 그의 책은 어디서나 존중의 대상이다. 아름답기 때문이다. 자양분을 주기 때문이다. 가장 오래되고 다급한 말의 기능을 충족시키기 때문이다(『역경』이나 『옥스퍼드 영어사전』과 같다). 우리를 위해 "실제로 존재하지 않는 것들의 정신적인 이미지"를 형성해주는 것. 그 덕분에 우리가 사는 세상이 어떤 곳인지, 우리가 그 세상에서 어디로 가고 있는지, 무엇을 찬양하면 되는지, 무엇을 무서워해야 하는지 판단할 수 있게 된다.

# 젊은 독서, 늙은 독서

## 마크 트웨인의 『아담과 이브의 일기』

1996년 셸리 피셔 피시킨이 편집한 마크 트웨인 전집 옥스퍼드판 중 『아담과 이브의 일기』 서문으로 쓴 글이다. 그때의 글을 거의 그대로 여기 수록했다(옥스퍼드판에 실린 일러스트에 관해 설명한 두 문단이 빠졌다).

모든 부족에는 나름의 신화가 있고, 젊은 부족원들은 대체로 신화를 잘못 이해한다. 1923년 버클리 대화재에 대한 우리 부족의 신화는 다음과 같았다. 나의 친할머니가 시더 거리 꼭대기 근처에 살았는데, 불길이 오르막길을 휩쓸면서 집 쪽으로 곧장 몰려오는 것을 보고 25권짜리 마크 트웨인 전집을 포드 모델 A 자동차에 실은 뒤 도망쳤다더라.

나는 이 이야기를 글로 적기 전에 테드 오빠에게 먼저 이게 사실이냐고 확인했다. 그게 실수였다. 테드는 느릿느릿 온화하게 그 이야기를 조각조각 해체했다. 음, 리나 브라운은 모델 A 자동차를 갖고 있었던 적이 없어. 사실 운전도 안 하셨지. 내가 기억하기로는 대학 남학생회 회원 몇 명이 오르막길을 올라와서, 불길이 그 길에 닿기 직전 할머니의 피아노를 밖으로 옮겼어. 곰 가죽 깔개랑 다른 물건도 몇 개 꺼냈을걸. 하지만 마크 트웨인 전집에 대한 이야기는 들은 적이 없어.

그래도 오빠와 나는 곧 지옥의 불길에 휩싸일 집에서 피아노와 곰 가죽 깔개를 구출 대상으로 선정한 남학생들이라면 마크 트웨인의 전집 또한 선택했을 가능성이 있다는 데에 동의했다. 그들이 고른 물건이 독특했음을 보여주는 사실을 꼽는다면, 할머니의 피아노가 결국 남학생회실에 놓이게 되었다는 점이 있다. 그러나 화재 이후인지 불이 한창 타던 중인지 하여튼 리나 브라운은 곰 가죽 깔개와 마크 트웨인 전집만은 그 구출자들에게서 구출해냈다. 테드가 그 깔개를 기억하고 있는 것이 증거다. 그리고 나는 마크 트웨인 전집을 생생히 기억한다.

나는 또한 할머니가 그 전집을 아주 아꼈다고 지금도 확신하고 있다. 할머니라면 옷가지와 은그릇과 수표책보다 그 책을 먼저 **구출했을** 것이다. 어쩌면 정말로 그랬을 수도 있다. 어쨌든 할머니가 돌아가신 뒤 우리 가족에게는 책꽂이 한 칸을 가득 채운 책들이 남았다. 오빠들과 내가 어렸을 때부터 집에 있던 그 책들은 조금 자갈 같은 느낌이 나는 초라한 빨간색 표지의 가벼운 중간 크기 책이었다. 슬프게도 지금은 우리 식구들 손에 없지만, 내가 추적해본 결과 어느 도서관에가 있었다. 나는 일렬로 꽂힌 그 빨간 책들을 보자마자 "그렇지!" 하고 외쳤다. 어렸을 때 사랑했던 아이가 50년 뒤 그때와 똑같은 모습의 어른으로 자란 것을 보았을 때처럼 놀랍고 기쁜 심정이었다. 우리 집에 있던 전집은 내가 아는 한 1917년에 하퍼 브라더스 출판사에서 나온 공인 유니폼판*이었다. 저작권자는 마크 트웨인사였다.

내 기억에 우리 집에서 본 또 다른 전집은 벳시 할머니의 디킨스 전집이었다. 나는 두 전집이 모두 자랑스러웠다. 전집과 유니폼판은 이제 큰 도서관이 아니면 보기가 힘들다. 하지만 옛날에는 평범한 사람들도 그런 책을 개인적으로 소유하면서 자랑스러워했다. 그런 책에는 위엄이 있다. 똑같은 표지에 제목이 금박으로 찍힌 책들이 일렬로 꽂혀 있는 모습은 위압적이지만, 전집의 진짜 위엄은 정신적인 면에 있다. 전집은 위대한 정신의 건축물, 많은 건물들로 이루어진 집이다. 독자는 어떤 문으로든 들어갈 수 있다. 어린 독자라면 창문으로 기어 들어가 정처 없이 돌아다니며 너그러움을 경험할 수도 있다.

벳시 할머니는 우리에게 아직 때가 되지 않았다면서 디킨스의 집으로 들어가는 것을 엄금했다. 아직 열여덟 살이 되지 않은 사람은 누구든 디킨스를 읽으면 안 된다는 것이었다. 벳시 할머니는 우리가 그를 잘못 이해해서, 원래 평생 동안 그에게서 느낄 수 있었을 즐거움을 망쳐버릴 것이라고 말했다. 옳은 말씀이었다. 이제는 나도 감사하게 생각한다. 하지만 열

---

*   각 도서의 크기와 양식을 통일해서 펴낸 전집이나 시리즈. 19세기 말과 20세기 초에 많이 나왔다.

여섯 살 때 나는 계속 칭얼거린 끝에 벳시 할머니에게서 『데이비드 코퍼필드』를 읽어도 좋다는 허락을 얻어냈다. 그래도 벳시 할머니는 자신이 그랬듯이 스티어포스와 사랑에 빠졌다가 상심하면 안 된다고 미리 주의를 주었다. 벳시 할머니는 돌아가시면서 내게 디킨스 전집을 물려주셨다. 50~60년 동안 할머니와 함께 서부를 돌아다니느라 책이 조금 초라해졌기 때문에 우리는 제본을 다시 했다. 나는 그 전집에서 책을 한 권 꺼내 들 때마다 벳시 할머니가 어딜 가든 이 광대한 피난처 겸 자원을 가지고 다녔던 것을 생각한다. 벳시 할머니의 인생에서 이 전집만큼 믿음직한 것은 많지 않았다.

이 디킨스 전집을 제외하면, 어떤 책이든 읽는 것을 금지당한 적이 없다. 나는 책꽂이의 모든 책 속으로 곧장 파고들어 갔다. 이야기책이라면 무조건 읽었다. 책꽂이에는 자갈 같은 느낌의 빨간 책들이 이야기를 가득 담고서 한 줄을 가득 메우고 있었다.

당연히 나는 『톰 소여』와 『허클베리 핀』을 금방 만났다. 칼 오빠가 내게 이 작품들의 속편을 보여주었지만 우리는 속편의 질이 상당히 떨어진다고 평가했다. 우리는 제법 비판적인 녀석들이었다. 『왕자와 거지』를 읽은 다음에는 『미시시피강의 추억』과 『유랑』에 돌입했다. 나는 오랫동안 이 책을 가장 좋아했다. 사실 그렇게 이야기들을 읽다가 결국은 전집을 모두 읽었다. 빨간 책을 한 권씩 차례로 꺼내서 덥석 물고 우적우적 꿀꺽, 덥석 물고 우적우적 꿀꺽.

『코네티컷 양키』는 별로 마음에 들지 않았다. 이 책의 의미가 그냥 내 머리를 스치고 지나가버렸다. 주인공이 고집 세고, 시끄럽게 잘난 척하고, 허세를 부린다는 생각밖에 들지 않았다. 하지만 어떤 책이 마음에 들지 않는다는 사소한 문제가 그 책을 읽는 데 방해가 되지는 않았다. 그때는 그랬다. 방울양배추와 비슷했다. 방울양배추를 좋아하는 사람은 하나도 없지만, 이 식물은 실제로 존재하는 음식이기 때문에 사람들은 이 식물을 먹었다. 식사와 독서는 삶의 핵심적이고 필수적인 부분이었다. 항상 『허클베리 핀』과 옥수수만 읽고 먹을 수는 없다. 가끔은 방울양배추와 『코네티컷 양키』를 먹고 읽어야 한다. 게다가 『코네티컷 양키』에도 좋은 부분이 많았다. 일렬로 꽂힌 빨간 책들 중에서 유일하게 막힌 책은 『잔 다르크』였다. 나는 도저히 그녀를 삼킬 수 없었다. 목에서 아래로 내려가려 하지 않았다. 또한 우리 집 전집에는 『크리스천 사이언스』가 없었던 것 같다. 그 책에 덤벼들었던 기억이 없기 때문이다. 만약 그 책이 집에 있었다면 나는 아이들이 그러듯이, 에스키모 주부들이 바다코끼리의 가죽을 부드럽게 만들 듯이 씹어댔을 것이다. 하지만 그 책 역시 삼키지는 못했을지도 모른다.

내 기억에 『아담과 이브의 일기』를 발견하고 나더러 읽어보라고 말한 사람은 칼 오빠였다. 나는 독서에 대해서는 항상 칼의 충고를 따랐다. 오빠가 영문과 교수가 된 뒤에도 마찬가지였다. 교수가 되기 전 오빠가 나를 엉뚱한 길로 이끈

적이 한 번도 없기 때문이었다. 예를 들어, 오빠가 첫 60페이지를 그냥 건너뛰어도 된다는 말을 해주지 않았다면 나는 『톰 브라운의 학창 시절』에 아예 손을 대지 않았을 것이다. 엉덩이가 한 짝뿐인 사람이 나오면 책을 읽은 보람이 느껴질 테니 계속 참고 『캉디드』를 읽으라고 말해준 사람도 칼 오빠가 분명하다. 그래서 나는 책꽂이에서 아담의 일기와 이브의 일기를 모두 찾아내 읽었다. 그리고 읽자마자 영원한 사랑에 빠졌다.

하지만 올해 그 책을 다시 읽은 것은 약 50년 만에 처음이었다. 평생 내가 그 전집을 갖고 있었던 것이 아니므로, 그동안에는 내가 좋아하는 책들만 여기저기서 구해 읽었다. 여러 선집에 포함된 작품들도 읽었다. 그런데 『아담과 이브의 일기』는 어떤 선집에도 포함되어 있지 않았다.

50년이라는 세월 덕분에 나는 어렸을 때 이 책을 읽은 경험과 지금의 경험을 비교하고 싶다는 충동에 저항할 수 없었다.

가장 먼저 해야 할 말은, 책을 다시 읽어보니 세월의 틈새를 전혀 느낄 수 없었다는 것이다. 50년이 무슨 대수인가? 다섯 살이나 열다섯 살 때 읽었던 책 중에는 심연 같은 작품이 있다. 내가 사랑한 책들, 교훈을 얻은 책들이 많이 심연 속으로 떨어져버렸다. 나는 이제 『스위스의 로빈슨 가족』을 절대 읽을 수 없다. 전에 읽은 적이 있다는 사실이 놀라울 따름이다. 바다코끼리의 가죽을 씹는 걸 생각해보라! 하지만 『아담과 이브의 일기』는 묘하게도 옛날과 똑같이 느껴진다. 거의 불멸의 작품 같다. 일기들이 전혀 변하지 않았기 때문이다. 처음 읽었을 때와 똑같이 신선하고 놀랍다. 내가 책을 읽으면서 느끼는 것도 과거와 크게 다르지 않은 것 같다.

이제부터 이 일기의 세 가지 측면, 즉 유머, 젠더, 종교를 통해 그때와 지금의 내 반응을 추적해보겠다.

❧

아이와 어른의 유머 감각은 다른 것 같지만, 서로 겹치는 부분도 아주 많아서, 사람들이 나이를 먹으면서 같은 장치를 그저 다르게 사용할 뿐이 아닌가 하는 생각이 들 정도다. 처음 『아담과 이브의 일기』를 접한 열 살 또는 열한 살 때 나는 제임스 서버의 작품들을 착실하고 경건하게 읽고 있었다. 그 작품들이 재미있다는 것은 알고 있었다. 어른들은 그 작품들을 읽으면서 큰 소리로 웃음을 터뜨렸다. 하지만 나는 웃지 않았다. 인간의 행동을 다룬 훌륭하고 신비한 이야기들이었다. 사람들이 어른 특유의 놀라운 일, 무서운 일, 설명할 수 없는 일을 하는 민담이나 이야기와 비슷했다. 「침대가 떨어진 밤」에서 서버 가족이 여러 날 동안 밤에 방황하며 돌아다니는 것은 『제인 에어』 첫 장章에서 리드 일가가 보여주는 행동에 비해 더 이상하지도 덜 이상하지도 않았다. 두 작품 모두 인생을 환상적으로 묘사했다. 내 앞에서 나를 기다리는 세상을 직접 목격하고 와서 들려주는 안내서였다. 나는 너무 흥미로워서 웃을 수 없었다.

내가 서버의 작품을 읽으며 웃음을 터뜨린 것은 그가 말장난을 했을 때였다. 마크 트웨인의 유머를 아이도 이해할 수 있다는 점은 그가 말을 가지고 노는 방식과 크게 관련되어 있음이 분명하다. 시치미를 뚝 떼고 내뱉는 엉터리 같은 말, 놀라운 단어 선택. 큰어치가 오두막에 도토리를 가득 채우려고 하는 이야기를 처음 읽었을 때 나는 정말 죽는 줄 알았다. 바닥을 데굴데굴 구르며 웃다가 숨을 몰아쉬었다. 지금도 그 큰어치를 생각하면 평화로운 유쾌함이 나를 감싼다. 그런데 그 모든 유머의 근원이 바로 그의 이야기 방식이다. 이야기를 좌우하는 것은 바로 이야기 방식이다.

아담의 일기도 재미있는 부분은 아주 재미있다. 아담의 문체 덕분이다.


그래서 그녀는 그 안에 사는 생물들, 자신이 물고기라고 부르는 생물들을 안쓰러워했다. 이름이 필요하지도 않고 이름을 불렀을 때 다가오지도 않는 것들에게 그녀가 계속 이름을 묶어주고 있기 때문이다. 그것들의 행동은 그녀에게 전혀 중요하지 않았다. 어차피 그녀는 엄청난 멍청이였다. 그래서 그녀는 어젯밤 그것들을 많이 가지고 들어와서 추울까 봐 내 침대에 넣어두었다. 나는 하루 종일 간간이 그것들의 존재를 알아차렸는데, 그것들이 전보다 더 행복해진 것 같지 않다. 그냥 더 조용해졌을 뿐이다.

이것이야말로 마크 트웨인 특유의 절묘한 문장이다. 그는 특정한 방향을 향하는 것 같지도 않은데 숨이 막힐 만큼 정확히 금광에 도착하는 정처 없는 만담으로 힘들이지 않고 광대한 땅을 모두 아우른다. 분별 있는 아이라면 재미있게 읽을 것이다. 어쩌면 그 구불구불한 궤적을 모두 따라가지는 못하더라도, 문장의 움직임, **멍청**이라는 단어, 물고기를 침대에 넣는다는 말에 즐거워할 것이다. 그 아이가 자라서 이 글을 다시 읽는다면, 거기서 느끼는 보상 또한 자라날 수밖에 없다. 이제 어른이 된 그 아이가 이 글에 대해 에세이를 쓸 일이 생겨서 위의 문장을 열심히 연구한다면, 여기에 사용된 어휘, 구문, 속도 조절, 감각, 리듬에 완전히 감탄하게 될 것이다. 특히 마지막 문장의 멋들어진 타이밍이 그렇다. 그리고 그 아이는 이 글을 여전히 재미있게 읽을 것이다. 그렇게 읽고 있다.

트웨인의 유머는 불멸이다. 작년에 나는 산문의 리듬을 연구하기 위해 「뜀뛰는 개구리」의 한 문단을 분석했다. 그 문단을 상세히 살피고, 해부하고, 박자를 헤아리고, 여러 구절을 그룹으로 묶고, 해체해서 간단한 드럼 악보 같은 것으로 만들었다. 이렇게 온갖 짓을 한 뒤에도 그 문단을 읽을 때마다 나는 예전과 똑같이, 아니 어쩌면 더 신선하고 생기 있고 재미있다는 느낌을 받았다. 산문 그 자체는 불멸이다. 모두 같은 작품이다. 살아 있는 사람의 말이 거기 담겨 있다. 마크 트웨인이 성실하게 생명력을 담아 자신의 목소리를 종이에 옮겨놓았기 때문에 녹음기를 동원하는 방식이 조잡하고 기묘하게 보인다.

그래서 우리가 그를 신뢰하는 건가 싶다. 그가 우리를 실망시킬 때가 아주 많은데도. 아담의 일기에서 나이아가라에 대해 멍청한 소리를 늘어놓는 부분(나이아가라 폭포에 대한 어떤 간행물과 어울리게 일부러 집어넣었음이 분명하다)처럼 문제가 있는 대목을 다른 작가의 작품에서 보았다면 나는 대체로 그 작가를 불신하게 되었을 것이다. 하지만 마크 트웨인의 순수성은 아주 분명하다. 쉽게 타락하지도 않는다. 그래서 문제가 있는 대목들이 유난히 눈에 띄는데도 용서받는다. 예전에 어느 훌륭한 피아니스트가 연주 중에 실수를 아주 많이 한다는 말을 들었다. 하지만 음악이 진실했기 때문에 그 실수들은 전혀 중요하지 않았다. 마크 트웨인이 자신의 유머를 강요할 때가 간혹 있기는 해도, 언제나 그의 목소리가 되돌아와 우리 마음에 닿는다. 그의 목소리는 과장과 어리석음과 터무니없이 지어낸 이야기와 절대적인 정확성과 진실을 갖고 있다.

따라서 『아담과 이브의 일기』에 나오는 유머에 대한 나의 반응은 전체적으로 봤을 때 50년 전과 아주 흡사했다. 그 책의 유머 중 많은 것이 완전히 아이 같다는 점이 이유 중 하나다. 칭찬으로 하는 말이다. 거기에는 비열함도, 옆구리를 쿡쿡 찌르고 윙크를 하는 것 같은 느낌도, 가짜 같은 느낌도 전혀 없다. 옛날과 마찬가지로 아담이 매우 웃기지만 둔하기도 해서, 나는 그를 보며 웃기보다 발로 한 대 차주고 싶을 때가 많다. 이브는 아담만큼 웃기지 않지만 그녀를 보며 기분이 상할 때가 많지 않아서 편안히 웃을 수 있다.

내가 『아담과 이브의 일기』를 읽은 것은, 말하자면, 젠더에 개인적으로 관심을 갖기 전이었다. 세상에 남자와 여자가 존재한다는 건 알고 있었고, 유용한 독일 책에서 아기가 어떻게 생기는지 배웠지만, 아직은 나에게 멀게만 느껴지는 이론적인 이야기일 뿐이었다. 케인스 경제학이 곧바로 내 관심을 끌지 못한 것과 비슷했다. 프로이트가 훌륭한 상상력으로 만들어낸 용어 중 하나인 '잠재기'가 가장 잘 어울리는 시기였다. 아이들은 몇 년 동안 자유를 누리다가, 호르몬의 작용으로 일종의 호색적인 동요 상태에 접어든다. 지금은 열 살 아이들이 이런 변화를 겪는 편이다. 어쨌든 1940년대에 젠더는 토론의 주제가 아니었다. 남자는 남자고(대부분 이런저런 일들을 운영하거나 제복을 입었다), 여자는 여자였다(대부분 살림을 하거나 공장에 다녔다). 그것으로 끝이었다. 버지니아 울프 같은 소수의 위험 분자를 제외하면, 남성을 우위에 놓는 인식과 제도에 드러내놓고 의문을 제기하는 사람이 없었다.

20세기에 젠더의 건축이 저점에 있던 시기였다. 당시 젠더라는 건축물은 고작해야 청소용품을 넣어두는 벽장처럼 좁고 불편한 곳이었다.

하지만 『아담과 이브의 일기』는 19세기가 20세기로 바뀌는 시기의 작품이다. 성 역할에 대한 혁명적인 의문이 제기된 시기이자 여성 참정권 운동이 일어난 최초의 페미니즘 시대였다. '신여성'의 시대이기도 했다. 그리고 신여성은 바로 마크 트웨인이 우리에게 준 이브와 똑같이 튼튼하고 유쾌하게 유능한 사람이었다.

이제는 이 일기에서 여성에 대한 애정과 몹시 섬세한 감정과 더불어 여성을 옹호하는 태도가 보인다. 마크 트웨인은 항상 약자의 편이다. 비록 그는 세상이 남자들의 것이고 반드시 그래야 한다고 믿었지만, 그 세상에서 여자들이 약자라는 점을 알고 있었다. 정의에 대한 이 훌륭한 감각 덕분에 『아담과 이브의 일기』는 도덕적인 복잡성을 얻었다.

어렸을 때 나는 이 책을 읽으면서 조금 불편함을 느꼈다. 그 불편한 요소가 바로 여기, 그 도덕적 복잡성과 어느 정도의 자기모순 속에 있는 것 같다.

아담이 이브에 대해 절대적인 우위를 갖게 된 것은 그의 머리나 근육의 우월함 때문이 아니라 우둔함 때문이다. 그는 눈치도 없고, 귀를 기울이지도 않고, 무심하고, 멍청하다. 그는 그녀와 관계를 다지려 하지 않으므로, 그녀가 말과 행동으로 직접 그와 관계를 다지고 그와 에덴동산 세계의 관계도 다져주어야 한다. 그는 있는 그대로의 자신에 전적으로 만족한다. 따라서 그녀가 그에게 맞춰주어야 한다. 그는 자신의 관심사 중앙에 완전히 고착되어 꿈쩍도 하지 않는다. 그녀는 그와 함께 살기 위해, 그의 주변적인 존재, 부수적이고 부차적인 존재가 되는 것을 받아들여야 한다.

에덴동산의 이러한 모습 속에는 사회적, 심리적 진실이 상당히 많이 담겨 있다. 밀턴은 이것이 훌륭한 그림이라고 생각했으나, 마크 트웨인의 생각은 달랐던 것 같다. 아담의 일기와 이브의 일기 말미에서, 비록 이브 자신은 많이 변하지 않았지만 아담을 크게 변화시킨 것으로 나오기 때문이다. 그녀는 항상 깨어 있었다. 그리고 그는 서서히 변화하다가 마침내 깨어나 그녀를 공평하게 대한다. 따라서 그 자신도 공평하게 대하게 된다. 설마 그녀에게 너무 늦은 것은 아니겠지?

어렸을 때 여기까지는 내가 아주 잘 따라왔던 것 같다. 비록 다른 사람들과 의논할 수는 없었지만, 매혹과 더불어 약간의 고민도 느꼈다. 아이들은 공정함에 대한 선천적인 열정을 지니고 있는 듯하다. 누가 가르쳐줄 필요가 없다. 오히려 힘들게 부딪쳐가며 그 열정이 억지로 빠져나간 뒤에야 적당히 편견을 지닌 어른이 된다.

마크 트웨인과 나는 남녀를 짝지어 생각하는 것을 이상으로 떠받드는 사회에서 자랐다. 가정의 생계를 책임지고 독립적인 남편과 집에서 시간을 보내며 의존적인 아내. 남편이 떡갈나무라면 아내는 담쟁이덩굴이다. 힘은 남편의 것, 우아함은 아내의 것. 남편은 일해서 돈을 벌지만, 아내는 '일하지 않는다'. 살림을 하면서 남편의 자식들을 낳아 기르고, 남편에게 미학적인 위안을 제공해준다. 정신적인 위안을 줄 때도 많다. 20세기 후반인 지금도 종교와 정치의 보수주의자들은 남녀에 대해 거의 비슷한 생각을 품고 있다. 50년 전이나 100년 전에 비해 대부분의 사람이 실제로 경험하는 삶과 훨씬 더 동떨어진 생각을 하고 있다는 뜻이다. 트웨인의 아담과 이브는 이 강력한 고정관념과 기본적으로 일치하는가, 아니면 상당히 달라진 모습인가?

나는 변화가 상당하다고 본다. 비록 책의 끝부분이 조금 애매하긴 하지만. 마크 트웨인은 젠더와 관련해서 특정한 이상을 지지하지 않고, 남녀의 실제 차이를 나름대로 살펴본다. 그 차이점들 중 어떤 것은 사람들이 생각하는 이상에 잘 들어맞지만, 어긋나는 차이점도 있다.

이브는 에덴동산의 지식인이고 아담은 촌뜨기다. 그녀는 호기심이 왕성해서 모든 것을 배우고 싶어 하고, 모든 것에 이름을 주고 싶어 한다. 아담은 그 무엇에도 호기심이 없다. 자신에게 필요한 것을 이미 모두 알고 있다는 확신 때문이다. 그녀는 대화를 원하고, 그는 툴툴거리는 것을 원한다. 그녀는 사교적이고, 그는 혼자 있는 것을 좋아한다. 그녀는 과학적인 사고를 하는 자신을 자랑스러워하면서도, 자신의 지론이 옳은지 시험하지 않은 채 그대로 만족한다. 경험주의의 그림자는 조금도 없이 순수하게 직관과 이성만 사용하는 방식이다. 그는 그녀가 지론을 시험해보아야 한다고 생각하지만, 자신이 직접 나서서 시험해보기에는 너무 게으르다. 그는 통을 타고 나이아가라 폭포로 가는데, 이유는 자신도 모른다. 그냥 남자들이 원래 그런 행동을 하기 때문인 것 같다. 아담보다 훨씬 상상력이 풍부하고 상상의 영향도 많이 받는 이브가 위험한 일을 할 때는 그 일이 위험하다는 사실을 모를 때뿐이다. 그녀는 호랑이의 등에 타고 뱀과 이야기를 나눈다. 반항적이고, 모험을 즐기고, 독립적인 사람이다. 그는 권위에 의문을 제기하지 않는다. 그녀는 무구한 말썽꾼이다. 무질서를 사랑하는 그녀가 생각할 필요 없고, 자급자족이 가능하고, 권위적인 그의 에덴을 파괴한다. 그리고 에덴에서 그를 구출한다.

그녀도 구출되는가?

활기 있고, 똑똑하고, 무질서적인 이 이브를 보면 H. G. 웰스의 앤 베로니카가 생각난다. 그녀는 1909년의 전형적인 신여성이었다. 하지만 용기와 호기심 때문에 결국 다다른 곳은 독립적인 생활이 아니라 누군가의 아내가 되는 길이었다. 여자로서 만족할 수 있고, 여자에게 적합한 삶. 우리는 생생한 여성 캐릭터가 결혼해서 아이를 낳자마자 생각 없이 자식이나 낳는 암퇘지로 변해버리는 나타샤 신드롬에 불길할 정도로 근접해 있다. 일단 아담의 마음을 얻고 자식을 낳고 나면, 이브는 질문과 생각과 노래와 모험을 멈추는가? 우리도 모른다. 톨스토이는 결혼한 나타샤의 끔찍한 모습을 언뜻 보여준다. 웰스는 앤 베로니카가 앞으로 아주 잘 살아갈 것이라고 우리를 납득시키려 한다. 하지만 마크 트웨인은 이브가 어떻게 되는지 우리에게 전혀 알려주지 않는다. 그녀는 입을 다물어버린다. 좋은 징조가 아니다. 낙원에서 쫓겨난 이후 우리 귀에 들리는 것은 아담의 목소리뿐이다. 카인이 도대체 어떤 짐승인지 몹시 혼란스러워하는 목소리다. 이브는 설사 아담이 자신을 때린다 해도 아담을 사랑할 거라고 말할 뿐이다. 아주 나쁜 징조다. 그리고 40년이 흐른 뒤 그녀는 이렇게 말한다. "그는 강하고 나는 약하다. 그는 내게 꼭 필요하지만, 그에게 나는 그만큼 필요하지 않다. 그가 없는 삶은 삶이 아닐 것이다. 내가 그런 삶을 어떻게 견딜 수 있을까?"

그녀의 말을 믿어야 하는 건지, 믿을 수 있는지 잘 모르겠다. 내가 알던 그 여자가 하는 말 같지 않다. 이브가 약하다고? 헛소리! 아담이 배우자로서 쓸모 있는 사람인지는 확실치 않다. 이브가 생계를 위해 둘 다 일해야 할 거라고 말하자, 그는 "그녀가 잘할 거야. 내가 감독해야지"라는 결론을 내린다. 자기 아들이 캥거루라고 생각하는 남자 주제에. 이브가 자식을 갖는 데 그가 필요한 것은 사실이다. 그를 사랑하니까 그리워할 것이다. 하지만 그가 없으면 그녀 혼자 살아남지 못할 것이라는 증거가 어디 있는가? 그는 아마 그녀가 없어도 살아남을 것이다. 그녀를 만나기 전처럼 거친 방식으로. 하지만 가장 중요한 것은 그들이 **상호의존**하고 있다는 점이 아닌가?

이제『아담과 이브의 일기』를 '강한 남자-약한 여자' 공식을 섬세하고 즐겁게 놀리는 글로 읽어보고 싶다. 하지만 과연 그렇게 읽을 수 있을지 모르겠다. 이 책은 놀리는 글인 동시에 항복 문서일 수도 있다.

아담이 결정적인 말을 한다. "그녀가 어디에 있든, 거기에 에덴이 있다." 마음에서 우러나온 이 통렬함은 완전히 뜻밖이다. 어렸을 때 나는 이 문장을 읽으며 부르르 떨었다. 지금도 그렇다.

어렸을 때 우리 집 분위기는 종교와 거리가 멀었다. 십중팔구 내가 어렸을 때 마크 트웨인의 글에 그토록 공감한 이유 중 하나일 것이다. 사람들이 교회에 가는 모습을 묘사한 글은 낯선 부족의 이국적인 의식처럼 흥미로웠다. 그런데 마크 트웨인만큼 그런 장면을 잘 묘사한 사람이 없었다. 내가 책을 읽으면서 마주친 하느님은 항상 불필요하게 일을 꼬아서, 사람들에게 이상한 생각을 심어주고 우울한 일을 하게 만들었다. 그는 베스 마치*를 형편없이 대했고, 제인 에어의 삶을 망가뜨리려고 최선을 다했다. 그녀가 하느님 대신 로체스터를 택할 때까지. 내가 하느님이 주인공으로 나오는 책을 읽기 시작한 것은 몇 년이 흐른 뒤였다. 그때까지는 하느님이 전혀

---

\* 『작은 아씨들』에서 네 자매 중 가장 얌전하고 수줍음이 많은 인물.

나오지 않는 책에 전적으로 만족했다.

여호와를 언급하지 않고 아담과 이브의 이야기를 할 수 있는 사람이 마크 트웨인 말고 또 있을까?

그리스도를 믿지 않는 아이였던 나는 그의 이야기를 아주 편안히 받아들였다. 그리고 당연히 그것이 사리에 맞는 이야기일 거라고 생각했다.

그리스도를 믿지 않는 어른이 된 지금도 내게 그 작품은 사리에 맞는 이야기지만, 그 독창성과 용기를 옛날보다 더 제대로 감상할 수 있다. 그 대담함, 그 정신의 놀라운 독립성! 경건하고, 신앙심 깊고, 검열이 자행되고, 독선적이던 1896년의 그리스도교 국가 미국, 아니 따지자면 1996년의 미국도 마찬가지지만, 그런 나라에서 이브와 아담을 하느님의 도움 하나 없이, 그리고 따지자면 뱀의 도움도 없이, 에덴동산 밖으로 내던져 하느님이 불필요한 가설에 불과하다는 것을 보여준 것, 죄와 구원, 사랑과 죽음을 철저히 인간의 일로, 우리의 책임으로 우리 손에 돌려준 것, 이것이야말로 자유로운 영혼, 용감한 영혼이 한 일이다.

어렸을 때 그런 영혼을 만나는 것이 얼마나 큰 행운인지. 한 나라가 마크 트웨인 같은 존재를 가슴에 품는 것이 얼마나 큰 행운인지.

# 코드웨이너 스미스에 대한 단상

1994년 7월에 열린 사이언스픽션 연례 회의 리더콘의 프로그램 안내서에 수록된 이 글은 여기서 다루는 작가들과 친숙한 독자를 겨냥하고 있다. 코드웨이너 스미스나 제임스 팁트리 주니어의 소설을 읽은 적이 없는 사람들에 대해서는, 이 글이 그들의 호기심을 깨워 강렬한 독창성을 지닌 이 작가들의 작품을 찾아보게 만드는 계기가 되기를 바랄 뿐이다. 다음의 사실들을 미리 알고 있다면 이 글의 내용 중 일부를 더 명확히 이해할 수 있을 것이다. 두 작가는 미국 정부를 위해 일했다(그들이 소설을 쓸 때 필명을 사용한 이유에 대한 평범한 설명이다). 스미스는 존스 홉킨스 대학에서 폴 라인바거라는 이름으로 아시아학을 가르치는 교수였으며, 2차 세계대전 때는 중국에서 첩보원으로 활동했고, 오랫동안 심리전의 표준 교과서가 된 『심리전』을 집필했으며, 대외정책협회 회원이자 존 F. 케네디의 보좌관으로 활동했고, 쑨원孫文의 대자代子였다.

## 이름

필명은 신기한 장치다. 배우, 가수, 무용수도 다양한 이유로 예명을 사용하지만, 화가나 조각가나 작곡가 중에는 별도의 이름을 지어서 쓰는 사람이 많지 않은 것 같다. 오페라 〈헨젤과 그레텔〉을 작곡한 독일 작곡가 엥겔베르트 홈페르딩크Engelbert Humperdinck는 자신의 이름에 전혀 손을 대지 않고 그냥 살았다. 그런데 100년 뒤 어떤 촌스러운 가수가 나타나 귀여워 보인다는 이유로 그 이름을 훔쳐 갔다.* 로자 보뇌르라는 프랑스 화가는 자신의 이름을 조르주 트리스테스로 바꾸지 않았았다.** 그냥 말을 그린 뒤 크고 선명하게 '로자'라고 서명했을 뿐이다. 하지만 작가들, 특히 소설가들은 항상 이름을 지어낸다. 그렇다면 그들은 자신이 이름을 지어준 소설 속 등장인물과 자신을 혼동하는 걸까?

이 질문을 경박하다고만 치부할 수는 없다. 내 생각에 대부분의 소설가는 가끔 자신 안에 많은 사람이 들어 있음을 의식하는 것 같다. 다중 인격 장애에 불편할 정도로 민감하게 공감하며, 자아에 대한 상식적인 개념을 전적으로 받아들이지는 않는다는 점 또한 의식하는 것 같다.

보통은 '작가'와 '개인'이 분리되어 있다. 그런데 사람들의 숭배가 이 둘의 차이를 지워버린다. 배우나 정치인과 비슷하게 바이런 경이나 헤밍웨이 같은 작가들의 경우에도 개인이 페르소나의 눈부신 빛 속으로 사라져버린다. 책을 홍보하기 위한 여러 활동은 모두 그 눈부신 빛의 초점을 계속 유지시킨다. 사람들은 '작가를 만나려고' 줄을 서면서도, 사실은 그것이 불가능한 일임을 깨닫지 못한다. 책 사인회 때 그냥 작가로만 존재할 수 있는 사람은 없다. 할란 엘리슨조차 그러지 못한다. 그들이 써줄 수 있는 말은 "작가 아무개가 아무개 님께

---

\*   영국 가수 잉글버트 험퍼딩크를 가리킨다. 홈페르딩크의 이름을 영어식으로
     발음한 이름이다.
\*\*  '보뇌르bonheur'는 '행복', '트리스테스tristesse'는 '슬픔'이라는 뜻이다.

드립니다"뿐이다. 그다지 흥미로운 이야기는 아니다. 작가의 팬들이 만날 수 있는 사람은 개인뿐이다. 그 사람이 작가와 많은 공통점을 갖고 있기는 해도 작가 그 자체는 아니다. 어쩌면 작가보다 더 친절할 수도 있고, 더 재미없을 수도 있고, 더 늙었을 수도 있고, 더 비열할 수도 있다. 그러나 가장 큰 차이점은 개인이 사는 곳은 이 세상이고 작가가 사는 곳은 자신의 상상 속 그리고/또는 대중의 상상 속이라는 점이다. 이것이 오로지 대중의 상상 속에만 살아 있는 공적인 인물을 만들어낸다.

따라서 작가 뒤의 개인을 숨겨주는 필명은 기본적으로 보호와 능력 발휘를 위한 장치일 수 있다. 브론테 자매와 메리 앤 에번스*의 경우가 그러했다. 성별이 불분명한 이름 커러, 엘리스, 액턴 벨은 샬럿 브론테, 에밀리 브론테, 앤 브론테 자매를 명성으로부터 보호해주었다. 만약 그들이 유명인이라는 사실이 알려졌다면, 주변 사람들이 불쾌해했을지도 모른다. 또한 이 필명 덕분에 편집자들은 편견 없는 눈으로 그들의 원고를 읽었다. 편집자들은 그들이 남자라고 생각했을 것이다. 조지 엘리엇이라는 이름은 회개하지 않고 계속 죄악 속에 살던 메리 앤 에번스를 사회적 비난이라는 괴물로부터 보호해주었다.

이런 페르소나 덕분에 작가들이 내면의 검열관으로부터, 내면화된 수치심과 금기로부터, 여자의 글이란 모름지기

---

\* 작가 조지 엘리엇의 본명.

이러이러해야 한다는 인식으로부터 자유를 얻었다고 생각해도 될 것 같다. 여성 작가들은 묘하게도 남성적인 필명 덕분에 문학과 경험에 대한 남성적 인식에 복종해야 한다는 굴레에서 벗어난다. 제임스 팁트리 주니어라는 이름도 앨리스 셸던에게 틀림없이 그런 자유를 주었을 것이다.

하지만 셸던의 경우는 필명의 또 다른 측면을 보여준다. 이미 유명한 사람이 다른 종류의 작업을 하기 위해 다른 페르소나를 원하거나 필요로 하는 경우다.

셸던이 직업적으로 반드시 팁트리가 되어야 할 필요가 있었는지는 모르겠다. 만약 그녀가 본명으로 소설을 발표했다면 일자리를 잃거나 정부의 의심을 샀을까? 내 짐작에 그녀에게 필명이 필요했던 것은 무엇보다도 아주 강렬한 개인적 이유 때문인 듯하다. 그녀는 자신이 아닌 다른 사람으로서 글을 쓸 필요가 있었다. 그때까지 여성으로서 대단히 성공적인 길을 걸어왔으나, 작가로서는, 적어도 처음에는, 자신을 남자로 내세울 필요가 있었다. 어쩌면 심지어 그녀 자신에게까지 그럴 필요가 있었을 수도 있다. 그녀가 자신의 분신을 찾아낸 곳은 마멀레이드병에 붙은 라벨이었다. 그녀는 그 역할에 아주 편안하게 빠져들어 가, 소설뿐만이 아니라 편지도 썼다. 그리고 제임스 팁트리 주니어는 많은 사람이 귀하게 사랑하는 펜팔 친구가 되었다. 여자로서 글을 발표하고 싶다는 생각이 차츰 들기 시작하자 그녀는 자신의 이름 중 절반만 살려서 라쿠나Raccoona 셸던이라는 이름을 지었다(나는 이 이름이 마음에 걸린다. 그녀가 지어낸 앞쪽 이름이 너무 이상해서* 스스로 자신을 깎아내리려는 것 같기 때문이다). 마침내 정체가 밝혀졌을 때 그녀는 사실상 집필을 중단했다. 남성적인 이름이든 여성적인 이름이든 가면 역할을 하던 필명이 무엇보다도 그녀에게 글을 쓸 수 있게 해주는 요소, 글을 쓸 수 없거나 쓰려고 하지 않는 공적인 자아에서 온통 작가로만 존재하는 사적인 자아로 도망칠 수 있게 해주는 도피로였던 것 같다.

이제 교수이자 대령인 폴 마이런 앤서니 라인바거 이야기를 해보자. 코드웨이너 스미스가 그에게는 무엇이었을까? 여기서부터 나는 라인바거/스미스의 생애와 작품에 대한 최고의 권위자인 존 J. 피어스의 연구에 감사한 마음으로 온전히 의지하겠다. 피어스는『인간의 재발견』**에 부친 훌륭한 서문에서, 라인바거가 심리전에 관한 책을 본명으로 발표했으나 첫 소설 두 편(『리아』와 『카롤라』)은 필릭스 C. 포러스트라는 이름으로 발표했다고 알려준다. 그러다가 "'포러스트'가 누구인지 사람들에게 알려졌을 때 그는 더 이상 글을 쓸 수 없었다."(셸던의 경우와 비슷하다.) 피어스의 글은 계속 이어진다. "그는 첩보 스릴러『아톰스크』를 카마이클 스미스라는 이름으로 발표해보았지만 또 정체를 들키고 말았다. 심지어 아내의 이름으로 또 다른 소설의 원고를 제출한 적도 있으나

---

\*    'raccoon'은 '너구리'라는 뜻이다.
\*\*   1993년에 출간된 스미스의 소설집.

아무도 속지 않았다." 아내의 이름을 가명으로 사용했다는 것을 보니 일단 그의 아내가 아주 성격 좋은 사람이었고, 그에게는 반드시 가면을 써야 할 필요가 있었던 것 같다. 또한 흔히 남자들에게 엄청 중요한 문제, 즉 항상 완전히 남자로 인정받는 것에 그는 아주 특이하게 무심했던 것 같다.

마지막으로 정착한 필명이 그에게는 심각한 문제의 전문가 겸 학자로서 자신의 품위를 지키는 데 필요했을 뿐만 아니라, 정신적 자유를 허락해준다는 점에서도 몹시 중요했던 것 같다. 라인바거 박사는 책임감 있고 존경받는 사람이어야 했으므로 말을 조심할 필요가 있었다. 반면 코드웨이너 스미스는 별로 훌륭하지 않은 사이언스픽션을 썼으며, 무엇이든 내키는 대로 떠들었다. 박사는 자신의 지식을 이용해 장제스를 비롯한 정치가들과 외교관들에게 신중한 조언을 해주었다. 스미스 씨는 대중소설을 읽는 평범한 사람들을 기쁘게 하고 예술에 도움이 되기 위해 그 지식을 그냥 널리 풀어놓았다. 폴은 한 사람이지만, 코드웨이너는 여러 남자, 여러 여자, 여러 동물, 우주였다.

이런 식으로 인격이 나눠지는 것이 대부분의 사람에게는 정신이 조금 이상해졌다는 신호일지 모른다. 하지만 내가 글에서 언급한 적이 있는 모든 작가들은 현실에서도 종이 위에서도 해당 인격을 구현하는 실력이 상당히 좋았다. 그래도 '진짜 사람'보다 훨씬 더 오래 살아남은 그들의 종이 속 자아가 이런 질문을 던질지도 모른다. 우리들 중 진짜라고 주장할 수 있는 건 누구지?


## 언어

소설가는 언어로 현실을 만드는 사람이다.

글쓰기라는 예술은 모두 말로 장난하고, 말 속을 뒹굴고, 말에 빠져 흥청망청 즐기고, 말에 집착하고, 그 안에서 현실을 발견하는 데서 시작된다. 말을 진흙처럼 빚어 형태를 만드는 과정에서 어떤 작가들은 멋지고 뛰어난 솜씨로 손을 더럽히는 법이 없지만, 코드웨이너 스미스는 머리부터 발끝까지 전부 진흙투성이가 되었다.

그는 분명히 언어에 도취해서 때로 언어의 조종을 받았다. 특히 압운과 문장의 리듬이 그러했다. **황금빛이었다 그 배는—오! 오! 오!** 이것은 그가 쓴 어떤 소설의 마지막 줄이자 제목이다. 아무 근거도 없고, 확인되지도 않았고, 어쩌면 완전히 틀렸을 수도 있지만, 나는 그가 소설을 쓰기 전에 이 구절을 먼저 떠올렸을 것이라고 확신한다. 그의 마음을 잡아 흔들면서 그가 자기들을 하나로 묶어 의미를 만들어줄 때까지 그를 가만두지 않았던 이 몇 개의 단어에서 그 이야기가 자라나와 펼쳐져서 결국 존재할 수밖에 없게 되었을 것이라고 확신한다. **황금빛이었다 그 배는—오! 오! 오!**

이런 것이 그가 지닌 독특한 마법의 일부다. 그는 강렬한 구절이나 단어를 알아보는 눈이 있으며, 그것을 강렬하게 거듭 사용한다. 아마 '인스트루멘털리티instrumentality'*라는 단어가 처음에는 그냥 단어에 불과했을 것이다. 이 거창한 단어를 그가 사용하고 반복하고 탐구하고 설명하면서 그 안에 많은 단편과 장편의 '미래 역사future history'**, 어느 정도 이치에 맞는 훌륭한 역사가 그 안에 깃들게 되었을 것이다. '인스트루멘털리티 오브 맨카인드'***는 많은 것을 암시하고 복잡하며 복합적이다. 계속해서 품질 좋은 광맥으로 이어지는 주맥主脈이다.

가끔은 단어들이 그에게서 도망치는 것 같다는 생각이 든다. 단편 「술 취한 배」는 압생트를 마시고 취한 아르튀르 랭보 덕분에 코드웨이너 스미스가 'Le Bateau ivre(술 취한 배)'****에 취해서 은하를 향해 항해를 떠나게 된 이야기다. 역작이지만, 아주 형편없는 운문이 가득하다.


음침한 잠복에 총을 겨눠라.
(햄이냐 칠면조냐!)
죽어가는 아우대드에게 총을 쏘아라.
(숙녀에게 이유나 방법을 묻지 마세요, 아빠!)

*    '수단' '도움'이라는 뜻.
**   사이언스픽션 등 가상 세계를 다루는 소설에서 저자가 상상으로 만들어낸 미래의 역사.
***  1979년에 출간된 스미스의 소설집 제목이자 그가 상상으로 만들어낸 우주의 이름. 그 우주를 다스리는 인류의 중앙정부 이름이기도 하다.
**** 랭보가 열여섯 살 때 쓴 산문시의 제목이다.

Point your gun at a murky lurky.

(*Now you're talking ham or turkey!*)

Shoot a shot at a dying aoudad.

(*Don't ask the lady why or how, dad!*)

작품 속에서 로드 크루델타는 관련 대상이 이미 오래전에 사라졌는데도 계속 살아남은 표현의 사례로 이 구절을 인용하며, 아우대드는 고대의 양이고, 햄과 칠면조가 뭔지는 전혀 모르겠지만 어린이들이 이 노래를 "수천 년 동안" 불렀다고 열심히 설명한다. 글쎄, 그럴 리가. 정신이 올바로 박힌 어린이라면 이런 노래를 단 5분도 부르지 않을 것이다. 내 생각에 코드웨이너 스미스는 aoudad/how dad라는 웃기는 각운을 떠올린 뒤 머릿속에서 도저히 지워버리지 못한 것 같다. 그러다 결국 이 각운이 그의 이성을 압도해 이렇게 소설 속에 억지로 끼어들었을 것이다.

랭보나 스미스처럼 언어에 압도당한 사람은 때로 위험한 수준까지 통제권을 포기한다. 단단히 고삐를 쥔 작가와 달리, 멍청한 표현과 논리에 맞지 않는 표현을 막아내지 못한다. 그냥 무작정 달리면서 뭐가 됐든 앞에 나타나는 것을 받아들일 뿐이다. 그것이 보물일 수도 있고 쓰레기일 수도 있다. 나는 「술 취한 배」에 억지 효과를 노리고 지나치게 품을 들인 부분이 많다고 본다. 다소 거만하게 자신의 명성을 자랑하는 구절부터 그렇다. "아마도 그것은 우주의 긴 역사를 모두 통틀어 가장 슬프고, 가장 실성하고, 가장 엉터리 같은 이야기일 것이다.".……"이제 우리는 그의 이름을 안다. 우리 자녀들과 그 자녀들의 자녀들도 그 이름을 항상 알게 될 것이다." 이 작품에는 또한 같은 음을 강박적으로 반복하는 표현들이 가득하다. '베이터 게이터' '오커 조커' 등등. 랭보의 이름을 딴 주인공 램보가 압운을 맞춘 말을 거센 물살처럼 쏟아 낼 때 반드시 있어야 할 놀랄 만한 효과를 이런 표현이 약화시킨다. 문장이 하나뿐인 문단, 이탤릭체 등 의미를 강조하는 묵직한 장치도 너무 많다. 그래도, 그래도…… 한 남자가 천천히 시공을 헤엄쳐 벽 너머로 손을 뻗으며 사랑하는 엘리자베스를 찾는 모습이 얼마나 근사한지…… 또한 보맥트 경 겸 박사, 로드 크루델타(이 이름의 이탈리아어 뜻과 로드 제스토코스트의 러시아어 뜻이 같다) 등 거듭 등장하는 인물들과 인스트루멘털리티 그 자체.「술 취한 배」는 기괴하고, 기형적이고, 방해가 되고, 기운이 넘치고, 생생하게 살아 있는 언어의 거친 정글이다.

## 쥐

나는「알파 랄파 대로」「광대 마을의 죽은 레이디」「마크 엘프」「샤욜이라는 행성」처럼 내가 좋아하는 작품들이 아니라 별로 좋아하지 않는 작품에 대해서만 이야기해야 하는 운명인 것 같다.

스미스의 작품 중에「파랑을 생각하고 둘을 세라」는 내가 항상 거리를 유지하려고 애쓰면서 저항하던 작품이다. 얼마 전『노턴 사이언스픽션집』에 이 작품을 실어야 할지 가늠해보려고 다시 읽었을 때에도 예전에 내가 싫어하던 점들이 또 보였다. 파란 눈의 예쁜 아가씨가 '인형'이나 '새끼 고양이'로 불리는 것, 금방이라도 사디즘을 보여줄 것처럼 굴지만 별로 개연성이 없는 수단을 동원해 사디즘을 피하는 플롯, 인형 같고 새끼 고양이 같은 여자가 기적적으로 사디즘이 치료되어 얌전해진 그 기형적인 사디스트와 맺어지는 감상적인 결말. 몹시, **몹시** 낭만적인 이 이야기는 (낭만주의 작품답게) 달콤함에서 역겨운 잔혹성으로 풍덩 뛰어들면서도 그 사이에 이렇다 할 인간적인 측면은 보여주지 않는다.『노턴 사이언스픽션집』을 위해 실제로 작품을 골라야 할 때가 왔을 때, 나는「알파 랄파 대로」를 선택하고 싶었다. 지나치다기보다 고상하게 낭만적인 이야기 속에 스미스 특유의 테마들이 사용된 아름답고 강렬한 작품이다. 그러나 공동편집자들이 다른 작품을 원했기 때문에 나는 우는소리를 냈다. 프리츠 라이버의「겨울 파리」만큼이나 그 작품을 책에 수록하고 싶었다. 열렬한 소망이었다. 내가 보기에 이 두 작품은 독특한 가치를 지니고 있으며, 아직 우리에게 친숙하지 않은 소설의 신천지를 누구보다 훌륭하게 탐험한 내용을 담고 있었다.

어쨌든 그 뒤로 지금 쓰고 있는 이 글을 위해 나는「파랑을 생각하고 둘을 세라」를 다시 읽었다. 내가 스미스의 작품에서 싫어하는 점들에 대한 증거를 찾기 위한 독서였다고 할 수 있다. 읽기를 잘했다.

그때 내가 알아낸 것은 내가 그 작품을 창피할 정도로 오독하고 과소평가했다는 점이었다. 여주인공인 인형-새끼 고양이는 전형적인 남성들의 환상 속 여자, 처녀 같고, 아름답고, 무방비하고, "재주도, 배운 것도, 훈련된 능력도 없고" 누구에게도 위협이 되지 않는 여자인 것 같다. 오랜 항해 동안 선원들을 단합시키는 데 이용되는 그녀는 '딸의 잠재력'을 갖고 있다. 다시 말해서 모든 남자가 그녀를 보호하려 하며, 그녀가 모두를 살리려 하는 것은 '자신을 위해서'라는 뜻이다. 그러나 상황이 정말로 심각해지는 경우 그녀를 보호해줄 요소가 배 안에 하나 더 있다. 스미스가 소설 속에서 만들어낸 잊을 수 없는 물건 중 하나, 즉 정육면체 모양으로 얇은 막을 씌워둔 쥐의 뇌가 그것이다.

우리는 셀루프라임으로 그것을 딱딱하게 굳힌 뒤 얇은 막을 약 7천 겹 씌웠다. 각각의 막에는 적어도 분자 두 개 두께의 플라스틱이 들어 있다. 이 쥐는 상하지 않을 것이다. 사실 영원히 생각을 계속할 것이다. 우리가 전압을 가하지 않는 한 생각을 많이 하지는 않겠지만, 그래도 생각하는 것은 맞다. 그리고 상하지 않는다…… 말했듯이 우리가 아는 행성 중 마지막으로 남은 행성에서 마지막으로 남은 인간이 죽더라도 이 쥐는 계속 생각할 것이다. 그 여자에 대해 계속 생각할 것이다. 영원히.

쥐는 다양한 환상을 투사하는 방식으로 정말 그녀를 보호해준다. 이제는 이것이 예전처럼 개연성이 없는 수단으로 보이지 않는다. 그녀가 보호해줄 만한 대상이라는 사실을 이제 나도 깨달았기 때문이다. 그녀는 내가 생각했던 것처럼 필연적인 희생자가 아니다. 비시라는 이름의 그녀는 힘과 용기를 갖고 있다. 정신이 이상한 남자 동료들로 인해 위험에 처하더라도 그녀는 냉철하게 맞선다. "사는 건 사는 거야. 그녀는 속으로 생각했다. 난 반드시 살아야 해. 여기서." 자신이 지닌 '딸의 잠재력'에 대해서도 그녀는 냉철한 인내로 반응한다. "또 아이라는 건가? 그녀는 속으로 생각했다." 그녀는 아이가 아니라 성인 여자다. 남자 동료들은 그걸 모르더라도, 그녀 자신은 안다. (사실 그녀는 디킨스의 여주인공 중 많은 조롱을 받는 리지 헥섬, 에이미 도릿, 플로렌스 돔비와 놀라울 정도로 비슷하다. 작품 속 남자들은 이 여자들을 어린애처럼 취급하고 많은 독자도 그 뒤를 따르지만, 그들은 강하고 용감한 성인 여자며 어떤 상황에서도 살아남는 사람이다.) 비시는 몹시 순진무구하다는 점에서만 어린이를 닮았다. 너무나 무서운 순간에 그녀는 자신을 강간하려는 자에게 이렇게 묻는다. "이런 것이 범죄인가요? 당신이 나에게 하려는 짓이?" 하지만 이 작품은 경험보다 순진함이 더 강하다고, 누구도 범할 수 없는 영혼이 소중하다고 우리에게 비유로 알려주려 한다.

이제 보니 내가 역겨워했던 것은 문학 속의 수많은 강간과 고문처럼 방종한 행동이 아니다. 남자들이 어떤 존재인지, 그들의 가장 중요한 문제가 무엇인지에 대해 진지한 이야기를 하려고 애쓰는 과정에서 스미스는 그런 이미지들을 동원해야 한다는 것을 깨달았다. 그런 이미지들이 꼭 필요한 어휘인 셈이다.

시산이 비시를 남자들에게서 구하고 남자들을 그들 자신에게서 구하려고 불러낸 존재들은 내가 생각했던 것보다 훨씬 더 복잡하고 심리적으로 교묘하다. 그들은 해피엔딩을 가져오기 때문에 고급 코미디에 참여할 수 있다. 그래서 그들은 그렇게 한다. 특히 마지막으로 나타나는 선장이 그렇다.

"가만히 생각해보면, 나 자신이 상당히 짜증스러운 존재라는 생각이 듭니다. 내가 당신 머릿속에 울리는 메아리와 같다는 걸 압니다. 거기에 저 정육면체 안의 경험과 지혜가 결합되어 있죠. 그래서 진짜 사람들이 하는 행동을 나도 하는 것 같습니다. 다만 그것에 대해 생각을 많이 하지 않을 뿐이에요. 내가 해야 할 일만 하죠." 그는 몸을 뻣뻣하게 굳히며 허리를 똑바로 세우더니, 다시 평소의 모습이 되었다. "내가 해야 할 일만." 그가 다시 말했다.

"그럼 시산, 그 사람에 대한 당신 생각은 어때요?" 트레스가 말했다.

선장의 얼굴에 경외의 표정이, 아니, 거의 공포의 표정이 떠올랐다…… "시산이라. 그는 모든 생각을 하는 사람, 존재의 '존재', 행동의 행동자죠. 당신이 도저히 상상할 수 없을 만큼 강합니다. 당신의 살아 있는 머릿속에서 내가 살아 있는 모습으로 나오게 만들어요. 사실……" 선장은 마지막으로 호통치듯이 말했다. "그는 플라스틱 막을 씌운, 죽은 쥐의 뇌입니다. 그리고 내가 누구인지 나는 전혀 모르겠어요. 여러분 모두 좋은 밤 보내십시오!"

선장은 머리에 모자를 얹고 그대로 걸어서 선체를 통과했다.

현실을 넘나드는 이 장면에는 스미스의 중요한 테마 중 하나가 들어 있다. 내게는 가장 매혹적인 테마이기도 한 그것은 바로 동물이 구원자로 등장하는 것이다. 쥐의 뇌를 넣은 정육면체를 만들어낸 공학자는 거기에 자신의 성격을 새겼다. 여주인공과 두 남자의 생각이 가상의 존재들을 만들어내고, 여주인공에게 각인된 도움 요청이 전압을 올려 정육면체를 활성화한다. 하지만 여주인공을 구해주는 에너지는 죽은 쥐의 뇌 속에 있다.

이 쥐는 기억해둘 가치가 있다.


### 언더피플[*]
스미스의 작품에 위대한 구원자로 등장하는 언더피플

인물들은 쉽게 기억할 수 있다. 개 여성으로 순전한 희생적 인물인 드조안. 옛 지구의 땅속 깊숙한 곳을 날아다니는 독수리 남자 에텔레켈리. 그리고 여러 단편과 장편에서 방황하는 붉은 불꽃처럼 자신의 길을 뚫고 나아가는 크멜. 소녀 같은 여자인 그녀는 완전히 여자 같고 완전히 고양이 같다.

스미스의 작품에서처럼 동물과 인간이 뒤섞였을 때, 즉 우위를 차지한 인간의 육체가 동물적인 특징을 갖고 있을 때, 보통 두렵거나 불쌍한 인물이 만들어진다. 미노타우로스**는 두려운 쪽이고, 모로 박사***의 섬에 사는 끔찍한 생물들은 불쌍한 쪽이다.

샤욜의 소 인간, 스미스가 창조한 미노타우로스인 브디캇은 다음과 같이 묘사된다.

머서가 지금까지 본 어떤 인간의 얼굴보다 네 배나 되는 거대한 얼굴이 그를 내려다보고 있었다. 그 거대한 얼굴은 온화하고 악의가 없어서 소를 연상시키는 커다란 갈색 눈을 이리저리 굴리며 머서를 감싼 것들을 조사했다. 잘생긴 중년 남자의 얼굴이었다. 수염은 깨끗이 깎았고, 머리는 밤색이고, 입술은 관능적이고, 거대하지만 건

---

\*    스미스의 작품에서 유전자 조작으로 인간과 비슷해진 동물을 일컫는 말.

\*\*   그리스 신화에서 인간의 몸에 소의 머리가 달린 괴물.

\*\*\*  H. G. 웰스의 작품 『모로 박사의 섬』에 나오는 인물. 생체 실험으로 인간과 동물을 혼합시키려 하는 미친 과학자다.

강한 노란색 치아가 어렴풋한 미소를 지은 그 입술 사이로 보였다. 그 얼굴은 머서가 눈을 뜬 것을 보고, 묵직하며 다정한 포효로 말을 걸었다.

여기서 인간과 동물이 섞인 모습은 몹시 이상하긴 해도 전혀 무섭지는 않다. 소와 인간이 한데 섞였으나, 그들 각자의 본성과 아름다움은 오염되지 않은 채 존재한다.

인간과 동물이 이렇게 완전하게 섞일 수 있다는 것은 곧 그들이 똑같다는 뜻이 된다. 그리고 그것이 하나의 정체성이 된다.

스미스가 이 이름으로 발표한 유일한 장편소설 『노스트릴리아』의 무대인 노스트릴리아에서는 거대하고 병든 양의 분비물을 재료로 불사의 약인 스트룬(산타클라라 약이라고도 불린다)이 만들어진다. 이 행성의 시골에 가면 격납고만큼이나 덩치가 큰 양들이 병에 걸려 꼼짝도 하지 않은 채 점점이 흩어져 있는 모습이 보인다. 그들은 끝없이 죽어가면서 자신의 소유주인 인간들에게 막대한 부와 영생을 제공해준다.

동물을 희생 제물로 바치는 행위는 인간 사회에 아주 널리 퍼진 관습이다. 따라서 죽은 쥐와 노스트릴리아에서 죽어가는 양들이 인간의 복지를 위해 제단에 바쳐지는 동물로 보일 수 있다. 그러나 언더피플의 고통과 희생이 드조안의 경우에 이르러서는 이 테마를 더욱 확장하는 효과를 낸다. 드조안의 경우는 확실히 인신 공양이다. 그리고 이것 역시 인간 사회에 상당히 널리 퍼진 관습이다. 드조안의 생애는 당연히 잔다르크를 연상시키지만, 그 이면에는 예수가 겪은 굴욕과 죽음이 있다.

스미스가 사용한 훌륭한 구절 중 하나인 '오래되고 강한 종교'는 여러 단편소설에서 언급되지만, 스미스 자신이 이 구절을 특별히 이용하려 하지는 않는다. 이 구절은 분명히 그리스도교를 가리키는 듯한데, 만약 이 '오래되고 강한 종교'가 불교였다면 어떤 의미에서 더 어울렸을 것 같기도 하다. 자비로운 부처는 어미 호랑이, 작은 자칼, 새, 쥐 등 어떤 동물로든 환생할 수 있다. 스미스는 인간을 제외한 모든 것을 신성함에서 배제시키는 유대교-그리스도교의 전통을 따르지 않는다. 따라서 그의 작품 속에서 동물의 죽음은 인간의 죽음과 똑같은 무게를 지닌다. 동물과 인간이 똑같이 신성하다는 뜻이다. 신의 죽음 못지않게 개의 죽음에서도 구원을 얻을 수 있다.

이것은 상당히 위험한 생각이다. 스미스는 권위에 대해 복잡한 태도를 보인다. 그는 엄청난 힘과 최고의 부를 지닌 종족에 대해 즐겨 이야기한다. 인스트루멘털리티의 로드와 레이디, 노스트릴리아의 주인들, 또는 옛 지구를 돈으로 사버린 남자. 라인바거가 권력의 핵심에 대해 잘 아는 인물이었던 만큼 스미스가 이들에게 더 매혹을 느꼈을 것이고, 권력을 쥔 사람들이 정의와 자비와 지혜를 배워 그 권력에 어울리는 사람이 되는 모습도 상상하게 되었을 것이다. 그들은 지혜를 배운 덕분에 질서 있고, 정적이고, 완벽한 사회를 뒤엎어 자유를 다시 창조해낸다. "어디서나 사람들이 더 불완전한 세계를 건설하겠다는 엉뚱한 의지로 노력하는" 시대인 '인간의 재발견'이 인정받는 순간이다.

그러나 언더피플과 관련해서는 지혜, 자비, 정의가 잘 작동하지 않는다. 이 분야에서는 그들에게 아직 배울 것이 남아 있다. 여기서는 유대교-그리스도교의 구분이 여전하다. 언더피플은 사람이 아니라서 권리가 전혀 없고, 영혼도 없다. 그들은 인간에게 봉사하기 위해 존재하는 사물이다. 기계나 노예와 마찬가지로 쓸모없거나 반항적인 언더피플은 폐기된다. 스미스의 가장 강렬한 단편들이 다루는 윤리적 난제가 바로 여기에 있다.

「알파 랄파 대로」는 이 테마를 잘 보여준다. 지하의 회랑(20킬로미터 상공의 지구공항과 깊은 지하공간은 거듭 등장하며 대조를 이루는 장소들이다)에서 화자인 폴과 그의 애인 버지니아가 모로 박사 같은 분위기의 술 취한 황소 남자 때문에 무서워하고 있을 때 어떤 여자가 그들을 구해주고는 이렇게 말한다. "더 가까이 오면 안 돼요. 나는 고양이예요." 폴이 그녀에게 감사 인사를 하며 이름을 묻자 그녀는 이렇게 대답한다. "그게 중요한가요? 난 사람이 아닌데."

폴은 그녀를 보고 아름다운 여자를 봤을 때와 같은 반응을 보이지만, 버지니아는 언더피플과 이 정도 접촉한 것만으로도 "더러워진" 기분이다. 나중에 망가진 채 허공에 높이 떠 있는 대로에서 크멜은 또 두 사람을 구하려고 애쓴다. 그러나

버지니아는 고양이 여자가 정말로 자기 몸에 손을 댈지도 모른다는 사실에 경악해 그녀를 피하다가 추락해 사망한다. 크멜을 사람으로 보는 폴만이 구원받는다. 크멜이 두 사람을 구하려고 했던 것은 어떤 남자가 어떤 새들의 알을 부숴버리려는 것을 폴이 자기도 모르게 본능적으로 막은 적이 있기 때문이었다.

당신이 그들을 구했어요. 당신이 그들의 새끼를 구했어요. 정수리가 빨간 남자는 그들을 모두 죽여버렸는데. 당신 같은 진짜 사람들이 자유로워지면 우리에게 무엇을 할지 우리 모두 걱정했어요. 그러다 알게 됐죠. 당신들 중에는 다른 생물을 죽이는 나쁜 사람도 있지만, 생명을 보호하는 착한 사람도 있다는 걸.
나는 생각했다. 착한 것과 나쁜 것에 대해서는 이게 전부인가?

물론 이 작품에는 훨씬 더 많은 이야기가 있다. 놀라울 정도로 복잡한 작품이다. 그러나 이 작품의 핵심에 있는 것은 바로 이 모티브다. 우리의 세속적인 신화, 민담에 친숙하게 등장하는 모티브. 거미줄에 걸린 개미를 구해준 소녀가 나중에 도저히 해낼 수 없는 임무를 받았을 때 개미가 나타나 그 일을 대신 해주며 그녀를 구한다. 덫에 걸린 늑대를 비웃은 왕자는 숲에서 길을 잃지만, 늑대를 풀어준 왕자는 왕국을 계승한다. 이 이교도적인 테마는 성 프란체스코와 함께 그리스도교에 도입되었다. 불교와 자이나교를 비롯한 아시아 종교에서는 심오한 요소다. 북아메리카의 토착 종교에서도 인간과 동물이 상호의존적인 존재라는 인식이 근본을 차지하고 있다.

스미스는 사실주의 소설에서 잘 건드리지 않는 깊은 현을 건드렸다. 사이언스픽션은 특히 이 테마를 다루는 데 적합하다. 인간과 비인간, 알려진/자아와 미지의/타자 사이의 상호작용이 핵심 주제이기 때문이다. 코드웨이너 스미스의 작품이 영속적이고 신비로운 힘을 지닌 것은 단순히 기운이 넘치는 표현, 뛰어난 상상력, 환상 같은 상상력 때문만이 아니다. 생물이 서로에게 책임을 져야 한다는 그의 설득력 있는 확신 속에 깊은 도덕적 바탕이 있다. "나는 생각했다. 착한 것과 **나쁜** 것에 대해서는 이게 전부인가?"

주의: 페이퍼백으로 출간된 코드웨이너 스미스의 작품은 대부분 항상 절판 상태다. 『두 번 다시 예전으로 돌아갈 수 없다』 『스페이스 로드』 『별의 몽상가』가 그렇다. 끝내 장편으로 완성되지 못한 다양한 작품을 모은 책 『행성 구매자』 『세 행성의 퀘스트』 『노스트릴리아』도 마찬가지다.

# 시와 산문의 강세-리듬

내가 1995년에 실시한, 언어의 리듬에 관한 워크숍에서 이 글이 자라 나왔다. 이 글은 톨킨의 작품에 나타난 리듬을 다룬 다음 에세이로 이어진다.

## 박자를 깨닫다

**리듬**: 신체적 리듬, 생리적 리듬 등등. 강한 요소와 약한 요소가 연달아 규칙적으로 움직이는 것. 규칙적으로 다시 발생하는 일련의 사건. ― 문학에서, 긴 음절과 짧은 음절, 또는 강세가 있는 음절과 강세가 없는 음절의 다양한 관계에 의해 결정되는 운율. 운문 또는 산문에서 단어와 구절이 운율에 맞춰 이어지는 것. 음악에서, 주기적인 강세와 음표의 지속 시간. 미술에서, 부분들 사이의 조화로운 상관관계. 서로 반대되는 것들이 규칙적으로 이어지는 것.(『콘사이스 옥스퍼드 사전』)

악장의 시작은 첫 단어이고, 리듬은 시간의 음계다.

시간과 마찬가지로 리듬은 선형적인 것으로 보일 수 있다. 각각의 사건이 줄 하나에 간격을 두고 구슬처럼 꿰어져 있는 모습을 상상하면 된다. 그 줄이 둥근 원으로 변하면 구슬 목걸이가 된다. 만약 사건이 하나뿐이라면, 거기에 표시된 간격은 항상 원래 자리로 돌아오는 원처럼 보일 수 있다. 예를 들어, 1년 간격으로 생일이라는 사건이 반복되는……

간격이 같으면 규칙적인 리듬이 만들어진다. 간격이 불규칙할수록 사건들이 비슷해야만 리듬의 식별이 가능해진다.

리듬은 물리적이고 물질적이고 신체적인 것이다. 드럼을 때리는 스틱, 발을 구르는 무용수. 리듬은 영적인 것이다. 드러머가 느끼는 황홀경, 무용수가 느끼는 즐거움.

글쓰기의 리듬을 생각하기 시작하면서 내 머리는 세상의 박자들 사이를 방황했다. 시계, 심장, 끼니와 끼니 사이의 간격, 밤과 낮의 변화. 글쓰기가 어떻게, 왜 리듬을 갖게 되는지 이해하기 위해 나는 기계적 리듬, 생물학적인 리듬, 사회적인 리듬, 우주적인 리듬을 생각했다. 신체적 리듬과 사회적 규칙성의 상호작용을 생각했다. 리듬과 질서, 리듬과 혼돈의 관계를 생각했다.

이런 일들에 대한 생각을 시작하는 방법 중 하나는 자신의 몸이 만들어내는 박자에 귀를 기울여보는 것이다.

많은 종류의 명상이 호흡에, 오로지 호흡에만 의식을 집중시키는 데서 시작된다. 때로는 이 집중이 명상을 계속 이끌어가기도 한다. 가만히 앉아 주의를 기울인다. 코를 통해 들어가고 나오는 들숨과 날숨에 계속 온전히 주의를 집중한다. 주의가 산만해지면, 숨 쉬는 감각과 코로 다시 부드럽게 주의를 돌려놓는다. 들이쉬고…… 내쉬고…… 들이쉬고…… 내쉬고…… 가만히 앉아서 코를 통해 드나드는 공기의 흐름에만 모든 주의를 쏟는다니, 정말 멍청한 짓 같다. 한 번도 해보지 않은 사람은 해보기 바란다. 정말로 멍청한 짓이니까. 머리와 지식은 전혀 도움이 되지 않는다. 틀림없이 그 때문에 그토록 오랫동안 수많은 사람이 지혜에 다가가기 위해 명상을 이용했을 것이다.

리듬은 박동이다. 생명도 그렇다. 상대가 아직 살아 있는지 알고 싶을 때 사람들은 그 사람의 맥박을 찾아본다. 맥박을 쉽게 느낄 수 있는 곳을 찾아 주의를 집중한다. 고른 리듬과 불규칙한 리듬에. 심장박동은 자주 바뀐다. 오랫동안 메트로놈처럼 일정한 박자로 움직이는 일은 좀처럼 없다.

박동과 박동 사이의 간격에도 주의를 기울이며, 박동을 간격 사이의 경계선으로 생각해본다. 박동과 간격은 도형과 배경이 쉽게 혼동되는 그림에서처럼 역전될 수 있다.

걷기는 아름다운 박자다. 그냥 걷기. 달리기를 하는 사람들은 빠르게 땅을 두드리는 박자를 좋아한다. 강세가 강한 방식이다. 그것도 좋지만, 걷기도 기분 좋다. 미묘하게 계속 바뀌는 걷기의 꾸준한 리듬을 의식하면서 그냥 걷는 것.

태극권식 걷기의 리듬은 흥미롭다. 나는 이 걷기를 다음과 같이 배웠다. 맨발로 한동안 가만히 서 있다가 들숨에 한 발을 들어 앞으로 내밀고, 날숨에 발을 내려놓는다. 다른 쪽 발이 자연스레 들리겠지만, 그 발을 완전히 들어 앞으로 내밀 려면 들숨 때까지 기다려야 한다. 그 발이 날숨 때 부드럽게 바닥에 닿는다. 이번에는 처음 움직였던 발이 들숨을 기다리 며 준비를 갖춘다…… 이런 식으로 걸으면 그리 멀리까지 갈 수 없다. 처음 이 걸음을 시도했을 때 나는 많이 넘어졌다. 균 형을 유지하려면 발 전체를 단번에 가볍게 바닥에 내려놓는 방법이 도움이 된다. 발꿈치부터 먼저 바닥에 대는 방식이 아 니다. 또한 발이 바닥에 닿는 느낌, 바닥이 발에 닿는 느낌을 의식하고 있어야 한다. 이것은 강세가 아주 약한 걷기다. 일 종의 명상이기도 하다. 이 걸음을 걸을 때는 걷기 외에 다른 것을 생각할 수 없기 때문이다.

명상이라는 단어는 흔히 '생각'이라는 뜻으로 사용되지 만, 내가 알기로 이 단어는 생각하지 **않**기를 뜻한다. 이건 여 러분이 생각하는 것보다 훨씬 더 힘든 일이다. 어쨌든 내가 아는 모든 명상 방법은 신체의 리듬과 기타 리듬을 즉시 인식 하게 해준다.


## 언어의 리듬: 강세

여기서는 가르치는 듯한 자세를 취하게 될 것 같아 미리 사과한다. 언어의 리듬이라는 주제에는 전문용어가 많이 등장한다. 그리고 모든 전문용어가 그렇듯이 설명이 필요한 단어들이 있다. 언어(구어와 문어 모두)의 박자를 뜻하는 전문용어가 바로 강세다. 강세가 없는 언어도 있지만, 영어는 강세를 사용하는 언어다.

*ENGlish is a LANGuage that Uses STRESS.*[*]

유난히 강하게 발음되는 음절이 있는데, 그것이 '강세'다.

모든 영어 단어에는 강세가 들어가는 음절이 최소한 하나는 있다. 음절이 하나뿐인 단어라 해도 마찬가지다(WHEN?) 그러나 문장 안에 사용될 때는 강세를 받지 못하는 단어들이 많다. the, of, in a, when… (when USED in SENtences). 사람이 평범하게 말할 때는 몇 음절마다 한 번씩 강세가 나타난다.

(주의: 어떤 단어든, 예를 들어 음절이라는 단어(음절 음절 음절 음절 음절)나 자신의 이름을 여러 번 되풀이하면 점점 웃기는 소리로 변하다가 의미를 잃어버린다는 것을 대부분의 사람들은 어렸을 때 알아차린다. 반복에 의해 단어가 순수한 소리와 리듬으로 변해버리기 때문이다. 사실 단어의 '진짜' 정체가 바로 그것이다. 이건 중요한 사실이다.)

운문과 산문은 강세의 **빈도**와 **규칙성**에서 차이를 보인다.

**빈도**: 운문에서는 보통 강세가 있는 음절들 사이에 강세가 없는 음절이 딱 하나 나온다. 이런 음절이 세 개 이상 나오는 경우는 거의 없다(**딴 따 딴**, 또는 **딴** 따따 **딴**. **딴** 따따따 **딴**

---

[*]    '영어는 강세를 사용하는 언어다'라는 뜻.

은 거의 나오지 않는다). 산문에서는 강세가 들어간 음절들 사이에 강세가 없는 음절이 보통 세 개 있다. 심지어 네 개가 있을 때도 있다.

다시 말해서 운문에서는 간격이 짧다. 또 다른 말로 표현하면, 산문에서는 간격이 길다.

강세가 없는 음절 다섯 개 이상을 연달아서 말하면, 중얼거리는 것처럼 들릴 가능성이 크다. 애당초 그런 것이 바로 중얼거림이다.

SYLLables in a ROW. 여기서는 강세 사이의 음절이 네 개다. SYLLables in an unexPECted ROW. 여기서는 여섯 개인데, 이걸 소리 내서 읽다 보면 정말로 중얼거리는 것처럼 들리기 때문에 중간에 약한 강세를 넣어 박자를 줄 때가 많다. 아마도 'unexpected'의 'un'이 그 지점이 될 것이다. 그러면 말하기가 더 쉬워진다.

글을 읽을 때도 말을 할 때도 우리는 강세가 상당히 자주 나오기를 바란다. 긴 간격에는 저항감이 느껴진다. 중얼거리는 것이 정말로 싫기 때문이다.

**규칙성**: 언어에서 강세/강세 없음의 패턴이 규칙적으로 반복되는 것을 **운율**이라고 한다. 운율은 운문에 속한다. 오로지 운문에만.

운문 중에서 자유시에는 운율이 없다. 하지만 자유시에도 강세가 아주 많아서, 반쯤 규칙적인 운율 비슷한 패턴이 슬그머니 나타난다.

산문에는 운율이 없다. 산문은 눈에 띄는 규칙성이나 강세 패턴을 꼼꼼하게 회피한다. 만약 산문에서 한두 문장 넘게 눈에 띄는 운율이 나타난다면(마치 눈에 띄게 압운을 맞춘 것처럼), 그 순간부터 그 글은 산문이 아니라 운문이 된다.

내가 지금까지 확신하는 산문과 운문의 차이는 이것뿐이다.

### 운문의 강세-리듬: 운율학

초창기 영어의 운율은 '강세 중심'이었다. 사람들이 한 행에 강세가 몇 개인지만 헤아렸다는 뜻이다. 이런 운문에서 운율의 단위는 한 행 또는 반 행이다. 각각의 단위에는 같은 수의 강세가 있지만, 행마다 음절의 수가 정해져 있지는 않다. 강세가 있는 음절과 없는 음절의 배열에도 정해진 규칙이 없다. 셰이머스 히니의 『베오울프』* 번역본에서는 두 개의 반 행으로 나뉜 한 행에 강세 네 개가 나온다.

그러고는 파도로 내려가, 체인메일과 전투셔츠
차림으로, 청년들은 행진했다.
Down to the waves then, dressed in the web
of their chain-mail and warshirts, the young men marched.

*  고대 영어로 작성된 영문학 최초의 서사시.

초서의 시대에 이르면, 영국 시인들이 강세와 함께 음절을 헤아리고, 행을 운각韻脚으로 나눌 수 있다고 생각하게 되었다. 어떤 시인들은 그리스어나 라틴어 다리脚에 영어 스타킹을 신길 수는 없다고 지금도 주장하지만, 대부분의 시인들은 운각이라는 개념을 유용한 것으로 받아들인다. 그리고 이런 사람들은 모두 영어에서 가장 성공한 운각이 강세 없는 음절 하나와 강세 있는 음절 하나로 이루어진 두 음절이라는 데에 동의한다. 따 **딴**, 이것이 약강격이다.

"데헷!" 그녀는 웃으며 창문도 닫았다.

"Te he!" quoth she, and clapt the window to.

초서의 작품에 나오는 이 구절은 오보五步 약강격이다. 영국의 시인들은 몇 세기에 걸쳐 이 운율을 특히 좋아했다. (어쩌면 심장박동 다섯 번이 편안한 호흡 속도와 관련되어 있기 때문이라는 의견이 있었다. 그래서 오보 약강격이 살아 숨쉬며 말하는 목소리와 아주 잘 맞는다는 것이다.)

운율을 맞춘 시에는 규칙적인 패턴이 있지만, 오보 약강격 시에는 다음과 같은 패턴을 나타내지 않는 행이 아주, 아주 많다.

Te HE! quoth SHE, and CLAPT the WINdow TO-
따 **딴** 따 **딴** 따 **딴** 따 **딴** 따 **딴**

(보통은 이것을 다음과 같이 표기한다.

$$-'/ -'/ -'/ -'/ -'/$$

—는 강세가 없는 음절을 뜻하고, '는 강세가 있는 음절을 뜻하며, /는 각각의 운각을 구분하는 역할을 한다.)

이 패턴은 운각을 '대체'해가면서 무한히 변주된다. 여기서는 '**딴** 따'였던 리듬이 '따따 **딴딴**'으로 변하는 식이다. 즉 강세가 없는 음절이 하나 탈락되거나 추가되는 방식이다. (이런 변형 운각들은 모두 강약격, 약약격/강강격, 약약강격 등 별도의 이름을 갖고 있다.) 단어 자체의 강세는 구문 속에서 규칙적인 리듬의 요구에 맞서 당김음 같은 역할을 하면서 기대와 실제 사이에 긴장을 만들어낸다. 확실히 예술에 필수적인 책략 중 하나다.

다음은 셰익스피어의 작품을 인용한 것이다. 그는 말할 것도 없이 이런 일에 아주 능했다.

> 그렇게 양심은 우리 모두를 겁쟁이로 만들고
> 그래서 타고난 결의의 색조가
> 창백한 생각의 그림자로 핼쑥해진다.
> Thus conscience does make cowards of us all,
> And thus the native hue of resolution
> Is sicklied o'er with the pale cast of thought.

여기에 순수한 약강격/10음절 패턴을 억지로 적용한다
면 다음과 같다.

> Thus CONscience DOES make COWards OF us ALL
>
> And THUS the NAtive HUE of RESoLOOSHN
>
> Is SICKlied O'ER with THE pale CAST of THOUGHT.

확실히 이건 쓸 수 없다. 'of'와 'the'는 강세를 줄 수 있는
단어가 아니다. 게다가 우리는 지금 흔들의자에 앉아 흔들거
리는 게 아니라 시를 읽는 중이다. 문장 안에 자리한 단어의
자연스러운 강세, 그리고 그들이 구성하는 구절이나 의미의
무리가 이상적인 패턴과 적극적인 긴장 관계에 있다. 문장에
잘 맞아 들어가면서도, 문장과 싸운다.

나라면 이 시를 대략 다음과 같이 읽을 것이다.

> Thus CONscience / does make COWards / of us ALL,/
>
> And THUS / the NAtive HUE / of REsoLUtion/
>
> Is SICKlied O'ER / with the PALE CAST / of
> THOUGHT./

이렇게 하면 첫 행에는 강세가 세 번만 들어가고, 강세가
없는 음절 세 개가 연달아 나오게 된다. 두 번째 행은 마지막
음절만 제외하면 일반적이다. 세 번째 행은 강세가 없는 음절

두 개 뒤에 강세가 있는 음절 두 개가 나오는 두 운각 변형을 이용한다.

　시인의 가슴은 메트로놈을 따르는 법이 없다. 시행의 리듬은 복잡하고, 미묘하고, 강렬하며, 그 힘은 이상적인 패턴 또는 저변에 깔린 일반적인 패턴을 당김음처럼 처리하는 데서 나온다.

　첫 번째 행은 또한 운각이라는 개념이 영어에서 왜 항상 문제를 일으키는지 잘 보여준다. 내가 그 행의 박자를 표현한다면 다음과 같은 형태가 될 것이다.

$$-'/--/-'/--/-'/$$

　다시 말해서, 운각 다섯 개에 약강격과 약약격이 번갈아 나타나는 형태다. 하지만 나처럼 이 시를 읽는다면, 결코 운각이라고 말할 수 없는 세 요소 또는 구절로 행이 나뉘게 된다.

$$-'-|--'-|--'|$$

　여기에 나는 '마디'라는 개념을 도입했다. 시든 산문이든 소리 내어 읽으면서 박자에 귀를 기울여보면, 짧은 구문 집단으로 글이 나뉘는 것을 알 수 있는데, 나는 그것을 마디라고 부르고, 세로줄(|)로 표시한다. 글을 소리 내어 읽는 사람의 솜씨가 아주 유창한 경우, 마디 사이의 간격은 아주 짧거나

아예 귀에 들어오지 않을 수도 있다. 그래도 나는 마디가 분명히 존재한다고 생각한다. 마디는 생각과 감정을 모두 명확하게 해주며, 시행이나 산문 문장의 리듬에 강세만큼 필수적이다. 하지만 다른 사람이 이런 내 생각에 동의할지, 나처럼 마디를 표시할지는 잘 모르겠다. 그래서 여기에 이렇게 언급만 해두고, 이 주제에 대해 나보다 잘 아는 누군가가 언젠가 자신의 지식을 내게 말해주기를 바랄 뿐이다.

현대 시에서 행은 다루기 힘든 주제다. 시를 소리 내어 읽을 때는 행이 끝날 때에도 전혀 멈추지 말아야 한다고 주장하는 시인이 많다. 하지만 내가 보기에 행은 시의 패턴, 리듬의 일부다. 자유시를 읽을 때 행이 어디서 끝나는지 목소리로 아주 어렴풋하게라도 알려주지 않는다면, 시를 듣는 사람은 행의 끝이 어디인지 알 수 없다. 그렇다면 행은 그저 인쇄를 위한 편의에 지나지 않는다. 운을 맞춘 정형시에는 규칙성이 있어서 듣는 사람에게 행이 끝나는 지점을 신호해줄 수도 있지만, 그래도 시를 읽는 사람의 목소리가 어느 정도 지원을 해줘야 한다. 셰익스피어를 읽을 때는 대사에서 자연스럽게 이어지는 목소리의 흐름과 그 저변에 깔려 있는 오보격 박자 사이에서 계속 타협을 해야 한다. 만약 셰익스피어 배우가 자연스러운 어조를 위해 행을 완전히 무시한다면, 시를 산문처럼 읽는 결과가 나올 것이다.

시인이 행을 어떻게 다룰 수 있는지 보여주는 훌륭한 예가 하나 있다. 궨덜린 브룩스의 「우린 진짜 멋져」다.

우린 진짜 멋져, 우린

학교에서 나왔어. 우린

늦게 숨어 있어. 우린

곧장 치고 나가. 우린


죄를 노래해. 우린

진에 물을 타. 우린


6월의 재즈. 우린

곧 죽어.


존 던의 시도 있다.


상상 속의 둥근 지구 귀퉁이에서, 불어라

트럼펫을, 천사들이여, 일어나라, 일어나라

죽음에서, 무수히 무한한

영혼들이여, 흩어진 너희의 몸으로 가라.


구문상의 절들이 오보격 행에서 탈주해 강한 긴장을 조성한다. 이렇게 다음 행으로 흘러넘치는 구절을 전문용어로 **행간걸침**enjambment 이라고 한다. 이것도 일종의 당김음이다.

만약 우리가 「우린 진짜 멋져」에서 이렇게 행이 흘러넘치는 효과를 제거한다면, 리듬과 의미가 어떻게 변할까?

우린 진짜 멋져.

우린 학교에서 나왔어

우린 늦게 숨어 있어……

아니, 더 이상은 못 하겠다. 오보격을 버리고 구문론을 따르면, 던의 4행시도 더럽힐 수 있다. 단어는 정확히 똑같지만, 행간걸침 효과인 긴장된 리듬이 사라진다.

상상 속의 둥근 지구 귀퉁이에서,

불어라 트럼펫을, 천사들이여,

일어나라, 일어나라 죽음에서,

무수히 무한한 영혼들이여,

흩어진 너희의 몸으로 가라.

힘이 들어간 압운 패턴이 사라지면서 구조가 약해질 뿐만 아니라, 긴장감 넘치는 강렬한 박자가 흐물흐물해진다.

내가 시에서 행이 어떤 힘을 지니고 있는지만을 보여주려고 브룩스와 던의 시를 이렇게 더럽힌 것이 아니다. 시인들이 때로 엄격하고 형식화된 패턴을 추구하는 이유 또한 보여주고 싶었다. 비록 임의적인 패턴이라 해도 패턴을 준수한다면, 어쩌면 길 잃은 양처럼 매애매애 울어대며 방황했을 단어들에 힘을 줄 수 있다.

그래서 때로 시보다 산문을 쓰기가 더 어렵다.

## 시의 강세-리듬: 자유시

자유시에는 규칙적인 운율이 없다. 그러나 강세 패턴은 대부분의 자유시에 존재한다. 비록 예측이 가능할 만큼 규칙적이지는 않아도, 압운처럼 리듬을 느끼게 하는 여러 장치도 자주 사용된다. 자유시에서 유연하게 변화하는 패턴들을 찾아내려면, 열심히 귀를 기울여 시인의 박자를 포착해야 한다.

예를 들어 휘트먼의 「끝없이 흔들리는 요람으로부터」에서 우리는 마치 최면을 거는 듯한 이 제목의 부드러운 박자가 이 긴 시의 여기저기에 다양하게 변주된 형태로 자꾸 나타나는 것을 볼 수 있다. **딴**-따따 **딴**따/**딴**따따 **딴**따……

강세 패턴을 회피하고 행의 끝을 잠시 쉬는 지점으로 활용하지 않는 자유시는 다른 종류의 패턴과 반복 등 다른 리듬 장치로 그 틈을 메울 수 있다. 그중 하나가 행 전체 또는 행의 일부를 규칙적으로 반복하는 것이다. 영어 시는 가만히 내버려두면, 후렴구에서만 이 방법을 사용하는 듯하다. 하지만 6행 6연체sestina*나 4행 정형시pantoum**처럼 외국에서 수입된 이국적인 형태도 있다. 이들은 엄격한 규칙에 따른 반복으로 패턴을 형성할 뿐만 아니라, 언어의 선택에도 제한을 둬서 감정과 의미의 범위를 통제한다.

자유시에서는 무화과나무나 폭포처럼 예측이 불가능하

---

\*    6행 6절과 3행의 결구를 가지는 시로, 12세기 프로방스에서 아르노 다니엘이라는 음유시인이 고안했다고 알려진 운문 형태.

\*\*    말레이의 운문 형태.

면서도 필연적인 내적 패턴을 스스로 찾아내거나 창조해내는 것이 이상적이다.


## 산문의 강세-리듬

조심스럽게 내 생각을 밝힌다. 산문의 강세-리듬에는 두 가지 요소가 있다. 첫째, 실제 음절에 붙는 강세. 둘째, 구문론, 구두법, 의미, 강세, 호흡을 따르는 단어 무리, 또는 구절. 이 단어 무리를 나는 '마디'라고 부른다.

산문의 구절을 소리 내어 읽으면, 음절의 강세와 중간에 살짝 쉬는 지점 또는 음조의 변화를 모두 들을 수 있다. 뒤의 두 가지가 바로 문장을 마디로 나누는 역할을 한다. 같은 문장을 똑같은 방식으로 읽거나 듣거나 '운율을 느끼는' 사람을 찾아보기는 거의 불가능할 것이다. 하지만 그것은 중요하지 않다. 산문의 폭은 아주 넓다.

기억해야 할 것은 좋은 산문에 강세-리듬이 있다는 점이다. 그 강세-리듬이 미묘하고 복잡하고 변화무쌍할 수는 있다. 지루한 산문, 모양새 없는 이야기, 읽기 힘든 교과서 같은 글에는 독자의 몸과 마음과 심장을 붙잡아 몰아치고 움직이는 리듬이 없다.

산문의 리듬을 찾아내고 느끼는 데는 아무런 규칙이 없다. 재능이 필요하지만, 연습을 통해 그 기술을 배우는 것도 가능하다. 가장 좋은 연습 방법은 소리 내어 읽는 것이라고 할 수 있다. 겁에 질린 초등학생이 전혀 이해하지 못하는 글을 소리 내어 읽을 때 말을 더듬으면서 박자를 놓치는 것을 여러분도 알지 않는가. 글을 읽는 솜씨가 별로인 독자는 산문에 맞춰 춤출 수 없다.

하지만 최고의 독자도 어설픈 산문을 춤추게 만들지는 못한다.

산문의 '운율 분석'과 관련해서 내가 아는 유일한 규칙은 자신이 읽고 있는(또는 쓰고 있는) 글에 최대한 열심히 귀를 기울이면서 박자를 찾고, 자신의 귀를 믿는 것이다. 정답은 없다. 자신의 귀에 옳게 들리는 소리가 곧 정답이다(도교의 규칙이다, 알겠는가?). 글을 읽을 때마다 강세가 달라져도 걱정할 필요 없다. 다른 사람들과는 의견이 다르다 해도 걱정할 필요 없다Don't worry if others disagree.

Don't WORry if OTHers disaGREE

DON'T WORry if OTHers DISagree

Don't WORry if OTHers DISaGREE

반복해서 읽으며 강세를 주다 보면 규칙적인 박자가 저절로 확립되는 경향이 있다. 위의 세 사례 중 마지막 것은 아주 살짝 모음을 탈락시켜 약강격 4보격으로 만든 것이다. 우리는 리듬을 아는 동물이다. 그러나 산문은 우리에게 예측을 허락하지 않는다. 산문에서 문장 하나가 약강격 4보격이라면, 여기서 우리가 예측할 수 있는 것은 다음 문장이 약강격 4보격이 아닐 것이라는 점뿐이다. 진정한 산문 리듬은 언제나 우리 손을 피해 살짝 앞에서 달려 나가며 우리를 이끈다.

## 산문의 운율 분석: 강세 패턴 실험

산문의 리듬은 많은 요소들로 이루어져 있다. 소리의 반복, 구문과 구조의 상응, 이미지 패턴, 반복적으로 나오는 분위기…… 하지만 여기서 나는 강세가 만들어내는 강력한 박자에만 주의를 기울일 것이다.

(이 책의 첫머리에 인용한) 버지니아 울프의 말이 옳다면, 문체는 오로지 리듬이다. 내 생각에는 울프의 말이 옳은 것 같다. 울프의 생각이 심오한 것도 맞다. 그렇다면 한 문장의 강력한 박자만으로도 우리는 문장이 무엇이고 어떤 역할을 하는지에 대해 조금 알 수 있을지 모른다. 특정한 종류의 산문에 특징적인 강세-리듬이 있는가? 작가들마다 특유의 박자가 있는가?

다음의 내용은 산문 일부의 강세-리듬을 아주 미숙한 솜씨로 간단하게 조사한 것이다. 주로 내가 알고 싶었던 것은, 강세의 수를 헤아렸을 때 도출될 결과였다. 기대하는 것이 몇 가지 있기는 했다. 산문의 종류가 다르면 강세-리듬의 차이도 금방 분명히 드러날 것이라는 기대가 그중 하나였다. 필자에 따라 강세-리듬의 차이가 뚜렷이 나타날지도 궁금했다.

이제부터 내가 헤아릴 것은 **구두로 말할 때**의 강세 개수다. 즉, **목소리의 리듬**을 뜻한다. 소리 내지 않고 조용히 읽기는 너무나 빠르고 섬세해서 내 조악한 그물로 잡을 수 없는 신비로운 활동이다. 그러나 읽을 가치가 있는 모든 산문은 소리 내어 읽을 가치가 있다는 것, 그리고 우리가 소리 내어 읽을 때 또렷이 포착하는 리듬을 소리 내지 않고 읽을 때도 무의식적으로 포착한다는 것이 나의 강력한 신념이다.

산문의 운율을 분석하는 규칙은 존재하지 않기 때문에, 누가 무슨 의견을 내든 모두 옳다. 나는 문장을 소리 내어 읽는 방식을 사용한다. 글을 처음부터 끝까지 두 번째나 세 번째로 읽을 때 나는 강세를 표시하기 시작한다(강세가 있는 음절 위에 강세 표시를 하는 방식).

내가 강세를 표시한 지점에 대해 다른 의견을 가진 사람이 많을 것이다. 나 또한 내가 표시한 강세에 모두 동의하지 않을 수 있다. 게다가 강세에도 단계가 존재한다(슬픈 일이다). 어떤 곳의 강세는 누구라도 알아볼 수 있을 만큼 강력한 **딴!**이지만, 정말로 '딴'으로 표기해도 될 만큼 강세가 강한지 논란의 여지가 있는 부분도 있다. 심지어 그보다 더 약해서 길게 이어지는 '따따따' 사이에 작게 나타나는 '딴'도 있다. 나는 이렇게 강세가 약한 부분 중 일부를 표시하지 않고 그냥 건너뛸 때가 있다. 내 판단이 자주 달라진다. 여기에 예로 든 문장들을 여러 번 읽으며 강세를 표시했지만, 끝내 최종적인 판단을 내리지 못한 곳이 많다. 이미 결정을 내린 부분 중에도 계속 고민을 안겨주는 곳이 일부 있다. 어쨌든, 아예 이 글을 통째로 건너뛰지 않은 독자라면, 내가 표시한 강세를 지우고 각자 자신의 강세를 표시해도 좋다.

내가 여기에 샘플로 사용한 문장들은 내 변덕으로 선택되었다. 우선 나는 내가 개인적으로 문체에 흥미를 갖고 있는 작가들, 마침 책이 바로 옆에 있던 작가들을 선택해 그냥 손가락이 닿는 대로 구절을 골랐다. 하지만 사람들이 주거니 받거니 대화를 나누는 부분은 피했다. 「곰 세 마리」는 글을 읽는 목소리의 기준을 정하는 시금석으로 선택되었다. 트웨인, 톨킨, 울프의 글을 선택한 것은 내가 문장가로서 그들을 우러러보기 때문이다. 교과서 글은 이론적인 얘기만 중얼중얼 늘어놓은 끔찍한 사례가 아니라 정말로 잘 쓴 글이기 때문에 선택했다. 다윈의 글은 빅토리아시대 중기의 좋은 글이 있으면 좋을 것 같아서, 오스틴의 글은 빅토리아시대 이전의 좋은 글이 있으면 좋을 것 같아서 여기에 넣었다. 스타인의 글은 다른 작가들의 글과 크게 달라 보일 것 같아서 선택했는데, 실제로는 그렇지 않았다.

강세는 굵은 글씨로 표시했다.

내가 '마디'라고 부르는 작은 무리는 세로선으로 표시했다. 세로선 하나는 아주 조금만 쉬거나 목소리를 아주 조금만 바꾸라는 의미다. 세로선 두 개가 있는 지점에서는 쉬는 시간이 좀 더 길어진다. 이런 지점에는 대개 구두점이 함께 존재하는데, 실제로 구두점은 구절을 나누는 지침 역할을 할 때가 대부분이다. 마디를 표시할 때 나는 역시 소리 내어 글을 읽으며 결정을 내렸다.

스타인의 글에서는 구두점을 찍는 것이 급선무다. 구두점이 없으면 단어들이 마구 뒤섞이기 때문에 독자는 도저히 길을 찾을 수 없을 것이다. 울프의 글에 강세 등을 표시할 때는 아무런 망설임이 없었다. 소리 내어 읽으면서 들어보니 글이 짧고 음악적인 요소들로 필연적으로 나뉘었다. 오스틴의 글을 읽을 때는 결정을 내리기가 무한히 힘들었다. 흐르는 강물을 베려고 하는 것처럼, 글을 조각조각 나누기가 어려웠다. 글을 다시 볼 때마다 내 표시가 달라진다. 마디를 나누는 것은 강세 표시보다 훨씬 더 주관적인 일이라서, 독자 여러분에게는 별로 쓸모가 없을 수도 있다. 내 경우에는 마디를 통해 산문의 리듬 구조 속 일부 요소들을 시각적으로 볼 수 있다. 민담의 3중 패턴, 운율에 대한 힌트, '마디'가 '운각'이 되는 것 등이 그 예다. 또한 글에 주로 짧게 분리된 구절이 사용되었는지, 아니면 길게 흐르는 듯한 구절이 사용되었는지, 아니면 다양한 구절이 섞여서 사용되었는지도 시각적으로 볼 수 있다.

여기에 인용된 글들은 칼표(†)까지 100음절이다(칼표 뒤의 음절은 모두 제외된다). 다양한 요소들을 헤아리고 비교하려면, 모든 글의 길이가 똑같아야 했다.

「곰 세 마리」(민담, 구전 전승)

**Once upon a time** | there were **three bears:** | a great, big

Papa Bear; | a middle-sized Mama Bear; | and a little tiny wee Baby Bear. ‖ The Three Bears lived in the forest, | and in their house there was: | a great, big bed for Papa Bear; | a middle-sized bed for Mama Bear; | and a little tiny wee bed for the Baby Bear. ‖ And at the table | there was a great, big chair for Papa Bear, | and a middle-sized chair for Mama † Bear | ⋯⋯

옛날 옛적에 | 곰 세 마리가 살았습니다. | 크고 튼튼한 아빠 곰, | 중간 크기의 엄마 곰, | 작고 작은 아기 곰. ‖ 곰 세 마리는 숲에서 살았는데, | 집에는 | 아빠 곰의 크고 튼튼한 침대, | 엄마 곰의 중간 크기 침대, | 아기 곰의 작고 작은 침대가 있었습니다. ‖ 식탁에는 | 아빠 곰의 크고 튼튼한 의자, | 엄마 곰의 중간 크기 † 의자 | ⋯⋯

문장: 3
마디: 13
단어: 79
한 음절 단어: 61
두 음절 단어: 15
세 음절 단어: 3 ('middle-sized'를 한 단어로 보았다. 만약 이것을 두 단어로 본다면, 음절이 세 개 이상인 단어는 하나도 없다.)

강세 없는 음절 세 개가 연달아 나온 것은 두 번인데, 그중 하나는 중간에 마디 선(쉼표)이 있다.

강세 있는 음절 세 개가 연달아 나온 것은 네 번이다. (이 **'딴딴딴'** 리듬은 주로 묵직한 아빠 곰과 관련되어 있다. 엄마 곰과 아기 곰의 박자는 비교적 가볍다.)

강세: 49

마크 트웨인:
「칼라베라스 카운티의 악명 높은 뜀뛰는 개구리」

**Well,** ‖ **thish**-yer **Smiley** | had **rat**-**tarriers,** | and **chick**-en cocks, | and **tom**cats, | and **all** them **kind** of **things,** | till you **could**n't **rest;** ‖ and you **could**n't **fetch no**thing for **him** to **bet** on | but he'd **match** you. ‖ He **ketched** a **frog one day,** | and **took** him **home,** | and **said** he **calc**'lated to **edu**cate him; ‖ and **so** he **never** done **no**thing for **three months** | but **set** in his **back**yard | and **learn** that **frog** to **jump.** ‖ And **you bet** you | he *did* **learn** him, | **too.** ‖ He'd **give** him a **lit**†tle **punch**······

음, ‖ 올해에 스마일리가 | 랫테리어, | 수탉, | 수고양이, | 등등을 가져가서, | 너는 가만히 참고 있을 수가 없었다. ‖ 그와 내기할 것도 더 이상 남지 않았으나 | 그는 너와 계속 대결하려고 했다. ‖ 어느 날 그가 개구리 한 마리를 붙잡아, | 집으로 데려가면서, | 녀석을 교육시킬 요량이라고 말했다. ‖ 그러고는 석 달 동안 아무것도 하지 않고 | 뒷마당에 앉아 | 그 개구리에게 뜀뛰기를 배워주었다. ‖ 그랬더니 정말로 | 녀석을 가르치는 데에도 성공했다. ‖ 그가 녀석을 살†짝 치

면……

문장: 4

마디: 19

단어: 85.5

한 음절 단어: 72

두 음절 단어: 11 (10.5)

세 음절 단어: 3 ('rat-tarriers'를 한 단어로 보았다. 'thish-yer'와 'couldn't'는 한 음절 단어 두 개를 축약한 것인데, 'thish-yer'의 경우 관습적인 축약형은 아니다. 따라서 단음절의 비율이 더 높아질 수 있다. 'calc'lated'는 원래 4음절인 단어를 3음절로 줄인 것이다.)

강세 없는 음절 세 개가 연달아 나온 것은 세 번인데, 셋다 마디 선(쉼표나 마침표)으로 나눠져 있어서, 중얼거리듯 읽는 것을 깔끔하게 피할 수 있다.

강세 있는 음절 세 개가 연달아 나온 것은 한 번이다.

강세: 44

### J. R. R. 톨킨: 『반지의 제왕』

They **now mount**ed their **ponies** | and **rode off** silently **in**to the **evening**. ‖ **Darkness came down quick**ly, | as they **plod**ded **slow**ly **down**hill and **up again**, | until at **last** they saw **lights** | **twink**ling some **distance ahead**. ‖

Before them rose Bree hill | barring the way, ‖ a dark
mass | against misty stars; | and under its western flank | nes-
tled a large village. ‖ Towards it they now hurried, | desiring
only to find a fire, | and a door be†tween them and the night.

이제 그들은 각자 조랑말에 올라 | 밤의 어스름 속으로
조용히 걸어갔다. ‖ 순식간에 내려앉는 어둠 속에서, | 그들
은 천천히 터벅터벅 산길을 내려가고 올라가다가, | 마침내
저 앞 조금 떨어진 곳에서 반짝거리는 | 불빛을 보았다. ‖

그들 앞에 브리언덕이 솟아 | 길을 막고 있었다. ‖ 검은
덩어리가 | 아련한 별들을 배경으로 서 있고, | 서쪽 옆구리 아
래에는 | 커다란 마을 하나가 둥지를 틀고 있었다. ‖ 그곳을
향해 그들은 걸음을 서둘렀다. | 불기를 쬐고 싶다는 생각밖
에 없었다. | 그리고 문 안†에서 밤을 맞고 싶다는 생각도.

　　문장: 4 + 중간에 문단 나뉨

　　마디: 15

　　단어: 72

　　한 음절 단어: 45

　　두 음절 단어: 24

　　세 음절 단어: 2 (톨킨이 사용하는 영어에서 'towards'는
한 음절이지만, 내가 두 음절로 계산한 'evening'은 세 음절일
수 있다.)

　　강세 없는 음절 세 개가 연달아 나온 것은 한 번인데, 마

디 선(쉼표)으로 나눠져 있다.

강세 있는 음절 세 개가 연달아 나온 곳을 '**came down quick**ly,' 한 곳만 표시했으나, 논란의 여지가 있을 수 있다. 음절 네 개가 연달아 나온 '**rose Bree hill bar**ring'도 마찬가지다. 내가 듣기에 이 구절들은 이보다 더 가볍거나 더 무거운 강세로 나눌 수 없다. 반드시 강하고 고른 박자로 읽어야 할 것 같다. 내가 'a **dark mass** against **mis**ty **stars**,'라고 읽은 것에도 의문이 제기될 수 있다. 여기서 'against'는 이 구절 전체를 지배하는 리듬 때문에 평소의 강세를 잃어버린 것 같다(내 귀에는 그렇게 들린다!).

강세: 47


### 버지니아 울프: 『막간』

**Then** something **moved** in the **wa**ter; | her **fa**vorite **fan**tail. || The **gold**en **orfe fol**lowed. || **Then** she had a **glimpse** of **sil**ver — || the **great carp** him**self**, | who **came** to the **sur**face | so **very sel**dom. || They **slid on,** | **in** and **out** | be**tween** the **stalks,** | **sil**ver; | **pink**; | **gold**; | **splashed;** | **streaked;** | **pied.** ||

"**Our**selves," | she **mur**mured. || And re**trie**ving some **glint** of **faith** from the **grey wa**ters, | **hope**fully, | with**out** much **help** from **rea**son, | she **fol**lowed the **fish**; || the **speck**led, **streaked,** and **blotched**; || † seeing in that vision beauty, power, and glory in ourselves.

그때 뭔가가 물속에서 움직였다. | 그녀가 좋아하는 부채꼴 꼬리. ‖ 황금색 잉어가 그 뒤를 이었다. ‖ 그때 은색이 언뜻 보였다— ‖ 바로 그 멋진 잉어. | 수면으로 거의 | 나오지 않는 녀석인데. ‖ 물고기들이 미끄러지듯 헤엄치며, | 줄기들 사이를 | 들락날락, | 은색; | 분홍색; | 황금색; | 얼룩무늬; | 줄무늬; | 얼룩덜룩. ‖

"우리 자신이야." | 그녀는 중얼거렸다. ‖ 그리고 회색 물에서 | 약간의 믿음을 되찾을 수 있을 거라는 | 희망을 안고, | 이성에 별로 의지하지 않은 채, | 물고기들을 따라갔다; ‖ 얼룩무늬, 줄무늬, 얼룩덜룩; ‖† 그 광경에서 우리 자신의 아름다움, 힘, 영광을 보면서.


문장: 6 + 중간에 문단 나뉨

마디: 24

단어: 75

한 음절 단어: 53

두 음절 단어: 19

세 음절 단어: 3

강세 없는 음절 세 개가 연달아 나온 것은 두 번인데, 그 중 하나는 마디 선(마침표)으로 나뉘어 있다.

강세 있는 음절 일곱 개에 강세 없는 음절이 딱 한 개만 섞여 있는 이례적인 부분이 쉼표와 세미콜론으로 분명히 강조되어 있다(ʻ**stalks, silver; pink; gold; splashed; streaked;**

pied.*'). 이것 때문에 울프의 일반적인 글에 비해 강세 수가 더 많아진 것 같다.

강세: 47


## 그레이엄 크레이그 외:『세계 문명의 유산』

The **new** technology in **tex**tile manu**fac**ture | **vastly in-creased cot**ton production | and revo**lu**tionized a **ma**jor consumer in**dus**try. ‖ But the invention **that,** | **more** than **any other,** | permitted in**dus**trialization | to **grow** on it**self** | and to **ex**pand into **one** area of production after ano**ther** | was the **steam eng**ine. ‖ **This** ma**chine** provided | for the **first time** in hu†man history a steady and essentially unlimited source of inanimate power.

섬유 제조의 신기술 덕분에 | 면직물 생산량이 크게 증가하고 | 주요 소비재 산업 중 하나가 혁명적 변화를 겪었다. ‖ 그러나 그 무엇보다도 | 산업화가 | 스스로 성장해서 | 여러 생산 분야로 차례차례 퍼져나갈 수 있게 해준 | 발명품은 바로 | 증기기관이었다. ‖ 이 기계는 | 인류 역사상 처음으로† 무생물 동력을 꾸준히 그리고 기본적으로 무한히 제공해주었다.


문장: 3
마디: 10
단어: 52.5

한 음절 단어: 25

두 음절 단어: 14.5

세 음절 단어: 9

네 음절 단어: 2

다섯 음절 단어: 1

일곱 음절 단어: 1

강세 없는 음절 세 개가 연달아 나온 것은 일곱 번인데, 그중 하나는 마디 선으로 나눠졌다. 강세 없는 음절 네 개가 연달아 나온 것은 두 번이다.

강세 있는 음절이 두 개를 초과하여 연달아 나온 곳은 없다.

강세: 33


## 제인 오스틴: 『오만과 편견』

It was **gen**erally **ev**ident when**ev**er they **met**, | that he **did** ad**mire** her; | and to **her** it was **e**qually **ev**ident | that **Jane** was **yield**ing to the **pref**erence | which **she** had be**gun** to enter**tain** for **him** | from the **first**, ‖ and **was** in a **way** to be **ver**y **much** in **love**; ‖ but she con**sid**ered with **pleas**ure | that it was **not like**ly to be dis**cov**ered | by the **world** in **gen**eral, ‖ since **Jane** un**it**ed with **great strength** † of feeling, a composure of temper and a uniform cheerfulness of manner, which would guard her from the suspicions of the impertinent.

그들이 만날 때마다 전체적으로 분명한 것은| 그가 정말

로 그녀를 사모한다는 것, | 그리고 그녀에게 똑같이 분명한
것은 | 제인이 처음부터 | 그를 위해 그의 취향을 | 생각하며
양보하고 있다는 것과 ‖ 어떤 의미에서 깊은 사랑에 빠져 있
다는 것이었으나 ‖ 세상 전체가 | 그것을 알아차리지 못할 것
같다고 | 생각하니 즐거웠다. ‖ 제인이 엄청난 감정의 힘으로
† 차분한 기질과 한결같이 유쾌한 태도를 결합시켰으니 이것
이 무례한 사람들의 의심에서 그녀를 지켜줄 것이다.

문장: 1

마디: 10

단어: 72

한 음절 단어: 55

두 음절 단어: 9

세 음절 단어: 9 ('generally'를 세 음절로, 'general'을 두
음절로, 'preference'를 두 음절로 보았다. 당시 오스틴의 발음
으로는 내 판단이 아주 틀린 것일 수도 있다.)

강세 없는 음절 세 개가 연달아 나온 것은 여섯 번인데
그중 하나는 마디 선으로 나눠졌고, 강세 없는 음절 네 개가
연달아 나온 것은 한 번이다.

강세 있는 음절이 두 개를 초과하여 연달아 나온 곳은 없다.

(맨 앞의 강세 있는 음절 네 개의 모음 압운에 주목하라.
산문은 기분 좋은 음악적 느낌으로만 느껴지는 압운을 이렇
게까지 구현할 수 있다.)

## 찰스 다윈: 『비글호 항해기』

I **hired** a Gaucho to ac**com**pany me | on my **ride** to **Bue**nos Aires, | **though** with **some difficulty**, | as the **father** of **one man** | was **afraid** to **let** him **go**, | and a**no**ther, | who **seemed willing**, | was des**cri**bed to me as so **fearful**, | that **I** was a**fraid** to **take** him, | for **I** was **told** | that even if he **saw** an **os**trich at a **dis**-tance, | he would mis**take** it for an **In**dian, | and would **fly** like the **wind away**. ‖ The † distance to Buenos Aires······

나는 부에노스아이레스까지 동행할 | 남미 카우보이를 한 명 고용했으나, | 다소 어려움을 겪은 것은, | 후보 한 명의 아버지는 | 무서워서 아들을 보내지 못하겠다고 했고, | 또 다른 후보는, | 기꺼이 나설 것 같았으나, | 너무 겁이 많다는 말을 들어서, | 그를 데려가기가 꺼려졌다. | 내가 듣기로 | 멀리서 타조를 보더라도 | 인디언으로 착각하고, | 바람처럼 도망쳐버릴 사람이라고 했기 때문이다. ‖ †부에노스아이레스까지의 거리는······

문장: 1
마디: 13
단어: 77
한 음절 단어: 58

두 음절 단어: 15

세 음절 단어: 1

네 음절 단어: 2

강세 없는 음절 세 개가 연달아 나온 것은 네 번, 강세 없는 음절 네 개가 연달아 나온 것은 세 번(그중 하나는 마디 선 [쉼표]으로 나눠졌다), 강세 없는 음절 다섯 개가 연달아 나온 것은 한 번인데 중간에 마디 선(쉼표)으로 나눠져 있다.

강세 있는 음절이 두 개를 초과하여 연달아 나온 곳은 없다.

(마지막 구절인 'fly like the wind away,'의 섬세하고 유머러스한 운율은 시적인 도치법과 두운법이 동원된 것으로 보아 확실히 일부러 만든 것이다.)

강세: 35

### 거트루드 스타인: 「내 아내에겐 암소가 있다」

**Have** it as **having having** it as **hap**pening, | **hap**pening to **have** it as **hap**pening, | **having** to **have** it as **hap**pening. ‖ **Hap**‑pening and **have** it as **hap**pening | and **having** to **have** it **hap**pen as **hap**pening, | and my **wife** has a **cow** as **now**, | my **wife having** a **cow** as **now**, | my **wife having** a **cow** as **now** | and **having** a **cow** as **now** | and **having** a **cow** and **having** a **cow now**, | my **wife** has a **cow** † and now.

실제로 일어나고 있는 일을 받아들이듯 받아들이듯 받아들이기, | 실제로 일어나고 있는 일을 우연히 받아들이기, |

실제로 일어나고 있는 일을 받아들여야 하기. ‖ 실제로 일어나고 있는 일과 실제로 일어나고 있는 일을 받아들이기 | 그리고 실제로 일어나고 있는 일처럼 그것이 일어나게 해야 하기, | 내 아내에겐 지금 암소가 있고 | 지금 암소가 있고 | 암소가 있고 지금 암소가 있고, | 내 아내에겐 암소가 있다 † 지금.

문장: 2

마디: 10

단어: 76

한 음절 단어: 59

두 음절 단어: 10

세 음절 단어: 7 (일곱 개 모두 같은 단어인 'happening')

강세 없는 음절 세 개가 연달아 나온 것은 다섯 번, 네 개가 연달아 나온 것은 한 번인데 마디 선(쉼표)으로 나눠져 있다.

강세 있는 음절이 두 개를 초과하여 연달아 나온 곳은 없고, 두 개가 연달아 나온 것은 두 번뿐이다.

강세들이 거의 모두 한 음절로만 나타나기 때문에 문장들이 특이하게 흔들흔들 걷는 듯한 느낌이 난다. 'happening'을 기반으로 3운각 박자가 상당히 일관되게 유지되다가 'wife has a'로 이어지고, 그다음에는 강세가 두 번 연달아 나오는 'wife having'으로 시작되는 다른 박자로 바뀐다. 반쯤 규칙적인 박자, 단어의 반복, 'cow/now'의 압운 반복, 'h' 두운을 감안

할 때, 이 글은 십중팔구 시로 간주하는 편이 가장 좋을 것이다. 어쨌든 정확히 산문은 아니다. 그러나 강세 수는 앞의 다른 서술형 샘플들과 비슷하다.

강세: 38

꩜

저드슨 제롬은 유용하고 흥미로운 책『시: 미리 계획하는 예술』에서, 시에서는 100음절당 평균 40~60개의 강세가 나오는 반면 산문에서는 약 20~40개의 강세가 나온다고 말한다. 내가 앞에 열거한 산문 샘플들의 강세 수는 그보다 많다. 제롬은 시에서 강세와 강세 사이에 강세 없는 음절의 최대 수가 평균 0~2개지만 산문에서는 2~4개라고 말한다. 연달아 나올 수 있는 강세 없는 음절의 최대 수는 6~7개이다. 내 경험상, 훌륭한 산문에서는 강세 없는 음절이 연달아 네 개 나오는 경우조차 찾기 어렵다.

다음은 내 산문 샘플들에서 강세 있는 음절의 개수가 얼마나 다양한지 열거한 것이다. 다른 숫자들과 비교점도 열거되어 있다. 내가 보기에는 매혹적인 사실들이라, 독자 여러분도 '읽히지 않는 통계의 바다'에 깊숙이 잠기고 싶어질지 모르겠다.

~

**100음절 샘플 기준:**

강세 수, 가장 많은 것부터

    「곰 세 마리」, 울프: 48

      톨킨: 47

      트웨인: 44

      스타인: 38

      다윈: 35

      오스틴: 33

      크레이그: 32

단어 수, 가장 많은 것부터

      트웨인: 85.5

    「곰 세 마리」: 79

      다윈: 77

      스타인: 76

      울프: 75

      오스틴, 톨킨: 72

      크레이그: 52.5

문장 수, 가장 많은 것부터

      울프: 6

트웨인, 톨킨: 4

「곰 세 마리」, 크레이그: 3

스타인: 2

다윈: 1

오스틴: 1


마디 수, 가장 많은 것부터

울프: 24

트웨인: 19

톨킨: 15

「곰 세 마리」, 다윈: 13

크레이그, 오스틴, 스타인: 10


한 음절 단어 수, 가장 많은 것부터

트웨인: 72

「곰 세 마리」: 62

스타인: 59

다윈: 58

오스틴: 55

울프: 53

톨킨: 45

크레이그: 25

두 음절 단어 수, 가장 많은 것부터

> 톨킨: 24
>
> 울프: 19
>
> 다윈, 「곰 세 마리」, 크레이그: 15
>
> 트웨인, 스타인: 10
>
> 오스틴: 7

세 음절 단어 수, 가장 많은 것부터

> 오스틴: 10
>
> 크레이그: 9
>
> 스타인: 7
>
> 울트, 트웨인, 「곰 세 마리」: 3
>
> 톨킨: 2
>
> 다윈: 1

세 음절을 초과하는 단어 수

> 「곰 세 마리」, 오스틴, 스타인, 울프, 트웨인, 톨킨: 0
>
> 다윈: 네 음절 단어 1
>
> 크레이그: 4 (네 음절 단어 2, 다섯 음절 1, 일곱 음절 1)

여기서 흥미로운 사실들이 다양하게 드러난다.

· 버지니아 울프와 「곰 세 마리」의 강세 수가 같다.

- 마크 트웨인이 사용한 한 음절 단어 수가 민담보다 많다.
- 읽기 쉬운 교과서라 해도, 절반 이상의 단어가 다음절이다.
- 울프의 문장이 이들 중에서 가장 짧고, 오스틴의 문장이 가장 길다.
- 등등

샘플의 분량이 워낙 적고 강세를 헤아리는 방식이 너무 주관적이라서, 어떤 결론을 내릴 수는 없다. 그러나 제인 오스틴의 강세 수가 교과서 글의 강세 수와 거의 같다는 사실은 단순히 강세를 헤아리는 것만으로는 산문의 성질(모든 의미 포함)에 대해 확실한 단서를 전혀 얻을 수 없다는 점을 잘 보여준다.

그래도 나는 이것이 흥미롭고 가치 있는 작업이라고 생각했다. 이 작업을 하는 것만으로도 산문의 리듬에 대한 나의 인식이 강화되고 다듬어졌기 때문이다.*

---

\* [원주] 산문을 이런 식으로 읽어볼 생각을 하게 해준 델 하임스에게 감사하고 싶다. 물론 내가 이 방식을 확대하거나 오용한 것에 대해 하임스의 책임은 전혀 없다. 글로 옮겨 적은 구전설화를 다룬 그의 연구는 오래전부터 '소박하다'거나 '원시적'이라는 등의 평가를 받은 아메리카 인디언의 설화에서 복잡하고 의식적이고 정연한 패턴을 찾아냈다는 점에서 놀랍다.

## 강세를 넘어서서

### 긴 산문 리듬

강세 단위는 산문 리듬을 구성하는 가장 작은 요소이며, 가장 순수하게 물리적 성질을 띤다. 강세 있는 음절들의 빈도, 그리고 변덕스럽지도 단조롭지도 않게 박자를 다루는 방식은 산문 문장의 성격을 결정하는 데 필수적인 요소다.

따라서 내가 앞에서 문장 샘플들을 분석하며 보여주려고 했듯이, 문장 그 자체는 리듬을 갖고 있으면서도 결코 산문에 일정한 리듬을 주는 요소가 아니다.

산문 리듬의 다른 요소들은 강세 단위보다 엄청나게 더 길고 크며, 훨씬 더 손에 잡히지 않는다.

리듬은 반복이다. 산문 이야기는 그 이야기 속 사건들과 함께 '움직여야' 한다. 그렇다면 이야기의 추진력을 손상시키지 않으면서 반복할 수 있는 것이 무엇일까? 어떤 사건들이 반복적으로 발생(물론 조금씩 변형되어야 한다)해서 이야기의 긴 리듬 패턴을 형성할 수 있을까?

이야기에서 반복되는 사건들은 소리(단어, 구절, 문장)와 관련되어 있어야 하며, 의미(이미지, 행동, 분위기, 테마 등 그 단어들이 묘사하는 내용)와도 관련되어 있어야 한다.

대단히 세련된 이야기에서조차 반복이 생각보다 훨씬 더 많이 일어난다.

## 단어 또는 구절의 반복

버지니아 울프의 소설 『막간』은 긴 이야기를 통틀어 하나의 구절이 반복되는 단순하고 분명한 사례를 제공해준다. 밖에서 녹음된 음악을 배경으로 아마추어 가장행렬 행사가 벌어지고 있다. 덤불 속에 숨겨둔 낡은 축음기에서는 계속 '처프…… 처프…… 처프……' 소리가 난다. 이 소리는 아주 조금씩 변형되면서 이 책의 한 섹션 전체에서 후렴처럼 반복된다. 별 의미 없는 소리 같아도 효과가 어찌나 좋은지 축음기가 멈추면 그 소리가 그리워질 정도다. 어떤 의미에서는, 반복되는 소리가 사라지면서 완전히 새로운 리듬이 형성된다.

이것과는 달리 특징적인 구절이 반복되는 경우도 있다. 어느 한 인물에게 꼬리표처럼 따라붙는 구절이다. 예를 들어, 『데이비드 코퍼필드』에서 미코버 씨*가 언제나 희망에 차서 "혹시 어떻게든 될지도 모르니까"라고 말하는 것이 있다. 한 등장인물에게 같은 말을 자꾸 반복시키면, 독자들은 그 말을 기다리게 된다. 어쩌면 이것이 기계적인 유머 장치일 수도 있지만, 디킨스는 기계적인 작가가 아니다. 미코버 일가가 파산 직전일 때, 이 말은 유머를 어둡게 물들여 아이러니, 연민, 고통으로 만든다. 픽션은 사소한 사건이나 단어 하나를 다양한 맥락에서 반복시키면서 매번 그 의미에 변화와 깊이를 더할 수 있다. 그러면 이야기의 구조가 더 강력해진다.

---

* 『데이비드 코퍼필드』에 나오는 인물. 대표적인 낙천주의자로 꼽힌다.

이건 생각해볼 가치가 있다. 학교에 숙제로 제출한 글에서 한 문단에 같은 표현이 네 번 '반복'되면 선생님은 빨간 동그라미를 그려놓는다. 그리고 단어나 구절을 아무런 뜻 없이 반복하는 것은 피해야 한다고 가르친다. 어쩌면 그래서 우리가 반복이라는 장치를 불신하거나 멸시하게 되었는지도 모른다. 그러나 이야기에서 고의적인 반복이 지니는 힘은 위대하고 정당하다.

## 이미지, 행동, 분위기, 테마의 반복

이 다음에 실린 글은 톨킨의 『반지의 제왕』 중 한 장章의 리듬 구조를 연구한 것이다. 그 글은 리듬 구조가 무엇이며 무엇을 할 수 있는지 계속 조사한다. 그 글의 내용을 아주 짧게 요약하자면 다음과 같다. 생생하고 특징적인 사건과 장면 중 많은 것이 그 장과 책 전체에서 다른 사건이나 이미지에 의해 반복되면서 과거와 미래의 여러 사건, 장면, 이미지, 움직임, 관계, 행동, 반응, 분위기를 넌지시 암시하거나 슬쩍 예시하는 방식으로 이야기의 모든 부분을 이어준다는 사실을 알게 되었다. 그 장의 모든 부분은 전체 장의 패턴의 일부이며, 책 전체는 주로 같은 테마를 변형시킨 반半반복을 통해 자기 안의 요소들을 엄청나게 많이 참고한다.

내 생각에는 잘 쓰인 이야기의 작동 방식이 바로 이것인 듯하다. 한없이 복잡한 리듬 대응. 작품의 일관성은 내적인 참고, 과거 또는 미래를 향한 반半반복으로 확립된다. 새로운 비전이나 감정이 첨가되지 않은 순수한 반복만이 발생한다면, 이야기는 추진력을 잃어버린다(순수한 반복은 이야기보다 의식에 더 적합하다). 예측이 가능한 리듬만 펼쳐진다면, 이야기의 일관성은 기계적인 성격을 띤다. 그러나 과거와 미래의 다른 요소들을 반영해서 계속 새로운 것을 만들어내며 다양하게 변하는 반복은 우리가 원하는 전진 동력을 이야기에 부여해주면서 동시에 살아 있는 생물이나 예술 작품에 걸맞은 복잡성과 완전성을 유지해준다. 리듬의 완전성은 이야기 전체의 움직임을 관장하는 심오한 박자다.

# 『반지의 제왕』의 리듬 패턴

산문의 리듬을 연구하려는 내 시도의 산물이며 순전히 나의 즐거움을 위해 쓴 이 글은 톨킨에 관한 글을 모은 캐런 헤이버의 책으로 2001년에 출간된 『가운데땅에 대한 명상』에 다행히 실리게 되었다. 3부작 중 첫 권을 화면에 옮긴 영화에 관한 짧은 메모를 이 글에 추가해두었다. 영화는 책이 출간된 그해 하반기에 개봉되었다.

아이가 셋이라서 나는 톨킨의 3부작을 세 번 소리 내어 읽었다. 소리 내어 읽기에도 귀 기울여 듣기에도(아이들 모두 동의했다) 훌륭한 책이다. 긴 문장이 나올 때에도 그 흐름이 완전히 명확하고 호흡과 잘 어울린다. 읽는 사람이 잠시 쉬어야 할 바로 그 지점에 구두점이 있으며, 운율은 우아하고 필연적이다. 디킨스나 버지니아 울프처럼 톨킨도 자기가 쓴 글을 읽어주는 소리를 들었음이 분명하다. 이런 소설가들의 산문은 시와 비슷하다. 살아 있는 목소리가 그 글을 읽으면서 온전한 아름다움과 힘, 쉽게 포착할 수 없는 음악, 생기 있는 리듬을 발견해주기를 바란다는 점에서 그렇다.

활기 넘치고 대단히 특징적인 울프의 문장 리듬은 확실히 전적으로 산문에만 어울린다. 울프가 규칙적인 박자를 사용한 적은 전혀 없는 것 같다. 디킨스와 톨킨은 모두 가끔 운율 속으로 빠져든다. 감정이 강렬하게 터져 나오는 순간에 디킨스의 산문은 약강격이 되는 경향이 있어서 운율 분석이 가능하다. "지금껏 내가 했던 일보다/훨씬, 훨씬 더 좋은 일이다It is a far, far better thing that I do/than I have ever done." 잘난 척하는 사람들은 비웃을지 몰라도, 이 약강격 박자는 엄청나게 효과적이다. 특히 규칙적인 운율을 독자들이 알아차리지 못하고 지나칠 때가 그렇다. 디킨스가 자신의 이런 특징을 알고 있었는지는 모르겠지만, 알았더라도 별로 신경을 쓰지는 않았던 것 같다. 정말로 위대한 예술가들이 대부분 그렇듯이, 그도 효과가 있는 방법이라면 무엇이든 사용했다.

울프와 디킨스는 시를 전혀 쓰지 않았다. 톨킨은 시를 많이 썼다. 주로 이야기체나 '노래' 형식의 시인데, 그가 학자로서 흥미를 갖고 있던 주제에서 가져온 형식을 따를 때가 많았다. 그의 운문에는 운율, 두운, 압운이 종종 지극히 복잡하게 나타나는데도, 글 자체는 편안하고 부드럽다. 너무 지나치게 그럴 때도 있다. 그의 산문에는 여기저기 시가 흩어져 있다. 3부작 중 적어도 한 곳에서는 그가 줄 바꿈 등으로 신호를 주지도 않고 산문에서 운문으로 슬그머니 넘어가기도 한다. 『반지 원정대』에 등장하는 톰 봄바딜의 말에는 운율이 있다. 그의 이름은 일정한 박자가 되고, 그의 운율은 자유롭게 달리는 듯한 강약약격과 강약격으로 구성되어 앞을 향한 엄청난 추진력을 만들어낸다. 딴 따따 딴 따따, 딴 따 딴 따……"냐

줘, 버드나무 영감! 무슨 생각이야? 당신은 깨어나면 안 돼. 흙을 먹어! 땅을 깊이 파! 물을 마셔! 잠들어! 봄바딜이 말하잖아! You let them out again, Old Man Willow! What be you a-thinking of? You should not be waking. Eat earth! Dig deep! Drink water! Go to sleep! Bombadil is talking!" 보통 톰의 말은 줄 바꿈 없이 이어진다. 따라서 눈으로만 책을 읽으면서 크게 집중하지 않는 독자는 완전히 시의 형태로 인쇄된 부분이 나올 때까지 운율을 알아차리지 못할 가능성이 있다. 톰이 노래할 때는 그의 말이 시의 형태로 인쇄되어 있다.

톰은 유쾌할 정도로 전형적인 인물이라서, 밤과 낮, 계절, 성장과 죽음의 위대하고 자연스러운 리듬과 깊이 닿아 있다. 아예 이 리듬을 대변하는 존재이기도 하다. 따라서 그의 말에 리듬이 있는 것, 그의 말이 곧 노래 그 자체인 것이 적절하다. 게다가 그 박자에 전염성이 있다는 점이 귀엽다. 골드베리의 말에서도 그의 박자가 메아리치고, 프로도도 그 박자를 배운다. "골드베리!" 그는 동료들과 함께 길을 떠나면서 이렇게 외친다. "온통 은녹색 옷을 걸친 내 아름다운 레이디! 우리가 작별 인사도 못 했네. 저녁 이후 그녀를 본 적도 없어! My fair lady, clad all in silver green! We have never said farewell to her, nor seen her since that evening!"

3부작에 운율이 있는 구절이 또 있는지는 몰라도, 내 눈에는 보이지 않는다. 아라고른 같은 귀족들과 엘프들의 말에는 품위와 위엄이 있지만, 규칙적인 강세-리듬은 없다. 세오

덴 왕이 약강격 리듬을 쓰는 것 같긴 한데, 그는 그 리듬을 가끔씩만 사용할 뿐이다. 영어를 정연하게 말하다 보면 항상 그렇게 된다. 서사적인 내용이 펼쳐질 때 이야기는 균형 잡힌 운율을 따라 움직이며 서사시를 연상시키는 웅대한 흐름을 보여주지만, 그래도 순수한 산문에서 벗어나지 않는다. 톨킨의 귀가 워낙 뛰어나고 운율학 공부가 깊었기 때문에 그의 문장이 그도 모르게 운율로 빠져드는 일은 일어날 수 없었다.

강세 단위(운각)는 문학에서 리듬의 가장 작은 요소다. 산문에서는 십중팔구 정량화할 수 있는 유일한 요소일 것이다. 얼마 전 나는 산문에 나타나는 음절 대 강세 비율에 흥미가 생겨서 직접 헤아려봤다.

시에서는 대체로 두 음절이나 세 음절마다 한 번씩 강세가 나타난다. 딴 따 딴 따따 딴 딴 따…… 이야기가 있는 산문에서는 이 비율이 2~4음절마다 한 번씩으로 줄어든다. 따 딴 따디 딴 따 딴 따따디…… 논설문과 기술적인 글에서는 강세 없는 음절의 비율이 높아지고, 교과서 글은 아무 쓸모도 없고 강세도 축소된 다음절 단어들이 너무 많아서 거기에 발목을 붙잡혀 절룩거리며 나아가는 경향이 있다.

톨킨의 산문은 일반적인 이야기 산문의 비율을 따른다. 2~4음절마다 강세 한 번씩. 강렬한 행동이나 감정을 묘사한 부분에서는 이 비율이 시에서처럼 50퍼센트에 가까워지기도 하지만, 톰이 등장하는 장면을 제외하면 이런 경우는 변칙적이라서 운율 분석이 불가능하다.

산문의 강세-박자를 찾아내서 헤아리는 것은 아주 쉬운 일이다. 하지만 같은 산문을 읽더라도 강세를 표시하는 자리는 독자마다 다를 것 같다. 이야기에서 리듬을 구성하는 다른 요소들은 이보다 덜 물리적이라서 정량화하기가 훨씬 더 어렵다. 반복되는 소리가 아니라 이야기 그 자체의 패턴과 관련되어 있기 때문이다. 이런 요소들은 더 길고, 더 크고, 훨씬 더 파악하기 어렵다.

리듬은 반복이다. 시에서는 무엇이든 반복할 수 있다. 강세 패턴, 음소, 압운, 단어, 행, 연. 시가 지닌 형식성이 리듬 구조를 확립할 수 있는 무한한 자유를 허용해준다.

이야기 산문에서는 무엇을 반복할 수 있을까? 구전 이야기는 대개 많은 형식적 요소들을 간직하는데, 특정한 핵심 단어의 반복을 통해 리듬 구조를 확립할 수 있다. 사건들을 비슷한 것끼리 묶어 점점 쌓아 올리면서 반쯤 반복하는 형태를 취하는 방법도 있다. 「곰 세 마리」나 「아기 돼지 삼형제」를 생각해보라. 유럽의 이야기는 셋을 한 쌍으로 묶고, 아메리카 인디언의 이야기는 넷을 주로 다룰 때가 많다. 이런 것을 한 번 반복할 때마다 절정에서 벌어질 사건의 기반이 마련되고 이야기가 앞으로 나아간다.

이야기는 움직인다. 보통은 앞으로 움직인다. 소리 없이 읽을 때는 이야기를 들려주는 사람과 듣는 사람에게 방향을 잡아줄 반복적인 신호가 필요하지 않다. 글을 읽는 속도도 소리 내어 읽을 때보다 빠르다. 따라서 소리 없이 읽는 데 익숙한 사람들은 대개 이야기가 형식성과 반복 없이 상당히 꾸준한 속도로 나아갈 것이라고 기대한다. 지난 세기 동안 독자들에게는 이야기를 자신이 운전 중인 도로로 생각하는 것이 권장되었다. 포장이 잘되어 있고 경사도 완만하고 우회로도 없는 이 도로에서 우리는 일정한 속도로 최대한 빨리 달린다. 글의 끝에 도달할 때까지 멈추지도 않는다.

'그곳에 갔다가 다시 돌아오다There and Back Again.' 『호빗』에 붙은 제목인 빌보의 이 문구를 통해 톨킨은 자신이 들려줄 이야기의 큰 형태, 자신이 펼친 도로의 방향을 이미 우리에게 말해준다.

그의 이야기에 형태를 잡아주고 방향을 잡아주는 리듬은 눈에 잘 띈다. 내게는 그랬다. 아주 강력하고 아주 단순하기 때문이다. 리듬으로서는 가장 단순한 두 박자다. 강세 다음에 쉬기. 들숨, 날숨. 맥박과 같다. 걸음걸이와 같다. 하지만 규모가 워낙 거대하고, 한없이 복잡하고 미묘한 변형이 가능해서, 거대한 이야기 전체를 처음부터 끝까지, 그곳에 갔다가 다시 돌아올 때까지 한 번도 비틀거리지 않고 곧바로 끌고 간다. 사실 우리가 프로도, 샘과 함께 샤이어에서 운명의 산까지 함께 걷는 셈이다. 하나, 둘, 왼쪽, 오른쪽, 끝까지 두 발로 걸어갔다가 되돌아온다.

이런 장거리 걷기의 속도를 정해주는 요소가 무엇인가? 어떤 요소가 변형된 형태로 반복되면서 산문의 리듬을 형성하는가? 내가 의식한 요소들은 다음과 같다. 단어와 구절. 이미지. 행동. 분위기. 테마.

　단어와 구절이 반복되는 것은 알아보기 쉽다. 그러나 톨킨은 그의 이야기를 소리 내어 들려주지 않았다. 조용히 책을 읽는 세련된 독자들을 위한 산문을 쓰면서 그는 이야기꾼들처럼 핵심 단어와 표준 구절을 사용하지 않는다. 이런 것을 반복하면 글이 지루해진다. 가짜로 순진한 척하는 것처럼 보이기도 한다. 나는 그의 3부작에서 '후렴'을 전혀 찾아내지 못했다.

　이미지, 행동, 분위기, 테마 또한 유용하게 분리해내지 못했다. 『반지의 제왕』처럼 능수능란한 글솜씨로 심오한 이야기를 담은 소설에서는 이 요소들이 모두 하나로 용해되어 동시에 함께 작용한다. 이 요소들을 분석하려고 시도한 것이 내게는 태피스트리를 올올이 풀어버린 것과 같았다. 내게 남은 것은 많은 실 가닥뿐, 그림은 전혀 보이지 않았다. 그래서 이것들을 그냥 하나로 모으기로 했다. 이미지, 행동, 분위기, 테마가 반복되는 것이 눈에 띄더라도 반복 이외의 다른 의미로 그것을 분석하려 하지 않았다.

　이야기 속에서 어두운 사건 다음에는 밝은 사건이 일어나는 경우가 많다(반대의 경우도 마찬가지다)는 나의 인상이 내 작업의 기반이 되었다. 등장인물들이 엄청나게 힘을 쏟은 뒤에는 쉬어야 한다는 인상, 모든 행동에 반동이 따르지만 톨킨의 무한한 상상력 덕분에 반동의 성질을 예측할 수는 없다는 인상도 있었다. 그러나 밤이 가면 낮이 오고 가을이 가면

겨울이 오듯이 반동의 종류는 예측할 수 있는 것 같았다.

　이렇게 강세와 휴식이 번갈아 나타나는 '강약격'은 물론 민담에서부터 『전쟁과 평화』에 이르기까지 모든 이야기의 기본적인 장치다. 그러나 톨킨은 이 장치에 놀라울 정도로 의존한다. 20세기 중반에 그의 이야기 기법을 이례적으로 만들어준 요소 중 하나가 바로 이거였다. 심리적 또는 감정적 스트레스와 긴장을 풀어주지 않고, 이야기의 속도가 처음부터 절정에 이를 때까지 쉬지 않고 전속력으로 질주하는 것이 그 시절 많은 픽션의 특징이었다. 그러니 이런 소설을 기대하던 독자들에게 터벅터벅 걷듯이 강세와 휴식이 반복되는 톨킨의 패턴은 지나치게 평이하고 원시적으로 보였다. 지금도 그렇다. 다른 독자들에게는 이 패턴이 한없는 보람을 안겨주는 긴 여행에서 독자들이 계속 앞으로 나아가게 해주는, 대단히 단순하고 미묘한 기법으로 보일 수 있다.

　나는 톨킨이 3부작에서 이 대표적인 리듬을 확립한 장치를 찾아낼 수 있는지 알아보고 싶었다. 그러나 거대한 규모의 모험담을 붙들고 작업할 생각을 하니 엄두가 나지 않았다. 언젠가는 내가 또는 나보다 용감한 독자가 이 이야기 전체에 나타나는 반복과 교번의 패턴을 찾아낼 수 있을지 모른다. 이번에는 그냥 1권의 8장인 '고분구릉의 안개'로만 범위를 좁히기로 했다. 거의 임의적으로 선택된 약 14쪽 분량의 글이다. 하지만 내용 중에 여행이 포함된 부분을 고르고 싶다는 생각은 있었다. 여행이 이 이야기에서 아주 큰 몫을 차지하기 때문이다. 나는 이 장을 읽으면서 중요한 이미지, 사건, 감정 색조에 주의를 기울였다. 특히 단어, 구절, 장면, 행동, 감정, 이미지가 반복되거나 아주 흡사하게 나타나는 것에 주목했다. 내가 생각했던 것보다 더 일찍 반복되는 것들이 눈에 들어오기 시작했다. 교번 또는 역전으로 이루어진 긍정/부정의 이원二元 패턴도 여기에 포함되었다.

다음은 반복되는 중요 요소들의 목록이다(표시된 페이지는 1954년에 나온 조지 앨런 & 언윈판을 기준으로 한 것이다).

- 광활한 풍경 또는 환상(세 번: 첫 번째 문단, 다섯 번째 문단, 157페이지에서 일시적인 환상이 나타난 부분)
- 하늘을 배경으로 한 형태의 실루엣이 보이는 이미지(네 번: 147페이지 골드베리, 148페이지 서 있는 돌, 151페이지 고분악령, 153페이지와 154페이지 톰. 톰과 골드베리는 햇빛을 받아 밝게 나타나고, 돌과 고분악령은 안개 속에서 어둡게 나타난다)
- 나침반 방향 언급—자주. 호의적이거나 악의적인 함의가 함께할 때가 많다.
- '너 어디 있니?'라는 질문 세 번(150페이지에서 프로도가 일행을 잃어버리고 이 질문을 외치지만 대답을 얻지 못하는 장면, 151페이지에서 고분악령이 그에게 대답하는 장면, 154페이지에서 메리가 "어디에 갔었어, 프로도?"라

고 문자 프로도가 "길을 잃은 줄 알았어"라고 대답하고 톰이 "깊은 물에서 다시 살아 나왔다"고 말하는 장면)

- 그들이 지나가는 산길을 설명하는 구절들, 풀 냄새, 빛에 대한 묘사, 오르막길과 내리막길, 그들이 잠시 걸음을 멈추는 산꼭대기. 호의적일 때도 있고 악의적일 때도 있음.
- 안개, 어둑함, 침묵, 혼란, 무의식, 마비와 연관된 이미지들(148페이지 서 있는 돌의 산에서 전조가 나타나고, 그들이 계속 길을 가는 149페이지에서 강화되었다가 150페이지 고분에서 절정에 이른다)이 햇빛, 선명함, 결의, 생각, 행동의 이미지들로 역전된다(151~153페이지).

내가 역전이라고 말한 것은 감정, 분위기, 이미지, 행동의 양극단 사이를 박동처럼 오락가락하는 것을 뜻한다. 강세/휴식 박동 사례가 내가 보기에는 이 책의 구조에서 근본을 이루는 것 같다. 다음은 이런 이원 패턴 또는 양극 사례들이다. 부정적인 것을 긍정적인 것보다 앞에 놓았지만, 작품 속에서 항상 이 순서가 지켜지는 것은 아니다. 다음의 역전 또는 박동은 각각 이 장에서 두 번 이상 나타난다. 어떤 것은 서너 번 나타나기도 한다.

어둠/햇빛
휴식/계속 여행
인식의 모호함/생생함

혼란한 생각/명확한 생각

위협받는 느낌/편안한 느낌

감금 또는 함정/자유

울타리/탁 트인 곳

두려움/용기

마비/행동

당황/신중함

망각/기억

고독/동료

경악/행복감

차가움/따뜻함

이런 역전은 단순히 두 상태 사이를 오가는 것이 아니다. 긍정적인 것이 부정적인 것의 원인이 되거나, 부정적인 것에서 자라 나온다. 부정적인 것도 긍정적인 것에서 자라 나온다. 양 속에 음이 있고, 음 속에 양이 있다(내가 이 중국식 개념을 가볍게 사용한 것이 아니다. 세상 이치에 대한 톨킨의 생각에 이 개념이 잘 맞는 것 같다).

방향성은 이 책 전체를 통틀어 지극히 중요하다. 북쪽이 어디인지, 주인공들이 어느 방향으로 가고 있는지 독자들이 알지 못하는 순간은 문자 그대로 한 번도 없는 것 같다. 나침반의 방위 중 두 곳은 감정과 관련해서 상당히 명확하고 일관된 값을 갖고 있다. 동쪽은 나쁘고, 서쪽은 상냥하다. 북쪽과 남쪽은 시간과 공간 속에서 사람의 위치에 따라 더 다양한 값을 갖는다. 내 생각에 일반적으로 북쪽은 우울한 방향이고 남쪽은 위험한 방향이다. 이번 장의 앞부분에 나오는 부분, 광대한 '풍경'을 보여주는 세 장면 중 하나인 그 부분은 우리에게 사방의 풍경을 각 방위마다 차례로 보여준다. 서쪽에는 묵은숲과 눈에 보이지는 않지만 사랑하는 샤이어, 남쪽에는 "호빗들이 아는 곳에서 밖으로" 흘러가는 브랜디와인강, 북쪽에는 "이렇다 할 형체가 없고 어둑한 먼 곳", 동쪽에는 "파란색인 듯한 빛과 멀리서 희미하게 가물거리는 하얀 빛…… 높고 먼 산들"…… 그들이 걷는 위험한 길이 이어진 곳이다.

북아메리카 인디언과 비행기 나침반에 추가된 방위(위와 아래)도 역시 탄탄하게 확립되어 있으며, 복잡한 함의를 품고 있다. 위는 대개 아래보다 조금 더 상서롭다. 산꼭대기가 계곡보다 낫다는 뜻이다. 하지만 고분구릉은 산들이 이어져 있는데도 그 자체로서 불운을 가져오는 장소다. 프로도 일행이 서 있는 돌에 기대어 잠든 산꼭대기는 나쁜 장소지만, 거기에는 나쁜 것을 가둬두려는 듯 **분지**가 하나 있다. 고분 아래는 최악의 장소인데도, 프로도는 산길을 **올라**가 그곳에 도착한다. 이 장의 끝부분에서 프로도 일행은 북쪽을 향해 구불구불한 산길을 내려오며, 고지대를 떠나게 된 것에 안도감을 느낀다. 그러나 그들이 향하고 있는 '길'도 위험한 곳이다.

비슷한 맥락에서, 하늘을 배경으로 한 형태의 실루엣이 보이는 이미지(아래에서 위를 바라보는 시각)는 호의적일 수도 있고 위협적일 수도 있다.

이야기가 강렬해지고 집중력이 높아지면서, 등장인물의 수가 갑자기 한 명으로 줄어든다. 남들보다 앞서 걸어가던 프로도의 눈에 고분구릉을 빠져나가는 길로 짐작되는 길이 보인다. 그의 경험은 점점 환상 같은 성격을 띤다. "문짝이 없는 문설주"처럼 서 있는 두 개의 바위는 그가 처음 보는 것이다 (나중에 다시 그 바위들을 찾아보려 할 때도 역시 눈에 보이지 않는다). 빠르게 짙어지는 어두운 안개, (동쪽에서) 그의 이름을 부르는 목소리들, 그가 계속 "위로, 위로" 올라가야 하는 오르막길, (불길하게) 방향감각을 완전히 잃어버린 것. 꼭대기에 도달했을 때에는, "완전히 어두웠다. '너희들 어디 있어?' 그는 비참한 심정으로 외쳤다." 그러나 그의 외침에 누구도 답하지 않는다.

얼마 뒤 높고 커다란 무덤이 나타나자, 그는 "화도 나고 무섭기도 한 심정으로" 다시 외친다. "너희들 어디 있어?" 그리고 이번에는 땅속에서 묵직하고 차가운 목소리가 대답한다.

그 무덤 안에서 벌어지는, 이 장章의 핵심 장면에서 프로도는 지독한 불안감, 두려움, 추위, 혼란, 몸과 의지력의 마비를 겪는다. 악몽 그 자체다. 이것이 역전되는 과정, 즉 여기서 빠져나가는 과정은 간단하지 않다. 프로도는 여러 단계를 거쳐 이 사악한 주술에서 빠져나온다.

어두운 무덤 속 차가운 돌 위에 몸이 마비된 채로 누워 그는 샤이어와 빌보, 그리고 자신의 삶을 기억해낸다. 기억이 첫 번째 열쇠다. 그는 무서운 결말을 맞게 되었다고 생각하면 서도, 그 생각을 받아들이려 하지 않는다. 그래서 누운 채 "생각을 계속하며 자신을 다잡는" 동안 빛이 점점 밝아진다.

그러나 빛 속에 드러난 광경이 끔찍하다. 그의 친구들이 죽은 사람처럼 누워 있고, "그들 셋의 목에 날이 드러난 긴 칼 한 자루가 놓여 있었다."

그때 노래가 들려온다. 톰 봄바딜의 유쾌한 재잘거림을 병든 불협화음처럼 뒤집어놓은 것 같은 가락이다. 그때 잊을 수 없는 광경이 보인다. "긴 팔 하나가 더듬더듬 손가락으로 걸어왔다. 샘을 향해서…… 그리고 그의 목 위에 놓여 있는 칼의 손잡이를 향해서."

그는 생각을 멈추고, 넋을 놓아버리고, 잊는다. 정신을 차릴 수 없는 공포 속에서 그는 반지를 낄 생각을 한다. 이번 장 내내 한 번도 언급되지 않은 채 그의 주머니 속에 있던 반지. 물론 반지는 이 책 전체에서 중심을 차지하고 있다. 반지의 영향은 전적으로 파괴적이다. 반지를 낄 생각을 하는 것만으로도 친구들을 버리고 도망쳐 자신의 비겁함을 변명하는 상상을 하는 것과 같다. "간달프라면 그에게 달리 할 수 있는 일이 없었다는 말을 받아들일 것 같았다."

이 **상상**이 그의 용기와 친구들에 대한 사랑을 찔러 일깨운다. 그리고 즉시 격한 행동(반응)으로 유혹에서 탈출한다. 칼을 들어, 기어오는 팔을 공격한 것이다. 비명. 어둠. 프로도는 메리의 차가운 몸 위로 쓰러진다.

그 접촉을 통해 그의 기억이, 안개 주술이 그에게서 훔쳐
갔던 기억이 온전히 되돌아온다. 그는 언덕 아래에 있던 톰의
집을 기억해낸다. 톰을 기억해낸다. 톰은 곧 땅의 기억이다.
이제 프로도는 자신을 추스른다.

톰이 만일의 경우를 대비해서 알려준 주문도 기억난다.
그는 처음에는 "작고 필사적인 목소리로", 그다음에는 톰의
이름과 함께 크고 선명한 목소리로 그 주문을 말한다.

그러자 톰이 대답한다. 즉각적이고 딱 알맞은 대답이다.
주문이 깨졌다. "빛이 쏟아져 들어왔다. 분명한 햇빛이었다."

감금, 두려움, 추위, 고독이 자유, 기쁨, 따스함, 함께 있
어주는 사람으로 역전된다…… 그런데 여기에 마지막으로
두려움이 훌륭하게 살짝 가미된다. "마지막으로 무덤을 빠져
나오면서 프로도는 잘린 손이 무너진 흙더미 속에서 다친 거
미처럼 여전히 꿈틀거리는 모습을 본 것 같았다." (양에는 항
상 음 한 점이 포함되어 있다. 그리고 톨킨은 거미들에 대해
따스한 마음을 전혀 갖지 않았던 것 같다.)

이 에피소드는 이 장章의 클라이맥스로, 최고의 스트레
스를 프로도에게 안겨준다. 그가 처음으로 맞는 진짜 시련인
셈이다. 그 이전의 모든 일은 점차 긴장을 높이면서 이 에피
소드로 이어져 있었다. 이 장면 뒤에는 마음이 놓여서 긴장을
푼 모습이 두 페이지 분량으로 묘사된다. 호빗들이 허기를 느
끼는 것은 훌륭한 징조다. 그들이 기운을 차린 뒤 톰은 호빗
들에게 무기를 준다. 그가 다소 어두운 표정으로 들려준 이야

기에 따르면, 오래전 암흑의 시기에 암흑군주의 적이었던 서쪽나라 사람들이 만든 칼이다. 프로도 일행은 아직 모르고 있지만, 그들도 당연히 현재 그 암흑군주의 적이다. 톰은 이름은 말하지 않고 마치 수수께끼처럼 아라고른에 대해 이야기한다. 아직 이 이야기에 등장하지 않은 인물인 아라고른은 과거와 현재를 다리처럼 이어주는 인물이다. 톰이 말하는 동안 호빗들은 세월 속 깊숙한 곳에 자리한 광대하고 기묘한 환영을 순간적으로 본다. 거기에 영웅 같은 인물들이 등장하는데, "한 명은 이마에 별을 달고" 있었다. 그들이 겪게 될 모험의 전조이자 가운데땅의 광대한 역사를 슬쩍 보여주는 환영이다. "곧 환영이 사라지자 그들은 다시 환한 햇빛이 비치는 세상에 있었다."

이제 이야기에서 급박한 긴장감이나 서스펜스는 줄어들지만, 이야기의 속도와 복잡성은 줄어들지 않는다. 말하자면, 이 책의 남은 이야기를 향해 되돌아가는 모양새다. 이번 장의 끝이 가까워지면서 더 커다란 플롯, 더 대단한 서스펜스, 그들 모두가 느끼고 있는 스트레스가 다시 그들의 마음속에 크게 나타난다. 호빗들은 프라이팬에 떨어졌다가 간신히 빠져나왔다. 전에도 해본 일이고 앞으로도 다시 하게 될 테지만, 운명의 산의 불길은 계속 타오른다.

그들은 여행을 계속한다. 걷고, 말을 탄다. 한 걸음, 한 걸음. 톰이 그들과 함께 있고, 이렇다 할 사건이 없는 여행은 꽤나 편안하다. 해가 질 무렵 그들은 마침내 다시 대로에 다다른다. "남서쪽에서 북동쪽으로 뻗어 있고, 오른편에서 길이 널찍한 계곡을 향해 갑자기 뚝 떨어졌다." 그리 좋지 않은 징조다. 프로도는 비록 이름은 말하지 않았지만, 검은 기사들을 언급한다. 애당초 그들이 그 검은 기사들을 피하려고 대로를 벗어나지 않았던가. 두려움이 다시 서늘하게 되살아난다. 톰도 그들을 달래주지 못한다. "동쪽 먼 데서는 내 지식이 소용이 없어." 심지어 그의 강약약격 운율조차 숨을 죽인다.

그는 말을 타고 노래를 부르며 어스름 속으로 사라진다. 이제 다시 네 명이 된 호빗 일행은 계속 길을 가면서 대화를 별로 나누지 않는다. 프로도는 자신을 이름으로 부르지 말라고 일행에게 다시 일깨워준다. 위협의 그림자에서 벗어날 길이 없다. 희망찬 하루가 밝아오는 밝은 환영과 함께 시작했던 장이 지친 저녁의 어둠 속에서 끝난다. 마지막 문장은 다음과 같다.

이제 그들은 각자 조랑말에 올라 밤의 어스름 속으로 조용히 걸어갔다. 순식간에 내려앉는 어둠 속에서, 그들은 천천히 터벅터벅 산길을 내려가고 올라가다가, 마침내 저 앞 조금 떨어진 곳에서 반짝거리는 불빛을 보았다.

그들 앞에 브리언덕이 솟아 길을 막고 있었다. 검은 덩어리가 아련한 별들을 배경으로 서 있고, 서쪽 옆구리 아래에는 커다란 마을 하나가 둥지를 틀고 있었다. 그곳을 향해 그들은 걸음을 서둘렀다. 불기를 쬐고 싶다는 생각밖에 없었다. 그리고 문 안에서 밤을 맞고 싶다는 생각도.

단순하게 상황을 설명하는 이 몇 줄의 문장에는 빠른 반전이 가득하다. 어둠/반짝이는 불빛 — 내리막길/다시 오르막길 — 솟아오른 브리언덕/그 아래(서쪽)의 마을 — 검은 덩어리/아련한 별들 — 따뜻한 불/밤의 어둠. 마치 북소리 같다. 이 문장들을 소리 내어 읽다 보면, 베토벤 교향곡의 피날레를 떠올리지 않을 수 없다. 이를테면 9번 교향곡 마지막의 그 절대적인 확신. 그리고 코드의 충돌과 침묵이 자꾸만 반복되는 그 부분의 명료함. 하지만 어조는 조용하고, 언어는 소박하며, 이 문장들이 일깨우는 감정도 조용하고 소박하고 평범하다. 하루의 여행을 끝내고 밤의 어둠을 벗어난 실내에서 불가에 앉아 있고 싶다는 갈망.

사실 3부작 전체가 거의 같은 분위기로 끝난다. 어둠에서 불빛 속으로. "음, 내가 돌아왔어." 샘이 말한다.

갔다가 다시 돌아왔다…… 이 하나의 장 안에 이 책의 커다란 테마 몇 가지, 이를테면 반지, 기사들, 서쪽 왕들, 암흑군주 같은 것들이 딱 한 번만, 아니 완곡하게만 건드려진다. 그래도 위대한 여행의 작은 일부인 이 장의 이야기는 사건과 이미지 면에서 전체의 필수적인 한 부분이다. 한때 암흑군주의 종이었던 고분악령은 이 이야기가 절정에 이르러 사우론이 직접 모습을 드러낼 때 나타난다. 그는 "별들을 뒤에 둔 크고 검은 형체"다. 그리고 프로도는 기억, 상상력, 뜻밖의 행동으로 그를 물리친다.

이 장은 이 책의 거대한 리듬 속 한 '박자'다. 여기에 나오는 사건과 장면 하나하나가 아무리 생생하고 특징적이고 지역적이더라도 다른 사건과 이미지의 반향이거나 회상이거나 전조로서 전체 패턴 중 일부를 되풀이하거나 암시하는 방식으로 이 책의 모든 부분을 연결시킨다.

어떤 이야기가 단순히 앞으로 나아가기만 한다고 생각하는 것은 실수인 듯하다. 이야기의 리듬 구조는 여행과 비슷하면서 동시에 건축물을 닮았다. 위대한 소설은 우리에게 일련의 사건뿐만 아니라 어떤 장소, 우리가 머물러 살 수도 있고 나중에 되돌아갈 수도 있는 상상 속의 풍경을 제공해준다. 이 점은 판타지라는 '제2의 우주'에서 특히 더 선명히 나타날 수 있다. 이 우주는 저자가 사건뿐만 아니라 배경까지도 공공연하게 만들어낸 곳이다. 톨킨은 강세/강세 없음이라는 강약격 박자의 지극한 단순성을 바탕으로, 상상 속 공간과 시간 속에 한없이 복잡하고 안정적인 리듬 패턴을 구축한다. 가운데땅의 엄청난 풍경, 『반지의 제왕』의 심리적이고 도덕적 세계는 반복, 반½반복, 암시, 전조, 회상, 반향, 역전에 의해 만들어진다. 그리고 이 공간에서 이야기는 인간적이고 꾸준한 걸음으로 앞으로 나아간다. 그렇게 그곳에 갔다가 다시 돌아온다.

## 비고(2002)

나는 영화 〈반지 원정대〉를 아주 즐겁게 보면서, 짧은 영화 속에 많은 이야기와 느낌을 담은 시나리오 작가들의 솜씨에 감탄했다. 고분악령의 손이 프로도를 향해 기어가는 모습이 영화에 나오지 않은 것은 유감스러웠으나, 톰을 등장시키지 않은 것은 매우 현명한 결정이었다. 영화에서 생략된 다른 부분들에 대해서도 역시 현명하다고 할 수 있다. 실망스러운 점은 전혀 없었지만, 이빨이 형편없는 평범한 점액질 괴물의 모습은 아니올시다였다. 나는 책과 영화의 가장 큰 차이는 아마 속도의 차이일 것이라고 짐작했다. 실제로도 그러했다. 영화는 적당한 속도, 노인이 망아지 수레를 터벅터벅 천천히 모는 속도로 시작하지만…… 곧 죽어라 뛰는 속도가 되어 전력으로 질주하며 여러 풍경과 모험, 놀라운 일, 위험을 그냥 뛰어넘는다. 리벤델에서 아주 잠깐 걸음을 멈추고 다음에 무엇을 할지 의논할 뿐이다. 꾸준히 숨을 쉬는 듯한 리듬이 아니라, 숨조차 고를 수 없는 속도다.

영화 제작자들에게 선택의 여지가 얼마나 있었는지 잘 모르겠다. 영화 관객들은 획획 지나가는 속도에 익숙하다. 갖가지 이미지와 사건이 고막을 찢어버릴 것 같은 소리를 내며 눈부시게 쏟아지는 것에 익숙하다. 생각할 시간은 전혀 없고, 감정적인 반응을 보일 시간도 거의 없다. 게다가 판타지 영화의 주요 관객으로 여겨지는 젊은 사람들은 특히 인내심이 부족하다.

놀라운 옛 영화 〈추신구라忠臣蔵〉*는 낭인 47명의 (비교적) 단순한 이야기를 무려 네 시간 동안 들려준다. 이 영화를 보면서 나는 조용한 속도, 침묵, 몇몇 장면에서 아무런 목적 없이 머뭇머뭇 시간을 끄는 듯한 연출, 마침내 엄청난 힘과 무게가 쌓일 때까지 서서히 긴장을 높여가는 자제력에 경탄했다. 톨킨의 작품을 화면에 옮긴 영화도 그런 속도로 움직일 수 있으면 좋겠다. 만약 이 영화처럼 좋은 각본과 좋은 연기로 아름답게 만들어진다면, 설사 영화가 몇 시간이나 되는 길이라 해도 나는 온전히 행복할 것이다…… 하지만 이건 백일몽일 뿐이다.

게다가 휙휙 지나가는 속도를 아무리 자제해도, 이 책에 깊게 배어 있는 그 독특한 속도를 정말로 잘 잡아낼 수 있을 것 같지 않다.『전쟁과 평화』와 마찬가지로,『반지의 제왕』의 광대하고 독특한 산문 리듬에 대응하는 것이 서구의 극작 전통에는 존재하지 않는다.

따라서 오로지 내가 바라는 것은 영화를 만드는 사람들이 가끔 영화의 속도를 늦춰주는 것뿐이다. 단 한 순간만이라도 가만히 멈춰 서서 휴식의 시간을, 한 박자의 침묵을 주기를……

* 1962년에 나온 일본 영화.

# 내면의 황야

「잠자는 숲속의 미녀」와 「밀렵꾼」
그리고 실비아 타운센드 워너에 대한 추신

1998년 케이트 번하이머가 편집한 선집 『거울아, 벽에 걸린 거울아: 여성 작가들이 각자 가장 좋아하는 동화를 말하다』에 기고한 글이다. 내가 여기서 언급한 프랜신 프로즈의 「잠자는 숲속의 미녀」에 관한 글도 그 선집에 실렸다. 내 작품 「밀렵꾼」은 내 작품집인 『공기의 자물쇠를 풀다』에 실려 있다.

영향(영향에 대한 불안)은 독감의 원인이 될 만큼 강력하다. 나는 사람들이 선의로 던지는 질문 "작가로서 어떤 작가의 영향을 받았습니까?"를 두려워하게 되었다.

내게 영향을 미치지 않은 작가가 어디 있을까? 내가 울프나 디킨스나 톨스토이나 셸리의 이름을 댄다면, 수백 수천 명의 다른 작가들이 미친 '영향'은 중요하지 않다는 뜻이 되지 않겠는가?

그래서 나는 내가 무질서하게 강박적으로 책을 읽어대는 사람이라 간단하게 설명할 수 없다고 말하거나 아예 분야를 바꾸는 방식으로 그 질문을 피한다. "슈베르트와 베토벤과 스프링스틴이 내 글에 큰 영향을 미쳤죠." "아이고, 다 얘기하려면 밤을 새워야 하지만, 우선 지금 읽고 있는 책에 대해 말

할까요?" 이건 내가 그 질문을 받으면서 터득한 방식이다. 쓸
모 있는 질문은 대화로 이어진다.

사실 『영향에 대한 불안』*이라는 책도 있다. 그래, 나는
누가 버지니아 울프를 두려워하는지 안다. 누군가가 이 표현
을 진지하게 사용할 때마다 지금도 조금은 기가 막힌다. 우리
가 다른 작가들에게서 여러 가지를 배우기 때문에 불안해한
다는 주장을 펼친 『영향에 대한 불안』은 마침 많은 여성 작가
들이 과거 여성 작가들의 작품을 다시 발견해서 재출간하며
역동적인 기쁨을 느끼던 시기에 발표되었다. 여성 작가들의
작품은 그동안 남성 위주의 문학 전통 때문에 모든 작가가 접
할 수 없던 풍부한 유산이었다.

다른 사람들이 영향에 대해 편집증 환자 같은 반응을 보
이고 있을 때, 우리는 과거 선배들의 영향을 기뻐하고 있었던
셈이다.

그래, 뭐, 일부 작가들이 과거 작가들의 존재 자체만으로
도 위협을 느낀다면 동화는 어떨까? 하도 오래돼서 아예 작가
가 존재하지도 않는 작품들 말이다. 이것도 일반적인 공황 발
작을 일으킬 만하다.

문학적 영향에 대한 일반적인(남성적인) 인식이 경악스
러울 정도로 단순하다는 사실은 그들이 '문학 이전의 것' 즉

---

* 해럴드 블룸이 1973년에 발표한 문학비평 이론서. 시인들이 시를 창작하는
과정에서 과거에 읽은 다른 시인들의 영향이 작품에 나타나 독창적인 시를
쓰지 못할지 모른다는 불안감에 시달린다는 주장이 담겼다.

구전, 민담, 동화, 그림책 등이 아직 작가가 되지 않은 사람들의 말랑말랑한 머리에 미치는 영향을 간과하고 무시하고 얕본다는 점에서 (가장 먼저…… 마지막이 아니라 가장 먼저) 드러난다.

아주 깊숙한 곳에 각인된 이런 영향은 물론 사람이 10대나 20대 때 읽은 소설이나 시의 영향보다 추적하기 어렵다. 영향을 받은 사람 본인이 그토록 어린 시절의 일을 인식하지 못할 수도 있다. 그 뒤에 배운 모든 것이 그때의 기억을 덮어 가려버리기 때문이다. 우리가 네 살 때 들은 이야기가 우리의 마음과 정신에 오랫동안 깊은 영향을 미치고 있어도 어른이 된 뒤에는 누가 그 점을 진지하게 생각해보라고 요구하지 않는 이상 그 영향을 분명히 알아차리지 못할 가능성이 크다. 또한 그 영향을 의식하는 것을 몹시 꺼리는 사람도 있을 수 있다. 전통적인 규범을 따르는 문학 담론에만 '진지하다'는 말을 쓸 수 있는 것이라면, 우리가 어렸을 때 잠옷으로 갈아입고 동물 인형을 품에 안은 채 침대에 누운 뒤 가족들 중 어떤 여성이 소리 내어 읽어준 이야기를 언급하기가 창피하다는 생각이 들 수 있기 때문이다. 하지만 어쩌면 그런 이야기가 우리의 상상력에 그 어떤 책보다 더 결정적인 영향을 미쳤는지도 모른다.

내가 「잠자는 숲속의 미녀」를 처음 듣거나 읽은 때가 언제인지 전혀 기억나지 않는다. 심지어 당시 그 책에 실려 있던 그림이나 그 책의 문장도 기억에 없다(가끔 이런 것이 기억나는 동화가 있기는 하다). 내가 어렸을 때 여러 작품집에서 이 이야기를 직접 읽은 것은 분명하다. 그리고 나중에 다양한 형태로 출판된 이 이야기를 내 아이들에게 소리 내어 읽어주기도 했다. 그때 읽은 책 중에 체코에서 만든 멋진 책이 있었다. 요즘 나오는 팝업북의 초기 형태였는데, 종이로 만든 작은 성 주위로 역시 종이로 만든 가시 울타리가 솟아오르는 모습은 정말 마법 같았다. 책이 끝부분에 이르면, 성에서 깨어난 모든 사람들이 정말로 종이 위에서 벌떡 일어섰다.

하지만 성 사람들이 그렇게 깨어나야 마땅하다는 사실을 내가 처음 알게 된 것이 언제였을까?

「잠자는 숲속의 미녀」는 내가 '처음부터 줄곧 알고 있던' 이야기다. '누구나 아는' 이야기 중 하나라는 뜻이다. 이런 이야기가 바로 우리가 지닌 문학적 유산의 일부가 아닌가? 그들도 우리에게 영향을 미치지 않는가?

우리는 그 영향 때문에 불안해지는가?

「잠자는 숲속의 미녀」를 다룬 프랜신 프로즈의 글은 우리가 처음부터 줄곧 알고 있었다고 생각한 이야기들을 사실은 잘 **모른다**는 점을 우아하게 증명해준다. 나는 열두 번째 요정과 물레에 얽힌 이야기를 분명히 알고 있지만, 주인공이 왕자와 결혼한 뒤 지지고 볶는 이야기를 접한 것은 처음이었다. 대부분의 미국인과 마찬가지로 내가 아는 한 그 이야기는 왕자가 공주에게 키스하고 모두가 결혼식을 준비하는 데서 끝난다.

또한 나는 그 이야기가 내게 특별한 의미를 지닌다는 사실, 즉 내게 '모종의 영향을 미쳤다는' 사실을 60대에 이르러 실비아 타운센드 워너의 짧은 시(그녀의 『시 모음집』에 수록되어 있다)를 읽고서야 깨달았다.

> 잠자는 숲속의 미녀가 깨어났다
> 꼬치구이가 빙글빙글 돌아가고,
> 나무꾼이 숲을 베어내고,
> 정원사가 잔디를 깎았다.
> 슬프도다! 단 한 번의 키스가
> 고요한 집과 새 우는 황야를 무위로 돌려야 하는가?

시가 으레 그렇듯이, 이 구절을 읽고 나는 가시 울타리를 곧장 통과해 비밀의 장소로 들어갔다.

짧고 멋진 시지만, 마지막 두 줄에서 던진 질문은 「잠자는 숲속의 미녀」라는 이야기를 완전히 '개정'해서 새롭게 만들어냈다. 거의 무위로 돌리다시피 했다.

성과 그 주위를 덮은 잠의 장막은 사악한 뜻이 담긴 저주의 주술로 알려져 있다. 그리고 그 주술을 깨는 왕자의 키스는 마땅히 해피엔딩을 가져와야 한다. 그러나 타운센드 워너는 이렇게 묻는다. 그것이 정말로 저주였는가? 가시 울타리가 베이고, 요리사들은 냄비로 죽을 끓이며 투덜거리고, 농부들은 다시 씨를 뿌리거나 추수를 하고, 고양이는 쥐에게 달려

들고, 아버지는 하품을 하며 머리를 긁적이고, 어머니는 자신이 자는 동안 하인들이 틀림없이 못된 짓을 했을 거라는 생각에 벌떡 일어나고, 미녀는 웃고 있는 젊은 남자를 어리둥절하게 바라본다. 그 남자는 이제 그녀를 데려가 아내로 삼을 것이다. 모든 것이 정상으로, 평범하고 흔한 일상으로 돌아왔다. 침묵과 평화와 마법은 사라졌다.

타운센드 워너의 질문은 정말로 장대하고 심오하다. 과거 프로이트, 융, 베텔하임 등의 심리학으로 이 작품을 분석한 어떤 글보다도 더 나를 이 작품 속으로 끌고 들어간다. 이 이야기의 주제에 대한 내 생각을 볼 수 있게 해준다.

나는 이 이야기의 주제가 바로 고요한 중심이라고 생각한다. "고요한 집과 새 우는 황야."

우리 머릿속에 남는 이미지가 바로 이것이다. 굴뚝에서 솟아오르다가 굳어버린 연기. 움직이지 않는 손에서 떨어진 물레. 잠든 쥐와 가까운 곳에서 잠에 빠진 고양이. 소리도 없고, 분주함도 없다. 완전한 평화뿐이다. 아무것도 움직이지 않지만, 가시덤불은 눈에 보이지 않게 천천히 자라 점점 두껍고 높게 성을 에워싼다. 그리고 새들이 지저귀며 그 높은 산울타리 위를 날아 사라져간다.

그곳은 비밀의 정원이다. 에덴동산이다. 햇빛 밝고 전적으로 안전한 곳에 대한 꿈이 구현된 곳이다. 변하지 않는 왕국이다.

유년 시절, 있다. 독신 생활과 처녀성, 있다. 청소년기도 살짝 엿보인다. 열두 살이나 열다섯 살 소녀의 마음과 머리 속에 숨어 있는 장소다. 거기서 그녀는 온전히 혼자서 만족스러운 시간을 보낸다. 아무도 그녀를 모른다. 그녀는 이런 생각을 하고 있다. 날 깨우지 마. 날 알지 마. 이대로 있게 해줘……

그와 동시에 그녀는 자기 존재의 다른 구석에 난 창문을 통해 소리를 지르고 있을 것이다. 나 여기 있어. 얼른 와줘. 빨리 와! 그녀가 머리카락을 내려주면 왕자가 천둥 같은 발걸음으로 올라오고, 두 사람은 결혼한다. 세상은 계속 굴러간다. 만약 그녀가 계속 그 비밀 장소에 남아 사랑이 있는 결혼과 출산과 자녀 양육을 모두 포기한다면 세상은 굴러가지 않을 것이다.

그래도 그녀는 자신의 것인 그 집, 그 침묵의 정원에서 최소한 자기만의 시간을 조금 누릴 수 있었다. 세상에 그런 장소가 존재한다는 사실조차 모르는 미녀가 너무 많다.

타운센드 워너의 시구詩句에 한동안 마음을 쓰던 나는 그녀가 던진 질문 덕분에「잠자는 숲속의 미녀」라는 민담을 생각하게 되었을 뿐만 아니라 그 이야기에 대한 작품까지도 쓰게 되었음을 깨달았다. 이 경우에는 그 이야기가 거의 직접적인 영향을 미쳤다고 할 수 있다. 그래도 나는 그 점에 대해 전혀 불안감을 느끼지 않는다. 유쾌한 마음으로 감사할 뿐이다.

내가 쓴 작품의 제목은 '밀렵꾼'이다. 저자인 나의 행동을 정확히 설명해주는 제목이다. 나는 민담의 땅에서 밀렵을 하고 있었다. 멋대로 그 땅에 들어가 도둑질했다. 사냥도 했다. 지금은 아무것도 일어나지 않는 장소에서 과거에 일어났던 일을 추적했다.

내 작품에는 숲 가장자리에 사는 농촌 청년이 등장한다. 청년은 밀렵을 해서 고약한 아버지와 상냥한 계모를 근근이 부양하고 있다. (나는 틀에 박힌 이야기를 뒤집는 데서 단순하지만 한없는 즐거움을 느낀다. 계모는 청년과 나이 차이가 얼마 나지 않고, 두 사람 사이에는 도저히 안식을 얻을 수 없는 성적인 열망이 존재한다.) 청년은 숲의 저편 일부를 가로막은 커다란 산울타리를 발견한다. 가시가 많아서 도저히 뚫고 들어갈 수 없는 이 살아 있는 울타리에 매혹된 청년은 계속 찾아와 그 옆을 따라 걸으며 자세히 살핀다. 그러던 어느 날 청년은 이 울타리가 원형이라는 사실, 그 안에 있는 어떤 것, 어떤 다른 장소를 완전하게 지키고 있다는 사실을 깨닫고 울타리 안으로 들어가야겠다고 결심한다.

동화를 읽은 사람들이 이미 알고 있듯이, 이 마법 울타리는 두께와 높이가 각각 몇 미터나 된다. 또한 가지 하나를 자르면 그 자리에 면도날처럼 날카로운 가시가 달린 어린 가지 두 개가 자라난다. 따라서 누구라도 그 울타리를 뚫고 들어가려다가 금방 포기하기 마련이다. 열두 번째 요정은 그 울타리가 100년 동안 서 있을 것이라는 주술을 걸었다. 그 100년이 지난 뒤에야 특정한 왕자가 특정한 칼을 들고 나타날 것이고, 그 칼은 괴물처럼 엉킨 가시 울타리를 버터 자르듯이 잘라낼 것이다.

우리의 청년은 물론 그 사실을 모른다. 사실 아는 것이 전혀 없다. 찢어지게 가난하고 무지한 청년이다. 지금의 생활에서 벗어날 길이 없다. 청년은 울타리를 뚫고 나아가려고 시도한다.

청년의 노력은 몇 년 동안이나 이어진다. 청년은 제가 가진 빈약한 도구로 계속 다시 자라는 가시나무를 천천히, 천천히 물리쳐 잔뜩 엉킨 그 줄기와 가지 사이로 숨이 막힐 것처럼 좁은 길을 낸다. 끈질기게 자꾸만 울타리를 찾아와 작업한 끝에 마침내 청년은 울타리 뒤편으로 나가는 데 성공한다.

청년이 마법을 깨뜨린 것은 아니다. 그것은 왕자의 몫이다. 청년은 마법 **안으로** 뚫고 들어왔을 뿐이다.

마법을 무위로 돌릴 사람은 청년이 아니다. 그러나 청년은 왕자가 할 수 없는 일을 할 것이다. 마법을 즐기는 일.

청년은 커다란 산울타리 장벽 안의 벌판과 정원을 정처 없이 돌아다니며 꽃 위에서 잠든 꿀벌, 자고 있는 양과 소, 출입문 옆에서 잠든 파수병 등을 본다. 그러다 성으로 들어간다 (내가 아는 동화 속에서 미녀의 아버지는 이 땅의 왕이다). 청년은 잠든 사람들 사이를 돌아다니다가 이렇게 말한다. "이 사람들이 모두 잠들었다는 건 이미 알고 있었다. 너무 이상해서 여기 들어오면 무서울 줄 알았는데, 전혀 겁이 나지 않았다." 이런 말도 한다. "내가 무단 침입을 한 건 알지만, 그게 무슨 피해를 입힌 것 같지는 않았다."

청년은 허기를 느낀다. 그는 평생 배가 고팠다. "수석 요리사가 방금 오븐에서 꺼낸 저 사슴고기 파이 냄새가 너무 좋아서 굶주린 몸으로 참을 수가 없었다. 나는 수석 요리사가 주방의 슬레이트 바닥에서 좀 더 편안한 자세를 취하게 해주고, 그의 모자를 구겨 베개 대신으로 삼았다. 그러고는 그 커다란 파이에 달려들어, 양손으로 한 귀퉁이를 뚝 떼서 입 안에 쑤셔 넣었다. 아직 따뜻하고, 향기롭고, 육즙이 풍부했다. 그러고 나서 나중에 다시 주방을 지나가며 보니 파이가 부서지지 않은 원래 모습으로 돌아가 있었다. 마법은 건재했다. 꿈을 꿀 때처럼 내가 이 깊은 잠의 현실을 전혀 바꿀 수 없는 걸까?"

그래서 청년은 그곳에 머무른다. 어차피 항상 외로웠으니 혼자 지내는 것은 낯설지 않다. 게다가 이제는 허기에 시달리지 않아도 된다. 심지어 성적인 의미에서도 그랬다. 잠든 농촌 아가씨를 잠든 그녀의 연인과 공유하기 때문이다. 아가씨는 즐거운 미소를 띤 채 잠들어 있다. 이것 역시 누구에게도 피해를 입히지 않는다. 마법이 계속 유지되고 있으니, 그 무엇도 변하거나 깨지거나 상처 입지 않는다. 더 이상 무엇을 바라겠는가?

혹시 말하는 것? 하지만 예전에도 청년은 말을 별로 하지 않았다. 여기에는 그가 말하더라도 대답해줄 사람이 없지만, 한가한 시간이 무한히 있으므로 청년은 독학으로 글을 배워 공주의 동화책을 읽는다. 그리고 그제야 여기가 어디인지 깨닫는다. 어쩌면 더 무엇을 바라야 하는지 알게 됐을 수도 있다.

이제 청년은 공주가 누군지 안다. "공주가, 이 성 전체에서 오로지 공주만이 언제든 깨어날 수 있음을 나는 알았다. 모든 사람 중에, 나를 포함한 모든 사람 중에 오로지 공주만이 꿈을 꾸고 있다는 것도 알았다. 내가 탑 안의 그 방에서 말한다면 공주가 그 소리를 들으리라는 것도 알았다. 잠에서 깨어나지는 않더라도, 잠결에 내 목소리를 듣고 꿈이 변하리라는 것을." 청년은 마법을 깨려면 공주가 손에 쥔 물레 바늘이 공주의 엄지를 찌르지 않게 물레를 옮겨놓기만 하면 된다는 것을 깨닫는다. "만약 내가 그렇게 한다면, 물레를 옮긴다면, 관절 위쪽 섬세하고 작은 쿠션 같은 살 위에 빨간 핏방울 하나가 서서히 차오를 것이다. 그리고 그녀가 눈을 뜰 것이다. 천천히. 그녀가 나를 볼 것이다. 그러면 마법이 깨지고 꿈이 끝난다."

타운센드 워너의 시처럼 내 작품도 그저 질문을 하나 던질 뿐이다. 이 이야기가 바꿔놓는 것은 전혀 없다. 이야기는 원래대로 이어질 것이다. 왕자가 와서 키스로 순결한 신부를 깨우는 결말. 나와 밀렵꾼 청년은 이야기를 바꾸고 싶은 생각이 없다. 우리 둘 다 이야기 속으로 들어갈 수 있어서 기뻤을 뿐이다. 깨어 있는 채로 그곳에 있을 수 있어서.

지금 생각해보면, 그 동화는 가시 울타리만큼이나 난공불락이다. 울타리 주변에서 다양한 변주를 시도할 수는 있다. 울타리를 침범하는 사람이 농민일 수도 있고 강간을 일삼는 귀족일 수도 있다. 결말이 행복할 수도 있고 불행할 수도 있다. 상상은 우리 마음이다. 우리가 이 이야기를 규정할 수도 있고 더럽힐 수도 있다. 도덕성을 향상시키는 방향으로 고쳐쓸 수도 있고, 이 이야기를 통해 모종의 '메시지'를 전달하려고 시도할 수도 있다. 그렇게 우리가 손을 댄 뒤에도 가시 울타리 안의 그 장소는 여전히 그 자리에 있을 것이다. 침묵도 햇빛도 잠든 사람들도. 그곳에서는 아무것도 변하지 않는다. 부모는 아이들에게 이 동화를 읽어줄 것이고, 아이들은 이 동화의 영향을 받을 것이다.

이 이야기 자체가 마법이다. 누가 그 마법을 깨고 싶어하겠는가?

**추신(2003)**

이 기회를 빌려 실비아 타운센드 워너에게 좀 더 공을 돌리고 싶다. 내가 그녀를 직접 만난 것은 엄청난 행운이었다. 우리 둘 다 잉글랜드에 있던 1976년에 우리 둘의 친구인 조이 편지는 내가 실비아의 글을 얼마나 좋아하는지 알고 실비아가 나를 만나면 좋아할 거라고 생각했다. 그래서 나를 어느 정도 설득하고 실비아에게 내 시 몇 편을 보여준 뒤, 나를 차에 태워 도싯의 강가에 있는 오두막으로 향했다. 실비아가 오래전부터 살고 있는 집이었다. 처음에는 연인인 밸런타인 애클랜드와 함께였지만 언젠가부터는 혼자가 되었다. 그녀는 여러 통의 편지에서 그 집을 경이롭게 묘사했으며, 자신의 작품 여러 편에도 등장시켰다. 집은 물 위로 일부만이 나와 있어서 마치 물의 요정처럼 보였다. 아름답지만 정돈되지 않은 진흙투성이 정원이 조금 딸려 있고, 사방에서 강물의 속삭임이 들렸다. 우리는 집 앞쪽의 일광욕실 비슷한 곳에서 차를 마셨다. 밸런타인의 골동품점에 있던 골동품들이 여전히 여기저기 놓여 있었다. 아니, 가구의 일부인 것 같기도 했다. 실비아는 거의 줄담배를 피웠다. 60여 년 전부터 항상 그랬던 것처럼. 원래 하얀색이었던 벽들이 황금빛이 도는 갈색으로 변한 것이 인상적이었다. 담배 연기가 액자의 유리 위에도 아주 두껍게 쌓여 있어서 액자 속 사진과 그림을 알아볼 수 없었다. 물론 이 습한 집에서 벽난로에 불을 피웠을 때 나온 연기도 한몫을 했을지 모른다. 실비아는 늙고 지치고 과묵하고 상냥했다. 다이아몬드 조각처럼 예리했다. 그녀는 내 시 중에서 「아르스 룽가Ars Lunga」*가 마음에 들었다고 말했다. 이야

---

\* '예술은 길다'는 뜻의 라틴어.

기꾼으로 살아가는 것을 이야기한 작품인데, 그 뒤로 나도 그 시를 더 좋아하게 되었다. 나는 오래전 『뉴요커』에서 읽었으나 제목을 잊어버린 실비아의 단편에 대해 물었다. 훌륭한 영국인 가족이 소풍을 가는 이야기였다. 작품 말미에 낯선 사람이 그 가족을 본다. 가족 중 한 명은 피가 묻은 인디언 숄을 걸쳤고, 두 명은 18세기 의상을 입었으며, 아버지는 땅바닥에 앉아 거대한 음악 상자에 귀를 기울이고 있다. 그때 어머니가 새장을 들고 다가온다. 이야기 속 가족들과 마찬가지로 우리에게도 이 모든 것이 완벽히 합리적인 것처럼 보였다. 그들이 이런 모습을 하게 된 이유를 알기 때문이었다. 하지만 낯선 사람은 그 이유를 모른다. 이처럼 시각을 바꿔놓으면 전혀 모르던 것을 깨달을 수 있고, 황홀한 즐거움을 느낄 수 있다. 내 설명에 실비아는 즐거운 미소를 지으며 이렇게 말했다. "아 그래요 기억납니다." 하지만 그녀도 그 작품의 제목을 기억하지 못했다. 그 작품이 어느 책에 실려 있는지도 알지 못했다. 무리도 아니었다. 실비아는 소설집을 아홉 권이나 펴냈다(그런데 내가 말한 이야기는 그 아홉 권 중 어디에도 없다. 제목이 '엑스무어의 풍경'인 이 작품은 그녀의 사후에 출판된 소설집 『줄줄이 이어지는 일들』에 실려 있다). 실비아는 장편소설도 일곱 편 발표했는데, 그중에 『롤리 윌로스』는 아마 지금도 무척 놀라운 작품이라 할 수 있다. 하지만 나는 『진실한 마음』과 『그들을 붙잡아준 구석 자리』도 좋아한다. 실비아의 마지막 대작은 T. H. 화이트의 놀라운 전기였다. 실비아의 시전

집도 마침내 출간되었고, 훌륭한 서신들과 가슴 아픈 일기도 출간되었다. 실비아의 조국에서는 아직 그녀의 가치가 인정받고 있는 것 같지만, 여기 미국에서는 대부분의 사람이 그녀를 잊었다. 그녀의 대다수 작품이 여기서 먼저 출간되었는데도. 내가 한 시간 동안 그녀를 직접 만났던 것은 내 인생에서 가장 귀하고 영광스러운 순간 중 하나였다.

# 종이 밖으로: 시끄러운 암소들

소리 내어 읽기에 관한 시와 강연

「종이 밖으로」는 1998년 4월 캘리포니아 대학 버클리 캠퍼스의 언어학과 대학원생들이 여성과 언어라는 주제로 개최한 학회에서 발표한 글이다. 이 책에 수록하기 위해 원고를 다듬는 과정에서 나는 격식을 차리지 않는 말투를 수정하지 않았다. 청중 앞에서 직접 소리 내어 책을 읽어주는 것이 이 발표의 중요한 점일 뿐만 아니라, 글 자체도 그런 공연을 위해 쓴 것이기 때문이다. 청중이 온통 여성뿐이지는 않았지만, 대부분의 학구적인 집단에 비해 젠더 평등에 관한 불편한 말에 매우 수용적인 태도를 보여주었다. 나는 그날의 학회, 뉴욕, 그리고 또 다른 곳에서 시 「시끄러운 암소들」을 공연하듯 읽었다. 이 작품은 조너선 보야린이 편집한 『독서의 민족지학』에 권두 시로 실려 있다.

인쇄술이 발명된 뒤 이야기와 시는 기묘하고 무서운 일을 겪었습니다. 문학이 목소리를 잃어버린 겁니다. 무대 위를 제외하면, 문학은 입막음을 당했습니다. 구텐베르크가 우리에게 입마개를 씌웠어요.

내가 태어날 무렵에는 문학의 침묵이 근본적인 미덕이자 문명의 특징으로 여겨졌습니다. 유모와 할머니는 아기에게 소리 내어 이야기를 들려주고, '원시' 부족은 말로 시를 읊었죠. 글을 모르는 불쌍한 얼간이들이었습니다. 진짜 문학은 문자 그대로 글자로 이루어졌는데 말이죠. 종이 위에 검은색으로 찍힌 침묵의 표시들로. 도서관은 침묵의 여신을 모시는 신전이고, 부지런한 여성 사제들이 쉬잇이라는 소리를 내며 그 신전을 보살폈습니다.

시인들이 직접 시를 낭독한 최초의 캐드몬 테이프를 듣다 보면, T. S. 엘리엇이 흐릿한 회색을 연상시키는 목소리로 중얼거리듯이 'adduh, adduh'라고 낭송하는 소리가 들립니다. 엘리자베스 비숍이 나직하고 단조롭게 울먹이듯이 'gnengnengne'이라고 낭송하는 대목도 있습니다. 그들은 시는 보는 것이지 소리로 듣는 것이 아니라고 배운 훌륭한 시인들입니다. 그래서 자신이 지은 시의 음악적 느낌은 반드시 시인과 독자 사이의 비밀로 남아야 한다고 생각했습니다. 악보를 읽을 줄 아는 사람이 악보를 보면서 음악 소리가 들리는 듯한 경험을 하는 것과 비슷합니다. 시라는 음악을 소리 내어 크게 연주하는 사람은 하나도 없었습니다.

딜런 토머스가 등장할 때까지는. 1952년에 컬럼비아에서 낭송하는 그의 목소리를 담은 캐드몬 테이프를 아십니까? 그날 그가 시를 낭송할 때 나도 그 자리에 있었습니다. 테이프 안에 내 소리도 들어 있어요. 그 열정적인 목소리에 귀를 기울이는 청중의 열정적인 침묵 속에. 그것은 침묵의 음모가 아니라 참여의 침묵이었습니다. 그가 단어를 소리 내어 풀어 놓을 수 있게 힘을 모아 협동하는 공동체였습니다. 나는 그날 공중으로 60센티미터쯤 떠오른 것 같은 기분으로 그 자리를 떠났고, 그 뒤로 시라는 예술에 대한 이해가 완전히 달라졌습니다.

그다음에는 비트 세대의 시인들이 나왔습니다. 모두 남성호르몬에 휘말려 가식과 허세를 떨던 사람들. 하지만 그들의 목소리를 들을 수는 있었습니다. 긴즈버그의 「울부짖음」은 제목부터 조용히 착하게 종이 위에 누워 있으려 하지 않는, 진정한 공연용 작품이었습니다. 그 뒤로 우리 시인들은 줄곧 소란스러웠습니다. 이제는 오픈마이크 낭송회가 너무 많다는 사실을 하느님도 아실 지경입니다. 그래도 꾹 다물고 침묵하는 입보다는 마이크 앞에서 멍청한 소리를 주절거리는 편이 더 낫습니다. 최근에 나온 시인들의 목소리가 모두 테이프에 담겨 있기 때문에, 우리는 그들의 숨결로 그들의 말을 직접 들을 수 있습니다. 거기에 그들의 맥박이 담겨 있습니다. 반면 20세기의 위대한 영국 작가들로 주의를 돌려보면, 아주 짤막한 BBC 녹음테이프가 하나 있을 뿐입니다. 버지니아 울프가 짧은 수필을 읽는 목소리를 담은 약 90초짜리 테이프. 그래도 여기서 우리는 울프가 자신에게는 모든 단어의 시작이라고 말했던 리듬, 그녀 자신의 목소리로 남긴 그 신비로운 리듬에 대해 가치를 헤아릴 수 없는 힌트를 들을 수 있습니다.

저자를 여드레 동안 200개 도시로 보내 책에 사인을 하게 하면 더 많은 책을 팔 수 있다는 사실을 출판사들이 깨달은 것은 1970년대였던 것 같습니다. 그 뒤로 출판사들은 또한 사람들이 자리에 앉아 미소를 지으며 이름을 써주는 작가의 모습을 직접 보며 좋아할 뿐만 아니라, 작가가 일어서서 작품을 직접 읽어주는 소리도 좋아한다는 사실을 깨달았습니다. 그래서 이제 여기 버클리에서는 블랙오크와 코디스가, 포틀랜드에서는 파월스와 루킹글래스가, 시애틀에서는 엘리엇베이 서점이 평일에 매일 두 번씩 낭송회를 엽니다. 그리고 사람들이 그것을 보러 옵니다. 작가가 읽어주는 글을 들으려고. 개중에는 책에 사인을 받으러 오는 사람도 있고 이상한 질문을 던지러 오는 사람도 있지만, 책 읽는 소리를 듣고 싶어 하는 사람이 가장 많습니다. 그들은 글을 듣고 싶어 합니다.

이것이 문학의 근본적인 기능 중 하나의 복원이라고 생각하는 이유를 하나 꼽는다면, 바로 상호적인 행위라는 점입니다. 청중도 공연의 일부입니다. 강연은 상호적인 행위가 아니라 한 사람이 다른 사람에게 일방적으로 말하는 행동이죠. 내가 하버드 대학에 다닐 때 일부 교수들은 강의 중 학생이 숨소리만 내도 C 학점을 주었습니다. 그러나 공연 중의 숨죽인 침묵은 살아 있는 반응이죠. 연극 공연이 그렇습니다. 죽은 침묵만큼 극을 죽이는 것은 없습니다. 구전문학은 이런 반응을 인정하고 요구합니다. 아메리카 인디언 중 주니족은 이야기를 들으면서 대략 1분에 한 번씩, 그리고 적절한 때가 올 때마다 "이소"라는 말을 합니다. '그래' '오케이'라는 뜻입니다. 일반적으로 구전 문화에서 자라는 아이들은 이렇게 작은 소리로 반응하는 법을 배웁니다. 이런 소리를 내지 않으면 이야기에 주의를 기울이지 않는 것으로 간주되어 창피하게 쫓겨나죠. 침례교 목회자가 설교 중에 "네, 주님!"이나 "아멘!"이라는 말을 자주 듣지 못한다면, 그건 곧 신도들의 마음을 잃었다는 뜻입니다. 규모가 크든 작든 시 낭송회에서는 멋진 구절이 나오거나 시가 끝났을 때 작게 끙 하는 소리나 하아 소리를 내는 것이 대개 관습이죠. 산문 낭독회에서는 웃음이 터질 때를 빼고는 이보다 훨씬 더 섬세한 반응을 보이는 것이 관습인데, 배우들이 그렇듯이 낭독자가 반드시 들을 수 있는 청중의 반응이 있습니다.

나는 샌타바버라에서 낭독회를 하면서 단번에 그것을 배웠습니다. 객석에 조명이 전혀 없어서 내 앞에는 검은 구렁 같은 공간뿐이었습니다. 그리고 아무 소리도 나지 않았죠. 완전한 침묵. 베개를 상대로 글을 읽는 기분. 절망적이었습니다. 낭독이 끝난 뒤 학생들이 모두 따뜻한 애정이 담긴 얼굴로 몰려와 너무 좋았다고 말했지만, 이미 나는 너덜너덜한 상태였습니다. 그들이 너무 편안하게 긴장을 풀고 있었던 건지 아니면 나를 존중하는 마음이 너무 강했던 건지, 어쨌든 나는 그들에게서 아무런 반응도 보지 못했습니다. 그들은 공연의 일부가 아니었습니다. 이것은 혼자 할 수 있는 공연이 아닌데 말이죠.

시를 처음 종이 밖으로 끄집어낸 것은 남자들이었지만, 그 행위는 여자들에게 대단히 중요했습니다. 문학의 구전 기능을 보전하는 것이 여성들에게는 특히 중요하죠. 여성혐오가 여성의 침묵을 원하기 때문입니다. 여성혐오에 물든 비평가와 학자는 문학에서 여성의 목소리를 전혀 원하지 않습니다. 여성이 말하는 시간이 전체의 30퍼센트를 넘어가면, 남성들은 여성이 대화를 지배한다고 인식한다는 사실을 분명히 증명하는 증거가 있습니다. 또한 비슷한 맥락에서, 매년 수여되는 중요한 문학상을 여성 두 명이 연달아 받는 경우 남성들은 페미니스트 비밀결사, 정치적 올바름, 심사의 공정성 결여 등에 대해 목소리를 내기 시작합니다. 이 30퍼센트 법칙은 정말로 강력합니다. 네댓 명의 여성 중 두 명 이상이 퓰리처상, PEN/포크너상, 부커상을 수상한다면, 열 명의 여성 중 두 명 이상이 노벨상을 받는다면, 그로 인해 흥분한 남성들이 그 상을 깎아내릴 겁니다. 어쩌면 아예 그 상을 파괴해버릴 수도 있습니다. 문단의 남자들에게 경쟁은 자기들끼리의 일인 것 같습니다. 여자들이 정말로 평등하게 경쟁할 수 있는 환경이 마련되면 남자들은 히스테리를 부립니다. 자기들의 목소리가 전체 대화 시간의 70퍼센트를 반드시 차지해야 하기 때문입니다.

다시 태어난 페미니즘은 여성 문필가들에게 목소리를 높이라고, 숙녀답지 않게 고함을 지르라고, 공평함을 향해 질주하라고 촉구했습니다. 그래서 그때부터 우리는 마이크를 잡고 입술의 힘을 풀었죠. 내가 공연용 시라는 실험을 하게 된 것은 이처럼 어이, 우리 한번 시끄럽게 떠들어보자는 권유 덕분이었습니다. 무대에서 공연자가 옷을 벗고 초콜릿 같은 것에 몸을 담그는 공연 예술을 하려는 것이 아닙니다. 그런 공연을 제대로 해내기에는 내 나이가 너무 많고, 겁도 많아요. 나는 그저 내 목소리를 종이 밖에 풀어놓을 뿐입니다. 그렇게 시끄러운 여성의 목소리를 냅니다. 날카롭게 찢어지는 소리로 **고함**을 지릅니다. 우리보다 묵직한 성대를 지닌 사람들의 짜증을 유발하는 모든 행동을 합니다. 성대는 몸에 달린 기관의 길이가 남성들에게 무척 중요한 것처럼 보이는 또 하나의 사례입니다.

나는 「시끄러운 암소들」을 처음에는 테이프에 녹음했습니다. 그런데 그 테이프를 어떻게 해야 할지 알 수 없어서 그냥 현장에서 시를 낭송했죠. 그랬더니 낭송할 때마다 조금씩 다른 부분들이 생겼습니다. 시가 종이에 인쇄되어 있어도, 사실은 청중이 필요합니다. 그 자리에서 이소, 이소! 하고 말해주는 사람들. 그러니 이번에도 결국 그 시를 공연하게 될 겁니다. 여러분이 이 훌륭한 학회에 참석했다가 돌아갈 때, 어떤 늙은 여자가 남들 다 보는 앞에서 큰 소리로 음매거리는 모습을 보았던 기억이 머릿속에 남아 있으면 좋겠습니다.


## 시끄러운 암소들


허락되었다. 허락되었다, 우리에게 허락되었다**침묵!**


허락되었다. 허락되**었다. 허락되었다침묵!**

예전에는 허락되었다.


치—임—무우우우욱


나-아-는        저—자다.

나아를 치임묵의 **경외** 속에서 이읽어라.


하지만 시끄럽다.
정말 시끄럽다.

말은 소음 말은 소음
말은 **소음 소음 소음**—

**오 오 오 오 오.**

말은 시끄럽다. 말은 시끄러운 것이다.

시끄러운 말이 허락되었다, 시끄러울 수 있게, 시끄러운

말은 허락한다,

허락한다 그것을.

**하지만**

**총**에는 소-음-기가 있다.

총평에는 쏘-음-끼가 있다.

민간 뿌-문도 그렇다.

말은 무-우거워야 하는 것.

종이 위에 하-조-용-히 착하게 누워 있는 것.

이불을 덮고.

말은 깨끗해야 한다.

깔끔해야 한다.

보는 것이지     듣는 것이     아니다.


말은 **침묵!**을 말하고

**빵!** 넌 죽었어!라고 말하는 아버지의 자식.


하지만

말은 아빠보다 길고 빵 소리보다 시끄럽다.

침묵의 말이 금하는 모든 것 **침범하지 마시오 출입**
**금지 침묵!**

침묵의 말이 금하는 모든 것,

시끄러운 말은 허락한다.

모든, 모든 벽이 무너진다.

나는 크게 말한다: 모든 벽이 모두 무너진다.
　　시끄럽다, 시끄러울 것을 허락받았다,
　　나는 시끄럽다고 **시끄럽**게 말한다
　　시끄러움이 우리를 우리가 **되게** 허락하니 —그래
서—

**음매애애애애애애애 움직 –여—**

**여기 시끄러운 암소들**이 나오신다 **지금!**

음매애**애애애**애 침묵을 뚜우우우우옳고

음매애**애애애**애 **도서관**에서

**시끄러운 암소들**이 신성한 숲에 (쉬이이잇! 아빠를 깨
우지 마!)

　　**음매애–애애–애애애** 그쪽으로,

　　**음매애애애애** 움직여,

**펄쩍!** 저기

음매애애애애달 위로!

**시끄러운** 암소들 **시끄러운 암소들**
시끄러운 **암퇘지들 시끄러운 암퇘지들** 지금
입술로 소리낸다 **어이**!

**시끄러운 소리다!**

토론과 의견

# 사실 그리고/또는/플러스 픽션

1998년 흥미로운 문학비평 잡지 『파라독사』의 편집자들이 내게 '이야기의 미래'를 주제로 원고 청탁을 했다. 그때 쓴 글이 이것이다. 이번에 내가 이곳저곳 손을 좀 보았다.

사람들이 이야기를 세속적인 것과 성스러운 것으로 구분하던 과거에 사실성과 창의성은 모두 전자의 특성으로, 진실은 후자의 특성으로 간주되었다. 그런데 진실에 관해 누구나 일치되는 생각을 갖고 있던 시대가 저물면서 사실과 픽션의 차이가 점점 더 중요성을 띠었고, 우리는 이야기를 픽션과 논픽션으로 나누게 되었다.

출판사, 사서, 서적상, 교사, 대부분의 작가가 지키고 있는 이 구분법이 이야기와 그 용도에 관한 나 자신의 생각에도 근본을 이룬다. 내가 현재 사용 중인 컴퓨터에는 '진행 중인 논픽션'이라는 제목의 파일이 있다. '진행 중인 픽션'과 구분되는 제목이다. 그러나 포스트모던 시대의 경계선 붕괴가 조금 영향을 미친 탓인지, 일부 파일들이 융합되는 현상이 벌어지기도 한다. 많은 픽션이 특정한 유형의 논픽션으로 변해가는 것처럼 보인다는 뜻이다. 나는 장르의 경계 허물기를 좋아하지만, 여기에는 장르 이상의 것이 작용하는 것 같다. 처음이 생각을 하기 시작했을 때 나는 여느 때처럼 옥스퍼드 사전부터 펼쳤다.

픽션:

[1, 2 — 폐어]

3.a. 상상 속의 사건, 존재, 상태 등을 기만이나 기타 목적으로 '꾸며내'거나 창작하는 행위. [……] 베이컨, 1605, "……픽션과 신념의 유사성이 아주 크다." [……]

b. 상상으로 창작된 것. 꾸며낸 존재, 사건, 또는 상태. 사실과 반대되는 창작물. [첫 용례 1398년]

4. 상상 속의 사건을 서술하고 상상 속의 인물을 그리는 문학의 종류. 허구적인 저술. 현재는 보통 산문 장편소설과 단편소설을 집합적으로 일컫는 말. 이런 종류의 저술 작품. [첫 용례 1599년]

(5번 이후의 뜻풀이는 문학과 관련이 없으며, 이 단어를 나쁜 뜻으로 사용할 때의 의미를 설명한 것이다. 고의적인 거짓말, 쓸데없는 공상, 말 지어내기 등등.)

**논픽션**이라는 단어는 옥스퍼드 사전에 없다. 현대 미국 영어사전을 찾아보면 십중팔구 그 단어가 있겠지만, 내게는 그런 사전이 없다. 대신 내 매킨토시 컴퓨터에 있는 동의어·반의어 사전이 현대적인 단어 뜻풀이를 찾는 데 유용하기 때문에, 나는 거기서 '픽션'의 동의어와 반의어를 찾아보았다. 그러자 가장 첫 번째로 제시된 동의어는 '이야기'였고, 그다음은 '비현실', 그다음은 '드라마, 판타지, 신화, 소설, 가공의 이야기, 전설'이었다. '비현실'만 빼고 모든 동의어가 이 단어의 문학적 쓰임새와 관련된 것이다.

가장 첫 번째로 제시된 반의어는 '실제'이고, 그다음은 '진품, 전기, 확실성, 상황, 사건, 얼굴[?], 사실, 진짜임, 역사, 사고, 발생한 일, 현실'이었다. 반의어 중 문학과 관련된 것은 역사와 전기 둘뿐이다.

반의어 중에 '논픽션'은 없었다. 내 생각에는 이제 이 단어가 아주 흔히 쓰이는 것 같았는데. 나는 '논픽션'이라는 단어를 찾아보았다. 그 결과는 사전이 '가까운 단어'라며 보여 준 '픽션' 하나뿐이었다.

'픽션'과 '논픽션'의 의미가 서로 너무 가까워서 같은 뜻으로 돌려가며 사용해도 된다는 것일까?

어쩌면 이런 일이 지금 실제로 벌어지는 것 같기도 하다.

ح

    이 두 단어의 구분이 흐려지거나 융합되는 현상에 대해
서는 지금까지 많은 사람이 여기저기서 많은 말을 하고 많은
글을 썼다. 그러나 내가 아는 한 이 주제를 체계적으로, 또는
학문적으로 연구한 결과는 없다. 내가 이 주제와 관련해서 읽
은 글은 대부분 논픽션 작가들이 픽션에 어울린다고 여겨지
던 기법과 자유를 자신들이 왜 사용하는지 설명한 것이었다.
그들의 주장에는 다음과 같은 내용이 포함된다. 완전히 정확
한 글을 쓰기가 불가능하므로, 사실적인 보고서로 여겨지는
글에서도 창작은 불가피하다. 똑같은 사건을 봐도 사람마다
다르게 받아들이기 마련이니, 사실성에는 항상 의문의 여지
가 있다. 예술적인 자유를 행사한다면 단순히 정확성만을 좇
을 때보다 더 상위에 위치한 진실성에 도달할 수 있을지 모른
다. (그러므로? 어쨌든?) 작가는 자기가 원하는 방식으로 이
야기를 쓸 권리가 있다.

    기자 재닛 맬컴은 자신이 인터뷰한 대상인 제프리 메이
슨에게서 고의로 말을 잘못 인용해 명예를 훼손했다는 이유
로 소송을 당했을 때, 『뉴요커』에 기고한 글에서 위의 주장으
로 자신의 글을 옹호했다. 어쩌면 그녀는 트루먼 커포티에게
서 영감을 얻었는지도 모른다. 커포티는 자신의 작품 『인 콜
드 블러드』(역시 『뉴요커』에 발표되었다)를 가리켜 '논픽션
소설'이라고 말했다. 단순한 르포 이상의 것으로 작품을 끌어

올리려는 의도였을 텐데, 그 과정에서 사실을 조금 느슨하게 다룬다는 비난에 맞서 스스로를 변호하는 부수 효과도 거뒀다. 어떤 논픽션 작가들은 작품에 창작 요소를 사용하는 방식을 열렬히 옹호한다. 반면 그런 방식을 아주 당연히 생각하기 때문에 남들이 반대하면 오히려 놀라는 작가들도 있다.

대화 중에 나는 '자연 수필'에 창작이 대거 포함된 경우가 많다는 말을 들었다. 저명한 자연 수필가 중에는 자연을 보고 느낀 것을 거짓으로 서술하고 실제로 겪지 않은 일을 경험담처럼 쓴다는 사실을 거리낌 없이 인정하는 사람도 있다고 한다. 그러나 픽션이 논픽션으로 밀고 들어오는 최고의 통로는 자전적인 글인 것 같다. 회고록이나 '개인적인 에세이'를 말한다. 여러 서평 중에 이와 관련된 인용문 두 개를 아래에 제시했다(이 글들을 내게 보내준 세라 제임슨에게 감사한다). 1998년 3월 8일 자 『뉴욕타임스 북리뷰』에 실린 W. S. 디 피에로의 글이다.

기억은 상상이다. 우리가 자신의 경험에 대해 하는 말은 모두 자신을 재창조하는 연습이다. 우리는 과거 사건, 사람, 물건, 장소, 발생 순서를 정확히 보고하고 있다고 생각할 때도, 사실은 자신과 세상을 각색 중이다.

'자신을 재창조한다'는 말이 흥미롭다. 처음에 나를 창조한 사람은 누구인가? 영원한 자기 창조와 관련해서, 그것과 경험 또는 현실의 관계가 중요하지 않다는 뜻을 암시한 건가? '각색'이라는 말도 흥미롭다. 연극 같다는 말은 중립적이지 않다. 과장과 거짓 감정이 여기에 내포되어 있다.

같은 날짜 『뉴욕타임스 북리뷰』에서 폴 레비는 다음과 같이 썼다. "자서전을 쓰는 사람들은 모두 사실을 불러내는 데 애를 먹는다. 나는 자신에 대한 글을 무심코 쓰게 된 픽션으로 간주하는 전략을 쓴다."

'불러낸다'는 말이 '각색'이라는 말과 같은 느낌을 준다. 허공에서 비둘기를 꺼내듯이, 날랜 손재주로 자서전을 쓰는 것 같다. '무심코 쓰게 된 픽션'이라는 말은 작가의 책임을 면해줄 뿐만 아니라, 무책임을 일종의 전략으로 제시하기까지 한다. 자서전을 쓰는 사람들이 이런 방법을 사용한다면 확실히 자신의 작품을 우연히 만들어진 것으로 보고 싶어 하지 않는 작가들의 문제를 미끄러지듯 지나칠 수 있을 것이다.

이와 관련된 주제로 객관성이 있다. 과학적인 방법의 토대로 명성이 높은 객관성. 그러나 요즘 많은 과학자들은 실험이나 관찰 결과를 정성 들여 사실대로 적은 보고서의 사실적인 평가 기준으로서 객관성은 환상에 불과하다고 본다. 그리고 페미니스트들은 이상으로서 객관성은 여러 면에서 바람직하지 않다는 말을 덧붙인다.

인류학자들은 관찰자의 존재가 제거된 민족지학 관찰 기록에 날조라는 심각한 요소가 포함되어 있다는 점을 대체로 받아들이게 되었다. 오늘날 민족지학에는 포스트모던 시대의 불확실성, 말줄임표, 자기 반영성이 가득하다. 때로는 원주민의 행동보다 민족지학자의 영혼이 더 많이 담긴 것처럼 보일 정도다. 이 섬세하고 모험적인 장르의 기반이 된 고전인 클로드 레비스트로스의『슬픈 열대』는 진정한 탐구 정신과 노련한 솜씨를 지닌 사람의 주관적인 시각으로 바라볼 때 그 가치를 드러낸다.

이 글을 쓰면서 나는 나의 주관적인 반응과 편파적인 생각을 일부러 포함시켰다. 내가 객관적이라거나 권위자가 될 만한 지식을 갖고 있다는 주장은 전혀 하지 않았다. 부드럽게 돌려서 말하자면, 이것은 내가 1940년대에 하버드 대학에서 배운 글쓰기 방법이 아니다. 그러나 지금 내가 쓰는 글에는 이것이 완벽히 들어맞는 것 같다. 주로 추측과 의견을 담은 글이기 때문이다(사실 1940년대에 하버드 대학에서 생산된 논문들, 권위적인 표현이 담기고 언뜻 작성자의 자아가 전혀 드러나지 않은 것처럼 보이던 그 논문들도 대부분 내 글과 같았다).

그러나 만약 내가 어떤 사건을 묘사할 임무를 띤 기자라면, 전기나 자서전을 집필하는 중이라면, 지식(자료 조사 결과), 이해력, 포괄성뿐만 아니라 객관적인 태도를 유지하려는 열렬한 노력을 바탕으로 자신이 진정한 권위자라고 주장할 수 있지 않을까?

어느 날 과학자들이 나와서 객관성을 달성할 수 없다고 선언하고 역사학자들도 그 뒤를 따른다면, 일종의 사기 저하

현상이 일어날지도 모른다. 객관성은 기자에게도 이상理想이 었다. 과학자가 객관성을 포기한다면, 외국 회사가 소유한 삼류 지역신문에서 시간제 직원으로 일하는 가난한 기자가 객관성을 유지하려고 시도할 필요가 있을까?

그래도 대부분의 기자들은 여전히 객관적인 보도가 이상이라고 공언한다. 대단히 주관적인 문제를 다룰 때에도 마찬가지다. 기자라면, 자의로든 타의로든 대중의 주목을 받을 만한 행동을 하거나 그런 일에 시달리는 사람에게 사생활의 권리가 없다는 현실을 결코 인정하는 법이 없다. 그러나 객관적인 행동과 말을 묘사할 때는 사생활을 존중하며, 주관적인 동기, 생각, 감정을 추론의 대상으로 남겨둔다. 타블로이드지를 제외하면 대부분의 기자가 그렇다. 진지한 언론이란 추측을 사실처럼 제시하는 행위를 피하는 세계다.

진지한 역사와 전기도 같은 방식으로 스스로를 정의한다. 비록 이미 객관성을 포기해버렸을 가능성이 있다 해도 그렇다. 글에서 나폴레옹이 침대에서 조제핀에게 무슨 말을 했고 그 말을 들은 조제핀의 심장이 두근거렸다는 내용을 읽는 순간 우리는 그곳이 파리보다 오즈에 더 가까운 세상임을 깨닫는다.

물론 파리보다는 오즈를 원하는 독자가 많다. 그들은 이야기를 보고 싶어서 책을 읽는다. 그 이야기가 부정확하든, 등장인물들이 역사 속 실존 인물의 조잡한 모조품이든 상관하지 않는다.

그렇다면 그들은 왜 소설을 읽지 않고 역사를 읽는가? 소설은 '만들어진' 것이라서 불신하는 반면, 역사나 전기라고 불리는 이야기는 아무리 사실과 거리가 멀더라도 '진짜'라서?

미국인들 사이에 몹시 흔한 청교도적 가치판단이 반영된 이런 편견은 뜻밖의 상황에서 자주 나타난다. 앞에서 인용한 『뉴욕타임스 북리뷰』의 두 글에서도 그런 절대론의 냄새가 난다. '각색'과 '불러낸다'는 말이 강조되어 있다는 점이 그렇다. 우리가 온전한 진실을 말할 수는 없으나, 진실에 미치지 못하는 것은 무엇이든 소용없다. 따라서 우리는 진실을 지어낸다.

그러나 많은 미국 독자들이 픽션과 논픽션의 차이에 정말로 무심할 가능성도 있다. 문자가 등장하기 이전의 문화에서 이 두 카테고리는 거의 또는 전혀 의미가 없었다. 문서로 작성된 글이 중요한 지금도 우리가 점점 전자 매체를 통해 통신을 주고받기 때문에, 그 두 카테고리에 지적으로 또는 윤리적으로 그리 큰 의미가 없는 것처럼 보일 수 있다.

이런 인식이 어쩌면 글을 쓰는 데 전자 장비를 점점 많이 사용하는 현실과 부분적으로 연결되어 있는지도 모른다. 글에 전자 매체가 사용되는 만큼 카테고리와 장르도 확실히 변할 것이다. 지금까지 신기술은 하이퍼텍스트를 통해 여러 갈림길에 접근할 수 있는 정원의 문을 소설가들에게 열어줌으로써 픽션에만 영향을 미쳤다. 독자가 작가 못지않게 텍스트에 영향력을 행사할 수 있는 진정한 양방향 픽션은 아직 과장된 선전이나 가능성으로 남아 있다(누군가에게는 위협일 수도 있다). 한편 논픽션과 관련해서, 인터넷에서 이른바 정보로 통용되는 것들은 풍문과 개인적인 의견이 크게 허용된다는 점과 더불어 정확성과 사실 확인에 별로 개의치 않는다는 특징을 지니고 있다. 순식간에 지나가는 인터넷 통신의 본성 덕분에 사적인 대화를 할 때와 비슷한 자유를 누릴 수 있다. 소문 퍼뜨리기, 뒷공론, 잘난 척하기, 확인되지 않은 인용, 말 주고받기가 모두 사이버스페이스를 타고 자유로이 흐르며 사실적인 글과 픽션 모두에 존재하는 자기 절제와 글솜씨를 가로질러 가장 빠른 길로 움직인다. 전자 매체를 통한 글쓰기가 지닌 구전 비슷한 특징, 익명성, 덧없음은 인쇄 매체에 수반되는 책임을 쉽사리 포기할 수 있게 해준다. 인터넷에서는 그런 책임감이 정말로 생뚱맞은 것이 될 수 있다. 새로운 형태의 글쓰기라면, 그 나름의 미학과 윤리를 발전시킬 필요가 있다. 앞으로 그렇게 될 것이다. 그러나 이 글에서 내가 다루는 것은 종이에 인쇄된 글이다. 이런 글의 핵심은, 글에 재생산이 가능한 영속성을 부여한다는 점이다. 인간적인 의미에서 영속성에는 항상 책임이 따른다.

～

　내가 속해 있는 집단 중에 매년 작가들에게 상을 주는 곳이 있다. 최근 그곳에 편지가 한 통 날아왔는데, 우리가 수여하는 논픽션상을 역사 논픽션과 창작 논픽션, 이렇게 두 부문으로 나눠달라는 요청이었다. 첫 번째 명칭은 내가 처음 보는 것이었지만, 두 번째 명칭은 낯익었다.

전국에서 시행되는 글쓰기 워크숍과 프로그램에는 요즘 '창작 논픽션'이라는 코스가 있다. 이런 프로그램에서 과학과 역사 관련 글이나 전기를 쓰는 법을 가르치는 경우는 극히 드물다(다른 곳에서도 마찬가지다). 그러나 자서전은 글쓰기 프로그램에서 점점 인기를 얻었다. 어떤 프로그램은 일기 쓰기나 자기표현을 통한 심리 치료라는 형식으로 자서전 쓰기를 가르치기도 한다. 문학적인 목표가 좀 더 강조되는 경우에는 창작 논픽션, 개인 에세이, 회고록이라고 불린다.

책임감 있는 전기 작가, 민족지학자, 기자와 마찬가지로 회고록 집필자도 예전에는 다른 사람들의 말과 행동을 글로 묘사했다. 그 사람들의 느낌이나 생각은 독자가 짐작할 수 있게 암시하거나 저자가 추측하는 정도로만 서술했다. 자서전을 집필하는 사람은 예를 들어 프레드 삼촌이 어떤 음식을 먹을 때의 모습, 그것을 꿀꺽 삼킨 뒤 한 말, 그리고 그것을 보며 자신이 한 생각을 자신의 기억만으로 서술했다. 글에서 묘사한 감각과 감정은 모두 집필자 본인의 것이었다.

논픽션에 픽션의 장치와 요소를 사용하는 데 찬성하는 사람들은 프레드가 그 음식을 삼키면서 50년 전 인디애나에서 처음 그 음식을 먹었을 때의 약간 기름진 맛을 생생히 떠올리며 그때의 기억이 달콤쌉쓸했음을 함께 기억해내는 과정을 저자가 회고록에 서술하는 것에 아무 문제가 없다고 주장한다.

창작 논픽션의 작가와 독자 중 많은 사람들은 그렇게 머릿속 생각이나 감정을 묘사하는 것이 프레드라는 사람의 실제 성격에 대한 지식을 기반으로 한 것이라면 정당하다고 본다. 그런 서술은 프레드에게도(그는 그 음식을 과식한 탓에 1980년 세상을 떠났다) 독자에게도 피해를 입히지 않는다. 어차피 독자는 소설 속 등장인물을 보듯이 프레드를 회고록이라는 이야기를 통해서만 접할 수 있을 뿐이다.

그러나 프레드 삼촌의 성격에 대한 저자의 지식이 정확하고 공정하고 신뢰할 만하다고 누가 확인해줄 수 있을까? 삼촌의 부인이라면 가능하겠지만, 우리가 그 부인을 직접 만나 자문을 구할 기회는 십중팔구 없을 것이다. 내가 보기에 회고록 작가의 책임은 민족지학자의 책임과 정확히 일치한다. 객관적인 척하지 말고, 자신이 아닌 다른 사람을 대변할 능력이 있는 척도 하지 말 것. 다른 사람의 생각이나 느낌을 여러 사람에게 이야기해줄 능력을 스스로에게 부여하는 것이 내가 보기에는 목소리의 징발과 같다. 그 사람을 지극히 무시하는 행동이라는 뜻이다. 이런 방법을 받아들이는 독자 또한 무시의 공범이다.

허구든 사실이든 이야기 속에서 인물들이 '생생히' 살아
나서 '진짜처럼 보이는' 것은 당연히 그들의 언행에 대한 단
순한 서술 때문이 아니다. 그들의 언행이라는 소재를 취사선
택하고 재배치하고 해석할 필요가 있다. 앞에서 인용한 디 피
에로 씨의 말 "기억은 상상이다"가 바로 이런 뜻이지 싶다.
(내 소설 『어둠의 왼손』에서 겐리 아이가 "진실은 상상의 문
제"임을 고향 행성에서 배웠다고 말했을 때도 같은 뜻이었는
지 모른다. 그러나 겐리는 물론 실존 인물이 아니다.)

　　그렇다면 논픽션에 창작을 섞는 데 찬성하는 사람들의
주장 중 가장 설득력 있는 것은 바로 이것이다. 픽션에 창작
한 내용의 배열, 조작, 해석이 필요하듯이, 창작 논픽션에는
실제 사건의 배열, 조작, 해석이 필요하다. 단편소설은 창작
물이고, 회고록은 재창작물이다. 둘 사이의 차이는 무시해도
될 만큼 사소하다.

　　나는 이들의 주장을 받아들이지만, 결론이 좀 불편하다.

　　방금 읽은 이야기가 사실인지 창작물인지, 아니면 둘을
섞은 것인지 잘 모르거나 개의치 않는 독자가 많기 때문만은
아니다. 독자들도 신경을 쓰기는 한다. 내가 앞에서 언급했듯
이, 미국 독자들은 창작보다 사실을, 상상보다 현실을 더 높
이 평가하는 경향이 있다. 픽션의 허구성이 그들에게는 불편
하다.

어쩌면 그래서 그들이 소설가에게 간청하듯 이렇게 묻는 것인지도 모른다. "아이디어를 어디서 얻었어요?" 이 질문에 정직하게 대답하려면 당연히 "내가 지어낸 이야기입니다"라고 말해야 하지만, 독자가 원하는 대답은 그것이 아니다. 그들은 아이디어의 구체적인 원천을 알고 싶어 한다. 내 경험상 대부분의 독자들은 픽션이 자료 조사와 직접적인 경험에 실제보다 훨씬 더 많이 의존하는 줄 안다. 저자가 직접 아는 누군가를 '모델로' 작품 속 인물을 만들었다고, 구체적인 어떤 인물을 '기반으로' '본뜬' 것이라고 생각한다. 또한 소설을 쓰려면 반드시 먼저 '자료 조사'를 해야 한다고 믿는다.

(이 후자의 환상은 대부분의 작가들이 글을 쓰기 위해 지원금을 신청해야 한다는 점에서 생겨났을 가능성이 있다. 지원금을 달라고 응모하면서 관계자들에게 사실, 소설을 쓰기 위해 의회도서관에서 6개월 동안 자료 조사를 할 필요는 없다고 말할 수는 없지 않은가. 작가는 열 살 때부터 글롱고라는 가상 세계의 지도를 그렸고, 스무 살 때 그 세계 사람들의 신기한 관습과 사회구조를 생각해냈다. 따라서『글롱고의 번개 군주들』의 플롯과 등장인물들이 이미 머릿속에 들어 있으므로, 필요한 것은 땅콩버터로 연명하며 실제로 글을 쓸 6개월의 시간뿐이다. 그러나 땅콩버터와 이미 만들어진 이야기로는 지원금을 따낼 수 없다. 지원금은 예를 들어 자료 조사처럼 진지한 일에 쓰여야 한다.)

지어낸 인물들에 모두 실제 모델이 있을 것이라는 생각

은 십중팔구 자연스러운 허영심과 망상증에서 생겨나, 일부 픽션 작가들의 강력한 환상(넌 내게 모조품일 뿐이야)에 의해 강화되었을 것이다. 제인 에어, 나타샤, 댈러웨이 부인 등 유명한 소설 속 인물들을 작가가 아는 실존 인물과 요모조모 비교해보는 것은 비평가와 작가 사이의 즐거운 게임이다. 때로는 모르던 사실이 밝혀지기도 한다. 그러나 픽션에서 논픽션을 찾으려는 이런 노력에는 허구에 대한 불신이 관련되어 있는 듯하다. 소설가들이 그 이야기를 지어냈다는 점, 픽션은 재생산된 이야기가 아니라 창작물이라는 점을 인정하는 데 저항을 느끼는 듯하다는 뜻이다.

창작물에 대한 불신이 이토록 크다면, 왜 창작과 어울리지 않는 논픽션에서도 받아들여지는가?

픽션은 '진짜로' 지어낸 이야기가 아니라 사실에서 직접 유래한 이야기라는 고집스러운 주장 때문에 혼란이 빚어진 것인지도 모른다. 그리고 이 혼란은 역으로 픽션의 데이터가 논픽션이라고 여겨지는 작품에 진입하는 것을 허용해준다.

무無에서는 아무것도 나오지 않는다. 소설가의 '아이디어'에도 뭔가 원천이 있다. 시인 게리 스나이더가 사용한, 시적이지 않지만 훌륭한 퇴비의 이미지가 유용하다. 이런저런 것들, 온갖 것들이 작가에게 들어간다. 수첩에 적은 메모뿐만 아니라 매일매일 눈으로 보고 귀로 듣고 감정으로 느끼는 모든 것이다. 많은 양의 쓰레기, 쓰고 남은 것, 낙엽, 감자 눈, 아티초크 줄기, 숲, 거리, 슬럼가의 집, 산맥, 목소리, 비명, 꿈, 속삭임, 냄새, 주먹질, 눈, 걸음걸이, 몸짓, 누군가의 손이 닿는 감촉, 한밤중의 호루라기 소리, 아이의 방 벽에 비스듬히 비치는 햇빛, 강과 바다의 쓰레기 속 지느러미. 이 모든 것이 소설가 개개인의 퇴비 통으로 들어가 서로 이렇게 저렇게 결합되어 변화한다. 거뭇거뭇하게 썩어 비옥한 땅이 된다. 거기에 씨앗이 하나 떨어지면, 땅이 그동안 받아들인 풍요로움으로 씨앗을 키워낸다. 거기서 자라나는 것은 아티초크 줄기와 감자 눈과 몸짓이 아니다. 완전히 새로운 것이다. 만들어진 어떤 것.

내가 이해하기로는, 사실, 경험, 기억을 허구의 이야기 속에 사용하는 과정이 이렇다.

논픽션에 사실, 경험, 기억을 이용하는 과정은 내가 보기에 완전히 다른 것 같다. 회고록에서 아티초크 줄기는 아티초크 줄기로 남는다. 벽에 햇빛이 비스듬히 비치던 장소와 날짜는 기억 속에서 찾아낼 수 있다. 1936년 버클리의 어느 집 방이다. 이런 기억들은 작가의 머릿속에 곧바로 떠오른다. 퇴비로 묵힌 것이 아니라, 그냥 저장해둔 것이다.

'기억하기'는 활발하지만 불완전한 과정이다. 그 과정 속에서 기억들이 형성되고 선택되는데, 이런 작업이 심오하게 이루어질 때가 많다. 천국에 들어간 영혼처럼 그 기억들은 달라진 형태로 저장된다. 작가는 이야기의 명료성, 이해도, 유인 등을 높이기 위해 기억을 취사선택하고 강조하고 해석하고 완전히 가공해서 조리 있는 이야기로 만들어낸다.

이 과정 중에 그 기억들을 픽션으로 만드는 요소는 전혀 없다. 그들은 작가의 능력이 미치는 한, 여전히 진짜 기억이다.

그러나 기억 속 사실들을 고의로 변형하거나 재배치한다면, 그 사실은 거짓이 된다. 미학적인 의미에서 백일초가 더 효과적일 것 같다는 생각에 작가가 아티초크 줄기를 백일초로 바꾼다면, 1944년이 이야기의 전체 맥락과 더 잘 맞아떨어지기 때문에 방에 햇빛이 비스듬히 비쳐 들던 시기를 1944년으로 바꾼다면, 그런 이야기는 이미 사실이 아니다. 사실에 관한 기억도 아니다. 스스로 논픽션이라고 주장하는 작품 속에 끼어든 허구적인 요소다. 회고록을 읽다가 이런 요소가 발견되거나 의심스러운 대목이 나오면, 나는 몹시 불편해진다.

나폴레옹의 생각과 감정에 관해서는 톨스토이의 이야기를 듣겠다. 그의 소설에는 잘 준비된 역사적 사실들이 가득하지만, 내가 그의 소설을 읽는 이유는 그것이 아니다. 소설로서의 가치, 즉 창작물로서의 가치 때문에 나는 그의 작품을 읽는다. 작가의 삼촌 프레드의 모습이 단편소설 속에 스며들어 사촌 짐으로 나타난다면, 나는 조금 황당한 이야기도 주저 없이 받아들일 것이다. 그것은 지어낸 이야기이고, 사촌 짐은 내게 허구적인 인물이기 때문이다. 내가 주저하게 되는 것은 도대체 무슨 글을 읽고 있는 건지 확신할 수 없을 때다.

스스로 픽션이라고 주장하는 글 속에 사실이 범람할 때도 같은 기분이 들 수 있다.

예전에 문학상의 심사위원으로서 소설을 읽다가 어느 한 작품 때문에 불편한 기분으로 동료 심사위원에게 이렇게 물은 적이 있다. 이거 정말로 소설이에요? 그냥 저자의 소년 시절을 있는 그대로 이야기한 것 같은데요. 이름만 몇 개 바꿨을 뿐, 솔직하고 정확하고 삼동석인 회고록이잖아요. 이런 작품을 우리가 어떻게 구분하죠? 동료 심사위원은 이렇게 말했다. "저자가 이걸 소설이라고 하니까, 나도 픽션으로 읽고 픽션으로 심사합니다." 쓰는 사람 마음대로. 작가가 논픽션이라고 주장하는 글은 그냥 사실을 담은 글로 읽고, 작가가 소설이라고 주장하는 글은 픽션으로 읽는다.

나는 이 방법을 따르려고 시도해보았지만, 할 수 없었다. 픽션에는 창작이 필요하다. 픽션 그 자체가 창작이다. 창작이 전혀 없는 책을 나는 소설로 읽을 수 없다. 오로지 사실만 들어 있는 책에 픽션 부문 상을 줄 수는 없었다. 『반지의 제왕』에 저널리즘상을 줄 수 없는 것과 마찬가지다.

❧

진짜 소설, 완전히 상상으로 꾸며낸 이야기라면 엄청난 양의 사실이 들어 있어도 픽션의 성격이 조금도 흐려지지 않는다. 역사소설과 사이언스픽션(참고로 사이언스픽션을 쓰려면 정말로 조사와 연구를 해야 할 때가 많다)에는 어떤 시대나 특정한 지식에 관한 탄탄하고 유용한 정보가 가득 들어 있을 수 있다. 사실적인 장르의 작품은 현실을 재현한 배경 속에 상상으로 만들어낸 인물들을 집어넣는 방법을 쓴다. 메리앤 무어*의 말을 살짝 비틀자면, 진짜 정원에 상상 속 두꺼비를 풀어놓는 방식이다. 모든 픽션은 그 시대, 장소, 사회의 모습을 후대에게 설명해주는 증거가 된다. 평범한 사람들의 삶에 대한 예리한 관찰과 기록이라는 측면에서, 소설을 따라올 수 있는 민족지학 연구서는 지금까지 극소수에 불과하다.

그러나 이것은 소설만의 이야기다. 역사, 전기, 인류학 연구서, 자서전, 자연 수필에는 반드시 진짜 정원과 진짜 두꺼비가 나와야 한다. 그리고 거기에서 그들의 창의력이 발휘된다. 창작이 아니라, 다루기 힘든 현실에 거짓을 섞지 않고 이야기를 만들어내는 데에서.

모든 글에는 암묵적인 약속이 있다. 글을 쓰는 사람, 읽는 사람, 책으로 펴내는 사람은 그 약속을 존중할 수도 있고 깰 수도 있다.

약속들 중에서 가장 미약하고 가장 불가해한 것은 작가와 그의 양심 사이 약속이다. 그 약속의 내용은 대략 이렇다. '이 글에서 나는 픽션이든 논픽션이든 그 형식에 적절한 수단

---

* 미국 시인(1887~1972). 시를 '살아 있는 두꺼비들이 있는 가상의 정원'이라고 정의한 적이 있다.

을 사용해서 나의 진실한 이야기를 하려고 노력하겠다.'

그다음에는 작가와 독자 사이에 맺어지는, 파악하기가 비교적 쉬운 합의가 있다. 이 합의의 내용은 우선 양자의 지적인 교양에 따라 크게 달라질 수 있다. 책을 많이 읽는 사람은 작가가 아무리 많은 트릭과 환상을 동원하더라도 그 작품에서 미학적인 배신을 맛볼 일은 결코 없을 것이라는 확신을 안고 그 복잡한 이야기를 따라갈 수 있다. 그러나 독서 경험이 적은 독자라면, 주로 작가(와 출판사)가 작품을 어떻게 내놓는가에 따라, 즉 사실을 담은 작품인지 상상으로 빚어낸 이야기인지 아니면 이 둘을 섞은 작품인지에 따라 합의의 내용이 달라진다.

작가는 물론 독자도 약속의 내용을 살짝 비틀 수 있다. 소설을 실화처럼 읽거나, 르포를 순수한 창작물처럼 읽는 것이 그런 경우다.

픽션과 믿음이 서로 상당히 흡사한데도 불구하고, 소설가가 들려주는 이야기를 정말로 믿는 것은 몹시 순진한 사람들뿐이다. 그러나 논픽션에 불신의 태도를 보이는 것은 어쩌면 경험의 소산일 수 있다. 그만큼 논픽션에서 잦은 실망을 느꼈다는 뜻이다.

소설 속에 사실이 잔뜩 들어 있다 해도 창작물이라는 지위는 조금도 흔들리지 않지만, 사실을 담았다고 주장하는 글에 허구적인 요소나 부정확한 요소가 나올 때마다 글 전체가 위험에 빠진다. 만들어낸 이야기를 사실처럼 내놓는 일이 계속 반복되면 이야기 전체의 신뢰성이 손상된다.

거짓에 대한 링컨의 금언이 여기에도 적용된다. 부정확한 사실을 글에 담거나 꾸며낸 이야기를 사실처럼 제시하는 작가는 자신이 의식하든 의식하지 않든 독자의 무지를 먹잇감으로 삼는 셈이다. 아는 것이 많은 독자만이 작가와 독자 사이의 약속이 깨졌음을 알아차릴 수 있다. 이런 상황을 재미있게 생각하는 독자라면 작가와의 약속을 고쳐서, 이른바 논픽션을 그냥 오락물로, 즉 옥스퍼드 사전의 fiction 뜻풀이 중 다섯 번째에 해당하는 글로 읽어버릴지도 모른다.

어쩌면 작가들이 현재 약속의 내용을 고쳐 쓰고 있는 것 같기도 하다. 어쩌면 약속이라는 개념 자체가 어떻게 손쓸 수 없을 만큼 전前포스트모던적이어서 독자들은 픽션 속의 사실적인 정보를 받아들일 때처럼 논픽션 속의 거짓 데이터도 점점 차분히 받아들이는 쪽으로 변해가고 있는지도 모른다.

확인할 수 없는 정보가 워낙 많이 쏟아지는 탓에 아주 무감각해진 우리는 유사 사실도 그럭저럭 사실과 동등한 것으로 받아들인다. 그 무감각 때문에 모든 종류의 과장(광고, 유명 연예인들에 대한 이야기, 정치적인 '비밀 정보,' 애국적이고 도전적인 선언 등등) 또한 대체로 받아들이는 편이다. 그 내용이 믿을 만한지 아니면 그런 글들이 우리를 조종하려고 드는지 별로 개의치 않고 그냥 읽는다는 뜻이다.

허구와 사실을 엄격히 구분하지 않는 이런 태도가 전체적인 추세라면, 상상력이 부족하고 무차별적인 사실존중주의에 창의력이 성공을 거뒀다고 축하해야 하는 일인지도 모른다. 하지만 나는 걱정스럽다. 창작과 거짓을 구분하지 않음으로써 상상력 그 자체가 위험해지는 것 같기 때문이다.

'창의력'의 의미가 무엇이든, 데이터와 기억의 위조에 이 단어를 적용할 수는 없을 것 같다. 의도적인 위조든 '불가피한' 위조든 상관없다.

사실을 관찰하고, 조직하고, 서술하고, 해석하는 작가의 능력에서 훌륭한 논픽션이 나온다. 이 능력은 전적으로 상상력에 기대고 있지만, 이때의 상상력은 창작이 아니라 관찰한 것을 서로 연결해서 설명하는 데 사용된다.

미학적인 편의, 자신의 희망사항, 영적인 위안, 정신적 치유, 복수, 이득 등 여러 이유로 사실을 '창조'해 작품에 집어넣는 논픽션 작가들은 상상력을 이용하는 것이 아니라 배신하는 중이다.

# 상賞과 젠더

1999년 시애틀 도서전에서 강연했던 내용. 당시 인쇄물로도 만들어 배포했다.

1998년에 나는 어느 문학상의 심사위원 세 명 중 하나가 되었다. 우리는 104편의 소설 중에서 최종 후보 네 편과 수상 작을 선정했다. 이례적으로 편안하게 만장일치로 내린 결정 이었다. 우리 셋 다 여자였고, 우리가 고른 책들의 저자도 모두 여자였다. 우리 셋 중 가장 나이가 많고 가장 현명한 사람이 말했다. 어이쿠! 여자 심사위원들이 여자들의 작품만 최종 후보로 고르면, 사람들이 우리를 페미니스트 비밀결사 취급하며 우리의 선택에 편견이 들어갔다고 무시할 테고 그 영향이 수상작에도 미칠 텐데.

나는 이렇게 말했다. 하지만 우리 모두 남자고 최종 후보작 역시 모두 남자들이 쓴 책이었다면, 누구도 뭐라고 하지 않았을걸요.

맞아. 우리의 현명한 여인은 이렇게 말했다. 그래도 우리가 고른 수상작이 가치를 제대로 인정받았으면 하잖아. 여자 세 명으로 구성된 심사위원단이 신뢰를 얻는 방법은 최종 후보작에 남자들의 작품을 좀 포함시키는 것밖에 없어.

나의 마음과 의지가 모두 거부했지만, 나는 그 말에 동의했다. 그래서 마땅히 최종 후보가 되었어야 하는 여자 두 명이 쫓겨나고, 우리가 6위와 7위로 순위를 매겼던 남자 두 명이 그 자리를 차지했다.

༄

예전에 문학상은 기본적으로 문학적인 행사였다. 퓰리처 같은 상은 확실히 책의 판매에 영향을 미쳤지만, 그것만이 그 상의 가치는 아니었다. 그러나 대부분의 출판사가 회계 부서에 점령당한 뒤로, 문학상의 경제적 측면이 점점 더 중요해졌다.

요즘은 문학상이 명성, 돈, 서점 진열대 전시 기간과 관련해서 엄청난 무게를 지닌다.

하지만 그것도 일부 문학상만 그럴 뿐이다. 뉴스로 보도될 가치를 인정받고 성공을 보장해주는 상이 있는 것은 맞지만, 대부분의 상은 그렇지 않다. 수상작이 확실히 헤드라인을 장식하는 상과 무시당하는 상은 거의 임의적으로 결정되는 것처럼 보인다. 언론은 아무런 의문 없이 습관을 따른다. 부커상은 확실히 열광적인 반응을 일으킨다. 그러나 PEN 웨스턴 스테이츠상에는 대부분의 사람들이 무심하다.

문학상 심사위원으로 활동한 경험이 있는 작가들은 최종 후보작들이 질적으로 똑같이 우수할 때가 아주 많아서 그중 한 편을 수상작으로 고르는 것은 기본적으로 임의적인 결정이라는 말에 대부분 고개를 끄덕인다. 최종 후보로 선정된 작품들의 성격과 의도가 워낙 다양해서 그중 한 편을 수상작으로 고르는 것이 기본적으로 임의적인 결정이라는 말에도 많은 사람이 고개를 끄덕인다. 그러나 한 편의 수상작을 고르는 것이 심사위원들의 의무이므로, 그들은 그렇게 한다. 그러면 출판사가 그것을 이용해 돈을 벌고, 서점들이 아첨을 떨고, 도서관들은 서가를 그 책으로 채운다. 그 와중에 최종 후보에 올랐던 다른 책들은 잊힌다.

경쟁을 통해 우승자 한 명을 고르는 방식은 문학이 아니라 스포츠 경기에 적합한 것 같다. '대형' 문학상들이 점점 지나치게 문단을 지배하는 현상은 유해하고, 이런 시스템은 필연적으로 친분, 지연, 특정 젠더, 거물을 편파적으로 우선하는 분위기를 고착시킨다.

나는 이 중에서 특히 특정 젠더를 편애하는 분위기가 질색이다. 그러나 이런 분위기가 존재한다는 사실을 열렬히 부정하는 사람이 워낙 많기 때문에, 혹시 내가 아무것도 아닌 일로 진저리를 치는 건가 하는 생각이 들었다. 그래서 대다수의 문학상 수상자가 남자라는 내 느낌이 사실에 기초한 것인지 알아보기로 했다. 우선 나는 픽션만을 조사 대상으로 삼 았다.

만약 픽션을 발표하는 남자 작가가 여자 작가보다 많다 면, 남자 수상자가 더 많은 것을 이해할 수 있다. 그래서 먼저 나는 1996년부터 1998년 사이를 여러 기간으로 나눠, 장편과 단편집 저자들의 성별 표본을 뽑아보았다. 내가 활용할 수 있 는 시간도 많지 않고 내 방법도 정교하지는 않았다. 도합 약 1천 명에 불과한 표본도 통계적인 의미를 갖기에는 너무 작 을 수 있다. 내가 작가의 성별을 조사한 기간은 최근 4년에 불 과하지만, 문학상 기록은 수십 년 전까지 거슬러 올라간다. (20세기 전체를 통틀어 픽션 작가의 성별에 관한 연구를 한 다면 흥미로운 논문을 쓸 수 있을 것 같다.) 내가 조사에 활용 한 자료는 일반 소설의 경우『퍼블리셔스 위클리』, 장르소설 의 경우『왓 두 아이 리드 넥스트?』, 어린이책의 경우『혼북』 이다. 작가를 성별로 분류할 때는 공동 집필한 작품과 성별을 특정하기 어려운 이름을 제외했다. (장르 소설을 쓰는 작가들 이 따로 필명을 쓰는 경우는 알아낼 수 있었다. 소문에 따르 면, 남자 작가가 여자의 이름을 필명으로 내세워 로맨스 소설 을 쓰는 경우가 많다는데, 나는 작가가 이름으로 성별을 바꾼 사례를 딱 하나밖에 발견하지 못했다. 남자의 이름을 필명으 로 쓰는 여자 미스터리 작가였다.)

## 작가의 성별

요약

(말미에 나오는 '문학상 수상자 성별 조사의 세부 사항' 참조)

일반 소설: 남자 192명, 여자 167명. 여자보다 남자가 약간 많다.

장르 소설: 남자 208명, 여자 250명. 남자보다 여자가 많다.

어린이와 청소년 서적: 남자 83명, 여자 161명. 여자가 남자보다 두 배 많다.

합계: 남자 483명, 여자 578명. 여자와 남자의 비율이 약 5:4.

내가 조사한 장르 소설 작가 중 80명이 로맨스 작가였는데 모두 여자였다. 내가 조사하지 않은 스포츠 소설, 전쟁소설, 포르노 소설의 작가 중에는 남자가 압도적으로 많으니 서로 균형이 맞는다고 생각할지도 모르지만, 이런 장르 작가의 남녀 비율은 반반일 가능성이 있다. 또한 전체적으로 장편과 단편을 써서 발표하는 작가의 남녀 비율은 비슷하거나 여자가 남자보다 조금 더 많은 것 같다.

픽션 작가의 남녀 비율은 거의 1:1이다.

이제 문학상 수상자들의 남녀 비율을 살펴보자. 최종 후보자 또는 입상자의 명단을 구해서 제시하는 것이 이상적이겠지만, 내가 이 글을 준비한 기간도 짧고 인생도 짧은 관계로 수상자만 조사 대상으로 삼았다. (최종 후보작, 수상작, 심사위원 등 대부분의 문학상에 관한 정보는 도서관과 인터넷에서 구할 수 있다.)

조사 대상으로 삼은 기간은 해당 문학상이 처음 시작된 때부터 1998년까지다. 따라서 상마다 기간이 크게 다르다. 가장 역사가 긴 상은 노벨 문학상이다.

조사 대상 문학상의 심사위원 기록도 구할 수 있는 경우가 많았지만, 심사위원의 성별 구성까지 알아보려 하지는 않았다. 심사위원의 성별이 고르게 구성되었는지, 세월이 흐르면서 성별 균형에 변화가 있었는지, 남녀 비율이 수상작 선정에 영향을 미쳤는지에 대해서도 연구할 시간이 있었다면 좋았을 것이다. 언뜻 생각하기에는 남자 심사위원이 남자를 뽑고 여자 심사위원이 여자를 뽑을 것 같겠지만, 심사위원의 성비 균형이 조금이라도 잡혀 있다면 그런 결과가 나오지 않는다는 것이 내 조사 결과였다. 남자와 여자 심사위원이 모두 남자를 뽑는 듯하다.

대부분의 상은 심사위원 한 명 또는 심사위원단의 심사로 수상자를 선정한다. 그러나 장르 소설 부문의 문학상 중에는 독자 또는 동료 장르 소설가(네뷸러상의 경우)의 투표로 수상자가 선정되는 경우도 있다.

(이런 맥락에서, 맥아서 '영재상' 후보가 맥아서 재단이

선정한 '전문가들'에 의해 결정된다는 점을 지적하고 싶다. 수상자는 재단이 선정한 위원회가 결정한다. 이 위원회는 '언제나 비밀스럽게' 운영되기 때문에, 위원들은 전혀 책임을 질 필요가 없다. 맥아서 재단이 수여하는 모든 예술상의 수상자 남녀 비율이 3:1로 몹시 일관적인 것을 보면, 이것이 의도적인 방침으로 짐작된다.)

### 문학상 수상자의 성비, 남자 대 여자

(차이가 가장 심한 순으로)

— 노벨 문학상, 10:1
— PEN/포크너 픽션상, 8:1
— 에드거 그랜드마스터상(미스터리), 7:1
— 내셔널 북 어워드(지금은 아메리칸 북 어워드), 6:1
— 세계 판타지 평생공로상, 6:1
— 퓰리처 문학상, 1943년 이후, 5:1
— 에드거 최고소설상, 1970년 이후(미스터리), 5:1
— 휴고상(사이언스픽션) (독자 투표), 3:1
— 세계 판타지 최고소설상, 3:1
— 뉴베리상(청소년), 3:1
— 네뷸러상(사이언스픽션) (동료 작가들의 투표), 2.4:1
— 퓰리처 문학상, 1943년까지, 2:1

— 에드거 최고소설상, 1970년까지(미스터리), 2:1

— 부커상, 2:1


## 평가

픽션을 쓰는 남녀 작가의 수는 거의 비슷하지만, 노벨상, 내셔널 북 어워드, 부커상, PEN, 퓰리처상 등 '대형' 문학상들의 남녀 수상자 비율은 5.5:1이다. 장르 문학상의 평균 비율은 4:1이니, 장르 소설을 쓰는 여자 작가가 상을 받을 가능성이 조금 높은 셈이다.

내가 조사한 모든 상의 총계를 내면, 남녀 수상자의 비율이 4.5:1이 된다. 픽션을 쓰는 여자 작가 한 명이 상을 받을 때, 남자 작가는 4.5명이 받는다는 뜻이다. 사람을 0.5명으로 표기하는 것이 불편하다면, 여자 두 명이 상을 받을 때 남자는 아홉 명이 받는다고 말해도 된다.

1990년대에 여자 작가 세 명을 수상자로 선정한 노벨상을 제외하면, 20세기에 이 문학상들은 젠더 평등이라는 측면에서 전혀 진전이 없었다. 어떤 경우에는 오히려 급격한 후퇴 현상이 나타나기도 했다. 내가 퓰리처상의 조사 결과를 1943년 이전과 이후로 나누고, 에드거 최고소설상의 조사 결과를 1970년 이전과 이후로 나눈 것은 가장 눈에 띄는 후퇴 사례를 보여주기 위해서였다. 남자 수상자의 비율이 이렇게 증가했다면, 그동안 작가들의 성별 비율에 큰 변화가 일어나

픽션을 쓰는 남자가 많이 늘어났어야 마땅하다. 정말로 그렇게 늘어났는지 내가 조사해보지는 않았지만, 그동안 남자 작가가 그렇게 많이 늘어난 것 같은 인상은 받지 못했다. 픽션을 쓰는 남녀 작가의 비율은 20세기 내내 상당히 일관되게 50 대 50을 유지한 것으로 짐작된다.

어린이 문학의 경우, 대략적인 조사 결과 여자 작가가 남자 작가의 두 배였다. 그러나 문학상 수상자의 남녀 비율은 3:1이다.

미스터리 분야에서 여자 작가의 비율은 거의 3분의 2지만, 문학상 수상자 비율을 따지면 남자가 세 배나 많다. 1970년 이후에는 이 비율이 다섯 배로 늘었다.

따라서 문학상 심사위원단이 독자로 구성되든 작가로 구성되든 전문가로 구성되든 상관없이, 의식적 또는 무의식적 편견으로 인해 심사위원들이 여자보다 남자에게 4.5배나 많은 상을 수여한다는 결론을 내릴 수밖에 없다.

그렇다면 픽션을 쓰는 남자의 실력이 여자에 비해 4.5배나 되는가. 많은 사람들은 이 결론을 그냥 받아들이는 것으로 보인다. 누구도 소리 내어 말하지만 않는다면.

이 결론을 받아들일 수 없다고 생각한다면 목소리를 내야 한다.

문학상 심사위원들과 후원자들도 자신의 편견을 돌아보고 의식을 가져야 한다. 문학상을 통한 젠더 편견의 영속화에 도전하려면, 공정한 정신을 지닌 작가들이 이런 문제를 토의하고, 더 많은 연구가 이루어지고, 문학상을 주최하는 측과 문학 관련 출판물과 언론에 의견 또는 항의 편지를 보내는 운동이 벌어져야 한다.


## 문학상 수상자 성별 조사의 세부 사항

이 부록은 세부적인 정보를 좋아하는 사람, 내가 성별 조사를 어떤 방식으로 했는지 알고 싶은 사람, 이 조사의 개선·확대·업데이트 방안을 제안하고 싶은 사람을 위한 것이다. 누구든 이 조사를 시행하고 싶어 하는 사람이 있다면 나는 이 일을 기꺼이 넘길 것이다…… 다양한 조사 결과와 이상한 점에 대한 나의 의견도 아래에 덧붙였다.


### 작가의 성별(장편과 단편집)

(MF는 남자 대 여자 비율을 뜻한다.)

— '문학적인' 소설

　　　　양장본: 남자 128명, 여자 98명. MF 1.3:1

　　　　무선본: 남자 64명, 여자 69명. MF 거의 동률


— '장르' 소설

　　　　미스터리: 남자 52명, 여자 72명. MF 0.7:1

　　　　로맨스: 남자 0명, 여자 80명. MF 0:1

웨스턴: 남자 60명, 여자 22명. MF 3:1

판타지: 남자 39명, 여자 40명. MF 거의 동률

사이언스픽션: 남자 57명, 여자 35명. MF 1.6:1

— '아동' 소설

어린이, 6~12세: 남자 80명, 여자 117명. MF 0.7:1

청소년: 남자 23명, 여자 44명. MF 1:2

**요약**

— '문학적인' 소설: 남자 192명, 여자 167명

— '장르' 소설: 남자 208명, 여자 249명

— '아동' 소설: 남자 103명, 여자 161명

내가 조사 대상으로 삼은 자료에서 가져온 위의 분류들을 그대로 믿으면 안 되기 때문에 따옴표를 사용했다. 일반적인 의미의 장르 소설이라는 개념 자체가 다소 수상쩍다. 내가 조사한 책들 중에는 위의 분류 중 두 군데에 속하거나 심지어 세 군데에 모두 속할 수 있는 것이 많았다.

**장편과 단편집 저자들의 성별 총계**

— 전체 작가: 1080명

— 남자 503명, 여자 577명

— 대략적인 MF 5:6

## 장편과 단편집에 수여된 문학상의 작가 성별

### 노벨 문학상(특별한 위원회가 표결로 결정)

— 1901년부터 1998년 사이에 노벨 문학상은 91번 수여되었다(제2차 세계대전 때를 포함해서 수여되지 않은 경우는 7번이다). 남자 두 명이 공동 수상자로 선정된 적이 두 번, 남자한 명과 여자 한 명이 공동 수상자로 선정된 적이 한 번 있으므로 남녀 총계가 소수점 이하 숫자로 표시되었다.

— 남자 85.5명, 여자 8.5명. MF 거의 정확히 10:1

— 여자가 노벨 문학상을 수상한 해는 1909, 1926, 1928, 1938, 1945, 1966, 1991, 1993, 1996년이다. 대략 10년에 한 번씩 여자가 수상하다가, 90년대에 이르러 여자 수상자가 세 명이 되었다.

### 풀리처 문학상(작가 심사위원단이 표결로 결정)

— 1918년부터 시작되었으며, 상이 수여되지 않은 해는 여섯 번이다.

— 남자 50명, 여자 23명. MF 2:1을 살짝 초과

— 남녀 수상자 비율은 1943년 이후 동률에서 가파르게 멀어졌다. 여자 수상자 23명 중 12명이 1918부터 1943년까지 25년동안 상을 받았고, 1944년부터 1998년까지 54년 동안 여자수상자는 고작 11명이었다. 1943년 이후 최종 후보작의 저자들 중 여자의 비율은 절반을 넘을 때가 많았으나 수상자는 여

섯 명 중 다섯 명이 남자였다(MF 5:1).

부커상(작가와 비평가 심사위원단이 표결로 결정)
— 1969년부터 시작.
— 남자 21명, 여자 11명. MF 2:1
— 이 비율이 지난 30년 동안 상당히 일정하게 유지되었으며, 내가 조사한 문학상 중 가장 동률에 가깝다.

내셔널 북 어워드/아메리칸 북 어워드
— 1950년부터 시작되었으며, 심사위원단의 구성과 후원자의 성격이 다양하게 바뀌었다. 소설 부문 분류도 여러 차례 바뀌어 수상자 수를 헤아리기가 쉽지 않다. 최대한 조사한 결과, '최고소설'상(장르 소설과 아동 소설 제외)의 수상자 비율은 다음과 같다.
— 남자 43명, 여자 7명. MF 6:1

PEN/포크너 픽션상(심사위원단 표결로 결정)
— 1981년부터 시작.
— 남자 17명, 여자 2명. MF 8.5:1
— PEN/포크너상의 최종 후보작에 항상 여자 작가의 작품들이 포함되었으므로, 그들 중에 실제로 상을 받은 사람이 이렇게 적다는 사실을 발견하고 나는 깜짝 놀랐다. 아니, 사실은 충격을 받았다. 이 상은 거의 노벨상만큼이나 남성 편향적이다.

네뷸러상(사이언스픽션과 판타지. 대중 투표로 후보작을 선정하고, 사이언스픽션 및 판타지 작가연합 회원들의 비밀투표로 수상작을 결정)

— 1965년부터 시작.

— 남자 24명, 여자 10명. MF 2.4:1


휴고상(사이언스픽션. 세계 사이언스픽션 회의 회원들의 투표로 결정)

— 1953년부터 시작.

— 남자 36명, 여자 11명. MF 3:1

— 작가들의 투표로 결정되는 네뷸러상과 팬들의 투표로 결정되는 휴고상의 수상자 남녀 비율이 심사위원단에 의해 결정되는 여러 상에 비해 동률에 가깝다는 점이 흥미롭다. 비슷한 방식의 투표로 결정되는 에드거상과도 크게 차이가 난다.


세계 판타지상(심사위원 한 명의 결정 + 익명의 결정)

— 최고소설상(공동 수상으로 소수점 이하 숫자가 나옴)

　　　　남자 18.5명, 여자 5.5명. MF 3:1

— 평생공로상(16번 수여 + 5명 공동 수상 한 번)

　　　　남자 17명, 여자 3명. MF 6:1


에드거상

— 최고소설상(미스터리. 미국 미스터리작가협회 회원들의

표결로 결정)

　　　1946년부터 시작.

　　　남자 39명, 여자 13명. MF 3:1

　　　이 비율은 52년 전체 총계다. 1946년부터 1970년까지 이 상의 수상자는 남자 16명, 여자 8명으로 남녀 비율이 2:1이었다. 그러나 1970년 이후 28년 동안에는 미스터리를 쓰는 여자 작가가 남자 작가에 비해 상당히 많은데도 여자 작가는 고작 5명만이 '최고소설상'을 수상했다. 따라서 MF는 거의 5:1에 이른다.

— 그랜드마스터상

　　　1955년 애거서 크리스티가 이 상을 수상한 것이 시작이었다. 그 뒤 15년 동안에는 수상자가 모두 남자였다. 1998년까지 그랜드마스터로 선정된 46명 중 35명이 남자, 8명이 여자였으며, 그나마 여자 8명 중 3명은 같은 해에 상을 공동 수상했다. 남자 작가는 이 상을 공동 수상한 적이 없다. 공동 수상한 3명을 1명으로 계산한다면, MF는 7:1이 된다.

**뉴베리상(우수한 아동문학 작품에 주는 상. '전문가 위원회' 표결로 결정)**

— 1922년부터 시작.

— 1922~1930년, 모든 수상자가 남자. 1931~1940년, 모든

수상자가 여자. 1941~1998년, 남자 16명, 여자 40명. 어린이와 청소년용 책을 쓰는 작가 세 명 중 약 한 명이 남자이므로, 이 상은 저자의 성별 비율을 상당히 공정하게 반영하고 있다.*

---

*   [원주] 과거 이 글을 인쇄물로 만들 때에는 잘못된 통계가 인용되어, 뉴베리상의 성별 균형에 대한 결론도 올바르지 않았다. 틀린 정보를 제시한 것에 대해 사과한다.

# 유전적 결정론에 관하여

어떤 문헌에 대해 독자로서 개인적인 반응을 적은 글이다. E. O. 윌슨의 포괄적인 발언이 마음에 걸리는 경험을 많이 한 나는 도대체 무엇이 마음에 걸리는지 알아보기로 했다. 글을 쓰며 그 작업을 수행한 것은 글을 쓸 때 내 머리가 가장 잘 돌아가기 때문이다. 아마추어가 전문가의 견해에 대해 이야기하다 보면 스스로 멍청한 꼴이 되기 십상인데, 내가 바로 그랬다. 그래도 나는 이 글을 발표하기로 했다. 과학자의 관찰 결과에 맞서 내 의견을 내놓으려는 것은 아니다. 과학자의 의견에 맞서 내 의견을 내놓으려는 것이다. 저명한 과학자의 의견과 가정은 과학적인 관찰 결과로, 즉 사실로 오인되기 쉽다. 내 마음에 걸린 것이 바로 그 점이었다.

E. O. 윌슨은 자신이 저서 『사회생물학』에서 인간 행동의 생물학적 기초에 대해 했던 말을 몹시 흥미로운 자서전인 『자연주의자』에서 다음과 같이 요약한다.

[『사회생물학』]에 대한 반박 중 가장 핵심적인 유전적 결정론은 사회과학의 무서운 귀신과 같다. 따라서 내가 한 말 중에 정말로 유전적 결정론이라고 할 만한 말을 여기서 다시 할 필요가 있다. 내 주장은 기본적으로 다음과 같다. 인간은 행동과 사회구조를 습득하려는 경향을 물

려받는데, 아주 많은 사람이 이 경향을 공통으로 지니고 있으므로 인간 본성이라고 할 만하다. 결정적인 특징으로는 성별 간의 노동 분업, 부모와 자녀 사이의 유대, 가장 가까운 가족에 대해서는 이타주의가 강화되는 것, 근친 성관계 회피, 기타 윤리적인 행동, 낯선 사람을 의심하는 것, 부족주의, 집단 내의 서열 관계, 전체적인 남성 지배, 제한된 자원을 얻기 위한 영토 투쟁 등이 있다. 인간은 자유의지를 갖고 있고 여러 방향 중에 하나를 선택할 수도 있지만, 그럼에도 심리적인 발달은 유전자에 의해 유난히 특정한 방향을 향한다. 다른 방향으로 가기를 우리가 아무리 원한다 해도 소용없다. 따라서 문화마다 차이가 큰데도 결국은 위에서 열거한 특징들을 향해 수렴되는 것을 피할 수 없다…… 중요한 것은 유전이 환경과 상호작용하여, 고정된 수단을 향한 인력을 만들어낸다는 점이다. 모든 사회의 사람들이 우리가 인간 본성이라고 정의하는 협소한 통계적 원 안으로 모이게 된다는 뜻이다. (E. O. 윌슨, 『자연주의자』, pp. 332~333)

인간이 행동을 습득하려는 경향을 물려받고, 사회구조는 그런 행동 중 하나라는 말에 나도 동의한다. 그러나 이런 경향을 '인간 본성'이라고 부르는 위험을 무릅쓰고라도 얻을 수 있는 이득이 있는지는 잘 모르겠다. 인류학자들은 **인간 본성**이라는 말을 피하는 훌륭한 이유를 갖고 있다. 이 말에 대해 합의된 정의가 존재하지 않는다는 것, 설사 설명하려는 의도로 이 말을 사용하더라도 규정하는 말로 받아들여지기가 너무 쉽다는 것.

윌슨은 자신이 열거한 특징들이 "우리가 인간 본성이라고 정의하는 협소한 통계적 원"을 이룬다고 말한다. 톤토처럼 나도 묻고 싶다. "'우리'가 누구인가요, 백인 남자?" 그가 선택한 특징들의 목록은 완전하지도 보편적이지도 않고, 그가 내린 정의는 협소하다기보다 엉성하게 보이며, 그가 말한 통계는 상상에 맡겨져 있다. 물론 『사회생물학』에는 더 많은 통계와 더 완전한 정의가 실려 있다. 그러나 그 책의 내용에 대해 윌슨 자신이 한 위의 말이 간결한 동시에 정확하고 완전해서, 이 말을 상대로 내 주장을 펼쳐도 문제가 없을 듯하다.

그렇다면 이제 위의 특징들을 하나씩 따로 살펴보자.

### 성별 간의 노동 분업

이 말은 우리가 알고 있는 모든 사회 또는 대부분의 사회에서 남자와 여자가 다른 종류의 노동을 한다는 뜻일 뿐이다. 그러나 이 말이 이렇게 엄격한 의미로 쓰일 때가 별로 없기 때문에, 평소 이 말 속에 암시된 의미를 먼저 인정하지 않은 채 이런 맥락에서 이 말을 사용하는 것은 정직한 것일 수도 있고 정직하지 못한 것일 수도 있다. 이 말에 암시된 의미를 구체적으로 부정하지 않는 한, '성별 간의 노동 분업'이라는 말을 우리 사회의 독자들 대부분은 성별을 기준으로 노동의 **종류**가 구체적으로 구분되어 있음을 암시하는 것으로 받아들인다. 즉, **그런 노동**이 유전적으로 결정되었다는 암시로 받아들인다는 뜻이다. 남자는 사냥하고 여자는 채집하는 것, 남자는 싸우고 여자는 돌보는 것, 남자는 밖으로 나가고 여자는 집을 지키는 것, 남자는 기술로 일하고 여자는 살림하는 것, 남자는 '공적인 영역'에서 움직이고 여자는 '사적인 영역'에서 움직이는 것 등이 모두 유전자 때문이라는 얘기다.

사회마다 성별 간의 노동 분업이 다양한 형태로 이루어진다는 사실을 아는 인류학자 또는 인류학적인 양심을 지닌 사람이라면, 위의 주장을 받아들이지 못할 것이다. 윌슨이 과연 어떤 뜻을 암시하고자 했는지는 잘 모르겠다. 그러나 환원주의적 발언을 이렇게 암묵적으로 연장하는 행위가 편견과 편협함을 강화해 지식과 사회에 정말로 피해를 입히기 때문에, 자신이 사용하는 표현을 좀 더 세심하게 정의하는 것이 책임 있는 과학자의 의무다.

모든 사회에 어떤 형태로든 성별 간의 노동 분업이 존재하므로, 만약 윌슨이 좀 더 조심스러운 표현, 예를 들어 '성별에 특화된 활동을 포함한 모종의 성별 구조'라는 말을 사용했다면 나도 그의 말에 전적으로 동의했을 것이다.

부모와 자녀 사이의 유대,

가장 가까운 가족에 대해서는 이타주의가 강화되는 것,

낯선 사람을 의심하는 것

이 세 가지 행동은 모두 서로 연결되어 있으며, '이기적 유전자' 행동이라고 정의할 수 있다. 인간뿐만 아니라 다른 사회적 동물들 사이에서도 이 행동들이 거의 보편적으로 나타난다는 사실이 이미 증명된 듯하다. 그러나 이 행동들이 엄청나게 다양한 형태와 사회구조로 엄청 복잡하게 나타나는 것이 인간만의 독특하고 보편적인 특징이라서, 다른 동물에게서는 볼 수 없는 이런 다양성과 복잡성이 혹시 유전적으로 결정된 것은 아닌지 물어볼 수밖에 없다.

나의 의문이 정당한 것이라면, 윌슨의 말은 너무 환원주의적이라서 받아들일 수 없다. 다른 동물과 인간에게 공통적으로 나타나는 특정한 행동에 초점을 맞추면서 그 행동이 인간들 사이에서 보여주는 독특하고 보편적인 특징을 시야에서 치워버리는 설명은 행동에 대한 유전적 결정론을 어디까지 연장할 수 있는지 반드시 의문을 품게 만든다. 그러나 이것은 사회생물학자가 결코 품을 수 없는 의문이기도 하다.

## 부족주의

내가 이해하기로 부족주의는 방금 언급한 행동의 확장판이다. 친척이 아닌 사람을 '사회적 친척'으로, 낯선 사람을 낯설지 않은 사람으로 규정하고 씨족, 언어 집단, 종족, 국가,

종교 등 사회적 구조 속에 함께 소속되었음을 확립함으로써 직계 혈족보다 범위가 확대된 사회적 집단이 만들어진다.

과연 어떤 메커니즘으로 이런 행동이 유전적인 이점을 지니게 되었는지 나는 상상조차 할 수 없지만, 실제 혈연관계를 바탕으로 한 행동만큼 부족주의도 인간 집단에서 보편적으로 나타나는 것 같다. 만약 인간 행동 패턴의 보편성이 곧 유전적 영향을 의미한다면, 이런 행동은 유전적으로 정당성을 지니고 있음이 분명하다. 그 정당성을 확립하기가 다소 어려울 것 같기는 한데, 그래도 사회생물학자들이 노력하는 모습을 보고 싶다.

## 근친 성관계 회피

진화 과정의 어떤 메커니즘으로 이기적인 유전자가 자신과 지나치게 가까운 혈연의 이기적 유전자를 알아보고 행동을 결정하게 되었는지 나는 잘 모른다. 다른 영장류에게도 근친 성관계를 막는 사회적 메커니즘이 존재하는지 역시 알지 못한다. (알파 수컷이 집단에서 젊은 수컷들을 몰아내는 것은 남성 지배적인 행동으로, 이것이 근친 성관계 예방에 기여하는 것은 순전히 부수적인 결과에 불과하며 그나마도 효과가 별로 좋지 않다. 무리에서 쫓겨난 젊은 수컷은 다른 수컷의 누이와 딸을 찾아 짝짓기를 해야 하지만, 알파 수컷은 자신의 누이나 딸과도 짝짓기를 한다.)

포유류 동물들 사이에서 근친 성관계의 일반적인 발생

빈도를 윌슨이 알고 있었는지 궁금하다. 유인원, 고양잇과 동물, 야생마 등에 비해 인간이 근친 성관계를 더 '회피'한다고 그가 믿고 있는지도 궁금하다. 모든 인간 사회가 근친 성관계를 금하는가? 나는 모른다. 내가 알기로, 이것은 명확한 답이 없는 질문이다. 대부분의 인간 사회가 특정한 종류의 근친 성관계를 비난하는 문화를 갖고 있는 것은 사실이다. 많은 인간 사회에서 그런 비난이 보통 효과를 잘 발휘하지 못하는 것 또한 사실이다. 나는 윌슨이 문화적 단언 또는 희망 사항을 실제 행동과 혼동했다고 생각한다. 그런 것이 아니라면, 그의 말은 우리가 유전자 프로그램에 따라 어떤 행동은 절대 하지 말아야 한다고 말하면서도 실제로 그 **행동**을 막지는 않는다는 뜻이 된다. 굉장한 유전자 아닌가.

### 집단 내의 서열 관계

이 대목에서 나는 윌슨의 인류학 견해가 집단 내 인간의 행동을 관찰한 인류학자들의 관찰 결과보다는 행동주의자들의 닭 실험 및 영장류 학자들의 유인원 관찰 결과의 영향을 더 많이 받은 것 같다는 의심이 든다. 서열 관계는 인간 사회에서 매우 흔한 것인데, 그렇게 따지면 공감을 통한 질서 유지 등 다른 형태의 집단 관계도 흔히 나타난다. 서열이 일차적인 질서 유지 도구가 아닌 사회도 많다. 또한 서열이 전혀 작동하지 않는 집단도 대부분의 사회에 존재한다. 하버드 대학의 학자들에게는 믿기 힘든 사실일지도 모르지만. 윌슨의 말은 행동의 한 측면만 강조하고 다른 면은 모두 생략해버렸다는 점에서 수상쩍다. 다시 말하지만, 환원주의적인 발언이다. 이보다 더 중립적이고 더 정확한 표현을 사용했다면 더 유용했을 것이다. '직접적인 혈연관계가 아닌 사람들과 조직적인 사회관계 또는 유동적인 사회관계를 확립하려는 경향'이라는 표현을 썼다면 어땠을까.

## 전체적인 남성 지배

이건 확실히 인간 사회의 표준적인 모습이다. 종을 막론하고 수컷이 암컷의 선택을 받기 위해 스스로를 과시하고 약한 수컷을 몰아내 자신의 짝이나 하렘에 접근하지 못하게 함으로써 자신의 유전자가 자손들에게 지배적으로 나타나게 하는(수컷의 이기적인 유전자) 방법이 유전적으로 이득이 된다는 생각 때문인 것 같다. 이런 행동이 나타나지 않는 생물들(우리와 유전적으로 몹시 가까운 친척인 보노보 등)은 인간의 행동을 연구하는 데 유용한 비교 대상이나 범례로 여겨지지 않는 듯하다.

인간 남자의 공격성과 과시적 행동이 성적인 면에서부터 온갖 형태의 사회적·문화적 행동에까지 연장된다는 데에는 의심의 여지가 없다. 그러나 이런 현상이 우리의 유전적 생존에 이로웠는지 해로웠는지에 대해서는 확실히 논의의 여지가 있다. 십중팔구 증명이 불가능할 것이다. 이것이 장기적인 관점에서 인간 유전자에 유전적인 이득이 될 것이라고 간단히 생각해버릴 수는 없다. 심지어 인간 남자의 유전자만 따져도 마찬가지다. 이 문제와 관련해서 '유전과 환경의 상호 작용'은 이제야 비로소 시험의 대상이 되었을 뿐이다. 인류 중의 어떤 집단이 **무제한적**이고 통제 불가능한 공격성으로 **무제한적인** 지배를 할 수 있다는 가능성이 제기된 것은 고작 지난 100년 동안의 일이기 때문이다.

## 제한된 자원을 얻기 위한 영토 투쟁

이것은 확실히 '전체적인 남성 지배'의 하위분류다. 내가 알기로, 영토 투쟁에서 여자의 역할은 보조적인 수준이다. 제도화되지도 않았고, 사회적으로나 문화적으로 인정받는 경우도 거의 없다. 내가 아는 한, 자원과 영토를 얻기 위해 사회적 찬성이나 문화적 찬성을 얻어 조직된 모든 공격적 행동은 전적으로 남자의 지휘를 받으며 실제로 행동에 나서는 사람도 거의 모두 남자다.

이런 공격적 행동을 자원의 희소성 탓으로 돌리는 것은 말이 안 되는 허위 주장이다. 역사적으로 대부분의 전쟁은 사람들의 상상 속에만 존재하는 임의적인 경계선 때문에 치러졌다. 수족이나 야노마모족처럼 호전적인 문화를 지닌 집단을 보면서 나는 남자의 공격성에 경제적인 기반이 전혀 없는 것 같다는 인상을 받았다. 그러니 윌슨의 표현에서 '영토 투쟁'만 따로 떼어 '남성 지배' 항목에 붙여야 한다.

### 기타 윤리적인 행동

이것은 엄청나게 얼버무린 말이다. 어떤 종류의 윤리적 행동을 말하는 것인가? 누구의 윤리적 기준에 따라 윤리적이라는 건가?

문화적 상대주의라는 도깨비를 불러내지 않아도, 나는 보편적인 인간 도덕이 존재한다고 주장하는 사람에게 그 도덕의 정의를 내려보라고 요구할 권리가 우리에게 있다고 생각한다. 만약 그 사람이 그 도덕이 유전적으로 결정되어 있다고 말한다면, 정확한 유전적 메커니즘과 거기에 수반되는 진화상의 이점을 분명히 밝힐 수 있어야 할 것이다.

월슨은 이 '기타 행동'을 '근친 성관계 회피'에 부록처럼 붙여놓았다. 따라서 '근친 성관계 회피'는 맥락에 따라 윤리적 행동으로 정의된다. 근친 성관계 회피에 유전적인 이점이 있는 것은 확실하다. 이 밖에 유전적 이점이 있으면서 동시에 보편적인 윤리적 행동으로 인정되는 다른 행동이 있다면 과연 무엇인지 알고 싶다.

노부인을 구타하지 않는 것이 어쩌면 그런 행동에 속할지 모른다. 할머니는 기근과 스트레스 상황에서 손주의 생존에 결정적인 역할을 한다는 사실이 이미 증명되었다. 그들의 유전적 이득이 무엇인지는 말할 필요도 없이 명확하다. 그러나 월슨이 할머니를 염두에 두고 위의 표현을 썼는지는 의심스럽다.

어머니와 자식 사이의 유대도 이 '기타 윤리적인 행동'

에 속할 것 같다. 이것을 윌슨처럼 "부모와 자녀 사이의 유대"라고 표현하는 것은 위선적이지는 않을망정 편향적이다. 아버지가 자녀와 유대를 맺을 것이라는 문화적 기대는 결코 보편적이지 않기 때문이다. 많은 사회에서 생물학적 아버지 대신 어머니의 남자 형제가 아버지 역할을 하거나, 생물학적 아버지는 권위를 행사하는 역할만 하거나, (우리 사회에서처럼) 현재의 아내가 아닌 다른 여자에게서 낳은 자녀에 대한 아버지의 책임이 면제된다. 이런 맥락에서 또 하나의 위험은 어머니와 자녀 사이의 유대가 '자연스러운 것'으로 정의될 때가 너무 많아서 아郚윤리적인 행동으로 해석될 정도라는 점이다. 따라서 자녀와 유대를 맺지 않는 어머니는 부도덕하다기보다 비인간적인 사람으로 정의된다. 이런 맥락에서 내가 윤리라는 문제 전체를 정의할 수 없는 벌레가 가득 들어 있어서 열지 않고 그냥 놔두는 편이 훨씬 더 나은 통조림으로 생각하는 이유를 이 사례가 잘 보여준다.

어쩌면 그래서 윌슨도 이 '기타 윤리적 행동'을 아주 모호한 상태로 내버려둔 건지 모른다. 만약 그가 예를 들어 혈연이 아닌 사람들 사이의 협력과 상호 원조를 윤리적 행동으로 규정했다면, 행동을 엄격히 기계적으로 해석하라고 교육받은 동료 생물학자들 사이에서 신뢰성을 잃을 위험이 있었다.

마지막으로 나는 유전적 결정론 그 자체가 정말로 "사회과학의 무서운 귀신"인지 궁금하다. 학자들은 자신의 영역을 무엇보다 중시하는 대표적인 사람들이다. 실제로 일부 사회과학자는 윌슨이『사회생물학』을 발표했을 때 그것을 자신의 영역에 대한 공격으로 보고 두려움과 분노라는 반응을 보였다. 그러나 전체적으로 봤을 때 윌슨의 말은 다소 과대망상처럼 또는 자화자찬처럼 들린다.

만약『사회생물학』의 저자가 자신이 주장하는 결정론을 좀 더 정확하고 주의 깊게, 덜 편향적으로, 그리고 인류학적으로 덜 순진하게 제시했다면 그 책이 야기한 논란과 적의를 피할 수 있었을지도 모른다. 그의 이론이 사실은 사회과학의 무서운 귀신이 아니라고 주장한다면, 그것은 그 이론이 사회과학에 유용하거나 사화과학과 관련되어 있음이 아직 증명되지 않았기 때문이다.

만약 윌슨이 우리와 동물이 공통적으로 갖고 있는, 성별과 혈연을 기반으로 한 여러 행동에 대한 상세한 설명을 포함해서 인간 행동을 구체적으로 설명하기 위한 자신의 환원주의적 이론을 확장해 무한히 다양한 인간의 사회구조와 한없이 복잡한 문화에까지 손을 뻗으려고 진심으로 공을 들였다면 그의 주장이 내 눈에 훨씬 더 흥미롭게 보였을 것이다. 하지만 그는 그렇게 하지 않았다.

결정론자는 물론 사회과학자와 인문학자 중에도 원래 유전적으로 결정된 인간 행동의 선택지가 엄청나게 다양하고 복잡해서 우리가 궁극적으로 자유의지라는 환상을 갖게 된다고 주장할 사람들이 있을 것이다. 그러나『자연주의자』

에서 이 의문을 제기한 윌슨은 '인간에게는 자유의지가 있다'는 단호한 신념을 선언하며 그냥 공격을 피해버린다. 이런 선언 자체는 무의미하다. 나는 그의 신념에 관심이 없다. 그는 종교적 사상가나 신학자가 아니라 과학자다. 그러니 과학자답게 말해야 한다.

# 발에 대하여

텔레비전에서 볼룸댄스 경연을 보다가 나는 여자들이 신은 신발에 매혹되었다. 그들은 엄청나게 굽이 높고 가죽이 딱딱하며 끈으로 고정하게 되어 있는 구두를 신고 춤을 췄다. 발꿈치와 발가락으로 바닥을 찍고, 발을 차올리고, 우쭐거리듯이 걷고, 발로 바닥을 강하고 빠르고 아주 정확하게 때리는 춤동작이 격렬했다. 남자들은 발의 정상적인 자세와 잘 맞는 평평한 신발을 신었다. 한 남자의 구두에서는 보석들이 반짝였다. 그의 파트너가 신은 구두는 전체가 반짝이는 보석으로 뒤덮여 있었는데, 그 때문에 가죽 자체가 대단히 딱딱해졌을 것 같았다. 게다가 굽도 엄청나게 높아서 발꿈치가 발 앞쪽보다 적어도 7.5센티미터쯤 위에 있었다. 그래서 그녀가 움직일 때마다 발 앞쪽에 온 체중이 강하게 걸렸다. 내가 그 신발을 신은 상상을 하니 몸이 움찔거리며 움츠러들었다. 걸을 때마다 칼날을 밟는 것 같았다는 인어공주가 생각났다.

왜 유독 여자들만 자신의 발을 불구로 만드는가? 이 질문은 이미 예전에도 제기된 바 있지만, 나는 아직 만족스러운 답을 찾지 못했다.

여자들이 딸의 발 뼈를 부러뜨려 발가락을 아래로 구부린 다음 천으로 동여매던 중국의 풍습이 우리와 크게 다르지 않다. 그렇게 만들어진 작은 발은 고통스러웠으며, 천으로 묶이고 살이 접힌 탓에 배출되지 못한 고름과 분비물이 악취를 풍겼다. 이 전족은 남자들에게 매력적으로 여겨졌기 때문에 여자의 결혼 가능성과 사회적 가치를 높여주었다고 한다.

그런 것에 매력을 느끼는 현상이 내게는 괴팍하게 보인다. 성별을 기준으로 한 괴팍함. 남자의 발을 일부러 망가뜨려 작게 만들었을 때, 썩은 냄새를 풍기는 그 발에 매력을 느낄 여자가 몇 명이나 될까?

그래서 다시 의문이 생긴다. 왜? 우리는 왜 그렇게 하고, 그들은 왜 그렇게 하지 않는가?

음, 궁금한 것이 있다. 중국 여자들 중에 다른 여자의 전족에 성적인 매력을 느낀 사람이 있을까?

남녀를 막론하고, 잔인함과 고통을 보며 성애의 감정을 느끼는 사람이 있기는 하다. 자기 혼자서 또는 상대와 함께 성적인 스릴을 느끼려고 상대를 아프게 하는 사람들이 있다. 그들은 두려움이나 고통이 없으면 성적인 스릴을 느끼지 못

한다. 아이의 발을 부러뜨려 천으로 동여매서 썩게 만든 것을
어루만지며 성기를 세우는 것이 그런 경우다. 사디즘과 마조
히즘은 고통과 잔인함에 의존한다.

성적인 감정을 전혀 느끼지 못하는 것보다는 잔인함과
고통에서 성적인 흥분을 느끼게 하는 편이 더 나은지도 모른
다. 실제로 그 편이 더 낫다는 말을 하는 사람도 많다. 하지만
나는 잘 모르겠다. 누구에게 더 낫다는 건가?

나는 중국 여자들이 서로의 전족을 보며 측은함과 공포
를 느꼈을 거라고, 동여맨 발의 냄새를 맡았을 때 움찔하며
움츠러들었을 거라고, 아이들이 엄마의 전족을 보고 울음을
터뜨렸을 거라고 생각하고 싶다. 여자아이도 남자아이도 그
랬을 거라고. 하지만 우리가 뭘 알겠는가?

엄마가 딸의 발을 부러뜨려 천으로 동여매서 전족을 만
든 이유는 이해할 수 있을 것 같다. 엄마가 딸을 '결혼시킬 수
있는 상태'로, 즉 사회에 받아들여지고 결혼 시장에서 팔릴
수 있는 상태로 만들기 위해 아이를 괴롭혀 기형으로 만들 수
밖에 없는 상황을 쉽게 상상하고 이해할 수 있다.

일그러진 사랑과 연민이 엄청나게 잔인한 행동으로 나
타난다. 그리스도교도와 불교도가 그런 식으로 자비의 가르
침을 일그러뜨린 적은 몇 번이나 될까?

패션은 사회적으로 엄청난 힘을 발휘한다. 남자를 기쁘
게 하기 위해 그 힘에 복종하는 여자보다 어쩌면 남자가 훨씬
더 그 힘의 노예가 되어 있는지도 모른다. 나도 예전에 매력

적으로 보이고 싶어서, 남들처럼 되고 싶어서, 패션을 따르고 싶어서 정말 말도 안 되는 신발을 신은 적이 있다.

그러나 여자가 다른 여자의 전족에 성애적인 욕망을 느끼는 것? 내가 그것도 상상할 수 있을까? 그래, 할 수 있다. 하지만 그런 상상에서 얻을 수 있는 교훈은 없다. 에로스는 우리 존재의 총합이 아니다. 측은함도 있고 두려움도 있다.

나는 볼룸댄스를 추는 여자의 반짝이는 구두를 본다. 가죽이 딱딱하고 굽이 단검처럼 날카로운 그 구두로 인해 그녀는 쉰 살에 발을 절게 될 것이다. 그 구두가 신경에 거슬리는데도 매혹적이다. 그녀와 춤을 추는 파트너의 납작하고 반짝이는 구두는 지루하다. 그의 춤 실력은 소름이 끼칠 정도인지 몰라도 그의 발은 그렇지 않다. 남자 발레 무용수의 발도 전혀 매력적이지 않다. 부드러운 신발 속에 커다란 핫도그 빵처럼 들어가 있기 때문이다. 여자 무용수가 발가락 끝에 온 체중을 싣고 뾰족하게 설 때에만, 또는 단검처럼 날카로운 굽이 달린 구두를 신고 발을 놀릴 때에만, 그렇게 고통을 받을 때에만 사람들은 불편한 매혹을 느낀다.

물론 그것은 성적인 매혹이다. 에로티시즘은 모든 것을 설명해주니까…… 아니, 정말 그런가?

내게 섹시한 것은 맨발이다. 나긋나긋하고 힘센 아치형 발바닥, 무용수의 맨발이 그리는 복잡한 곡선들. 남녀 모두.

신발을 신은 발은 내게 에로틱하지 않다. 구두도 마찬가지다. 그것이 나의 페티시가 아니라서 다행이다. 무용수의 신발이 무용수의 발에 어떤 영향을 미치는지가 나를 매혹시킨다. 그것은 성애적인 매혹이 아니라 신체적인 매혹이다. 신체적이고, 사회적이고, 윤리적이다. 고통스럽다. 그래서 신경에 거슬린다.

그 불편한 마음이 사라지지 않는다. 그것이 신경에 거슬린다는 사실을 나의 사회가 부정하기 때문이다. 나의 사회는 그것이 괜찮다고, 아무 문제 없다고 말한다. 여자의 발은 원래 패션과 관습을 위해, 에로티시즘을 위해, 결혼 가능성을 위해, 돈을 위해 고통받고 일그러지는 존재라고 말한다. 그리고 우리는 모두 맞습니다, 물론이죠, 문제없어요, 라고 말한다. 오로지 내 안에 있는 어떤 것만이, 옛날 젊었을 때 신었던 황당한 신발 때문에 비틀어진 내 발가락 속의 작은 신경만이, 발등의 근육만이, 발꿈치의 인대만이, 내 몸의 그 모든 조각들만이 아냐 아냐 아냐 아냐라고 말한다. 그건 괜찮지 않다고. 완전히 잘못된 일이라고.

내 신경과 근육과 인대가 그렇게 대답하기 때문에 나는 무용수의 날카로운 구두 굽에서 시선을 뗄 수 없다. 그 굽이 나를 찌른다.

우리 자신의 잔인함을 부정하는 우리 정신이 그 안에 갇혀 있다. 우리는 그것을 몸으로 안다. 어쩌면 그것에 종지부를 찍는 방법도 몸이 알고 있을지 모른다. 매혹에, 복종에 종지부를 찍고 자유로워지는 방법. 그 방향으로 한 걸음. 맨발로?

# 개, 고양이, 무용수

아름다움에 대한 생각

1992년 잡지 『얼루어』의 '고찰' 섹션에 이 글이 수정하기 전의 형태로 실렸다. 당시 제목은 '내면의 이방인'이었다. 그 뒤로 내가 이 글을 적잖이 손봤다.

개는 자기가 어떻게 생겼는지 모른다. 제 몸의 크기도 모른다. 그건 틀림없이 우리 잘못이다. 녀석들을 교배해서 그렇게 이상한 형태와 크기로 만들어냈으니까. 우리 오빠의 닥스훈트는 키가 20센티미터였는데, 제가 그레이트데인*을 갈기갈기 찢어버릴 수 있을 것이라고 굳게 믿고 달려들곤 했다. 작은 개가 큰 개의 발목을 공격하면, 큰 개는 보통 혼란스러운 표정을 짓는다. '이놈을 먹어버릴까? 이놈이 날 먹으려나? 내가 이놈보다 더 **크잖**아, 안 그래?' 그런데 그레이트데인 역시 사람을 납작하게 뭉개버릴 수 있다는 사실을 모르고 사람의 무릎에 앉으려고 한다. 녀석에게는 사람을 뭉개버리는 것

---

\*   독일 원산의 대형 개.

269

이 일종의 까꿍 놀이다.

내 아이들은 옛날에 테디라는 착한 디어하운드*가 나타나면 도망쳤다. 테디가 아이들을 보고 반가운 나머지 꼬리를 채찍처럼 마구 흔들면서 달려들어 쓰러뜨렸기 때문이다. 개는 자기가 발로 파이를 밟았다는 사실도 알아차리지 못한다. 자신의 몸길이도 알지 못한다.

고양이는 자신의 몸길이를 정확히 안다. 녀석들이 사람이 열어준 문을 천천히 빠져나가다가 꼬리 몇 센티미터 정도만 문 안쪽에 남았을 때 걸음을 잠시 멈추는 건 몸길이를 알기 때문이다. 사람이 문을 계속 붙잡아주어야 한다는 걸 알기 때문이다. 그래서 꼬리 끝을 문 안쪽에 남겨둔 것이다. 그건 관계를 유지하는 고양이 나름의 방법이다.

집고양이는 자기 몸이 작다는 것, 그 점이 중요하다는 것을 안다. 위협적인 개와 맞닥뜨려 옆으로도 위로도 도망칠 수 없을 때, 고양이는 갑자기 몸을 이상하게 생긴 털북숭이 복어처럼 세 배로 부풀린다. 때로는 이 방법이 효과를 발휘한다. 개가 이번에도 혼란스러워지기 때문이다. '저 녀석이 고양이인 줄 알았는데. 원래 내가 고양이보다 크잖아? 저 녀석이 날 먹을까?'

전에 커다란 검은색 풍선 같은 물체가 인도를 따라 둥둥 떠가면서 끔찍한 신음 소리를 내는 모습과 맞닥뜨린 적이 있

---

\*     그레이하운드와 비슷한 큰 개.

다. 녀석은 길 건너까지 나를 쫓아왔다. 나는 녀석에게 잡아먹힐까 봐 무서웠다. 그런데 우리 집 문 앞에 이르자 그 물체가 줄어들더니 내 다리에 몸을 기댔다. 그제야 나는 녀석이 우리 집 고양이 레너드임을 알아보았다. 길 건너에서 뭔가에 놀라 그런 꼴이 된 모양이었다.

고양이는 자신의 외모를 의식한다. 한쪽 다리로 귀 뒤를 긁는 것 같은 이상한 자세로 앉아 몸단장을 할 때도 녀석들은 사람이 무엇을 보고 키득거리는지 안다. 그냥 알은척을 하지 않을 뿐이다. 예전에 페르시안 고양이 한 쌍과 알고 지낸 적이 있다. 둘 중 검은 고양이는 항상 소파 위의 하얀 쿠션에 앉았고, 하얀 고양이는 그 옆의 검은 쿠션에 앉았다. 단순히 자기 털이 가장 잘 보이는 장소에 털을 묻히고 싶어서가 아니었다. 비록 고양이들이 그 점에 항상 주의를 기울이기는 하지만. 그 두 녀석은 자신이 가장 돋보이는 장소가 어디인지 알고 있었다. 녀석들에게 쿠션을 마련해준 주인은 녀석들을 실내장식가 고양이라고 불렀다.

많은 사람이 개와 비슷하다. 자기 몸의 크기도, 모양도, 자기가 어떻게 생겼는지도 잘 모른다. 이런 무지를 가장 극단적으로 보여주는 사례는 바로 비행기 좌석을 설계한 사람들이다. 그 반대편의 극단에 있는 사람들, 즉 자신의 외모를 가장 정확하고 생생하게 인식하는 사람들은 아마도 무용수인 듯하다. 사실 무용수의 경우에는 그들의 생김새가 곧 그들의 일이다.

아마 패션모델도 마찬가지인 듯싶지만, 그 방식이 훨씬 제한적이다. 모델에게는 카메라 앞에서 어떻게 보이는지가 가장 중요하기 때문이다. 무용수처럼 자신의 몸을 생생하게 움직이는 방식과는 아주 다르다. 배우도 자신을 분명히 인식해야 하고, 자신의 몸과 얼굴이 무엇을 표현하는지 깨닫는 방법을 배워야 한다. 그러나 배우들이 연기할 때 사용하는 언어가 큰 환상을 만들어낸다. 무용수는 자신의 몸에 언어라는 막을 두를 수 없다. 무용수는 오로지 자신의 외양, 자세, 움직임으로 예술을 만들어내야 한다.

내가 아는 무용수들은 자신이 차지하는 공간에 대해 환상도 혼란도 느끼지 않는다. 그들은 자주 다친다. 춤이 발에는 살인적인 부담이 되고 관절에도 상당히 힘든 일이기 때문이다. 그러나 그들이 파이를 밟는 일은 결코 일어나지 않는다. 리허설 때 어느 무용단의 젊은 남자 무용수가 키 큰 버드나무처럼 몸을 숙여 자신의 발목을 살피는 모습을 본 적이 있다. "거의 완벽한 내 몸에 야야한 부분이 있네!" 그는 이렇게 말했다. 사랑스럽고 재미있는 표현이었지만, 또한 완전한 진실이기도 했다. 그의 몸은 정말로 거의 완벽했다. 그는 그것을 알고 있었다. 또한 완벽하지 않은 부분이 어디인지도 알았다. 그는 자신의 몸을 최대한 완벽하게 유지한다. 몸이 곧 그의 도구이자 생계 수단이기 때문이다. 그는 그 몸으로 예술을 한다. 그는 아이처럼 자신의 몸속에 온전히 살아 있다. 그러나 아이보다 훨씬 더 자신의 몸을 잘 알고, 그 몸에 만족한다.

나는 무용수들의 그런 점이 좋다. 다이어트를 하는 사람이나 운동을 하는 사람에 비해 그들이 훨씬 더 행복하다는 점. 사람들은 우울한 표정으로 쿵쿵쿵 거리를 달린다. 흐릿한 눈은 아무것도 보지 않고, 귀에는 이어폰이 꽂혀 있다. 인도에 파이가 떨어져 있다면, 그들의 이상하고 번지르르한 운동화가 그 파이를 그냥 콱 밟고 지나갈 것이다. 여자들은 지난주 몸무게가 얼마였는지, 얼마를 더 빼야 하는지에 대해 한없이 수다를 떤다. 파이를 보면 그들은 비명을 지를 것이다. 몸이 완벽하지 않다면 몸을 벌하라. 고통이 없이는 얻는 것도 없다. 이런 흔한 말들. 완벽함이란 곧 '날씬함' '탱탱함' '단단함'을 뜻한다. 스무 살의 남자 운동선수나 열두 살의 여자 체조선수처럼. 쉰 살의 남자나 모든 연령의 여자는 어떤 몸이어야 할까? '완벽'? 완벽한 게 뭐지? 하얀 쿠션 위의 검은 고양이, 검은 쿠션 위의 하얀 고양이…… 꽃무늬 원피스를 입은 부드러운 갈색 머리 여자…… 완벽해지는 방법은 아주 많지만, 고통으로 완벽함을 얻는 방법은 하나도 없다.

모든 문화는 인간의 아름다움, 특히 여자의 아름다움에 대해 나름의 이상을 갖고 있다. 개중에는 놀라울 정도로 가혹한 이상도 있다. 한 인류학자에게서 들은 이야기인데, 그가 함께 지냈던 이누이트 부족에서는 자를 광대뼈 위에 놓았

을 때 자가 코를 건드리지 않는 여자를 엄청난 미녀로 친다고
했다. 아주 높이 솟은 광대뼈와 아주 납작한 코가 아름다움의
기준인 셈이다. 내가 지금까지 접한 아름다움의 기준 중에 가
장 끔찍한 것은 중국의 전족이다. 전체 길이 약 7.5센티미터
로 줄어들어 불구가 된 발이 여자의 매력을 높이고, 따라서
금전적인 가치도 높여준다니. 고통이 없으면 얻는 것도 없다
는 말 그 자체다.

이건 정말 심각한 문제다. 7.5센티미터 높이의 하이힐을
신고 하루에 여덟 시간씩 일한 적이 있는 사람에게 한번 물어
보라. 내가 고등학교에 다니던 1940년대가 생각난다. 당시 백
인 여학생들은 화학약품과 열기로 머리카락을 구불구불하게
만들었고, 흑인 여학생들은 화학약품과 열기로 머리카락을
곧게 뺀 직모로 만들었다. 가정용 파마 약은 아직 발명되지
않았고 미용실에 가서 값비싼 비용을 지불할 여유가 없는 학
생이 많았으므로, 이 아름다움의 규칙을 따르지 못하는 학생
은 몹시 불행했다.

아름다움에는 항상 규칙이 있다. 아름다움은 게임이다.
이 게임으로 거액을 손에 쥐면서 그로 인해 누가 상처받는지
신경도 쓰지 않는 사람들이 이 게임을 좌지우지하는 것을 보
면 화가 난다. 이 게임 때문에 자신의 모습에 불만이 커진 사
람들이 스스로 굶주리거나 자기 몸을 기형으로 만들거나 유
독한 행위를 할 때면 나는 이 게임이 증오스럽다. 나는 대개
새 립스틱을 사거나 예쁜 실크 블라우스를 새로 사서 기뻐하

는 식으로 소소하게 이 게임에 참여한다. 그런 행동으로 내가 아름다워지지는 않는다 해도 그런 물건들은 그 자체로 아름다우니 나는 그것들을 즐겁게 바르고 입는다.

인류는 인간이 된 순간부터 자신을 장식했다. 머리에 꽃을 꽂고, 얼굴에 문신으로 선을 그리고, 눈꺼풀을 검게 칠하고, 예쁜 실크 블라우스를 입었다. 저마다 이런 식으로 기분이 좋아지는 행동을 한다. 자신에게 잘 맞는 행동을 한다. 게으른 검은 고양이에게 하얀 쿠션이 잘 어울리듯이…… 이 게임의 재미가 거기에 있다.

대부분의 시대에 대부분의 장소에서 이 게임의 규칙 하나는 젊은이가 아름답다는 것이다. 이상적인 아름다움은 항상 젊은 얼굴을 하고 있다. 단순한 현실이 일부 반영된 결과다. 젊은이들은 정말로 아름답다. 모두 아름답다. 나이를 먹을수록 그 점이 점점 분명하게 보여서 나는 그 사실을 즐기고 있다.

그러나 거울을 보며 즐거워하기는 점점 어려워진다. 이 늙은 여자는 누구지? 허리는 어디로 사라진 거야? 나는 검은 머리 대신 흐물흐물한 흰머리가 나는 것에 거의 체념한 상태지만, 이제 앞으로는 그 흰머리조차 잃어버리고 분홍색 두피가 다 드러나는 꼴이 돼야 하는 걸까? 지금도 이미 심하지 않나? 여기 점이 또 생긴 건가? 내가 점박이가 되는 건가? 손마디가 이렇게 계속 굵어지다가는 무릎 관절처럼 변하는 게 아닐까? 그런 꼴은 보고 싶지도 않고 알고 싶지도 않다.

하지만 나와 동갑이거나 나보다 나이가 많은 사람들을 볼 때, 휑하니 드러난 두피와 손마디와 점과 뚱뚱한 몸매 때문에 그들에 대한 내 생각이 달라지지는 않는다. 개중에는 내 눈에 몹시 아름다운 사람도 있고 그렇지 않은 사람도 있다. 젊은이와 달리 나이 든 사람들은 아름다움을 공짜로 얻지 못한다. 튼튼한 뼈도 중요하고 사람됨도 중요하다. 그 울퉁불퉁한 얼굴과 몸속에서부터 솟아나는 빛이 중요하다는 사실이 날이 갈수록 분명해진다.

허리가 사라진 늙은 여자가 된 내 모습을 거울로 보면서 내가 무엇을 걱정하는지 나는 알고 있다. 나는 아름다움을 잃어버렸다고 걱정하지 않는다. 어차피 내게는 처음부터 이렇다 할 아름다움이 없었다. 내가 걱정하는 것은 거울 속 여자가 나처럼 보이지 않는다는 점이다. 내가 생각했던 내 모습이 아니다.

전에 어머니가 이런 얘기를 해주셨다. 샌프란시스코에서 거리를 걷다가 어떤 금발 여자가 자기 것과 똑같은 외투를 입고 맞은편에서 걸어오는 것을 보았는데, 알고 보니 거울처럼 처리된 창문에 비친 자기 모습이어서 충격을 받았다고. 하지만 어머니의 머리카락은 금발이 아니라 붉은색이었다! 머리카락 색이 천천히 바래고 있었는데, 어머니는 여전히 자신의 머리카락이 붉은색이라고 생각하고 있었다…… 그러다 그 순간 그 변화로 인해 자신이 낯선 사람처럼 변해버렸음을 깨달은 것이다.

우리도 개와 비슷한 것 같다. 자신의 몸이 어떻게 생겼는지 모른다는 점에서. 몸이 공간을 얼마나 차지하는지는 알지만, 세월 속에서 어떻게 변했는지는 알지 못한다.

여자아이들은 모두 빨리 사춘기가 돼서 '훈련용 브래지어'를 착용하고 싶어 한다고 알려져 있다(어쨌든 대중매체에 따르면 그렇다). 하지만 아이들은 사춘기가 되어 몸이 변할 때 두려움과 수치심을 느낀다고 내가 대신 말해주고 싶다. 내가 그 나이 때 이상하게 몸이 무거워진 느낌, 생리통, 털이 없던 곳에 생겨난 털, 원래 얄팍했는데 두꺼워진 몸의 일부를 기분 좋게 받아들이려고 얼마나 애썼는지 지금도 기억난다. 그 변화들은 모두 내가 '여자가 되어간다'는 뜻이므로 좋은 일이어야 했다. 어머니는 나를 도우려고 했지만 우리 둘 다 수줍음이 많았다. 어쩌면 둘 다 조금 겁을 냈던 건지도 모른다. 여자가 되는 것은 아주 큰 일이지만, 항상 좋은 일은 아니다.

열세 살, 열네 살 때 나는 크고 둔한 세인트버나드의 몸에 갑자기 갇힌 경주용 개가 된 기분이었다. 남자아이도 자랄 때 그런 느낌을 자주 겪는지 궁금하다. 남자아이들은 항상 크고 강한 사람이 되어야 한다는 말을 듣지만, 남자들 중에는 호리호리하고 낭창낭창하던 시절을 그리워하는 사람도 있을 것 같다. 아이의 몸으로 살기는 아주 쉽지만, 어른의 몸은 다르다. 힘든 변화를 겪어야 한다. 너무나 엄청난 변화라서, 많은 청소년이 스스로 어떤 사람인지 잘 모르게 되는 것도 무리가 아니다. 거울을 보며 그들은 이런 생각을 한다. 이게 나라고? 내가 누구지?

사람이 예순 살이나 일흔 살이 되면 이 일이 다시 시작된다.

고양이와 개는 우리보다 똑똑하다. 녀석들은 새끼일 때 한 번 거울을 본다. 그러고는 잔뜩 흥분해서 거울 뒤의 그 새끼고양이와 강아지를 사냥하겠다고 뛰어다닌다…… 그러다 깨닫는다. 이건 술수로구나. 저건 가짜야. 그래서 두 번 다시 거울을 보지 않는다. 우리 고양이는 거울로 나오는 눈을 마주칠망정, 제 눈은 보려 하지 않는다.

나의 외모는 나라는 사람의 일부다. 그 반대도 마찬가지다. 나는 내 몸이 어떤 모양인지, 크기가 얼마나 되는지, 무엇이 내게 어울리는지 알고 싶다. 몸이 중요하지 않다고 말하는 사람을 보면 말문이 막힌다. 어떻게 그런 생각을 할 수 있지? 사이언스픽션 영화에서 유리병 안에 둥둥 떠 있는 뇌 같은 꼴이 되고 싶은 생각은 없다. 내가 몸과 분리되어 정신만 둥둥 떠다니는 존재가 되는 날은 오지 않을 것이다. 나는 이 몸 '속'에 사는 존재가 아니라 이 몸 자체다. 허리가 있든 없든.

하지만 내 몸이 지난 세월 놀랍고 짜릿하고 걱정스럽고 실망스러운 갖가지 변화를 겪는 와중에도 전혀 변하지 않은 것이 있다. 단순히 외모만으로 결정되지 않는 나라는 사람.

그 사람을 찾아내서 어떤 존재인지 알아내기 위해 나는 깊게 꿰뚫어 보아야 한다. 공간뿐만이 아니라 시간까지도.

내게 기억이 있는 한 나는 길을 잃지 않는다.

❧

젊음과 건강함이라는 아름다움의 이상이 있다. 이 이상은 결코 변하지 않으며 항상 진실이다. 영화배우나 광고 모델로 대표되는 아름다움의 이상도 있다. 아름다움의 게임이 내세우는 이 이상은 항상 경우에 따라 규칙을 바꾼다. 그리고 언제나 진실이 아닌 부분이 섞여 있다. 이보다 더 정의하기 어렵고 이해하기 어려운 이상적인 아름다움도 있다. 이 아름다움은 몸과 정신이 만나 서로를 정의하는 지점에서 생겨난다. 이 아름다움에 무슨 규칙이 있기는 한지도 잘 모르겠다.

내가 이 아름다움을 설명하기 위해 시도해볼 수 있는 방법 중 하나는 천국에 있는 사람들을 상상해보는 것이다. 종교가 믿음의 규약 중 하나로 약속하는 천국을 말하는 것이 아니다. 우리가 고인이 된 소중한 사람들을 나중에 만날 수 있기를 바라며 꾸는 꿈을 천국으로 지칭했을 뿐이다. 우리가 아름다운 천국에서 그들을 다시 만난다면, 그들은 어떤 모습일까?

사람들은 이 질문을 놓고 오랫동안 의견을 나눴다. 내가 아는 가설 하나는, 천국에서는 모든 사람이 서른세 살이라고 주장한다는 것이다. 아직 아기일 때 숨을 거둔 사람들까지 여기에 포함된다면, 그들은 저세상에서 아주 서둘러 자라야 할 것 같다. 반면 여든세 살에 세상을 떠난 사람이라면, 50년 동안 배운 것을 모두 잊어버려야 할까? 확실히 이런 상상을 할 때 가설을 너무 문자 그대로 받아들이면 안 될 것 같다. 그랬다가는 차갑고 유구한 진실과 곧바로 맞닥뜨릴 것이다. '그동안 터득한 지혜는 가져갈 수 없어.'

하지만 진짜 의문은 따로 있다. 고인이 된 소중한 사람들을 우리가 어떻게 기억하고, 어떻게 보게 될까?

내 어머니는 여든세 살 때 암으로 고통스럽게 돌아가셨다. 비장이 너무 비대해져서 겉으로도 드러날 정도였다. 내가 어머니를 생각할 때 떠올리는 모습이 그것인가? 가끔은 그렇다. 그렇지 않으면 좋겠는데. 그 모습에는 확실히 진실이 담겨 있지만, 그로 인해 더 많은 진실이 담긴 모습이 흐릿하게 가려진다. 그 모습은 50년 동안 내 머릿속에 쌓인 어머니의 기억 중 하나일 뿐이다. 시간적으로는 가장 마지막 기억이다. 그 뒤에는, 그 너머에는 더 깊고 복잡하고 항상 변화하는 이미지가 있다. 상상, 풍문, 사진, 기억이 만들어낸 이미지다. 콜로라도의 산악지대에 살던 작은 빨간 머리 아이, 슬픈 얼굴을 한 섬세한 대학생, 상냥한 미소를 짓는 젊은 엄마, 눈부시게 똑똑한 여자, 비할 데 없이 유혹적인 사람, 진지한 예술가, 뛰어난 요리사…… 어머니가 요람을 흔드는 모습, 잡초를 뽑는 모습, 글을 쓰는 모습, 웃는 모습이 보인다. 주근깨가 난 우아한 팔에 찬 터키석 팔찌가 보인다. 한순간 이 모든 모습이 한 꺼번에 보인다. 어떤 거울도 보여주지 못하는 것, 세월을 건너뛰어 번쩍 빛을 내는 영혼이 언뜻 보인다. 아름답다.

위대한 예술가들은 바로 이것을 보고 그림으로 그리는 것이 분명하다. 렘브란트가 그린 초상화 속의 지치고 늙은 얼굴들이 우리에게 큰 기쁨을 주는 이유가 바로 이것임이 분명하다. 그 얼굴들은 겉으로 드러난 아름다움이 아니라, 인생의 깊이가 담긴 아름다움을 보여준다. 브라이언 랭커의 사진 앨범 『나는 세상을 꿈꾼다』에 실린 주름진 얼굴들은 고생해가며 나이를 먹을 가치가 있을지도 모른다고 우리에게 말한다. 그 세월 동안 자신의 영혼을 다듬을 수 있다면. 우리가 항상 몸으로만 춤을 추는 것은 아니다. 위대한 무용수들은 아는 사실이다. 그래서 그들이 뛰어오를 때 우리 영혼도 그들과 함께 뛰어오른다. 공중을 날며 우리는 자유롭다. 시인들도 이런 춤을 알고 있다. 예이츠의 입을 빌려보자.

오 밤나무여, 커다란 뿌리의 꽃나무여,
너는 이파리인가, 꽃인가, 줄기인가?
오 음악에 맞춰 흔들리는 몸, 오 반짝이는 시선
춤과 춤꾼을 어찌 구분해서 볼 수 있을까?

# 수집가, 엉터리 시인, 드러머

아름다움과 리듬에 관한 단상. 1990년대 초에 내가 재미있어서
쓴 글을 다듬어 이 책에 실었다.

## 수집가

사람들은 이런저런 것을 수집한다. 일부 새들과 소형 포
유류도 그렇다. 작은 설치류의 일종인 비스카차는 파타고니
아와 팜파스에서 땅에 굴을 파고 살며, 토끼 같은 귀가 달린
프레리도그처럼 생겼다. 찰스 다윈은 다음과 같이 말했다.

비스카차에게는 아주 독특한 습성이 하나 있다. 딱딱
한 물건이란 물건은 모두 제가 판 굴의 입구로 끌어다 놓
는 것이다. 여러 개씩 무리를 지은 굴 주위에는 소뼈, 돌
멩이, 엉겅퀴 줄기, 딱딱한 흙덩어리, 마른 똥 등이 제멋
대로의 형태로 많이 쌓여 있다…… 어느 캄캄한 밤에 말
을 타고 가다가 손목시계를 떨어뜨린 신사의 이야기를

들었는데, 꽤 믿음이 간다. 그 신사는 시계를 떨어뜨린 자리를 아침에 다시 찾아가 길을 따라 나 있는 비스카차의 모든 굴 주변을 뒤졌다. 그랬더니 예상대로 금방 시계를 찾을 수 있었다. 굴 근처 어디서든 땅에 떨어져 있는 물건을 무조건 가져오는 습성 때문에 비스카차는 많은 수고를 해야 할 것이다. 도대체 무슨 목적으로 이런 행동을 하는지 나는 아주 어렴풋한 추측조차 할 수 없다. 비스카차가 모아 온 쓰레기가 주로 굴 입구 위에 놓여 있는 것을 보면 방어를 위해 그런 행동을 할 리는 없다…… 틀림없이 그럴 만한 이유가 있을 텐데. 그러나 해당 지역의 주민들도 이유를 잘 모른다. 내가 아는 한 이 습성과 비슷한 사례로는 오스트레일리아의 특별한 새인 점박이바우어새의 습성밖에 없다. 녀석들은 잔가지로 우아한 아치형 통로를 만들어 그 안에서 놀며, 그 주위에 육지와 바다의 조개껍데기, 뼈, 깃털을 모아놓는다. 특히 밝은색 깃털이 많다. (『비글호 항해기』, 7장)

찰스 다윈이 아주 어렴풋한 추측조차 할 수 없는 문제라면 확실히 생각해볼 가치가 있다.

산림쥐, 일부 까치와 까마귀는 내가 알기로 수집할 물건을 비스카차보다 까다롭게 고른다. 그들도 딱딱한 물체를 가져가는 것은 맞지만, 입구 앞이 아니라 둥지 안에 수집물을 보관한다. 일반적으로 반짝거리거나 모양이 좋은 물건들이다. 어떤 식으로든 예쁘다고 할 만한 물건이라고 할 수 있다. 예를 들면, 신사의 손목시계 같은 것. 그러나 비스카차가 모아두는 흙덩어리나 마른 똥처럼, 이 물건들 역시 수집한 동물 자신에게는 아무런 쓸모가 없다는 점이 특이하다.

녀석들이 이런 수집물에서 무엇을 보는지 우리는 전혀 모른다.

수컷 바우어새가 수집하는 물건들은 확실히 암컷 바우어새의 관심을 끄는 역할을 하지만, 까마귀나 까치가 단추, 숟가락, 반지, 깡통 뚜껑의 손잡이따개 등으로 제 매력을 가꾸는 모습을 누가 본 적이 있는가? 녀석들은 그 물건들을 아무도 볼 수 없는 곳에 숨기는 습성이 있는 것 같다. 암컷 산림쥐가 수컷 산림쥐의 수집물 때문에(자기야, 이리 와서 내가 모은 병뚜껑 구경할래?) 매력을 느끼는 걸 본 사람은 없을 것이다.

생물학에서 미학까지 여러 분야에 흥미를 지닌 인류학자였던 내 아버지는 아름다움이 무엇인가라는 주제를 놓고 거의 항상 대화를 나눴다(텔루라이드에서 30년 동안 지속되었다는 그 유명한 포커 게임과 비슷하다). 우리 집에 온 가엾은 학자들은 자기도 모르는 사이 우리 집 식탁에 앉아 아름다움의 본질에 관해 열띤 토론을 벌이곤 했다. 이 주제에서 인류학과 특히 관련된 의문을 꼽는다면, 아름다움이나 젠더라는 개념이 전적으로 각각의 사회에서 만들어진 개념인지 아니면 모든 사회를 통틀어 남자는 무엇이고 여자는 무엇이며 아름다움은 무엇인가에 대한 보편적인 합의 같은 것이 저변에 깔려 있는지가 있다. 토론이 점점 묵직해질 때쯤이면, 아버지는 슬그머니 산림쥐 이야기를 꺼냈다.

생물이 미적인 감각을 갖고 있다고 주장하는 듯한 증거, 즉 그 자체로서 매력을 지니고 있는 물체에 대한 욕망, 실용적인 목적은 전혀 없는 물건을 얻으려고 기꺼이 노력을 쏟는 현상은 인간과 보잘것없는 설치류와 일부 떠들썩한 새에게만 나타나는 특성인 것 같다. 이 세 종류의 생물의 공통점은 둥지를 짓고 가정을 꾸린다는 것이다. 따라서 우리는 수집가가 된다. 사람, 산림쥐, 까마귀가 모두 건축자재, 침구, 기타 집에 필요한 가구를 모아 배치하는 데 상당한 시간을 쏟는다.

그러나 동물계에는 새나 설치류보다 우리와 유전적으로 훨씬 더 가까우면서 둥지를 짓고 사는 동물이 많다. 유인원은 어떤가? 고릴라는 매일 밤 둥지를 짓는다. 동물원의 오랑우탄은 제가 좋아하는 천 조각이나 자루 조각을 몸에 예쁘게 걸친다. 만약 우리가 유전적으로 가장 가까운 친척들과 같은 수집 취향을 갖고 있다면, 그것은 모든 영장류 또는 최소한 대형 고등 영장류만이라도 아름다움에 대한 '심오한 문법'('심오한 미학'?)을 갖고 있다는 뜻인지도 모른다.

그러나 안타깝게도 나는 야생 유인원이 예쁘다는 이유로 물건을 수집하거나 귀하게 여긴다는 증거를 알지 못한다. 녀석들은 흥미로운 물건을 흥미를 갖고 살펴보기는 하지만, 작고 반짝인다는 이유로 어떤 물건을 훔쳐다가 보물처럼 숨겨놓는 행동과는 상당히 다르다. 지능과 미적인 감각이 서로 겹칠 수는 있어도, 그 둘이 똑같지는 않다.

사람들은 침팬지에게 그림을 가르치거나 허용하는 실험을 해보았다. 그러나 녀석들이 그림을 그리는 데에는 미학적인 이유보다 상호작용의 욕구가 더 작용하는 듯하다. 침팬지는 색을 감상할 줄 알고, 캔버스에 물감을 철퍽철퍽 묻히는 행동을 분명히 즐긴다. 그러나 야생에서 제 스스로 조금이라도 그림과 비슷한 행동을 시작하는 법은 없다. 자기가 그린 그림을 귀하게 여기지도 않는다. 어딘가에 숨기거나 저장해두지도 않는다. 녀석들이 그림을 그리는 것은 자기가 좋아하는 사람들이 그것을 원하기 때문인 것 같다. 그들에게는 그림 자체보다 그 사람들의 인정이 더 큰 보상이다. 그러나 까마귀나 산림쥐는 그냥 반짝인다는 이유 말고는 어떤 보상도 제공하지 않는 물건을 훔치기 위해 목숨을 건다. 그렇게 훔쳐 온 아름다운 물건을 저장해두고 귀하게 여기며 다른 수집품과 함께 이렇게 저렇게 자리를 바꿔보기도 한다. 마치 그 물건을 알이나 새끼처럼 소중히 대하는 것 같다.

미적인 감각과 에로스의 상호작용은 복잡하다. 공작새의 꼬리는 우리 눈에는 아름답고, 암컷의 눈에는 섹시하다. 아름다움과 성적인 매력은 우연히 겹친다. 어쩌면 이 둘이 깊이 관련되어 있을 수도 있다. 그러나 이 둘을 혼동하면 안 될 것 같다.

우리가 보기에 바우어새의 생김새는 훌륭하고, 장미 향

기와 왜가리의 춤은 멋지다. 하지만 침팬지의 부푼 항문, 숫염소의 악취, 민달팽이가 꼬리처럼 늘어뜨리는 진액 등 짝짓기를 위해 상대를 끌어들이는 특징들은 어떤가? 민달팽이는 비 오는 밤에 실처럼 늘어진 진액 끝에 대롱대롱 매달려 짝짓기를 한다.

다윈은 환원주의자였던 적이 없다. 바우어새가 우아한 통로를 만들어 '그 안에서 논다'고 말한 것은 다윈다운 표현이다. 이 말 덕분에 바우어새는 놀 수 있는 여유, 자신의 건축물과 보물과 춤을 제 나름의 신비로운 방식으로 즐길 여유를 얻는다. 아늑한 그 통로가 암컷 바우어새에게 매력적으로 보인다는 점, 암컷이 그 통로에 끌리기 때문에 수컷이 성적인 기대를 할 수 있다는 점을 우리는 알고 있다. 암컷이 그 통로에 끌리는 것은 통로가 지어진 모양, 깔끔함, 밝은색 등 미적인 특징 때문임이 분명하다. 이런 특징이 강렬할수록 암컷이 더 강하게 끌리는 것을 관찰할 수 있다. 하지만 이런 현상이 벌어지는 이유는 알려지지 않았다. 이 통로의 유일한 목적이 암컷 바우어새의 관심을 끄는 것이라면, 우리는 왜 그 통로를 아름답게 여기는가? 우리는 수컷 바우어새가 원하는 성별도, 원하는 종도 아닐 수 있는데.

그래서 다시 묻는다. 아름다움은 무엇인가?

아름다움은 작고, 모양 좋고, 반짝이는 것이다. 은단추 같은 것. 우리는 그것을 집으로 가져가 둥지나 상자 속에 보관할 수 있다.

이것은 확실히 완전한 답이 아니지만, 나는 이 답을 온전히 받아들일 수 있다. 어느 정도까지는. 이것은 시작일 뿐이다.

내가 작고 단단하고 모양 좋고 반짝이는 물건을 좋아하는 점이 성별을 막론하고 비스카차, 산림쥐, 까마귀, 까치와 같다는 사실이 흥미롭고 어리둥절하고 중요하게 여겨진다.


## 엉터리 시인

혹등고래는 노래한다. 수컷이 주로 번식기에 노래를 부르는데, 이것을 보면 그들의 노래가 구애와 관련해서 모종의 역할을 하는 것 같다. 하지만 수컷만 노래하는 것은 아니다. 게다가 혹등고래 무리마다 모든 구성원이 함께 부르는 독특한 노래를 갖고 있다. 길 때는 무려 30분이나 이어지기도 하는 혹등고래의 노래는 음악적으로 구조가 복잡하다. 작은악절(완전히 똑같이, 또는 거의 똑같이 반복되는 음표 무리)과 테마(비슷하게 반복되는 작은악절 무리)가 이 노래를 구성한다.

북쪽 바다에 살 때는 혹등고래가 노래를 많이 하지 않는다. 하더라도 매번 똑같은 노래만 한다. 그러다 남쪽으로 이동해 다시 무리를 이루고 나면, 노래를 부르는 횟수가 늘어난다. 국가國歌처럼 똑같이 유지되던 노래도 변하기 시작한다. 노래의 이런 변화는 고래에게 공동체를 확인해주는 역할을 하는 것 같다(거리에서 통용되는 슬랭처럼 특정 집단만이 쓰는 표현 또는 방언과 비슷하다). 공동체의 모든 구성원은 급

속히 변하고 있는 노래를 새로 배운다. 그렇게 여러 해가 지나고 나면 노래 전체가 근본적으로 달라진다. "우리가 당신에게 새 노래를 불러줄게."

케이티 B. 페인은 1991년 3월에 『자연사Natural History』에 쓴 글에서 고래에게 두 가지 질문을 던졌다. 너희의 노래를 어떻게 기억하는가? 그 노래를 왜 변형시키는가? 그녀는 압운이 기억에 도움이 될지도 모른다는 의견을 내놓는다. 복잡한 테마를 지닌 고래의 노래에는 '압운'(비슷하게 끝나는 작은악절)이 포함되어 있으며, 이 압운이 한 테마를 다음 테마와 이어준다. 두 번째 질문, 즉 고래가 공동의 노래를 바꾸는 이유에 대해 페인은 이렇게 말한다. "이 문제와 고래의 노래에 나오는 압운에 대해 추측할 때, 우리는 인간을 동시에 떠올리며 우리의 미학적인 행동조차 고대에 뿌리가 있는 것이 아닌가 하는 생각을 피할 수 있을까?"

페인의 글을 읽으며 나는 시인 겸 언어학자인 델 하임스가 저서 『나는 헛되이 당신에게 말하려 했다』를 비롯한 여러 책과 글에서 구전문학에 대해 밝힌 것들을 떠올리지 않을 수 없었다. 그의 주장 중 하나(내가 아주 엉성하게 요약했다)는 북아메리카 인디언의 구전문학에 반복적으로 나타나 구획을 구분하는 역할을 하는 표현의 가치에 관한 것이다. 이런 표현은 대개 문장의 첫머리에 나타나는데, 번역하자면 대략 이런 뜻이다. "그리하여 그때……" "자, 그다음에 일어난 일은……" "그리고……" 이야기의 내용과 '의미'를 파악하는 데에만 몰두한 번역가들이 흔히 무의미한 소음으로 무시해버리기 일쑤인 이 표현들은 영시의 압운과 비슷한 역할을 한다. 우선 압운은 행을 표시해준다. 규칙적인 운율이 없을 때 행은 근본적인 리듬 요소다. 압운은 또한 구성의 형태를 잡아주는 구조적 리듬 단위를 알려주는 역할을 하기도 한다.

들려주는 이야기의 내용만을 근거로 순전히 교훈과 도덕만을 담은 '원시적인' 이야기로 번역되고 제시되는 이야기들을 이 압운이라는 신호에 따라 살펴보면, 미묘한 형식을 갖춘 예술로 볼 수 있다. 여기서 형식은 소재의 형태를 잡아주는 역할을 하고, 언뜻 실리적으로 보이던 이야기는 기본적으로 미학적인 목적을 위한 수단으로 보일지 모른다.

구전 이야기를 공연할 때 같은 구절의 반복은 공연자가 텍스트를 암기하는 데에만 도움이 되는 것이 아니다. 어쩌면 이 반복되는 구절은 작품의 구조를 근본적으로 결정해주는 요소인지 모른다. 그것이 같은 박자가 반복되는 운율의 형태를 취하든 아니면 규칙적인 소리와 메아리로 이루어진 압운의 형태를 취하든 아니면 후렴구 등을 반복하는 형태를 취하든 아니면 운율이 없는 시와 형식적인 구전문학 속 행들의 길고 미묘한 리듬이라는 형태를 취하든 상관없다. (후자의 경우는 그보다 훨씬 더 길고 더 파악하기 어려운 산문의 리듬과 관련되어 있다.)

같은 구절의 반복을 사용하는 이 모든 방법이 고래의 압운과 비슷해 보인다.

고래가 노래하는 이유와 관련해서는, 그들이 짝짓기 계절에 노래를 가장 많이 부른다는 점이 의미심장하다. 어쨌든 수컷들은 이 시기에 노래를 가장 많이 부른다. 그러나 100마리의 개체가 30분 동안 합창하는 노래를 짝짓기 노래로 부를 수 있다면, 베토벤의 교향곡도 짝짓기 노래라고 할 수 있을 것이다.

때로 프로이트는 바로 이런 생각을 하는 것 같은 말을 한다. (그의 말처럼) "명성, 돈, 아름다운 여자의 사랑"에 대한 욕망이 예술가를 움직이는 요인이라면, 베토벤이 9번 교향곡을 쓴 것도 그때가 짝짓기 계절이었기 때문일 것이다. 베토벤은 이 음악으로 자신의 영역을 표시하고 있었다.

베토벤의 음악에는 성적인 요소가 많다. 여자라면 때로 이런 요소들을 알아차리고 안절부절못할 수도 있다. 쿵쿵쿵 빵! 하는 음악 소리 때문에. 그러나 남성호르몬에는 한계가 있는 반면, 9번 교향곡은 그 한계를 한참, 한참 넘어선다.

수컷 노래참새는 봄에 햇빛이 강해지면서 그 작은 생식선이 부풀어 오를 때 노래한다. 그 노래에는 유용한 정보와 교훈, 목적이 들어 있다. 나는야 노래참새, 여긴 내 영역이고 나는 이 홰를 다스리지, 내 크고 달콤한 목소리는 내 젊음과 건강과 놀라운 번식 능력을 보여준다네, 와서 내 사랑이 되어 나와 함께 살아요, 쩩쩩 재잘재잘재잘! 우리 귀에 녀석의 노래는 아주 예쁘게 들린다. 하지만 옆 나무의 까마귀는 정확히 같은 목적을 위해 어조를 여러 번 달리 해가며 '깍깍'거린다.

우리 귀에 '깍깍'은 미학적으로 부정적인 느낌을 준다. '깍깍'은 추하다. 이때의 에로스는 아름답지 않다. 새가 부르는 노래의 아름다움은 그 노래가 지닌 성적인 기능 또는 정보 기능의 부차적인 요소일 뿐이다.

그렇다면 노래를 부르는 새들은 모두 까마귀처럼 그냥 '깍깍'거리기만 해도 될 텐데 왜 세대를 거치며 공들여 형식을 갖춘 노래를 배우고 전해주는 수고를 들이는가?

나는 반反실용주의적이고 비非환원주의적이며 말할 것도 없이 불완전한 답변을 내놓으려고 한다. 바우어새는 레이디에게 구애하려고 잔가지 통로를 짓지만, 다윈의 사랑스러운 표현처럼 '그 안에서 놀기도' 한다. 노래참새는 노래로 정보를 전달하지만, 자신이 부르는 노래로 장난을 치기도 한다. 기능적인 메시지가 수많은 '쓸모없는 소음'으로 복잡해지는 건 그 소음이 즐거움을 주기 때문이다. 아름다움이라고 해도 될 것이다. 수고를 들여 노래를 다듬고 반복하는 공연. 이기적인 유전자가 자신의 생명을 영원히 이어가기 위해 개체를 이용하고 참새는 거기에 복종한다. 그러나 단세포 미생물이 아니라 하나의 개체인 참새는 자기만의 경험, 자기만의 즐거움을 소중히 여기기 때문에 의무로 하는 일에 즐거움이 첨가된다. 그렇게 공연이 만들어진다.

사실 단순한 섹스 그 자체는 그리 즐겁지 않을 수 있다. 민달팽이나 오징어의 기분을 확인할 길은 없지만 개가 섹스를 할 때의 표정이나 고양이가 섹스를 할 때 내는 끔찍한 소리나 수컷 흑색과부거미의 경험으로 판단하건대, 때로는 섹스가 희열을 가져다주지 않는 것처럼 보인다고 말할 수밖에 없다. 그러나 섹스가 유전자 또는 종種을 위해 우리가 수행해야 하는 의무임은 분명하다. 따라서 어쩌면 그 의무를 조금이라도 즐겁게 만들려고 우리가 여러 방법을 강구하는 건지도 모른다. 장식을 더하고, 종소리와 휘파람 소리를 덧붙이고, 꼬리와 잔가지 통로를 만들고, 즐거운 형식과 복잡한 요소를 더한다. 그러다 이런 행동 자체가 목적이 되어버리면(즐거운 일은 이렇게 될 가능성이 높다), 우리는 순전히 노래가 즐거워서 노래하게 된다. 의무적이고 유용한 원래 목적, 노래의 성적인 기능은 부차적인 요소가 되어버렸다.

고래가 왜 노래하는지 우리는 모른다. 산림쥐가 병뚜껑을 왜 모으는지도 모른다. 그러나 우리 아이들이 노래를 직접 부르거나 남의 노래를 들으며 좋아한다는 건 안다. 예쁘고 반짝이는 물건을 보거나 소유하는 것도 아이들이 좋아하는 일이다. 아이들이 성적으로 성숙하기 전에도 이런 즐거움을 느끼는 것을 보면, 그것이 구애나 성적인 자극이나 찍짓기와는 별로 관련되지 않은 것 같다.

노래를 부르는 행위는 공동체 의식을 확인해줄지 몰라도, 은시계를 훔쳐 가는 행위는 그렇지 않다. 그러니 성적인 기능이나 연대에 도움이 되는 물건이 아름답게 여겨진다고 가정할 수는 없다.

여기서 복잡한 요소와 쓸모없는 기능은 핵심 단어가 아

닌 것 같다는 생각이 든다. 산림쥐는 마치 박물관 큐레이터 같다. 순전히 즐겁다는 이유로 아무짝에도 쓸모없는 물건들을 모아, 둥지를 짓겠다는 본능에 '무의미한 소음' 같은 요소를 덧붙여 일을 복잡하게 만들기 때문이다. 혹등고래를 베토벤과 비교할 수 있는 것은, 그들이 단순한 짝짓기 노래와 공동체 선언에 '무의미한 소음'을 덧붙여 노래를 교향곡으로 다듬어내기 때문이다.

남편의 친척인 펄 아주머니는 베드스프레드를 만들겠다는 유용한 목적을 갖고 유용한 기술인 코바늘 뜨개질을 시작했다. 그런데 쓸모는 없지만 대단히 규칙적인 변형을 뜨개질에 도입하는 바람에, 펄 아주머니는 베드스프레드 만들기라는 행동 전체를 엄청 복잡하게 만들어버렸다. 그 편이 즐거웠기 때문이다. 몇 달 동안 즐겁게 작업한 끝에 펄 아주머니는 아름다운 작품을 완성했다. 그리고 그 '거미줄' 이불을 우리에게 주었다. 그것은 확실히 이불처럼 침대를 덮는 기능을 하지만, 우리 여자들이 흔히 하는 말로 매일같이 쓸 물건은 아니다. 유용하지만 단지 유용하기만 한 것은 아니다. 유용함을 **훨씬** 더 뛰어넘는다. 손님이 왔을 때 그것으로 침대를 덮는 것이 그것을 만든 목적이었다. 그 복잡하고 우아한 모습을 보고 손님이 즐거워할 수 있게. 엄격하게 실용적이기만 하지는 않은 물건이 자신에게 주어진 것을 보고 대접받는 기분을 느낄 수 있게. 우리는 유용한 물건에도 여러 가지 시도를 한다. 아름다움을 위해서.

## 조용한 드러머

예술의 아름다움을 말할 때 사람들은 보통 음악, 미술, 무용, 시에서 사례를 가져온다. 산문을 언급하는 경우는 거의 없다.

산문이 이야기의 주제일 때는 **아름다움**이라는 단어가 거의 나오지 않는다. 나오더라도 마치 수학적인 아름다움을 말하는 것 같다. 어떤 문제에 대해 만족스럽고 우아한 해법을 찾아냈다는 의미의 아름다움. 생각과 관련된 지적인 아름다움.

그러나 운문에서든 산문에서든 언어는 물감이나 돌멩이와 똑같이 물리적인 요소다. 음악에서 목소리와 귀, 춤에서 몸의 역할과 같다.

나는 비평가들이 언어를 무시하는 것은 중대한 실수라고 생각한다. 문자 그대로 언어를 말한다. 언어가 내는 소리, 문장의 박자와 속도, 언어가 스스로 확립하고서 오히려 통제를 받는 리듬 구조.

교과서 내용을 요약해놓은 참고서 같은 것에 의존하는 교수법은 문학 연구를 장난으로 만들어버린다. 이야기의 미학적인 가치를 무시한 채 그 이야기가 표현하는 생각, 즉 '의미'만 다룬다면 문학이 급격히 빈곤해진다. 지도와 풍경은 다르다.

시의 리듬과 소리가 빚어내는 현실은 구텐베르크가 패권을 잡은 뒤에도 수 세기 동안 줄곧 살아남았다. 시는 항상 말로 전하거나 소리 내어 읽는 대상이다. 소리가 잘 들리지 않는 모더니즘의 깊은 구덩이 속에서도 T. S. 엘리엇은 누군가의 설득으로 마이크 앞에 앉아 시를 중얼거린 적이 있다. 그리고 딜런 토머스가 뉴욕에서 대성공을 거둔 이후, 시는 소리의 예술이라는 올바른 본질을 되찾았다.

그러나 산문은 수 세기 동안 조용했다. 인쇄술이 그렇게 만들었다.

소설가와 회고록 작가의 순회 낭독회가 요즘은 인기를 끌고 있다. 책 읽는 소리를 녹음한 테이프들도 산문에 소리를 어느 정도 되돌려주었다. 그래도 여전히 작가와 비평가 모두 산문은 조용히 읽어야 한다고 생각하는 것이 보통이다.

독서는 공연이다. 담요 속에 숨어 손전등으로 책을 읽는 아이든, 식탁에 앉아 책을 읽는 여자든, 서재 책상에서 책을 읽는 남자든 독자는 모두 자신이 읽는 작품을 공연한다. 그것은 조용한 공연이다. 독자는 언어의 소리와 문장의 박자를 내면의 귀로만 듣는다. 소리가 나지 않는 드럼을 두드리는 조용한 드러머들이다. 놀라운 극장에서 벌어지는 놀라운 공연이다.

조용한 독자는 어떤 리듬을 들을까? 산문 작가는 어떤 리듬을 따라갈까?

버지니아 울프는 자신의 마지막 소설인 『포인츠 홀』을 쓸 때 일기에 다음과 같이 썼다. 이 일기에서 그녀가 PH로 지칭한 이 작품은 출판되면서 '막간'으로 제목이 바뀌었다.

머릿속에서 울리면서 사람을 구불구불 공처럼 접어 버리는 것이 책의 리듬이다. 사람은 몹시 피곤해진다. PH(마지막 장)의 리듬에 너무 강박적으로 사로잡힌 나머지 나는 문장을 말할 때마다 그 리듬을 들었다. 어쩌면 내가 그 리듬을 사용했는지도 모르겠다. 회고록을 쓰려고 작성한 메모를 읽으면서 나는 그 리듬을 깨뜨렸다. 메모의 리듬이 훨씬 더 자유롭고 느슨하다. 그 리듬으로 이틀 동안 글을 쓰고 나니 완전히 생기를 되찾았다. 그래서 내일 다시 PH로 돌아간다. 이건 좀 심오한 것 같다. (버지니아 울프, 『일기』, 1940년 11월 17일 자)

이 일기를 쓰며 삶의 마지막을 앞두고 있던 때로부터 14년 전 울프는 내가 이 책의 맨 앞에 인용하고 제목을 지을 때도 사용한 글을 썼다. 거기서 울프는 산문의 리듬과 "마음속에서 깨어지고 구르"는 물결에 대해 말한다. 또한 이야기의 리듬에 관한 자신의 말을 가리켜 가벼운 어조로 '심오하다'는 말도 한다. 이야기의 리듬을 지나가듯이 언급한 두 글에서 모두 울프는 자신이 뭔가 큰 것을 붙잡았음을 알았던 것 같다. 그것을 계속 물고 늘어졌다면 좋았을 텐데.

1926년에 쓴 편지에서 울프는 소설을 쓰기 시작할 때는 "세상이 있다. 그런데 이 세상을 상상하다 보면 갑자기 사람들이 나타난다"고 썼다(편지 1618). 장소와 상황이 먼저 있고, 인물들이 플롯과 함께 나타난다…… 그러나 이야기를 **들려주**

는 데서 중요한 것은 박자를 찾는 것이다. 무용수가 춤이 되듯이 그 리듬이 되는 것이다.

독서도 같은 과정이다. 다만 훨씬 더 편안해서 피곤하지 않을 뿐이다. 리듬을 일일이 찾아내려 애쓰지 않고 그냥 리듬을 따라가며 거기에 휩쓸리면 되기 때문이다. 춤이 나를 춤추게 하면 된다.

꩜

울프가 말하는 리듬은 무엇인가? 산문은 명확히 드러나는 규칙적인 박자나 반복되는 운율을 공들여 회피한다. 그렇다면 깊숙이 생략되어 있는 강세 패턴이 존재하는가? 아니면 문장들 사이와 문장 안에서, 구문과 연결과 문단 안에서 리듬이 발생하는가? 산문에서 구두점이 그토록 중요한 이유가 바로 이것인가? (시에서는 행이 구두점의 역할을 대신하기 때문에 구두점이 별로 중요하지 않을 때가 많다.) 아니면 산문의 리듬은 훨씬 더 긴 구절들과 큼직큼직한 구조, 이야기 속 테마의 반복과 사건의 발생, 플롯 및 장의 연결과 대위법 속에도 확립되어 있는가?

내 생각에는 이 모두가 맞는 말인 것 같다. 잘 쓰인 소설에는 아주 많은 리듬이 등장한다. 그들은 대위법과 중략과 결합 등의 방법으로 소설의 리듬을 만들어낸다. 이것은 그 무엇과도 다른 리듬이다. 인체의 여러 리듬이 서로 상호작용

하면서 그 몸과 그 사람만의 독특한 리듬을 만들어내는 것과
같다.

꿈

　이렇게 거창하고 성급한 선언을 한 뒤, 나는 이 말이 맞
는지 확인해봐야겠다고 생각했다. 과학적인 방법을 써야 할
것 같았다. 실험이 필요했다.

　제인 오스틴이 쓴 문장에 18세기의 훌륭한 산문 이야기
속에서 특징적으로 발견되는 균형 잡힌 리듬이 있다고 말하
는 것은 별로 성급한 행동이 아니다. 제인 오스틴의 산문에는
또한 그 산문 특유의 박자와 타이밍도 존재한다. 울프가『포
인츠 홀』의 리듬에 대해 한 말을 따라가보면, 제인 오스틴이
쓴 **특정** 소설의 특징적인 박자가 지닌 섬세한 뉘앙스도 발견
할 수 있을까?

　나는 내 책꽂이에서 오스틴 전집을 꺼냈다. 베르길리우
스의 시구절로 점을 치거나『역경』을 느릿느릿 참조할 때처
럼 나는 책이 저절로 펼쳐지게 했다. 가장 먼저『오만과 편견』
에서 내 눈에 가장 먼저 들어온 문단을 종이에 베껴 썼고, 그
다음에는『설득』의 문단을 베꼈다.

　다음은『오만과 편견』에서 베낀 문단이다.


　엘리자베스가 공원을 산책하다가 뜻밖에 다시 씨를 만

난 적이 한두 번이 아니다. 다른 사람은 아무도 오지 않는 곳에 그가 오게 된 불운이 너무하다는 생각이 들었다. 그래서 처음 그를 그곳에서 만났을 때 그런 일이 다시 벌어지는 것을 막으려고, 자신이 그곳에 자주 간다는 사실을 그에게 일부러 알려주었다. 그러니 그런 일이 또 일어난 것은 몹시 이상하다! 그래도 그 일은 일어났고, 심지어 한 번 더 일어나기도 했다.

More than once did Elizabeth in her ramble within the Park, unexpectedly meet Mr Darcy. ─She felt all the per-verseness of the mischance that should bring him where no one else was brought: and to prevent its ever happening again, took care to inform him at first, that it was a favou-rite haunt of hers. ─How it could occur a second time therefore was very odd! ─Yet it did, and even a third.

다음은 『설득』에서 베낀 문단이다.

웬트워스 대령을 자주 언급하면서 지난 세월에 대해 궁금해하다가 마침내 자신들이 클리프턴에서 돌아온 뒤 한두 번 만났던 걸로 기억하는 바로 그 웬트워스 대령 ─ 그게 7년 전인지 8년 전인지는 잘 모르겠지만 아주 훌륭한 젊은 청년의 모습 ─ 그대로일지도 모른다, 아니 십중팔구 그럴 것이다, 라고 자신하며, 계속 그에 대해 이야기하는 그들의 대화를 듣는 것이 앤에게는 새로운 종류의 시련이었다. 그러나 자신이 그 시련에 익숙해져야만 한다는 것을 깨달았다.

To hear them talking so much of Captain Wentworth, repeating his name so often, puzzling over past years, and at last ascertaining that it *might*, that it probably *would*, turn out to be the very same Captain Wentworth whom they recollected meeting, once or twice, after their coming back from Clifton: — a very fine young man: but they could not say whether it was seven or eight years ago, — was a new sort of trial to Anne's nerves. She found, however, that it was one to which she must enure herself.

아마도 내가 나 자신을 속이고 있는 것이겠지만, 이 작은 실험 결과에 나는 상당히 놀랐다.

『오만과 편견』은 청춘의 열정을 다룬 훌륭한 코미디인 반면『설득』은 오해로 인생이 망가졌으나 아슬아슬한 순간에 오해가 바로잡히는 과정을 다룬 조용한 이야기다.『오만과 편견』이 4월이라면,『설득』은 11월이라고 할 수 있다.

그러나 마침표와 대시로 다소 극적으로 나눠져 있고, 가장 긴 문장의 경우 중간에 콜론으로 나눠져 있는『오만과 편견』의 문장들은 모두 상당히 짧다. 대단히 다양한 리듬은 춤을 출 때의 발놀림 같아서, 마치 잘 훈련된 젊은 말이 빨리 전속력으로 질주하고 싶어 안달하는 것 같다. 모두 젊은 엘리자베스의 관점에서 그녀의 정신적 목소리를 담은 문장인데, 이 문단을 근거로 삼는다면 그녀는 발랄하고 순진하며 상대를 조금 비꼬고 있다.

『설득』의 문단은『오만과 편견』의 문단보다 긴데도, 문장은 고작 두 개뿐이다. 길이가 긴 첫 번째 문장은 망설임과 반복이 가득하고, 쉼표 여덟 개, 콜론 두 개, 대시 두 개가 사용되었다. 이 문장의 추상적인 주어("대화를 듣는 것to hear them")은 동사("was")와 몇 줄이나 떨어져 있고, 그 몇 줄에는 온통 다른 사람들의 생각이 담겨 있다. 이 문장의 주인공인 앤은 끝에서 두 번째 단어로 언급되어 있을 뿐이다. 온전히 그녀의 정신적 목소리만을 담은 두 번째 문장은 짧고 강렬하며 조용한 운율을 지니고 있다.

이 짧은 분석과 비교를 근거로『오만과 편견』의 모든 문단이『설득』의 모든 문장과 다른 리듬을 지니고 있다고 주장할 생각은 없다. 그러나 이미 말했듯이 나는 이 분석 결과에 깜짝 놀랐다. 각각의 리듬이 실제로 상당히 다르고, 작품의 분위기 및 중심인물의 성격 특징이 아주 잘 드러나 있기 때문이었다.

물론 나는 울프의 말에 이미 설득당해, 모든 소설에 특징적인 리듬이 있다고 생각한다. 작가가 그 리듬에 귀를 기울이며 따라가지 않는다면 어설픈 문장, 꼭두각시 같은 인물, 가짜 스토리가 나올 것이라는 생각도 갖고 있다. 작가가 그 리

듬을 유지할 수 있다면, 모종의 아름다움을 지닌 책이 탄생할
것이다.

작가가 할 일은 바로 그 박자에 귀를 기울이고, 그 박자
를 따르며, 그 무엇의 간섭도 허용하지 않는 것이다. 그러면
독자도 그 박자를 듣고 거기에 이끌려 갈 것이다.


꒰꒱


내가 내 작품 중 두 편을 쓸 때 의식했던 리듬에 대한 단상.

판타지 소설 『테하누』를 쓸 때 나는 이 작품이 용을 타고
나는 것과 같다고 생각했다. 먼저 이야기 내용상 나는 집필할
때 야외에 있어야 했다. 7월의 오리건이라면 아주 즐거운 일
이지만 11월에는 불편한 일이다. 무릎이 시리고, 공책은 축축
해진다. 게다가 스토리가 꾸준히 풀려 나온 것이 아니라, 불
규칙적으로 날듯이 지나갔다. 강렬한 자각 단계가 조용하고
서정적일 때도 있고 무서울 때도 있었는데, 대개는 이른 아침
에 내가 잠에서 막 깨어날 무렵에 그런 일이 벌어졌다. 그러
면 나는 침대에 누워 용의 등에 올랐다. 그러다 보면 일어나
서 반드시 밖으로 나가, 그 날듯이 지나간 생각을 말로 잡아
내는 시도를 해야 했다. 몸이 아주 크고 날갯짓의 간격도 긴
용의 비행 리듬을 내가 붙잡고 유지하면, 이야기가 스스로 풀
려 나오고 등장인물들이 숨을 쉬었다. 그러나 그 박자를 놓치
면 나는 용의 등에서 떨어져, 용이 다시 나를 태워줄 때까지

땅에서 기다려야 했다.

물론 기다림은 글쓰기에서 아주 큰 부분을 차지한다.

오리건 해안에 사는 평범한 사람들의 이야기를 담은 중편소설 「허니스」를 쓸 때는 많은 기다림이 필요했다. 몇 주, 몇 달의 기다림. 나는 네 여성의 목소리에 귀를 기울였다. 20세기 중 대부분의 기간 동안 서로 겹치는 삶을 살아온 여성들이었다. 내가 태어나기 전, 옛날 옛적의 이야기를 하는 사람도 있었다. 나는 선심을 베풀듯이 과거를 바라보지 않기로, 그들의 목소리를 일반적이고 입심 좋고 예스러운 것으로 만드는 식으로 죽은 자의 목소리를 빼앗아버리지 않기로 결심했다. 네 여성 각자가 자신의 마음속 중심으로부터 진실한 이야기를 털어놓게 해야 했다. 설사 그녀도 나도 진실이 무엇인지 모른다 해도. 또한 각각의 목소리는 그 사람 특유의 운율로 말해야 했다. 그러나 그 리듬에는 다른 목소리들의 리듬 또한 포함될 필요가 있었다. 그들이 서로에게 공감하며, 진실한 전체 이야기를 만들어가야 했기 때문이다.

그때는 나를 태워줄 용이 없었다. 바닷가를 걷거나 조용한 집 안에 앉아 내 상상 속 부드러운 목소리에 귀를 기울이고, 이야기를 진실하게, 언어를 아름답게 만들어주는 박자와 리듬을 포착하려 애쓰면서 나는 자꾸 머뭇거렸다. 바보가 된 것 같았다.

～

　나는 소설이 아름답다고 생각한다. 내게 소설은 교향곡만큼 아름답고, 바다만큼 아름답다. 밀려왔다 밀려가며 깨어지고 구르는 파도처럼 완전하고, 진실하고, 생생하고, 크고, 복잡하고, 혼란스럽고, 심오하고, 거슬리고, 영혼을 넓혀준다.

# 말하기가 곧 듣기

발표한 적이 없는 원고. 내가 전에 발표한 논픽션 모음집 『세상 끝에서 춤추다』에 실린 에세이 「텍스트, 침묵, 연행」의 일부 테마와 사색을 참조해 쓴 것이다.

## 의사소통 모델

정보화 시대이자 전자 시대인 지금 의사소통을 지배하는 것은 다음의 그림과 비슷한 기계적인 모델이다.

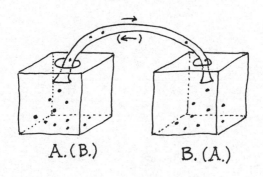

그림 1

A 상자와 B 상자는 튜브로 연결되어 있다. 정보 단위가 들어 있는 A 상자는 전송자이고, 튜브는 정보가 전송되는 통로, 즉 매체다. B 상자는 수신자다. 이들의 역할은 서로 바뀔 수 있다. 송신자인 A 상자는 이진법, 픽셀, 단어 등 매체에 적합한 방식으로 정보를 암호화해 수신자인 B 상자에 송신하고, B 상자는 이를 받아 암호를 해독한다.

A와 B를 컴퓨터 같은 기계로 생각해도 되고, 정신으로 생각해도 된다. 아니면 하나는 기계, 다른 하나는 정신일 수도 있다.

만약 A가 정신이고 B가 컴퓨터라면, A는 프로그램 언어라는 매체를 통해 B에게 정보를 보낼 수 있다. A가 B에게 스스로 전원을 내리라는 정보를 송신하면, 이 정보를 받은 B는 그 명령대로 한다. 아니면 내가 내 컴퓨터에 올해 부활절 날짜를 말해달라는 요청을 송신했다고 가정해보자. 이 요청에는 컴퓨터의 응답이 필요하다. 즉 컴퓨터가 A 상자의 역할을 맡아 모니터라는 매체와 암호를 통해 내게 그 정보를 송신하게 된다는 뜻이다. 그러면 나는 B 상자의 역할을 맡아 수신자가 된다. 나는 그렇게 수신된 정보를 보고 달걀을 사러 갈지 말지 결정할 것이다.

원래 이것은 언어가 작동하는 방식이라고 한다. A는 정보 한 단위를 언어로 암호화해서 B에게 송신하고, 그것을 받은 B는 암호를 풀어 정보를 이해한 뒤 그것을 바탕으로 행동한다.

정말로 그런가? 이것이 언어가 작동하는 방식인가?

알다시피 듣고 말하는 실제 사람들은 물론 사람들이 읽고 쓰는 언어에까지 이 의사소통 모델을 적용하면 부정확한 결과가 나올 때가 가장 많고, 기껏해야 수준 미달의 결과가 나올 뿐이다. 우리는 이런 식으로 움직이지 않는다.

우리가 이런 방식을 쓸 때는 가장 기본적인 정보를 전달할 때뿐이다. A가 "멈춰!"라고 고함을 지르면, B가 이 말을 알아듣고 행동에 옮길 가능성이 높다. 적어도 짧은 한순간 동안에는.

만약 A가 "영국군이 오고 있다!"라고 소리친다면, 이 정보는 정보의 역할을 할 수 있다. 이제 어떤 행동을 하면 어떤 결과가 나올지 분명히 알려주는 메시지이기 때문이다.

하지만 만약 A가 전한 내용이 "어젯밤 저녁 식사는 상당히 끔찍했던 것 같아"라면 어떨까?

"날 이스마엘이라고 불러요"라면?

"코요테가 그쪽으로 가고 있었다"라면?

이런 말이 정보인가? 여기서 매체는 말하는 사람의 목소리 또는 종이에 적은 단어들인데, 무엇이 암호일까? A는 무슨 말을 하고 있는 건가?

B는 이 메시지들을 문자 그대로의 뜻으로 해독하거나 '읽을' 수도 있고 그렇지 않을 수도 있다. 그러나 이 메시지들에 담긴 의미와 암시와 함축이 엄청나게 복잡하고 전적으로 부수적이라서 B가 그들을 해독하거나 이해하는 단 하나의

정답 같은 것은 존재하지 않는다. 이 메시지들의 의미는 A와 B가 각각 누구인지, 그들이 어떤 관계인지, 그들이 어떤 사회에 살고 있는지, 그들의 교육 수준과 상대적인 지위는 어떤지 등에 거의 전적으로 달려 있다. 이 메시지들에는 의미가 가득하지만, 메시지 자체가 정보는 아니다.

이런 경우, 그러니까 사람들이 실제로 이야기를 나누는 대부분의 경우, 의사소통을 단순히 정보로만 쪼개서 분석할 수는 없다. 메시지에는 말하는 사람과 듣는 사람의 **관계**만 관련되어 있는 것이 아니라, 메시지가 **관계** 그 자체이기도 하다. 메시지가 심어져 있는 매체가 엄청나게 복잡해서 단순한 암호를 무한히 뛰어넘는다. 언어, 한 사회의 기능, 문화가 바로 매체이고, 언어와 말하는 사람과 듣는 사람이 모두 그 매체 속에 심어져 있다.

"코요테가 그쪽으로 가고 있었다." 이 문장이 전달하는 정보는 진짜 코요테가 진짜 어딘가로 가고 있다는 것인가? 그런 '말'인가? 그렇지 않다. 이것은 코요테에 대한 이야기가 아니고, 듣는 사람도 그것을 안다.

이 말을 들은 사람이 그 언어와 맥락 속에서 가장 먼저 얻는 정보는 무엇일까? 이런 것일 가능성이 높다. '아, 할아버지가 우리한테 코요테에 관한 이야기를 하시려는 거로구나.' '코요테가 그쪽으로 가고 있었다'는 '옛날 옛적에'처럼 일종의 문화적 신호이기 때문이다. 바로 지금 여기서 이야기를 들려주겠다는 의미가 포함된 공식 같은 말. 이 말은 또한 지금부터 들려줄 이야기가 사실적인 이야기가 아니라 신화 또는 진실한 이야기라는 사실도 알려준다. 지금 이 할아버지의 경우에는 코요테에 대한 진실한 이야기일 것이다. 그냥 평범한 코요테가 아니라 대문자로 표기되는 코요테*다. 할아버지는 우리가 그 신호를 이해한다는 것을 안다. 우리가 최소한 일부나마 그 말을 이해할 것이라는 기대가 없었다면, 할아버지는 그 말을 하지도 않았고 할 수도 없었을 것이다.

인간의 대화, 즉 인간들이 현장에서 실제로 주고받는 의사소통에서 '송신되는' 모든 것(모든 말)은 듣는 사람의 실제 반응 또는 말하는 사람이 기대하는 반응에 의해 다듬어져 발화된다.

현장에서 직접 얼굴을 맞대고 주고받는 의사소통은 상호주관적이다. 상호주관성에는 기계가 중개하는 자극-반응 형태, 현재 '양방향' 통신이라고 불리는 것에 비해 훨씬 더 많은 것이 관련되어 있다. 이것은 전혀 자극-반응 형태가 아니다. 기계적으로 역할을 바꿔가며, 미리 암호화한 정보를 주고받는 형태가 아니라는 뜻이다. 상호주관성은 상호적이다. 두 의식 사이의 **끊임없는 상호 교환**이다. A 상자와 B 상자, 활발한 주체와 수동적인 객체 사이의 역할 교대가 아니라, **항상 끊임없이 양방향으로 진행되는 것이 상호주관성이다.**

---

\* 북미 인디언 문화에 많이 등장하는 신화적 인물. 대개 코요테와 비슷한 모습으로 사람처럼 행동한다.

"이런 의식 작용을 적절히 표현할 수 있는 모델이 물리적 우주에는 존재하지 않는다. 이 의식 작용은 인간적 특징을 뚜렷이 지니고 있으며, 인간이 진정한 공동체를 형성할 능력이 있음을 나타낸다." 월터 옹이 『구술문화와 문자문화』에서 한 말이다.

상호주관성, 또는 말이나 대화를 통한 의사소통에 대해 내가 개인적으로 만들어낸 모델은 아메바의 섹스다. 알다시피 아메바는 보통 조용히 구석으로 가서 자기 몸 한 부분을 돌기처럼 만들어 두 개체로 나눠진다. 그러나 유전자를 조금 교환하면 인근의 아메바들이 더 나아질 것 같은 조건이 가끔 발생해서, 아메바 두 마리가 문자 그대로 한자리에 모여 서로를 향해 돌기를 내민다. 그러면 그 돌기들이 하나로 합쳐져서 작은 튜브처럼 두 아메바를 연결한다. 아래의 그림과 같다.

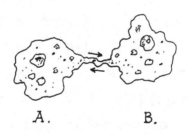

그림 2

아메바 A와 B는 이렇게 유전 '정보'를 교환한다. 그들이 자기 몸의 외부 조각으로 만들어진 튜브 또는 다리를 통해 자기 몸의 내부 조각들을 서로에게 정말로 준다는 뜻이다. 그들은 한동안 이런 형태를 유지한 채 자기들의 조각을 주고받으며 서로에게 반응한다.

사람들이 말을 하고 들을 때 하나가 되어 자신의 일부를 내주는(몸의 일부가 아니라 내면의 일부다) 것과 매우 흡사하다. (내가 인간의 섹스 대신 아메바 섹스를 비유로 사용한 이유를 알 것이다. 인간 이성 간의 섹스에서 교환은 한 방향으로만 이루어진다. 인간 이성 간의 섹스는 대화라기보다 강연에 가깝다. 아메바에게는 젠더도 위계도 없기 때문에 아메바 섹스는 정말로 상호적이다. 아메바 섹스와 인간의 섹스 중 어느 쪽이 더 재미있는지에 대해서는 내가 뭐라고 말할 수 없다. 어쩌면 우리가 조금 앞서 있는지도 모른다. 우리에게 신경 말단이 있으니까. 하지만 누가 알겠는가?)

두 아메바의 섹스 또는 두 인간의 대화는 둘을 공동체로 만든다. 사람들은 다수의 공동체도 만들 수 있다. 서로 자신의 조각들을 지속적으로 주고받는 방법, 즉 말하고 듣는 방법을 통해서다. 말하기와 듣기는 궁극적으로 같다.

언어를 통한 의사소통이라는 이 주제에 혼란을 가져오는 것은 바로 문자다. 문자가 인간의 정신에 어떤 영향을 미치는지에 대해 이야기할 생각은 없지만, 이 주제를 다룬 월터 옹의 책을 강력히 추천한다. 여기서 내가 강조하고 싶은 것은 문자가 아주 최근에 나타난 물건이며, 지금도 보편적이지는 않다는 점이다. 인류의 역사 중 대부분의 기간 동안 대부분의 사람들은 입과 귀에 의존했다. 지금도 그렇다. 대부분의 경우 대부분의 사람들은 말을 글로 쓰지 않고, 글을 읽지도 않고, 남이 읽어주는 글을 듣지도 않는다. 그냥 자신이 말하고 남의 말을 듣는다.

우리가 서로 말하는 법을 배우고 나서 아주, 아주 오랜 시간이 흐른 뒤, 아마도 수만 년이나 수십만 년이 흐른 뒤에야 우리는 말을 글로 적는 법을 배웠다. 겨우 약 3500년 전 아주 제한된 지역에서 나타난 현상이다.

글은 3000년 동안 존재했다. 권력자에게는 중요했으나, 대부분의 사람에게는 중요하지 않았던 것 같다. 글의 사용법이 퍼져나가다가 인쇄술이 등장했다.

인쇄술 덕분에 문자는 금방 특권층이 지식과 권력을 늘리는 데 유용한 특별한 기술에서 평범한 사람들의 평범한 삶에 필요한 기본적인 도구로 발전했다. 특히 가난과 무력함에서 벗어나고자 하는 사람에게 필요했다.

인쇄된 글이 도구로서 워낙 효과적이기 때문에, 그것을 사용하는 사람들은 인간의 의사소통 방법 중 가장 유효한 형태라는 특별한 지위를 그것에 부여하는 경향을 보였다. 모든 도구가 그렇듯이 글도 우리를 바꿔놓았다. 나중에는 글이 우리에게 당연해진 나머지 말이 중요하지 않게 될 정도였다. 언어는 글로 적은 뒤에야 중요해진다. 말로 하는 약속은 계약서에 서명을 한 뒤에야 가치를 얻는다. 또한 우리는 글을 사용하지 않는 구전 문화를 기본적으로 열등하다고 판단하고, '원시적'이라고 표현한다.

말보다 문자가 절대적으로 우월하다는 믿음은 문자를 아는 사람들 머리에 완전히 박혀 있다. 그 원인이 없지는 않다. 문자가 있는 사회에서 문자를 모르는 사람은 엄청나게 불리하다. 북아메리카에 사는 우리는 지난 200여 년 동안 사람이 기본적으로 문자를 알아야만 온전한 구성원으로 인정받을 수 있는 사회를 만들어 놓았다.

문자가 있는 사회와 없는 사회를 비교해보면, 문자가 있는 사회는 문자가 없는 사회와는 다른 힘을 지닌 것 같다. 문자가 없는 문화와 달리, 문자가 있는 문화는 내구성이 강하다. 그리고 문자를 아는 사람은 그렇지 않은 사람에 비해 더 폭넓고 다양한 지식을 갖고 있는 듯하다. 아는 것이 많다는 뜻이다. 하지만 그렇다고 반드시 더 현명하지는 않다. 문자는 사람을 선하거나 똑똑하거나 현명하게 만들어주지 않는다. 문자가 있는 사회는 어떤 면에서 문자가 없는 사회보다 우월하지만, 문자를 아는 사람이 말로만 의사소통하는 사람에 비해 우월하지는 않다.

이 분야에 대해 틀림없이 많은 지식을 갖고 있는 인류학자들이 말하는 '원시의 정신,' 즉 La Pensée Sauvage(레비-스트로스의 이 표현을 어떻게 번역해야 할까? '야만인이 생각하는 법'?)는 무슨 뜻일까? '야만인'은 무엇이고, '원시'는 무슨 뜻인가? 이 단어가 '문자 사용 이전'을 뜻하는 것은 거의 필연적이다. '원시인'은 글을 배우지 못한 사람이다. '아직' 배우지 못한 사람. 그들이 할 수 있는 것은 말뿐이다. 따라서 그들은 글을 읽고 쓸 수 있는 인류학자들과 다른 사람들에 비해 열등하다.

문자를 아는 사람이 이처럼 엄청난 힘을 문자로부터 부여받기 때문에, 그들은 문자를 모르는 사람을 지배할 수 있다. 중세 유럽에서도 문자를 아는 사제들과 귀족들이 문자를 모르는 사람들을 지배했다. 여자가 글을 배울 수 없던 시절에는 문자를 아는 남자들이 여자들을 지배했다. 글을 아는 사업가는 글을 모르는 빈민가 사람들을 지배한다. 영어를 아는 기업은 글을 모르거나 영어를 모르는 직원을 지배한다. 힘이 권리를 만든다면, 구술문화는 틀렸다.

요즘은 문자문화뿐만 아니라, 옹이 '2차 구술문화'라고 명명한 것 또한 언어를 통한 인간 의사소통이라는 이슈 전체에 혼란을 야기한다.

1차 구술문화란 말만 하고 글을 쓰지 않는 것을 말한다. 우리가 원시적이다, 문자를 모른다, 문자 발생 이전이다 등으로 표현하는 사회가 모두 여기에 속한다. 2차 구술문화는 문자 발생 한참 뒤에 등장하며, 문자문화로부터 유래한다. 역사는 100년이 채 안 된다. 라디오, 텔레비전, 녹음 등 우리가 흔히 '미디어'라고 부르는 것이 여기에 속한다.

미디어가 우리에게 제시하는 내용에는 대부분 대본이 있다. 글이 먼저, 구술이 두 번째라는 얘기다. 그러나 요즘 1차 구술문화와 2차 구술문화를 구분하는 가장 의미 있는 요소는 말하는 사람과 같은 장소에 **청중이 존재하지 않는**다는 점이다.

만약 내가 지금 이 내용을 글로 쓰지 않고 말로 강연한다면, 여러분이 나와 같은 공간에서 내 말에 귀를 기울이는 것이 필요조건일 것이다. 이것은 1차 구술문화다. 말하는 사람과 듣는 사람이 직접 **관계**를 맺는 것.

링컨 대통령이 게티스버그에서 그럭저럭 관심을 보이는 청중을 향해 입을 연다. "80 하고도 7년 전……"(다소 가늘고 부드러웠다고 알려진) 그의 목소리를 통해 그와 청중 사이에 관계가 만들어지고, 공동체가 확립된다. 1차 구술문화다.

할아버지가 어느 겨울밤에 빙 둘러앉은 어른들과 아이들에게 코요테 이야기를 들려준다. 그 이야기는 그들이 여러 생물 가운데 하나의 부족으로서 공동체를 형성하고 있음을 확인하고 설명해준다. 1차 구술문화다.

6시 뉴스의 앵커가 앞을 바라본다. 그러나 우리를 보는 것은 아니다. 그는 우리를 볼 수 없다. 그가 있는 곳에 우리가 없기 때문이다. 심지어 그와 같은 시간에 우리가 없을 수도 있다. 그가 두 시간 전 워싱턴에서 읽은 원고 내용이 지금 녹음테이프에서 흘러나오고 있다. 그는 우리를 볼 수도 없고, 우리가 내는 소리를 들을 수도 없다. 우리 역시 그를 보거나 그의 목소리를 들을 수 없다. 우리가 보고 듣는 것은 그의 이미지, 그를 담은 영상이다. 그와 우리 사이에는 아무런 관계가 없다. 상호작용도 상호성도 존재하지 않는다. 상호주관성도 존재하지 않는다. 그가 전달하는 내용은 일방적으로 흐를 뿐이다. 우리는 스스로 원할 때에만 그것을 받아들인다. 우리의 행동, 또는 우리의 존재나 부재조차도 그의 말에는 전혀 영향을 미치지 못한다. 듣는 사람이 전혀 없다 해도 그는 그 사실을 모른 채 정확히 똑같은 방식으로 이야기를 계속할 것이다(스폰서들이 결국 시청률 통계에서 시청자가 없다는 사실을 알아내고 그를 해고할 때까지는 그럴 것이다). 2차 구술문화다.

내가 이 글을 읽어 테이프에 녹음한다. 그러면 여러분은 그 테이프를 사서 듣는다. 여러분이 내 목소리를 듣는데도 우리 사이에는 실제로 아무런 관계가 없다. 여러분이 이 내용을 인쇄물로 읽을 때와 다른 점이 없다. 2차 구술문화다.

전화, 개인적인 글, 사적인 편지처럼 이메일도 기술을 매개로 한 직접적인 의사소통(대화)이다. 아메바 A가 위족偽足을 내밀어 자신의 작은 조각들을 멀리 있는 아메바 B에게 보낸다. 그러면 아메바 B는 그 조각들을 받아들이고, 때로는 반응도 보인다. 전화는 멀리 떨어진 사람들이 직접 대화를 나눌 수 있게 해준다. 글로 쓴 편지가 전달되는 데에는 시간이 걸린다. 반면 이메일을 이용하면 시간 간격을 둔 대화와 즉각적인 대화가 모두 가능하다.

공개적인 인쇄물과 2차 구술문화를 표현한 내 모델은 상상 속의 시공을 향해 정보를 쏘아 보내는 A 상자의 모습이다. 그 상상 속 시공에는 그 정보를 받을 상자 B가 많이 있을 수도 있다. 어쩌면 아무도 없을 수도 있고, 수억 명이나 되는 청중이 있을 수도 있다(그림 3 참조).

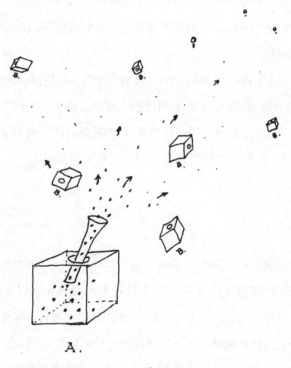

그림 3

대화는 상호 교환 또는 행동의 교환이다. 인쇄물과 미디어를 통한 송신은 일방적이다. 이 경우 상호성은 가상의 것이거나 희망사항일 뿐이다.

그러나 문자문화에서든 2차 구술문화에서든 직접 부딪히는 사람들끼리 작은 공동체를 구축하는 것은 가능하다. 학교와 대학은 종이 인쇄물 또는 전자 인쇄물의 중심이며, 비록 제한적이기는 해도 진정한 공동체를 이루고 있다. 성경 공부 모임, 독서 클럽, 팬클럽도 인쇄물을 중심으로 한 소규모 공동체이며, 여기에 속한 사람들은 대학 구성원과 마찬가지로 자신이 읽은 것에 대해 이야기를 나눈다. 신문과 잡지는 여론 그룹을 만들어내고 양성하며, 정보를 바탕으로 한 공동체 형성을 촉진한다. 스포츠 팬들이 모여 경기 결과를 비교하는 모임이 그런 예다.

2차 구술문화의 청중('스튜디오 방청객'이라는 인위적인 존재와는 별개다. 그들은 사실상 스튜디오에서 이루어지는 공연의 일부다)이 특정한 텔레비전 프로그램을 보는 것은 특별히 그 프로그램이 좋아서가 아니라 다음 날 직장에서 다른 사람들과 그 프로그램에 대해 이야기하기 위해서다. 이런 프로그램을 이용해서 사회적 유대를 맺는 것이다. 그러나 미디어의 청중은 대부분 넓은 지역에 듬성듬성 흩어져 있는 반半 공동체 또는 가짜 공동체다. 그들은 시장조사와 여론조사를 통해서만 추정하고 측정할 수 있으며, 선거일의 투표소 같은 정치적 상황이나 끔찍한 상황이 일어났을 때의 반응에서만 실체가 된다.

인쇄물과 2차 구술문화로 형성된 공동체는 현실이 아니라 가상의 존재다. 때로는 미국 전체만큼 큰 공동체가 만들어질 수도 있다. 사실 우리가 부족사회나 도시국가가 아니라 거대한 국민국가에서 살게 된 데에는 문자문화가 그 어떤 요소보다 큰 영향을 미쳤을 가능성이 있다. 앞으로는 인터넷 덕분에 우리가 국민국가의 틀을 벗어날 수 있을지도 모른다. 매클루언이 꿈꾼 지구촌은 현재 문화적 환원주의와 국제적으로 제도화된 탐욕을 괴물 같은 힘으로 옹호하는 밤의 도시가 되었지만, 누가 알겠는가? 어쩌면 우리가 전자 기술을 이용해 자본주의보다 더 효과적인 제도로 쑥 올라가게 될지도 모른다.

그러나 그토록 거대한 공동체는 직접 손에 잡히는 현실이라기보다 개념으로만 남아 있어야 마땅하다. 글, 인쇄물, 녹음된 말, 녹화된 말, 전화, 이메일, 이 매체들은 모두 사람을 연결해주지만 그것은 물리적인 연결이 아니다. 이런 매체를 통해 만들어진 공동체는 모두 기본적으로 정신적인 공동체다.

진정한 정신의 결혼에 장애가 있음을 인정하고 싶지는 않다. 수천 킬로미터나 떨어진 사람과 이야기를 나눌 수 있는 것은 정말로 굉장한 일이다. 설사 죽은 사람이라 해도, 그들의 글을 읽거나 녹화된 모습을 보면서 우리가 친교를 맺는 것 같은 느낌을 받을 수 있는 것 역시 굉장한 일이다. 모든 사람이 모든 지식에 접근할 수 있다는 생각도 굉장하다.

그러나 결혼은 정신만으로 이루어지는 것이 아니다. 살아 있는 사람들 사이에서 언어가 만들어내는 공동체에는 살아 있는 인간의 몸도 포함된다. 말하는 사람과 듣는 사람이 한자리에서 함께 이야기를 나눌 필요가 있다. 우리는 그것을 알고 느낀다. 그것의 부재를 느낀다.

～

입으로 하는 말은 신체를 동원한 물리적인 과정이기 때문에 아주 직접적으로 생생하게 우리를 연결해준다. 그 끝이 어디일지는 몰라도, 정신적인 연결이나 영적인 연결은 아니다.

벽에 추가 있는 시계 두 개를 나란히 걸어두면, 두 시계 추가 점차 똑같이 흔들리게 될 것이다. 각자가 벽을 통해 전달하는 작은 진동을 감지해 서로 동기화되기 때문이다.

비슷한 간격으로 진동하는 두 물체가 물리적으로 가까운 거리에 있을 때, 점차 진동 간격이 똑같아진다. 세상 만물은 게으르다. 서로 다른 박자로 진동할 때보다 협조적으로 진동할 때 에너지가 적게 든다. 물리학자들은 이 아름답고 경제적인 게으름을 상호 위상동기 또는 엔트레인먼트라고 부른다.

모든 생물은 진동한다. 우리도 진동한다. 아메바든 인간이든 우리는 진동하면서 리듬에 맞춰 움직이고 리듬에 맞춰 변화한다. 시간을 지킨다. 현미경으로 아메바를 관찰하면, 녀석들이 원자, 분자, 아세포, 세포 수준에서 여러 주파수로 진동하는 것을 볼 수 있다. 섬세하고 복잡하게 끊임없이 이어지는 그 진동은 우리 눈앞에 드러난 생명의 과정이다.

우리처럼 많은 세포로 이루어진 커다란 생물은 우리 몸속과 주변 환경 속에 수억 개나 되는 주파수를 조정해야 한다. 주파수들 사이의 상호작용도 조정 대상이다. 대부분의 조정은 진동을 동기화하는 것, 즉 중심 리듬에 다른 박자들을 맞추는 엔트레인먼트에 의해 실행된다.

우리 몸속에서 최고의 사례는 심장의 근육세포들이다. 그 세포 하나하나가 평생 동안 다른 모든 세포와 합심해서 쿵쿵 쿵쿵 박동한다.

이것보다 간격이 긴 신체 리듬도 있다. 하루 단위인 생체 리듬에는 허기, 식사, 소화, 배설, 수면, 깨어나기가 포함된다. 그리고 몸과 정신의 모든 기능과 모든 장기 리듬이 여기에 동조된다.

이것보다 더 긴 신체 리듬도 있다. 어쩌면 우리가 아예 알아차리지 못할 수도 있는 이 리듬은 주변 환경, 낮의 길이, 계절, 달의 변화와 연결되어 있다.

신체 내부 및 주변 환경과 동기화되면 삶이 편안해진다. 동기화에서 벗어나면 항상 불편해지거나 재앙이 일어난다.

다른 사람들의 리듬도 고려 대상이다. 나란히 걸린 두 시계의 추처럼 사람도 함께 있으면 상호 위상동기 현상을 일으킬 수 있다. 그 과정이 더 복잡할 뿐이다. 성공적인 인간관계에는 엔트레인먼트, 즉 동기화가 있다. 그것이 없으면 불편하거나 참담한 관계가 된다.

노래, 구호, 노 젓기, 행진, 춤, 음악 연주처럼 동기화를 의도적으로 실행한 행동들을 생각해보자. 성적인 리듬(구애와 전희는 동기화를 위한 장치다)을 생각해보자. 아기와 엄마가 어떻게 서로 연결되는지 생각해보자. 아기가 울기도 전에 엄마는 젖을 물린다. 함께 사는 여자들의 생리 주기가 같아지는 경향이 있다는 점을 생각해보자. 우리는 항상 서로 동기화한다.

말을 할 때는 엔트레인먼트가 어떤 기능을 할까? 윌리엄 콘던은 멋진 실험을 통해, 우리가 말할 때 온몸이 조금씩 움직이며 중심 리듬을 확립하고, 그 리듬이 말의 리듬에 맞춰 몸의 움직임을 조정한다는 사실을 영상으로 보여주었다. 이 리듬이 없으면, 말을 이해하기 어려워진다. 그는 "리듬은 행동 조직의 근본적인 일면"이라고 말한다. 행동하기 위해 우리에게는 박자가 있어야 한다.

콘던은 말하는 사람에게 귀를 기울이는 사람들의 모습을 사진으로 찍는 작업도 했다. 그의 영상은 듣는 사람이 말하는 사람과 거의 동시에(50분의 1초 늦게) 입술과 얼굴의 미세한 움직임을 거의 똑같이 재현하는 것을 보여준다. 그들은 같은 박자로 묶여 있다. 콘던은 이렇게 말한다. "의사소통은 춤과 같다. 모두가 여러 미묘한 차원에 걸쳐 복잡한 움직임을 똑같이 보인다."

듣는 행동은 반응이 아니라 연결이다. 대화나 이야기에 귀를 기울일 때 우리는 단순히 반응을 보인다기보다 그 대화나 이야기에 합류한다. 행동의 일부가 되는 것이다.

말하는 사람을 보지 않아도 엔트레인먼트가 가능하다. 전화 통화를 하며 서로 동기화하는 것이 그 예다. 대부분의 사람은 직접 만나서 이야기할 때보다 전화 통화가 만족스럽지 못하다고 느낀다. 상대의 말을 듣는 것만으로 의사소통을 이어가며 온전히 상호적인 느낌을 경험하기가 어렵다는 것이다. 그래도 우리는 그 경험을 상당히 잘 해낸다. 10대들, 그리고 차가 막힐 때 자동차 안에서 휴대전화로 통화하는 사람들은 대화를 무한히 이어갈 수 있다.

학자들은 자폐증 중 일부 형태가 엔트레인먼트 능력 부족과 관련되어 있는 것 같다고 본다. 반응 지연, 리듬을 포착하지 못하는 것이 원인이다. 우리는 말할 때 당연히 자신의 목소리에 귀를 기울인다. 만약 적절한 박자를 찾지 못한다면 말하기가 몹시 어렵다. 자폐인의 침묵을 설명하는 데 이 사실이 도움이 될 것 같다. 상대가 말할 때 그 리듬과 동기화하지 못하면, 우리는 그 사람의 말을 이해하지 못한다. 이 사실은 자폐인의 분노와 고독을 설명하는 데 도움이 될 것 같다.

방언들 사이의 리듬 차이가 이해 불능으로 이어진다. 익숙하지 않은 말씨와 동기화하려면 연습과 훈련이 필요하다.

엔트레인먼트가 가능해지면, 상대가 말하는 속도와 어

조에 물리적으로 합류하게 된다. 말이 맺어주는 유대가 그토록 강력하고, 공동체 형성에 말이 발휘하는 힘이 그토록 막강한 것도 무리가 아니다.

사람들이 영화나 텔레비전을 보면서 화면 속 화자와 얼마나 동기화하는지 나는 잘 모른다. 상호 반응이 불가능한 상황이니, 대화의 특징인 집중과 참여가 많이 약화될 가능성이 크다.


## 구술 공간과 구술 시간

시각은 통합적이지 않고 분석적이다. 눈은 사물을 분간하고 싶어 한다. 대상을 선별한다. 시각은 활동적이며 외향적이다. 우리는 적극적으로 사물을 보고, 시선의 초점을 맞춘다. 시야가 깨끗하기만 하다면 사물을 분간하는 건 어렵지 않다. 시각적 이상은 선명함이다. 안경을 쓰면 큰 만족감이 느껴지는 이유가 그것이다. 시각은 양陽이다.

청각은 통합적이다. 머리의 양편에 있는 귀는 소리의 방향을 상당히 잘 알아낸다. 그러나 정신을 집중해 소리에 주의를 기울일 수 있는 머리와 달리, 귀는 근본적으로 어디선가 날아오는 소리를 들을 뿐이다. 어느 한 지점에만 초점을 맞추지도 못하고, 소리를 선별해서 들으려면 열심히 애를 써야 한다. 귀는 듣기를 그만두지 못한다. 귀에는 덮개가 없기 때문이다. 청각이 닫히는 건 잠잘 때뿐이다. 깨어 있을 때 귀는 들려오는 소리를 받아들이기만 한다. 그런 소리 중에는 소음이 많기 때문에 청각적 이상은 화음이다. 소음을 키워주는 보청기가 불만스럽게 느껴질 때가 많은 이유가 그것이다. 청각은 음陰이다.

빛은 엄청나게 먼 곳에서 날아올 수 있지만, 공기 중의 진동에 불과한 소리는 멀리까지 여행하지 못한다. 별빛은 1천 광년을 날아올 수 있어도, 사람의 목소리는 기껏해야 1.5킬로미터 정도까지 전달될 뿐이다. 우리가 듣는 소리는 거의 항상 상당히 가까운 데서 온다. 청각은 가깝고 친밀한 감각이다. 촉각, 후각, 미각, 고유감각만큼 가까운 거리에서 작동하는 건 아니지만, 시각보다는 훨씬 더 친밀한 감각이다.

소리는 사건을 암시한다. 소음은 어떤 일이 일어나고 있다는 뜻이다. 창밖에 산이 하나 있다고 가정해보자. 눈은 그 산을 보고 달라진 부분을 알려준다. 겨울에는 눈이 쌓인 모습, 여름에는 갈색으로 변한 모습. 그냥 이렇게 보이는 것을 보고하기만 할 때가 대부분이다. 산은 풍경에 불과하다. 그러나 산의 소리를 듣는다면, 산이 뭔가를 하고 있음을 알게 된다. 내 서재에서 창문을 내다보면 북쪽으로 약 128킬로미터 떨어진 세인트헬렌스산이 보인다. 1980년에 그 산이 폭발하는 소리는 듣지 못했다. 그때 발생한 음파가 너무 거대해서 포틀랜드를 완전히 건너뛰어 남쪽으로 160킬로미터 거리에 있는 유진에 닿았다. 그날 그 소리를 들은 사람들은 무슨 일이 일어났음을 알았다. 그것은 들을 가치가 있는 말이었다.

소리는 사건이다.

말, 아주 구체적으로 말하자면 인간이 내는 소리이자 가장 의미심장한 **종류**의 소리인 말은 단순한 풍경이 되는 법이 없다. 언제나 사건이다.

월터 옹은 이렇게 말한다. "소리는 사라질 때에만 존재한다." 이것은 매우 복잡하고 단순한 말이다. 삶에 대해서도 같은 말을 할 수 있을 것이다. 삶은 사라질 때에만 존재한다.

책에 인쇄된 **존재**라는 단어를 생각해보자. 이 단어는 하얀 종이 위에 검은 글씨로 찍혀 있다. 아마 몇 년 동안, 몇백 년 동안, 전 세계로 퍼져나간 수천, 수만 권의 책 속에 그렇게 가만히 찍혀 있을 것이다.

이제는 우리가 '존재'라는 단어를 말한다고 생각해보자. 우리가 '재'를 말하는 순간에 '존'은 이미 사라진 뒤다. 이제는 그 단어 전체가 사라졌다. 우리가 그 단어를 다시 말할 수는 있지만, 그것은 새로운 사건이다.

우리가 듣는 사람에게 어떤 단어를 말할 때, 그 말하기는 하나의 행동이다. 상호적인 행동이기도 하다. 듣는 사람이 듣기 때문에 말하는 사람이 말할 수 있다. 이것은 두 사람이 공유하는 상호주관적인 사건이다. 듣는 사람과 말하는 사람이 서로 동기화한다. 두 아메바 모두 자신의 조각들을 나누는 일에 똑같이 물리적으로 직접 참여하므로, 그 행동에 똑같이 책임이 있다. 말하는 행동이 **지금** 벌어지고 있다. 그 순간이 지나면 그 행동은 돌이킬 수도 없고 반복할 수도 없게 **종료**된다.

말하기는 시각적인 사건이 아니라 청각적인 사건이기 때문에, 종이나 모니터에 찍혀 있는 단어처럼 시각적인 것과는 다른 시공을 사용한다.

"청각적인 공간에는 초점으로 특별히 인기 있는 장소가 없다. 그 공간은 정해진 경계가 없는 구球, 어떤 것을 품은 공간이 아니라 그 어떤 것 자체가 만들어낸 공간이다."(옹)

소리, 말은 자기만의 즉각적인 공간을 창조한다. 눈을 감고 귀를 기울이면, 그 공간이 우리를 품는다.

종이에 인쇄된 문장을 읽는다고 가정해보자. "그녀는 소리쳤다." 이 문장을 품은 종이는 내구성이 좋고 눈에 보이는 공간이다. 행동이 아니라 사물이다. 하지만 소리치는 것은 행동이다. 그 행동은 순간적으로 자기만의 국소적인 공간을 만든다.

목소리는 주위에 구를 만들고, 거기에는 듣는 사람이 모두 포함된다. 시간과 공간 속에서 제한된 자리를 차지하는 친밀한 구역이다.

창조는 행동이다. 행동에는 에너지가 든다.

소리는 역동적이다. 말도 역동적이다. 이것은 행동이다.

행동하는 것은 힘을 쥐는 것, 힘을 갖는 것, 강해지는 것이다.

말하는 사람과 듣는 사람 사이의 상호 의사소통은 강력한 행동이다. 말하는 사람 각자의 힘이 듣는 사람의 엔트레인먼트에 의해 증폭되고 증강된다. 공동체의 힘은 말의 상호 엔트레인먼트에 의해 증폭되고 증강된다.

그래서 말은 마법이 된다. 말에는 힘이 있다. 이름에도 힘이 있다. 말은 사건이므로, 이런저런 행동을 하고 변화를 일으킨다. 말하는 사람과 듣는 사람을 모두 변화시킨다. 에너지를 주고받으며 증폭시킨다. 이해 또는 감정을 주고받으며 증폭시킨다.


## 구술 공연

구술 공연은 인간의 말 중에서 특별한 종류다. 구술문화에서 이 공연은 문자문화의 독서와 같다.

독서가 구술보다 우월하지도 않고, 구술이 독서보다 우월하지도 않다. 이 두 행동은 서로 다르며, 사회적으로 미치는 영향도 극심히 다르다. 조용한 독서는 두말할 것도 없이 개인적인 활동이다. 그 활동을 하는 동안 독자는 신체적, 물리적으로 주변 사람과 분리된다. 구술 공연은 강력한 유대를 맺어주는 힘을 발휘한다. 이 활동이 이루어지는 동안 사람들은 물리적으로도 심리적으로도 유대감을 느낀다.

문자문화에서 구술 공연은 주변적이고 부차적인 활동으로 간주된다. 시인이 자신의 작품을 낭송하거나 배우가 연기를 할 때만 구술이 책을 조용히 읽을 때와 비견되는 문학적 힘을 지닌 것으로 인식될 수 있다. 그러나 구술문화에서 구술 공연은 강력한 행동으로 인정받기 때문에 항상 정해진 형식을 따른다.

이 형식성은 양편에 모두 적용된다. 연설가 또는 이야기꾼은 청중의 분명한 기대를 충족시키려고 노력하며, 청중에게 형식에 따른 신호를 보낸다. 청중이 형식에 따라 보내는 신호에 말하는 사람이 반응할 수도 있다. 청중은 자신이 주의를 기울이고 있음을 나타내기 위해 정해진 행동을 한다. 특정한 자세를 유지하기도 하고, 완전한 침묵을 유지하기도 한다. 그러나 그보다는 정해진 응답(오, 주여! 할렐루야! 또는 아, 하, 음……)을 할 때가 많다. 시를 낭송할 때는 작게 숨을 삼키고, 코믹한 공연에서는 웃음소리를 낸다.

구술 공연은 그 나름의 방식으로 시간과 공간을 사용한다. 자기만의 일시적이고 물리적인 실제 시공을 만들어내는 것이다. 말하는 목소리와 듣는 귀를 품은 구역, 동기화된 진동이 있는 구역. 몸과 마음의 공동체다.

자녀들에게 곰 세 마리 이야기를 들려주는 여자를 품은 구역은 작고 조용하고 몹시 친밀한 사건이다.

연기가 자욱한 술집에서 손님들 앞에 서서 즉흥 공연을 하는 코미디언을 품은 구역은 언뜻 보기에 형식을 따르지 않는 것 같지만, 공연이 성공한다면 진정한 상호작용이 강렬하게 이루어지는 사건이 된다.

천막 부흥회에서 지옥 불에 대한 설교를 하는 부흥 전도사를 품은 구역은 크고 소란스럽지만 고도의 형식과 강력한 리듬을 따르는 사건이다.

마틴 루서 킹 목사가 "내게는 꿈이 있습니다"라는 말을 하고 사람들이 그 말을 듣는 구역도 있을 수 있다.

형식을 따른 그 웅변을 영상과 테이프에 담아 그날의 그 행사가 메아리치게 하거나, 그림자에 가려지게 하거나, 기억으로 되살아나게 할 수 있다. 그날의 영상을 재생할 수 있다는 뜻이다. 그러나 그 사건 자체는 두 번 다시 일어날 수 없다. 흐르는 강물은 절대 같은 자리에 머무르지 않는다.

구술 공연은 재현할 수 없다.

별도로 마련된 시간과 장소에서 벌어지는 일이기 때문이다. 주기적인 시간, 의식儀式의 시간, 또는 신성한 시간. 주기적 시간은 맥박, 신체 주기, 달 주기, 계절, 연례행사, 반복되는 시간, 음악적 시간, 춤추는 시간, 리듬 시간이다. 한 사건이 두 번 일어나지는 않지만, 규칙적으로 반복되는 것이 주기적 시간의 요체다. 올봄은 지난봄과 다르지만, 봄은 언제나 똑같이 되돌아온다. 매년 같은 시기에 똑같은 방식으로 치러지는 의식도 마찬가지다. 한 이야기를 한 번씩 들려줄 때마다 그것이 새로운 사건이 된다.

각각의 구술 공연은 눈송이 하나하나가 그렇듯이 자기만의 특징이 있다. 그러나 눈송이와 마찬가지로, 여러 번 되풀이될 가능성이 아주 높다. 가장 중요한 내적 조직 장치가 바로 반복이다. 구술 공연의 기본이 되는 리듬은 주로 반복을 통해 얻어진다.

이제부터 나는 반복에 대해 내가 한 말을 반복할 것이다. 평범한 발언 같은 구술 공연에 반복이 아주 많이 사용되는 이유 중 하나는 과잉 반복의 필요성이다. 눈으로 글을 읽을 때는 몇 번이고 앞으로 돌아가 내용을 확인할 수 있다. 따라서 글을 쓸 때는 하고자 하는 말을 한 번만 하면 된다. 그 말을 글로 잘 쓴다는 전제하에. 그래서 우리 작가들은 자신이 이미 한 말을 또 반복하는 것을 두려워해야 한다고 배운다. 반복과 비슷하게 보이는 것조차 피해야 한다. 반면 말을 할 때는 단어들이 아주 빨리 사라져버린다. 날개라도 달린 것처럼 날아가버린다. 말하는 사람은 그 새 떼를 한 번 이상 모두 다시 불러올 필요가 있다는 것을 안다. 연설가, 낭송자, 이야기꾼은 똑같은 말을 여러 번 반복하면서도 부끄러워하지 않는다. 매번 단어들을 조금 바꿀 수도 있고, 그러지 않을 수도 있다. 과잉 반복은 글을 쓸 때와 달리 구술 공연에서는 죄가 아니라 오히려 미덕이다.

말하는 사람이 반복을 사용하는 또 다른 이유는 그것이 말의 내용을 다듬어 조직적으로 정리하는 데 최고의 장치라는 점이다. 구술문화에서 남의 말을 들은 경험이 많은 사람, 예를 들어 남이 읽어주거나 들려주는 이야기를 아주 많이 들은 세 살짜리 아이는 같은 내용이 반복될 것을 미리 알고 기다린다. 반복은 기대를 높일 뿐만 아니라 충족시키는 역할도

한다. 사소한 변형은 예상 범위 안이지만, 극단적인 변형은 경솔한 행동 또는 원본을 훼손하는 행위로 거부당할 가능성이 크다. 만약 극단적인 변형이 놀라움이라는 요소를 더해준다면 환영받을 가능성이 있긴 하지만, 대부분의 반응은 이렇다. 이야기를 제대로 해줘요, 엄마!

반복되는 것은 단어 하나일 수도 있고, 구절이나 문장 하나일 수도 있고, 어떤 이미지일 수도 있고, 이야기 속의 어떤 사건이나 행동일 수도 있고, 등장인물의 행동일 수도 있고, 작품의 구조적 요소일 수도 있다.

단어와 구절은 똑같이 반복될 가능성이 크다. 가장 간단한 예를 들면, 문장을 시작할 때 사용되는 단어가 있다. 킹 제임스 성경에서는 '그리고'가 그 단어다. 그리고 주님은 우상 숭배자들을 꾸짖으셨다. 그리고 우상이 파괴되었다. 그리고 사람들이 거리에서 탄식했다. 북아메리카 인디언 중 파이우트족의 이야기에서는 '그러고 나서'(파이우트족 언어로 '야이시')로 시작되는 문장이 많다. 그러고 나서 코요테가 이렇게 했다. 그러고 나서 회색 늑대가 이렇게 말했다. 그러고 나서 그들이 들어갔다. 그리고와 야이시는 새로운 문장, 새로운 사건이 진행 중임을 듣는 사람에게 알려주는 신호다. 또한 이야기를 들려주거나 읽어주는 사람에게 아주 짧은 정신적 휴식 장소를 마련해주는 역할도 하는 것 같다. 이렇게 계속 반복되는 시작 단어는 박자를 제공해주지만, 규칙적인 박자는 아니다. 이것은 시가 아니라 이야기 산문이기 때문이다. 그래도 일정한 간격을 두고 박자가 나오는 것은 틀림없다. 침묵 뒤에 들려오는 소리는 잠시 쉬었다가 한 번 뛰는 맥박이다.

말로 들려주는 이야기에서 침묵은 엄청나게 능동적인 역할을 한다. 짧은 침묵이 없다면 리듬도 없다. 소음만 있을 뿐이다. 소음은 원래 의미 없는 소리를 말한다. 의미는 빈 공간과 사건, 짧은 휴식과 행동, 침묵과 단어가 리듬에 맞춰 번갈아 나타나는 데서 태어난다. 반복되는 단어는 이 리듬을 표시해준다. 그리고 이야기는 이 북소리에 맞춰 춤을 춘다.

대작 중의 대작인 『일리아스』와 『오디세이아』는 수 세기 동안 글이 아니라 구술 공연으로만 존재했다. 현재 우리가 갖고 있는 것은 우연히 글로 정리된 버전이다. 이 두 서사시에서 판에 박힌 문구, 반복이 가능한 표현이 엄청난 분량을 차지한다는 사실을 이제 우리는 알고 있다. 이 시들을 공연하던 사람이 아킬레우스나 오디세우스가 다음에 무슨 행동을 했는지 생각하는 동안 늘어지는 박자를 채우는 데 사용된 문구들이다. 그 어떤 공연자도 시 전체를 글자 하나 틀리지 않고 정확히 암기할 수는 없었을 것이다. 따라서 모든 공연은 낭송과 임기응변이 반씩 섞인 형태였으며, 이때 이미 만들어져 있는 표현들이 엄청나게 많이 사용되었다. 따라서 짙은 포도주 색 바다와 장밋빛 손가락의 여명 같은 표현은 육보격 운율을 맞추기가 어려워질 때마다 그 자리를 메우는 작은 벽돌이었다. 물론 아름다운 이미지를 불러내는 표현이기도 하다. 박자를 맞추기 위해 반복된다는 이유로 이런 표현의 가치가 줄어드는가? 사실 우리는 이런 표현이 반복될 때를 기쁘게 맞이하지 않는가? 소나타나 교향곡에서 악절이나 테마가 반복될 때와 같지 않은가?

구술 이야기에서 행동이 반복되는 것은 반드시 필요한 구조적 요소다. 대개 조금씩 변형된 형태로 반복되며 기대를 점점 높이다가 충족시키는 역할을 한다. 왕의 장남이 밖에 나가 늑대에게 못되게 군 뒤 용에게 잡아먹힌다. 왕의 차남이 밖에 나가 사슴에게 못되게 군 뒤 용에게 잡아먹힌다. 왕의 삼남이 밖에 나가 덫에 걸린 늑대를 구해주고, 올무에 걸린 사슴을 풀어주자 늑대와 사슴이 용을 죽이고 공주를 찾아내는 방법을 그에게 알려준다. 그는 그들이 알려준 대로 한 뒤, 공주와 결혼해 영원히 행복하게 산다.

등장인물의 반복되는 행동과 관련해서, 현대 소설가들은 독자가 다음 내용을 예측할 수 있게 하는 것이 잘못이라고 생각할 때가 많다. 그러나 반복되는 행동이나 예측 가능한 행동은 인생에서든 소설에서든 한 인물을 구성하는 요소다. 누가 봐도 뻔히 예측할 수 있는 행동을 하는 인물은 판에 박힌 사람이거나 캐리커처다. 그러나 변형의 단계가 무한하다. 어떤 사람들은 디킨스의 인물을 모두 판에 박힌 사람들로 본다. 나는 아니다. 미코버 씨가 "어떻게든 되겠지"라고 처음 말할 때는 별로 의미가 없다. 같은 말을 두 번째로 할 때는 그가 어떤 사람인지를 알려준다. 그러다 세 번째나 네 번째에 이르러 경제적으로 완전한 실패를 앞둔 그가 이 말을 할 때는 의미심장하고 재미있다. 소설이 끝나갈 무렵, 모든 희망이 처참하게 짓밟혔을 때 그가 말하는 "어떻게든 되겠지"는 재미와 깊은 슬픔을 동시에 품고 있다.

내가 구전문학이 아니라 문자문학에서 사례를 가져온 것은 디킨스가 구전 문화 및 구술 공연과 매우 밀접한 관계를 맺고 있기 때문이다. 1800년 이후 모든 소설가를 통틀어 가장 밀접한 관계를 맺고 있는 것이 아닌가 싶다. 어쩌면 톨킨은 예외로 칠 수도 있겠지만. 디킨스의 인물들이 보여주는 반복적인 행동은 소설보다는 구술 이야기에 더 많이 나타나는 특징이다. 독특한 상황에서 소용돌이치는 내면 심리를 섬세하게 탐색하는 것은 소리 내어 들려주는 이야기에 잘 어울리지 않는다. 구술 이야기의 등장인물들도 생생하고, 강렬하고, 많은 생각을 하게 만들 수 있다. 아킬레우스, 헥토르, 오디세우스, 롤랑과 올리비에*, 신데렐라, 백설공주와 왕비, 큰까마귀, 브라더 래빗**, 코요테가 그렇다. 그들은 1차원적이지 않다. 때로 대단히 복잡한 동기를 갖고 움직이며, 인간적인 상황과 넓고 깊게 관련되어 있는 도덕적 상황에 부닥친다. 그러나 소설 속 등장인물과는 달리, 이들은 보통 몇 마디로 짧게 요약해서 설명할 수 있다. 그들의 이름 자체가 특정한 행동을 암시할 때도 있다. 말하는 사람이 특징적인 행동을 언급하기만 해도

---

\* 프랑스 서사시 「롤랑의 노래」 등장인물.

\*\* 미국 남부와 카리브해 지역의 아프리카계 주민들 사이에 전해지는 구전문학 작품의 중심인물.

듣는 사람은 그들을 상상으로 그려낼 수 있다. 그러고 나서 꾀바른 오디세우스는 어떻게 하면 스스로를 구할 수 있는지 생각하면서 이렇게 말했다…… 코요테는 계속 가다가 강가에서 여자들을 보았다…… 우리는 오디세우스가 꾀바른 사람이라는 말을 들었다. 코요테가 어떤 여자들을 봤다는 말을 들었다. 이다음에 무슨 이야기가 나올지 우리는 대체로 짐작한다. 오디세우스는 곤경에서 벗어나겠지만, 대가가 아주 없지는 않아서 피해를 입을 것이다. 코요테는 곤경에서 벗어나지 못하고 완전한 바보 꼴이 되겠지만, 부끄러움이라고는 전혀 느끼지 못한 채 빠르게 그 자리를 떠날 것이다. 이야기꾼이 오디세우스나 코요테라는 이름을 말하면, 듣는 사람들은 기대가 충족될 때를 기다린다. 그 기다림은 살아가면서 우리가 맛보는 큰 즐거움 중 하나다.

장르 문학이 바로 그런 즐거움을 우리에게 준다. 로맨스, 미스터리, 사이언스픽션, 웨스턴 등의 장르가 수십 년 동안 비평가와 학자의 무지와 무시 속에서도 끈질기게 인기를 유지하는 가장 핵심적인 이유가 아마 그것인 듯하다. 장르 소설은 일종의 포괄적인 의무를 이행한다. 미스터리 소설은 모종의 수수께끼와 해법을 제공하고, 판타지 소설은 현실의 규칙들을 의미심장하게 깨뜨리고, 로맨스 소설은 좌절과 충족을 맛볼 수 있는 사랑 이야기를 들려준다. 가장 낮은 수준에서 장르 소설의 신뢰성은 햄버거 체인과 비슷하다. 루이 라무르의 웨스턴 소설이나 18세기 미스터리 시리즈 중 한 권을 집어 들 때 우리는 거기서 무엇을 맛볼 수 있는지 이미 알고 있다. 그러나 몰리 글로스의 웨스턴 소설인 『점프오프 크리크』를 집어 들 때나, 톨킨의 판타지 소설인 『반지의 제왕』을 집어 들 때나, 필립 K. 딕의 사이언스픽션 소설인 『높은 성의 남자』를 집어 들 때는, 비록 이 작품들이 장르의 의무를 확실하게 충족시키기는 해도, 도저히 예측할 수 없는 예술 작품을 마주하게 된다.

주류 문학이든 장르 소설이든 단순히 상업적인 수준을 넘어 예술의 영역으로 들어가면 우리는 진정한 영혼의 양식을 주는 작가와 실망스러운 작가를 구분할 줄 알아야만 기대를 충족시킬 수 있다. 좋은 작가가 누군지 알아낸 우리는 그 작가의 다음 작품을 찾아보거나 기다린다. 살았든 죽었든, 어떤 장르의 작품을 쓰든, 비평가들에게 인기가 있든 없든, 학자들이 인정하든 안 하든, 그런 작가들은 우리의 기대를 단순히 충족시키는 데서 그치지 않고 훨씬 뛰어넘는다. 뛰어난 이야기꾼의 재능이 그런 것이다. 그들은 똑같은 이야기를 몇 번이고 반복하면서도(세상에 이야기가 몇 개나 있겠는가?), 새로운 이야기처럼 들려준다. 그렇게 해서 우리를 새롭게 하고, 세상이 새로워졌음을 우리에게 보여준다.

이 단계에 이르면, 이야기를 말로 들려주든 글로 쓰든 상관이 없다.

그러나 글로 쓴 이야기를 독자가 소리 없이 읽는 경우, 이야기가 줄 수 있는 경험의 일부를 놓친다는 의식을 많은 사람이 갖고 있다. 청각적인 부분, 특정한 시간과 공간에서 이야기를 말하고 듣는 경험. 어쩌면 앞으로도 몇 번이나 되풀이 될 수 있는 경험인데. 녹음이 대중화되어 단어와 문장의 소리, 이야기꾼의 목소리를 들려주지만, 그것은 현장의 목소리가 아니라 재생이다. 사진 속 몸과 실제 몸이 다른 것과 같다. 따라서 사람들은 재현할 수 없는 순간, 사람들이 한자리에 모여 이야기를 말하고 듣는 그 순간의 짧고 연약한 공동체를 추구한다. 아이들은 도서관에 모여 누군가가 읽어주는 이야기를 듣는다. 둥글게 둘러앉아 열렬히 집중하는 얼굴들을 보라. 북투어에 나선 작가는 서점에서 자신의 책을 읽고, 그것을 듣는 사람들은 원의 중심에서 누군가가 이야기를 들려주던 고대의 의식을 재현한다. 살아 있는 사람들의 반응이 목소리에 말할 힘을 준다. 말하는 사람과 듣는 사람은 각자 서로의 기대를 충족시킨다. 이야기를 들려주는 살아 있는 혀와 그 이야기를 듣는 살아 있는 귀가 우리를 하나로 묶어, 우리가 내면의 고요한 고독 속에서 갈망하던 소통 속에서 유대를 느끼게 한다.

# 작업 지시

2000년에 지역의 문자문화와 문학에 관심 있는 사람들을 위한 강연 원고로 쓴 글.

어느 시인이 대사로 임명되었다. 극작가가 대통령으로 선출되었다. 건설 노동자들이 신간 소설을 사기 위해 사무실 관리자들과 함께 줄을 선다. 원숭이 전사, 외눈박이 거인, 풍차와 싸우는 미친 기사가 나오는 이야기들을 읽으며 어른들이 도덕적 지침과 지적인 도전을 찾으려 한다. 문자를 읽고 쓰는 능력은 끝이 아니라 시작으로 여겨진다.

……음, 다른 나라에서는 그런지 몰라도 이 나라에서는 아니다. 미국에서 상상력은 대개 텔레비전이 고장 났을 때나 조금 쓸모 있을 것 같은 물건으로 취급된다. 시와 희곡은 현실 정치와 아무 관련이 없다. 소설은 학생, 가정주부 등 노동하지 않는 사람들이나 읽는 것이다. 판타지는 어린이와 미개한 사람들 몫이다. 문자문화가 필요한 것은 작업 지시를 읽기

위해서다.

내 생각에는 상상력이야말로 인류가 소유한 가장 유용한 도구인 것 같다. 다른 손가락들과 반대 방향으로 구부러지는 엄지손가락의 유용성도 상대가 안 된다. 나는 엄지손가락 없이 사는 삶은 상상할 수 있어도, 상상력이 없는 삶은 상상이 가지 않는다.

내 말에 동의하는 목소리들이 들리는 듯하다. "맞아요, 맞아요! 창의적인 상상력이 업무 처리에 얼마나 엄청난 도움이 되는데요! 창의성이 귀중하니까, 우리는 거기에 걸맞은 **보상을 줘요!**" 시장에서 **창의성**이라는 단어는 실용적인 전략에 적용되어 이윤 폭을 늘려주는 아이디어를 생성하는 능력을 의미하게 되었다. 이런 의미 축소가 워낙 오랫동안 지속된 탓에 이제는 **창의적**이라는 단어를 더 이상 깎아내리기가 힘들 정도다. 이제 나는 이 단어를 사용하지 않는다. 자본가와 학자가 마음껏 유린하게 내버려둔다. 하지만 그들에게 **상상력**까지 넘겨줄 수는 없다.

상상력은 돈을 버는 수단이 아니다. 이윤을 만들어내는 일과 관련된 어휘들 중에 '상상력'의 자리는 없다. 상상력은 무기가 아니다. 비록 모든 무기가 상상력에서 시작되고, 모든 무기의 사용 또는 비사용을 좌우하는 것 또한 상상력이지만,

이 점에서는 다른 도구들도 모두 마찬가지다. 상상력은 생각하는 방식으로서 근본적인 것이고, 우리가 인간이 되어 계속 인간으로 남는 데 반드시 필요한 도구다. 상상력은 정신의 도구다.

따라서 우리는 상상력의 사용법을 배워야 한다. 아이들은 처음부터 상상력을 갖고 있다. 태어날 때부터 몸, 지능, 언어를 배울 수 있는 능력을 지니고 있는 것처럼. 이 모든 것이 아이가 인간이 되는 데 반드시 필요하며, 아이는 이것들의 사용법을, 잘 사용하는 법을 배워야 한다. 이런 교육과 훈련은 유아 시절에 시작되어 평생 계속 이어져야 한다. 어린 인간들은 살아가는 데 필요한 몸과 정신의 기초적인 재주들과 마찬가지로 상상력도 반드시 연습할 필요가 있다. 성장을 위해서, 건강을 위해서, 유능함을 위해서, 즐거움을 위해서. 정신이 살아 있는 한 연습도 계속 필요하다.

아이가 제가 속한 종족의 핵심적인 문학을 듣고 배울 때, 만약 문자문화권에 태어난 아이라면 핵심적인 문학을 읽고 이해하는 법을 배울 때, 상상력을 단련하는 데 필요한 연습이 아주 많이 이루어진다.

문학만큼 훌륭한 효과를 발휘하는 것은 없다. 심지어 다른 예술 분야도 마찬가지다. 우리는 말로 살아가는 생물이다. 지능과 상상력 모두 말이라는 날개를 달고 날아오른다. 음악, 춤, 시각예술, 모든 종류의 공예, 이 모든 것이 인간의 발전과 안녕에 핵심적인 역할을 하며, 어떤 기술이나 재주든 일단 배워두면 반드시 쓸모가 있다. 그러나 정신이 현실을 잠시 떠났다가 새로운 이해력과 힘을 얻어 돌아올 수 있게 하는 훈련에 시와 이야기만큼 효과를 발휘하는 것은 없다.

모든 문화는 이야기를 통해 스스로를 정의하고, 아이들에게 그 종족의 일원이 되는 법을 가르친다. 몽족*, !쿵족, 호피족, 케추아족, 프랑스인, 캘리포니아 사람…… 우리는 제4세계** 사람이다…… 우리는 태양의 아들이다…… 우리는 바다에서 왔다…… 우리는 세상의 중심에 사는 종족이다.

종족에 속한 시인과 이야기꾼이 세상의 중심을 정의하면서 자기네 종족은 세상의 중심에 살지 않는다고 말한다면, 그 종족 형편은 별로 좋지 않다. 각자가 사는 곳이 세상의 중심이다. 우리는 거기서 공기를 호흡한다. 거기서 세상 일이 어떻게 돌아가는지, 옳은 방법이 무엇인지 알게 된다.

중심이 어디인지, 집이 어디인지, 집이 무엇인지 모르는 아이의 형편은 몹시 좋지 않다.

집은 엄마, 아빠, 누나, 형과 동의어가 아니다. 그들이 문을 열어 아이를 맞아주는 곳이 아니다. 집은 장소를 가리키는 말이 아니다. 집은 상상 속에 존재한다.

상상 속 집이 현실이 된다. 그것은 세상 어느 장소보다 더 생생한 현실이지만, 우리는 같은 종족에게서 그 집을 상상

---

\* 　중국, 라오스, 타이 등지에 거주하는 소수민족.

\*\* 　개발도상국 중에서도 중요 자원이 없어 가장 빈곤한 나라들을 일컫는 말.

하는 법을 배워야만 그곳에 도달할 수 있다. 같은 종족이 누구인지는 몰라도 하여튼 그렇다. 가족이나 친척이 같은 종족이 아닐 수도 있다. 같은 종족이지만 쓰는 언어가 다를 수도 있다. 어쩌면 천 년 전에 이미 세상을 떠난 사람일 수도 있다. 그냥 종이에 인쇄된 존재, 목소리만 남은 유령, 과거의 정신이 남긴 그림자에 불과할 수도 있다. 하지만 그들은 우리를 집으로 안내할 수 있다. 그들이 우리의 인간 공동체다.

누구나 자신의 삶을 만들어내는 법, 상상하는 법을 배워야 한다. 이런 재주를 배워야 한다. 이런 재주를 보여줄 안내인이 필요하다. 이런 것을 배우지 못하면, 다른 사람들이 우리 대신 우리 삶을 만들어낼 것이다.

인간은 항상 가장 훌륭하게 사는 법과 서로를 도와 계획을 실행하는 법을 상상하기 위해 집단에 합류한다. 인간 공동체의 가장 중요한 기능은 우리에게 필요한 것, 우리가 살아야 하는 삶, 아이들에게 가르치고 싶은 것에 대해 어느 정도 합의에 도달하는 것이다. 그다음에는 서로 협력하여 배우고 가르치며 우리가 옳다고 생각하는 길로 계속 나아가게 하는 기능을 발휘한다.

강한 전통을 지닌 작은 공동체는 보통 나아가고자 하는 방향에 대해 뚜렷한 생각을 갖고 있으며, 그것을 가르치는 데에도 뛰어나다. 그러나 전통이 상상력을 구체적으로 결정화하다 보면 상상력이 교조적인 신념으로 변해 새로운 생각을 금지해버리는 지경이 될 수도 있다. 도시처럼 규모가 큰 공동체는 사람들이 대안을 상상하고, 다른 전통을 지닌 사람들에게서 새로운 것을 배우고, 스스로 살아가는 방식을 새로 만들어낼 수 있는 여유를 열어준다.

그러나 대안적인 방식들이 쏟아져 나오면, 가르침을 맡은 사람들이 무엇을 가르쳐야 하는지에 대해, 우리에게 필요한 것과 우리가 살아야 하는 삶에 대해 사회적·도덕적 합의가 잘 이루어지지 않는다. 엄청나게 많은 사람이 기계로 재생된 목소리와 영상, 상업과 정치적 이윤을 겨냥한 말에 끊임없이 노출되는 이 시대에는, 강력하고 유혹적인 미디어를 동원해서 대중을 멋대로 주무르고 통제하려 하는 사람이 너무 많다. 이런 세상에서 아이에게 혼자 힘으로 길을 찾아내라고 요구하는 건 지나치다.

사실 누구나 혼자서는 해낼 수 있는 일이 많지 않다.

아이에게 필요한 것, 우리 모두에게 필요한 것은 분별력과 자유가 있는 삶을 상상한 사람을 찾아내 그 말에 귀를 기울이는 것이다. 수동적으로 듣기만 하는 것이 아니라, 열심히 귀를 기울여야 한다.

귀를 기울이는 것은 공간, 시간, 침묵을 차지하는 공동체 행동이다.

읽기는 듣기의 수단이다.

읽기는 듣기나 보기만큼 수동적이지 않다. 능동적인 행동이다. 앞뒤가 안 맞는 소리를 빠른 속도로 끊임없이 재잘재잘 떠들어대는 미디어와 달리, 우리는 자기만의 속도로 글을 읽는다. 자신이 받아들일 수 있는 것만, 받아들이고 싶은 것만 받아들인다. 남이 엄청난 속도로 강하고 시끄럽게 밀어붙이는 것들이 우리를 압도할 때와는 다르다. 이야기를 읽을 때 우리가 듣는 것은 이야기뿐이다. 누가 우리에게 뭔가를 팔아보겠다고 들이대지 않는다. 글을 읽을 때는 보통 혼자지만, 다른 누군가의 정신과 계속 이어져 있다. 세뇌나 이용을 당하는 것이 아니라, 정신이 이어진 그 사람과 힘을 합쳐 상상력을 발휘한다.

미디어가 이와 비슷한 상상력 공동체를 만들지 못할 이유가 없다. 과거 사회에서 극장이 이런 역할을 자주 수행했던 것처럼. 그런데도 미디어는 그런 역할을 하지 않고 있다. 광고와 이윤이 미디어를 워낙 강력하게 장악하고 있기 때문에 그 업계에서 일하는 진짜 예술가들은 상업적인 압력에 저항하다가 끊임없이 새로운 것을 찾는 욕구와 기업가들의 탐욕에 익사해버린다.

문학이 대부분 이런 징발로부터 자유로운 것은 순전히 책의 저자들 중 많은 사람이 이미 죽었기 때문이다. 죽은 사람은 탐욕을 부리지 못한다.

한편 살아 있는 많은 시인과 소설가의 경우, 비록 그들의 책을 출판해주는 출판사는 베스트셀러를 만들기 위해 비열하게 바닥을 기는지 몰라도, 그들 자신은 이득을 얻고 싶다는 욕망에 덜 흔들린다. 그들을 움직이는 것은 여유만 있다면 공짜로도 하고 싶은 일, 즉 자신이 추구하는 예술을 하고 싶다는 소망이다. 좋은 작품을 제대로 만들어내고 싶다는 소망. 그래서 책은 놀랍게도 여전히 비교적 정직하고 믿을 만하다.

물론 전통적인 의미의 '책'이 아닐 수는 있다. 펄프로 만든 종이 위에 잉크로 글자를 찍은 형태가 아니라, 손바닥 위의 화면 속에서 깜박거리는 글자일 수 있다. 앞뒤도 안 맞고 상업적인 내용, 포르노와 마약과 허튼소리가 가득한 케케묵은 내용이라 해도, 전자출판은 글을 읽는 사람에게 적극적으로 공동체를 형성할 수 있는 새롭고 강력한 수단을 제공해준다. 중요한 것은 기술이 아니라 내용이다. 그 내용을 나누는 것이다. 글을 읽어 상상력을 활성화하는 것이다.

문자문화가 중요한 것은 문학이야말로 작업 지시이기 때문이다. 문학은 우리가 가진 최고의 지침서다. 우리가 방문 중인 땅, 즉 인생이라는 나라에서 길을 찾는 데 가장 유용한 안내인이다.

# '끝없는 전쟁'

억압, 혁명, 상상력에 대해 이따금씩 적어둔 단상들.

## 노예제도

내 나라는 한 번의 혁명으로 하나가 되고 또 한 번의 혁명으로 거의 부서질 뻔했다.

첫 번째 혁명은 거슬리고 멍청하지만 비교적 온건했던 사회적·경제적 착취에 맞선 것으로 거의 유일무이한 승리를 거뒀다.

첫 번째 혁명을 실행한 많은 사람들은 가장 극단적인 형태의 경제적 착취와 사회적 억압을 시행하는 노예 소유주였다.

미국의 두 번째 혁명인 남북전쟁은 노예제도를 그대로 보존하려는 시도였으며, 부분적인 성공을 거뒀다. 제도 자체는 폐지되었지만, 미국이 내놓는 생각들에는 지금도 주인의 정신과 노예의 정신이 많은 부분을 차지한다.

## 억압에 대한 저항

시인이자 해방 노예인 필리스 휘틀리는 1774년에 이렇게 썼다. "모든 인간의 가슴속에 하느님은 원칙 하나를 심어놓으셨다. 우리는 그것을 자유에 대한 사랑이라고 부른다. 그것은 억압을 견디지 못하고, 해방을 갈망한다."

나는 태양이 빛난다는 말을 부정할 수 없듯이, 이 말에 담긴 진실도 부정할 수 없다. 내 나라의 제도와 정치 중에 좋은 것은 모두 이 말에 기대고 있다.

하지만 비록 우리가 자유를 사랑하긴 해도 대개는 억압을 잘 견딘다는 사실을 나는 알고 있다. 심지어 우리가 해방을 거절할 때도 있다.

억압에 대한 저항과 해방의 욕구를 막는 힘 또는 관성이 무엇이든, 자유에 대한 우리의 사랑이 항상 그 힘을 능가할 것이라는 주장에서 나는 위험을 본다.

강하고 똑똑하고 유능한 사람들은 억압을 받아들이지 않을 것이라고 내가 주장한다면, 그것은 곧 억압받는 사람들을 약하고 멍청하고 무능한 존재로 규정하는 행동이 된다.

뛰어난 사람이 열등한 존재로 취급당하는 상황을 거부한다는 말이 사실이라면, 사회적으로 서열이 낮은 사람들은 정말로 열등한 존재가 되어버린다. 만약 그들이 뛰어난 사람이라면 저항했을 테니까. 열등한 위치를 받아들였으므로 그들은 열등한 존재다. 이것은 노예 소유주, 사회적 반동 세력, 인종차별주의자, 여성혐오자가 사용하는 동어반복적인 주장이다.

이런 종류의 주장은 히틀러가 저지른 홀로코스트에 대한 생각을 지금도 어지럽힌다. 유대인들은 왜 "그냥 기차에 탔는가?" 왜 "맞서 싸우지" 않았는가? 이 질문에 대답할 길이 없으므로, 이 질문은 반유대주의자들이 유대인의 열등함을 암시하는 데 이용될 수 있다.

그러나 이런 주장은 이상주의자에게도 매력적이다. 미국의 많은 자유주의자와 인정 많은 보수주의자는 억압받는 사람들이 모두 참을 수 없는 고통을 겪고 있으므로 반드시 반란을 일으킬 각오와 열의에 차 있을 것이라는 확신을 소중히 간직하고 있다. 만약 그들이 반란을 일으키지 않으면, 그들은 도덕적으로 약하고 도덕적으로 잘못된 사람들이라는 확신이다.

자신이 다른 사람에 비해 인종적으로나 사회적으로 우월하다고 생각하는 사람, 또는 다른 사람에게 열등한 지위를 강요하는 사람은 모두 절대적으로 틀렸다. 그러나 열등한 지위를 받아들이는 사람들에 대해 절대적인 판단을 내리는 것은 또 다른 문제다. 만약 내가 그들이 틀렸다고 말한다면, 반란을 일으키는 것이 그들의 도덕적 의무라고 말한다면, 과연 그들에게 정말로 선택의 여지가 있는지도 함께 생각해보아야 한다. 그들의 행동이 무지의 소산인지 신념의 소산인지, 그들이 그 무지에서 벗어나거나 신념을 바꿀 기회가 있는지도 생각해보아야 한다. 이런 생각을 해보고 난 뒤에, 내가 어떻게 그들이 틀렸다고 말할 수 있을까? 억압자가 아니라 그들이 잘못을 저질렀단 말인가?

지배계급은 항상 수가 적고, 하층계급은 수가 많다. 계급이 정해진 사회도 예외가 아니다. 가난한 사람의 수는 언제나 부자보다 엄청나게 많다. 권력자의 수는 자신이 지배하는 사람의 수보다 적다. 거의 모든 사회에서 성인 남자는 우월한 지위를 차지하지만, 여자와 어린아이를 합한 인구가 남자 인구보다 항상 더 많다. 정부와 종교는 불평등, 사회계층, 젠더 계층, 특권을 모두 또는 선별적으로 인정하고 지지한다.

대부분의 시대, 대부분의 지역에서 대부분의 사람은 열등한 지위에 있다.

지금도, 심지어 '자유세계'에서도, 심지어 '자유의 고향'에서도, 대부분의 사람은 그런 상황을, 그런 상황이 일부 나타나는 것을 자연스럽고 필요하고 바꿀 수 없는 일로 여긴다. 세상은 항상 그랬으니 앞으로도 반드시 그럴 것이라고 생각한다. 이것은 신념일 수도 있고 무지일 수도 있다. 대개는 둘 다이다. 지난 수백 년 동안 열등한 지위에 속한 사람들은 대부분 사회의 질서를 잡는 다른 방법이 존재하거나 존재할 수 있다는 사실, 변화가 가능하다는 사실을 알 수 있는 방법이 없었다. 우월한 지위에 있는 사람만이 이 사실을 알 수 있을 만큼 지식을 갖고 있었다. 만약 사회질서가 변한다면, 거기에 그들의 권력과 특권이 걸려 있었다.

이런 문제에서 우리는 역사를 도덕적 안내인으로 믿을 수 없다. 우월한 계급, 교육받은 사람, 권력을 지닌 사람이 역사를 쓰기 때문이다. 그러나 우리가 가진 것은 역사와 현재 상황에 대한 관찰 결과뿐이다. 이것들을 증거로 봤을 때, 반란은 드문 일이고 혁명은 극단적으로 드물다. 대부분의 시대, 대부분의 지역에서 대부분의 여자, 노예, 농노, 하층계급, 원래 계층에서 추락한 사람, 농민, 노동계급 등 열등하다고 규정된 대부분의 사람들, 즉 사회 구성원 중 대부분이 경멸과 착취에 맞서 반란을 일으키지 않았다. 저항한 것은 맞다. 그러나 그들의 저항은 대체로 수동적이거나 아주 완곡하거나 일상적인 행동의 일부여서 거의 눈에 띄지 않는다.

억압받는 계층과 하류 계층의 목소리가 담긴 기록을 보면, 일부는 정의를 요구하지만 대부분은 애국심을 표현하고, 왕에게 환호하고, 조국을 지키겠다고 맹세한다. 자신의 권리를 빼앗는 체제와 그 체제에서 이득을 보는 사람들을 모두 충성스럽게 지지한다.

노예가 주인에 맞서 자주 일어섰다면, 전 세계에 노예제도가 존재하게 되지는 않았을 것이다. 대부분의 노예 주인은 살해당하지 않는다. 노예는 그들에게 복종한다.

일하는 남자들은 자기 회사 CEO가 자기보다 300배나 많은 월급을 받는 걸 보면서 투덜거리지만, 아무 행동도 하지 않는다.

대부분의 사회에서 여자들은 남성 우월적인 주장과 제도를 떠받치며 남자들을 공경하고 그들의 말에 (드러나게) 복종한다. 남자가 선천적으로 우월하다는 주장을 자연스러운 사실 또는 종교적 교리로 옹호한다.

지위가 낮은 남자들(젊은 남자와 가난한 남자)은 자기를 낮은 지위에 묶어두는 체제를 위해 목숨 바쳐 싸운다. 지배자나 종교의 힘을 지키기 위해 헤아릴 수 없이 많이 치러진 전쟁에서 목숨을 잃은 헤아릴 수 없이 많은 병사들은 대부분 그 사회가 열등하게 취급하는 남자들이었다.

"속박의 사슬 외에는 잃을 것이 없다." 그러나 우리는 그 사슬에 입을 맞추는 편을 선호한다.

ᔍ

**왜?**

인간 사회는 꼭대기에 힘이 집중된 피라미드 모양으로 지어지는 것이 필연적인가? 힘의 위계질서는 인간 사회가 현실로 재현할 수밖에 없는 생물학적 명령인가? 이 질문은 애당초 잘못된 것이라서 대답할 수 없는데도, 사람들은 계속 이 질문을 던지고 답을 한다. 이 질문을 던진 사람이 긍정하는 대답을 할 때가 대부분이다.

만약 그렇게 선천적으로 타고나는 생물학적 명령이 존

재한다면, 그것은 두 성별 모두에게 똑같이 내려진 명령인가? 사회 행동에 성별의 선천적인 차이가 있다는 명백한 증거는 없다. 이 주장에 대한 찬반 여부와 상관없이 본질주의자들은 남자가 힘의 위계질서를 확립하려는 선천적인 기질을 지닌 반면 여자는 그런 구조를 먼저 나서서 만들어내지는 않지만 그것을 받아들이거나 흉내 낸다고 주장한다. 본질주의자들에 따르면, 남성적인 프로그램이 확실히 우위를 차지할 수밖에 없으므로 우리는 소수에게 힘이 집중되어 '높은 쪽'이 '낮은 쪽'을 지휘하는 지휘 계통이 인간 사회에 거의 보편적인 패턴으로 자리 잡았을 것이라고 추측해야 마땅하다.

인류학은 이런 주장에 몇 가지 예외를 보여준다. 민족지학 연구 결과에 따르면, 고정된 지휘 계통이 없는 사회들이 있다. 그런 곳에서는 힘이 경직된 불평등 체제 속에 갇히지 않고 다양한 상황에서 유동적으로 공유된다. 또한 견제와 균형을 통해 항상 합의 쪽으로 작동한다. 한 성별이 다른 성별보다 우월하지 않은 사회를 관찰한 민족지학 연구도 있다. 그러나 그런 사회에서도 성별에 따른 노동 분업은 언제나 존재하며, 남자가 하는 일이 찬양의 대상이 될 때가 많다.

그러나 이런 사회들은 모두 우리가 '원시' 사회로 분류하는 쪽에 속한다. 우리가 이미 확립해놓은 가치의 위계질서는 다음과 같다. 원시=낮다=약하다. 문명=높다=강하다.

많은 '원시' 사회와 '문명' 사회는 엄격하게 계층화되어, 소수에게 대부분의 권력이 할당되고, 대다수의 사람에게는 권력이 거의 또는 전혀 없다. 레비스트로스의 주장처럼, 사회적 불평등이 이렇게 제도적으로 영구화되는 것이 문명의 동력원인가?

권력을 쥔 사람은 더 좋은 음식을 먹고, 더 좋은 무기로 무장하고, 더 좋은 교육을 받는다. 따라서 그 자리를 계속 지킬 능력이 더 뛰어나다. 이것만으로 극단적인 사회적 불평등이 어디에나 항상 존재하는 현상을 충분히 설명할 수 있는가? 확실히 남자가 여자에 비해 약간 더 크고 더 근육질이라는 사실(그러나 지구력은 조금 떨어진다)만으로는 체구와 근육이 큰 역할을 하지 않는 사회에서 젠더 불평등이 항상 보편적으로 나타나는 상황을 설명하기 힘들다.

우리 생각처럼 인간이 정말로 불의와 불평등을 싫어한다면, 과거의 대제국과 고도의 문명이 과연 단 15분 동안이라도 존재할 수 있었을까?

우리 주장처럼 우리 미국인들이 불의와 불평등을 강력히 싫어한다면, 이 나라에 먹을 것이 부족한 사람이 존재할까?

우리는 반란이 가능하다는 것을 배울 기회가 없는 사람들에게 반란의 정신을 요구하지만, 특권층은 잘못된 점이 전혀 없다고 생각하기 때문에 아무것도 하지 않는다.

우리가 평지풍파를 일으키지 않으려고 조용하고 신중하게 구는 데에는 일리가 있다. 많은 사람의 평화와 평안이 걸려 있기 때문이다. 불의를 부정하다가 정신적·도덕적으로 불의를 의식하게 될 때는 아주 커다란 대가를 치르기 일쑤다. 삶에 대한 만족, 안정감, 안전, 개인적인 애정이 공동선이라는 꿈에, 어쩌면 내가 살아서 함께 누리지 못할 수도 있는 자유라는 이상에, 어쩌면 누구도 도달하지 못할 정의라는 이상에 희생될 수 있다.

『마하바라타』의 마지막 말은 다음과 같다. "어떤 방법으로도 나는 닿을 수 없는 목표에 이르지 못한다." 인간의 이상인 정의가 닿을 수 없는 목표일 가능성이 높다. 우리는 존재할 수 없는 것들을 만들어내는 재주가 좋다.

어쩌면 자유 역시 인간의 제도로는 도달할 수 없는 것인지도 모른다. 상황에 좌우되지 않는 정신적 특징, 일종의 은총으로 남을 수밖에 없는지도 모른다. (내가 이해하기로) 이것이 자유에 대한 종교적 정의다. 나는 여기서 노력과 상황이 격하되는 바람에 제도적 불의를 오히려 부추기는 꼴이 되고, 그로 인해 은총에 접근할 수 없게 된다는 점이 마음에 걸린다. 굶주림이나 구타나 소이탄 공격으로 목숨을 잃은 두 살짜리 아이는 자유는 물론 그 어떤 은총에도 접근할 기회를 허락받은 적이 없다. 적어도 내가 이해하는 은총의 의미로는 그렇다.

우리가 스스로 노력해서 얻을 수 있는 것은 불완전한 정의, 제한된 자유뿐이다. 그래도 아무것도 얻지 못하는 것보다는 낫다. 해방 노예였던 시인이 말한 그 원칙, 자유에 대한 사랑을 단단히 지키자.

## 희망의 땅

불의를 부정하던 사람이 일단 불의를 인정하고 나면 돌이킬 수 없다.

눈으로 본 것을 안 본 것으로 할 수는 없다. 한 번 불의를 보고 나면, 두 번 다시는 억압을 부정하며 억압자를 옹호할 수 없게 된다. 한때는 충성하던 대상에게 이제는 배신감을 느낀다. 그 순간부터 저항하지 않는 사람은 공범이 된다.

그러나 옹호와 공격 사이에는 중간 지대가 있다. 유연한 저항의 땅, 변화를 향해 열린 공간이다. 그곳을 찾아내거나 그곳에 살기는 쉽지 않다. 그곳에 도달하려고 애쓰며 평화를 위해 중재에 나선 사람들도 결국은 당황해서 허둥지둥 굴욕적인 타협을 했다.

설사 중간 지대에 도달하더라도, 그 공로를 인정받기 힘들다. 해리엇 비처 스토의 톰 아저씨는 노예지만, 주인을 설득해 노예 구타를 그만두게 하려고 용감하게 노력한다. 그러나 오히려 그 자신이 맞아 죽는다. 우리는 그를 움츠린 항복과 굴종의 상징으로 삼을 것을 강력히 주장한다.

우리는 쓸모없지만 영웅적인 저항을 찬양하며, 끈기 있는 저항에는 비웃음을 보낸다.

그러나 끈기가 변화를 만들어내는 협상의 땅은 바로 간디가 섰던 그곳이다. 링컨도 고통스러운 과정을 거쳐 그곳에 도달했다. 그곳에서 오랫동안 남들이 따라오기 힘들 만큼 명예로운 삶을 살았던 투투 주교는 비록 서투르고 불확실하게나마 자신의 나라가 그 희망의 땅을 향해 움직이는 것을 보았다.


## 주인의 도구

오드리 로드*는 주인의 도구로 주인의 집을 부술 수는 없다고 말했다. 나는 이 강력한 은유를 생각하며 이해하려고 노력한다.

급진주의자, 자유주의자, 보수주의자, 반동 세력은 주인의 지식으로 교육받다 보면 억압과 착취를 **필연적으로** 의식하게 된다고 본다. 따라서 평등과 정의를 원하는 위험한 욕망을 갖게 된다는 것이다. 자유주의자는 보편적인 자유교육, 공립학교, 대학에서 이루어지는 자유로운 토론을 지지하고, 반동 세력은 자유주의자와 정확히 똑같은 이유로 반대한다.

로드의 은유는 교육이 사회 변화와 무관하다고 말하는 듯하다. 주인이 사용하는 모든 것이 노예에게 전혀 쓸모없다면, 주인의 지식으로 교육받는 것도 반드시 그만둬야 한다. 하층계급이 사회를 완전히 새로 만들어내서 새로운 지식을 얻어야만 정의를 실현할 수 있다는 것이다. 그렇게 하지 않으면 혁명은 실패한다.

그럴듯한 주장이다. 혁명은 대체로 실패한다. 하지만 나

---

\*    미국의 급진적 페미니스트, 작가.

는 모두가 들어와 살 수 있게 집을 다시 지으려던 노력이 톱과 망치를 눈에 보이는 대로 움켜쥐고, 주인의 도구실에 바리케이드를 쳐 다른 사람들의 출입을 막으려는 노력으로 변할 때 혁명의 실패가 시작된다고 본다. 힘은 사람을 타락시킬 뿐만 아니라, 중독시킨다. 노동이 파괴가 되어 무엇도 새로 지어지지 못한다.

폭력이 있어도 없어도 사회는 변한다. 재창조가 가능하다. 건설도 가능하다. 망치, 못, 톱 외에 우리가 지닌 건설 도구가 무엇인가? 교육, 생각하는 법 배우기, 학습 능력?

아직 만들어지지 않아서, 우리가 아이들에게 주고 싶은 집을 짓기 위해 반드시 새로 만들어내야 하는 도구가 있는가? 우리가 현재의 지식을 바탕으로 나아가는 것이 가능한가? 아니면 현재의 지식 때문에 우리가 반드시 알아야 하는 것을 배우지 못하고 있는가? 유색인, 여자, 빈민이 반드시 알아야 하는 것을 배우기 위해, 우리에게 필요한 지식을 배우기 위해, 지금껏 배운 백인과 남자와 권력자의 지식을 모두 머리에서 몰아내야 하는가? 성직자와 남성우월주의뿐만 아니라, 과학과 민주주의도 내다 버려야 하는가? 다른 도구는 하나도 없이 맨손으로 새로운 사회를 세우려고 애쓰는 신세가 될까? 로드의 은유는 풍요롭고 위험하다. 그것이 제기하는 의문들에 나는 대답할 수 없다.

## 오로지 유토피아에서만

'현재 우리가 살아가는 방식'과 관련해서 상상해본 대안을 언뜻 보여준다는 의미에서 내 소설 중에는 유토피아 작품이라고 불릴 만한 것이 많지만, 나는 여전히 그 표현에 저항감을 느낀다. 내가 상상으로 만들어낸 많은 사회들이 이런저런 방식으로 우리 사회보다 한 단계 나아진 형태라는 생각을 하면서도, '유토피아'라는 말이 너무 거창하고 딱딱한 단어라서 그 사회들에 어울리지 않는 것 같다. 유토피아와 디스토피아는 지식인들이 만들어낸 장소다. 나는 열정과 장난기로 글을 쓴다. 내가 만들어낸 이야기들은 어두운 경고도 아니고, 우리가 반드시 해야 하는 일을 그린 청사진도 아니다. 내 생각에 내 작품들은 대부분 인간의 방식을 다룬 코미디, 우리가 항상 같은 곳으로 되돌아오지만 그 방식은 무한히 다양하다는 사실을 일깨워주는 장치다. 내 작품들은 더욱더 많은 대안과 가능성을 만들어내는 방식으로 그 무한한 다양성에 찬사를 바친다. 내가 권력의 사용법을 변주하는 데 평소보다 더 꼼꼼히 노력을 기울인 『빼앗긴 자들』과 『언제나 집으로 돌아와』(여기에 묘사된 권력의 사용법이 우리 세계의 것보다 더 내 마음에 든다), 이 작품들조차 불의와 불평등을 일거에 끝장낼 이상적이고 현실적인 사회계획인 동시에 사회를 전복하려는 노력이다.

내게 중요한 것은 더 나아질 수 있다는 구체적인 희망을 제시하는 것이 아니다. 상상으로 만들어낸 것이지만 설득력 있는 대안적 현실을 제시함으로써, 현재 우리가 살아가는 방식이 인간에게 가능한 유일한 삶의 방식이라고 생각해버리는 게으르고 소심한 습관에서 나와 독자들의 정신을 떼어내는 것이 중요하다. 불의한 제도가 아무런 비판 없이 계속 이어지는 것은 바로 이런 타성 때문이다.

판타지와 사이언스픽션은 애당초 독자가 살고 있는 실제 세상의 대안을 제시하는 장르다. 젊은이들은 대개 이런 종류의 이야기를 반긴다. 경험을 쌓고 싶다는 열정과 활기를 지닌 만큼 여러 대안과 가능성, 변화를 반기기 때문이다. 어른들은 진정한 변화를 상상하는 것조차 두려워하게 변해버려서 모든 상상 문학을 거부하며, 자기들이 이미 알고 있다고 생각하는 지식 너머에서 아무것도 보지 못하는 점을 오히려 자랑으로 여긴다.

그러나 대부분의 사이언스픽션과 판타지 작품은 마치 자신의 거슬리는 힘을 두려워하기라도 하는 것처럼, 소심하고 반동적인 태도를 보인다. 판타지는 봉건주의에 매달리고, 사이언스픽션은 군대와 제국의 위계 구조에 매달린다. 또한 둘 다 보통 남녀를 불문하고 주인공들이 현저하게 남자다운 행동을 했을 때만 보상을 준다. (나도 오래전부터 이런 식으로 글을 썼다. 『어둠의 왼손』에서 내 주인공은 젠더가 없지만, 그의 영웅적인 면모는 거의 전적으로 남자답다.) 특히 사이언스픽션에서 우리는 내가 앞에서 말했던 상황과 자주 마주친다. 열등한 지위에 있는 사람이 대담하고 폭력적인 행동으로 자유를 쟁취할 준비가 항상 되어 있는 반역자가 아니라면, 경멸해도 마땅하거나 전혀 중요하지 않은 인물로 묘사되는 상황을 말한다.

도덕이 이렇게 단순화된 세상에서 스파르타쿠스*처럼 용감하게 나서지 않는 노예는 그냥 아무것도 아니다. 무자비하고 비현실적이다. 누구보다 억압받는 위치에 있는 노예는 대부분 억압 때문에 변화의 가능성조차 인식할 기회가 없다.

현실에서 이득을 보는 사람들에게 상상력은 위험한 존재다. 현재의 방식이 영구적이지도, 보편적이지도, 반드시 필요하지도 않다는 것을 상상력이 보여줄 수 있기 때문이다.

기성 제도에 의문을 품을 수 있는 그 힘, 비록 제한적이지만 실재하는 그 힘을 지닌 상상 문학은 그 힘에 대해 책임을 질 의무도 갖고 있다. 이야기꾼은 진실을 말하는 사람이어야 한다.

진정한 비전을 보여줄 수 있는 수많은 이야기가 애국적이거나 종교적인 내용의 진부한 글에 만족한다는 점이 안타깝다. 작가는 진실을 상상하려 하지 않고 기술적인 기적 이야기나 자기 소망을 담은 내용에 안주한다. 유행을 따르는 누아르 디스토피아 작품들은 진부함을 뒤집어 사카린 대신 강렬한 산酸을 사용할 뿐이다. 인간의 고통과 진정한 가능성에 손을 대지 않으려 하는 것은 똑같다. 상상을 담은 픽션 중에서 내가 감탄하는 작품은 현 상황의 대안을 제시하며, 현존하는

---

\* 고대 로마에서 노예 반란을 일으켰다 실패한 노예 검투사.

제도의 보편성과 필요성에 의문을 제기할 뿐만 아니라 사회적 가능성과 도덕적 이해의 장場도 넓히는 역할을 한다. 〈스타 트렉〉 텔레비전 시리즈 중 처음 세 시리즈처럼 순진할 정도로 희망에 찬 어조로 이런 역할을 할 수도 있고, 필립 K. 딕이나 캐럴 엠시윌러의 소설처럼 복잡하고 세련되고 모호하게 생각과 기법을 구축하는 방식으로 할 수도 있다. 그래도 변화를 상상할 수 있게 해주는 충동이 이 작품들을 똑같이 움직인다는 점은 금방 알아볼 수 있다.

우리가 정의를 상상할 능력이 없다면, 우리 자신의 불의를 알아차리지 못할 것이다. 자유를 상상하지 못한다면, 우리는 자유로워지지 못할 것이다. 정의와 자유에 도달할 수 있다고 상상할 기회조차 없었던 사람에게 정의와 자유에 도달하기 위해 노력하라고 요구할 수는 없다.

나는 결론을 내릴 수 없는 이 명상의 끝을 어느 작가의 말로 장식하고 싶다. 언제나 진실만을, 언제나 조용히 말한 작가 프리모 레비는 아우슈비츠에서 1년을 살았으므로 불의가 무엇인지 알고 있었다.

"라거Lager*뿐만 아니라 인간이 함께 살아가는 모든 곳에

---

* 나치 강제수용소를 뜻하는 독일어 Konzentrationslager의 약어.

서 특권층의 부상은 고통스럽지만 항상 확실히 나타나는 현상이다. 그 현상이 없는 곳은 유토피아뿐이다. 자격 없는 모든 특권에 맞서 전쟁을 벌이는 것은 올바른 사람의 의무지만, 이 전쟁에는 끝이 없음을 절대 잊지 말아야 한다."

글쓰기에
관하여

# 신뢰의 문제

2002년 2월 워싱턴주 밴쿠버에서 열린 글쓰기 워크숍에서 한 강연.

이야기를 쓰기 위해 여러분은 자신을 믿어야 합니다. 이야기를 믿고, 독자를 믿어야 합니다.

글쓰기를 시작하기 전에는 이야기도 독자도 존재하지 않으므로, 여러분이 믿어야 할 것은 여러분 자신뿐입니다. 그리고 작가로서 여러분이 자신을 신뢰할 수 있게 되는 방법은 글쓰기뿐입니다. 글쓰기에 여러분을 바치십시오. 글을 쓰고 있는 상태에, 글을 이미 쓴 상태에, 글을 쓰려고 준비하는 것에, 글을 쓰려고 계획하는 것에, 읽기에, 쓰기에, 자신의 일을 연습하는 것에, 자신의 일을 배우는 것에 여러분을 바치십시오. 그러다 보면 뭔가를 알게 되고, 여러분은 자신이 뭔가를 알게 됐음을 깨닫습니다.

이건 때로 쉽지 않습니다. 제게 11년 펜팔 친구가 있는데,

이야기를 반쯤 쓰고서는 제 대리인과 출판사를 소개해달라고 요구하고 있습니다. 저는 몹시 마음이 내키지 않지만, 그에게 작가로서 그가 아직 자신을 그만큼 신뢰할 수 있는 수준이 아니라고 말해줄 의무가 있습니다.

반면 글솜씨가 아주 좋은 사람들이 어떤 글도 끝내지 못하는 경우가 있습니다. 또는 이야기를 끝내더라도 현실 또는 상상 속의 비평에 맞춰 작품을 지나치게 수정하다가 그만 망가뜨려버리기도 합니다. 그들이 작가로서 자신을 믿지 못하기 때문입니다. 그것은 그들이 자신의 글을 믿지 못한다는 뜻입니다.

작가로서 자신을 믿는 것은 모든 종류의 믿음과 거의 똑같습니다. 예를 들면, 배관공이나 교사나 기수騎手의 믿음이 그렇습니다. 그 일을 하면서 자신을 믿을 자격을 얻고, 열심히 일하면서 천천히 믿음을 쌓아 올립니다. 때로는, 특히 처음 일에 발을 들여놓았을 때는, 거짓으로 믿음이 있는 척합니다. 마치 그 일을 잘 아는 것처럼 구는 겁니다. 어쩌면 거짓을 들키지 않고 무사히 넘어갈 수 있을지도 모릅니다. 자신이 축복받은 것처럼 굴다 보면 정말로 축복을 받을 때가 있죠. 그것도 자신을 믿는 일의 일부입니다. 제 생각에는 이 방법이 배관공보다 작가에게 더 효과가 있는 것 같습니다.

자신을 믿는 이야기는 이쯤 하죠. 이제 이야기를 믿는다는 말을 해볼까요? 이 말은 무슨 뜻일까요? 제게 이 말은 자신이 쓰고 있는 글을 완전히 좌지우지하려는 욕구를 기꺼이 내려놓을 수 있다는 뜻입니다.

글쓰기를 배우는 데 그토록 오랜 시간이 걸리는 이유를 이것으로 설명할 수 있습니다. 먼저 여러분은 영어로 글을 쓰는 법을 배워야 하고, 그다음에는 일반적으로 이야기를 말하는 방법, 즉 기법이니 관습이니 하는 것을 배워야 합니다. 그래야 글을 손에 쥐고 흔들 수 있습니다. 그다음에는 그 통제권을 포기하는 법을 배워야 합니다.

많은 작가와 글쓰기 교사가 지금 제 말에 강력히 이의를 제기할 것이라는 점을 미리 밝혀두겠습니다. 그들은 이렇게 말할 겁니다. 말을 타는 법, 말을 통제하는 법, 말을 내 뜻대로 움직이는 법을 기껏 배우고 나서 말의 안장을 내린 뒤 고삐도 없이 맨등에 그냥 올라타는 사람은 없다고요. 그건 멍청한 짓입니다. 하지만 제가 추천하는 방법이 바로 그것입니다(도교 철학은 언제나 멍청합니다). 저는 말을 잘 탈 수 있게 되는 것으로는 부족합니다. 켄타우로스가 되고 싶습니다. 말을 통제하는 기수가 되는 게 아니라, 기수이자 말이 되고 싶습니다.

자신의 이야기를 어디까지 믿어야 할까요? 그건 이야기에 달렸습니다. 안내인은 여러분 자신의 판단력과 경험뿐입니다. 제가 기꺼이 일반화해서 이야기할 수 있는 것은 다음의 내용뿐입니다. '이야기에 대한 통제 부족은 보통 글쓰기에 대한 무지 또는 방종에서 유래하는데, 이것이 늘어지는 속도, 조리 없는 내용, 엉성한 문장, 망가진 작품을 낳을 수 있다. 과잉 통제는 보통 자의식 또는 승부욕에서 유래하는데, 이것이 딱딱함, 인위적인 느낌, 자의식이 강한 표현, 죽어버린 작품을 낳을 수 있다.'

작품의 계획, 주제, 속도, 방향을 알고 지킨다는 의미에서 신중하고 의식적인 통제는 계획 단계(글을 쓰기 전)와 수정 단계(첫 번째 초고 완성 이후)에서 가치를 헤아릴 수 없이 귀중합니다. 글을 실제로 쓰는 동안에는 의식적이고 지적인 통제를 느슨하게 풀어두는 것이 가장 좋을 듯합니다. 글의 의도를 고집스럽게 계속 의식하다 보면 그것이 글을 쓰는 과정에 간섭을 일으킬 수 있습니다. 작가가 이야기의 방해꾼이 되는 겁니다.

이것은 말만큼 신비로운 일이 아닙니다. 고도의 기술이 필요한 일, 즉 진정한 기술과 예술은 모두 경험을 통해, 매체에 대한 완벽한 숙지를 통해 대부분의 과정이 자동으로 이루어지는 단계에 이르렀을 때 완성됩니다. 매체가 조각가의 돌이든, 고수鼓手의 북이든, 무용수의 몸이든, 작가가 다루는 말의 소리와 의미와 문장의 리듬과 구문이든 모두 똑같죠. 무용수는 자신의 왼발이 어디로 향하는지 알고, 작가는 쉼표가 어디에 필요한지 압니다. 숙련된 장인이나 예술가는 작업 중에 미학적인 결정을 내릴 뿐입니다. 미학적인 결정은 합리적이지 않습니다. 합리적인 의식과 부합하지 않는 수준에서 그런 결정이 내려집니다. 따라서 사실 많은 예술가들은 작업하는 동안 일종의 무아지경에 빠진 기분이 듭니다. 그리고 그런 상태에서 그들은 결정을 내리지 않습니다. 무엇이 필요한지 작품이 그들에게 말해주면, 그들은 그것을 실행할 뿐이에요. 음, 말만큼 신비로운 과정인 것 같기도 하네요.

말의 비유를 다시 가져온다면, 좋은 말을 탄 훌륭한 카우보이는 고삐를 느슨하게 잡고, 말에게 일일이 지시를 내리지 않습니다. 말이 이미 알고 있기 때문입니다. 카우보이는 말과 자신이 향하는 방향을 알고, 말은 그곳에 도달하는 방법을 압니다.

제가 마치 기쁜 소식을 알려주겠다는 듯이, 작가들에게 별것 없으니 그냥 머리를 쓰려고 애쓰지 말고 우뇌를 자유롭게 해방시켜 말을 뱉어내라고 말하는 것처럼 보이지 않으면 좋겠습니다. 저는 저의 예술과 기술, 경험, 열심히 생각하는 과정, 정성 들여 글을 쓰는 과정을 엄청나게 존중합니다. 이것들에 경외심을 품고 있어요. 저는 하원의원보다 쉼표 하나를 훨씬 더 존경합니다. 쉼표가 중요하지 않다고 말하는 사람은 아마 심리 치료나 자기표현 같은 좋은 주제를 생각하고 있을 겁니다. 글쓰기에 대해 하는 말일 리가 없습니다. 일단 일을 시작하는 법, 수줍음을 극복하는 법, 감정적인 정체를 돌파하는 법을 생각하고 있을 겁니다. 글쓰기에 대해 하는 말일리가 없습니다. 무용수가 되고 싶다면 발을 사용하는 법을 알아내야 합니다. 작가가 되고 싶다면, 쉼표를 찍을 장소를 알아내야 합니다. 그 밖의 모든 문제를 걱정하는 것은 그다음입니다.

자, 제가 이야기를 하나 쓰고 싶어 한다고 칩시다(개인적으로 이건 제게 당연하다고 할 만한 일입니다. 저는 항상 이야기를 쓰고 싶어 하니까요. 이야기를 쓰는 대신 하고 싶은 일은 하나도 없습니다). 그 이야기를 쓰기 위해 먼저 저는 영어를 쓰는 법을 배우고, 이야기를 쓰는 법을 배웠습니다. 아주 일상적으로 글을 쓰는 것이 바로 이야기 쓰는 법을 배우는 방법입니다.*

저는 또한 일단 이야기가 시작되면, 의식적으로 이야기를 통제하는 것을 포기하고, 나의 의도니 가설이니 의견이니 하는 것들을 방해가 되지 않게 치워야 한다는 점을 배웠습니다. 이야기가 작가를 끌고 가게 해야 합니다. 이야기를 믿을 필요가 있습니다.

그러나 보통 저는 이야기를 쓰기 이전에 모종의 단계를 밟았을 때만, 일종의 접근 기간이 있을 때만 이야기를 믿을

---

*    [원주] 물론 이야기를 읽는 것도 학습 방법 중 하나다. 다른 작가들이 쓴 이야기를 읽는 것, 탐욕스럽게 닥치는 대로 읽되 판단을 해가며 읽는 것, 구할 수 있는 최고의 글을 읽어 이야기를 잘 들려주는 법과 이야기를 들려주는 다양한 방법을 배우는 것, 이것이 작가에게는 아주 기본적인 일이기 때문에 나는 이 점을 깜박 잊고 언급하지 않을 때가 많다. 그래서 여기서도 이렇게 각주에 적게 되었다.

수 있습니다. 이 단계에는 의식적인 계획, 가만히 앉아서 작품의 배경과 사건과 인물에 대해 생각하는 과정이 포함됩니다. 어쩌면 메모를 할 수도 있습니다. 또는 반半의식적으로 오랫동안 작품을 잉태하는 과정이 이어질 수도 있고요. 이 기간 동안 작품의 사건과 인물과 분위기와 여러 아이디어가 꿈처럼 몽롱한 머릿속에서 아직 덜 완성된 채로 떠돌아다니다가 계속 형태를 바꿉니다. 여기서 '오랫동안'이라는 말은 정말 오랫동안이라는 뜻입니다. 때로는 몇 년이 걸리기도 해요. 하지만 이 접근 단계가 아주 갑작스레 다가올 때도 있습니다. 갑작스러운 아이디어, 또는 이야기의 형태와 방향에 대한 뚜렷한 감각이 머릿속에 떠오르면서 곧바로 이야기를 쓸 수 있는 상태가 되는 겁니다.

이 여러 종류의 접근 단계는 언제든 시작될 수 있습니다. 책상에 앉아 있다가, 거리를 걷다가, 아침에 잠에서 깨다가, 줄리아 이모의 말이나 전기 요금 청구서나 스튜에 대해 생각하다가. 제임스 조이스의 작품을 연상시키는 거창하고 웅장한 계시를 받을 때도 있고, 그냥 머릿속에 아, 그렇지, 어떤 방향으로 가야 하는지 알겠어라는 생각이 떠오를 때도 있습니다.

이런 예비 단계에 대해 제가 하고 싶은 가장 중요한 말은 서두르지 말라는 겁니다. 우리 정신은 사냥에 나선 고양이와 비슷합니다. 자기가 뭘 사냥하려는 건지 아직 잘 모른다는 점이 그래요. 정신은 먼저 귀를 기울입니다. 고양이처럼 참을성 있게. 아주, 아주 기민하게 주의를 기울이지만 참을성을 잃지 않습니다. 천천히. 이야기를 밀어붙여 서둘러 형태를 잡으려 하면 안 됩니다. 이야기가 스스로 모습을 드러내게 해야 합니다. 이야기가 점점 추진력을 얻게 해야 합니다. 계속 귀를 기울입니다. 잊어버릴 것 같은 내용은 메모를 해도 되지만, 컴퓨터로 서둘러 달려가면 안 됩니다. 이야기가 작가를 컴퓨터로 데려가게 해야 합니다. 준비가 되면 작가도 알아차릴 겁니다.

대부분의 사람과 마찬가지로 작가의 삶에도 여러 사람이 포함되어 있어서 이야기가 준비되었음을 안 바로 그 순간에 글을 쓸 시간이 없다 해도 당황할 필요는 없습니다. 이야기는 작가 본인만큼 강하니까요. 이야기는 작가의 것이니 메모를 하고, 자신의 이야기에 대해 생각하며 계속 매달린다면 이야기도 작가에게 딱 달라붙을 겁니다. 차분히 앉아 글을 쓸 수 있는 시간이 났을 때, 이야기는 그 자리에서 작가를 기다리고 있을 겁니다.

그다음에 오는 것이 무아지경처럼 자아를 잃어버리고, 게걸스레 일에 몰두하는 다소 무서운 시간입니다. 이 단계에 대해서는 말하기가 아주 어렵네요.

계획과 글쓰기에 관해 말하고 싶은 것이 하나 있습니다. 혼자만의 방에 갇힌 프루스트처럼, 또는 작가들의 집필을 위한 작가촌을 계속 찾아가 바구니로 배달되는 점심을 먹으며 글을 쓰는 사람들처럼 작가가 이렇게 열심히 몰두해서 일하는 동안 인간적인 책임에서 벗어나 고독과 자유를 누릴 수 있다면 정말 기쁜 일입니다. 그러나 위험하기도 합니다. 사치스러운 환경을 일의 전제 조건으로 만들어버리기 때문입니다. 작가에게 무엇이 필요한지는 이미 버지니아 울프가 말했습니다. 먹고살기에 충분한 돈과 자기만의 방. 이 둘 중 어느 것도 다른 사람에게 기대할 수는 없습니다. 작가 자신의 몫입니다. 일을 하고 싶다면, 그 일을 위해 필요한 것을 어떻게 손에 넣을지 스스로 생각해야 합니다. 생계를 해결하는 돈은 십중팔구 글쓰기가 아니라 매일 출근하는 직장에서 나올 겁니다. 방이 더러워지는 것도 작가 자신에게 달린 일입니다. 방문을 언제 얼마나 오래 닫을지 결정하는 사람도 작가 본인입니다. 써야 할 글이 있다면, 자신이 그 일을 해낼 수 있다고 믿어야 합니다. 상냥한 배우자는 헤아릴 수 없을 만큼 귀중합니다. 넉넉한 지원금, 우연히 찾아온 진전, 조용히 생각에 잠길 수 있는 시간도 엄청난 도움이 될 수 있습니다. 하지만 글을 쓰는 것은 남의 일이 아니라 작가 본인의 일이므로, 작가가 자신의 상황에 맞춰 글을 써야 합니다.

좋습니다. 이제 여러분은 문을 닫고 앉아서 첫 번째 초고를 씁니다. 열정이 하얗게 타오릅니다. 사전 단계 내내 머릿속에서 점점 커지던 에너지가 마침내 분출되면서 백열하고 있기 때문입니다. 여러분은 자신과 이야기를 믿고 글을 씁니다.

이제 이야기가 글로 완성되었습니다. 여러분은 피곤하

지만 흡족한 기분으로 원고를 보며 그 놀라운 결과물을 음미합니다.

그러나 감정이 점차 식으면서 여러분도 식고 나면, 다음 단계에 도착합니다. 십중팔구 다소 오싹하고 후회스러울 겁니다. 볼품없고 멍청한 소리가 이야기에 가득합니다. 이제 작품을 믿을 수 없습니다. 그래야 마땅합니다. 하지만 여러분은 여전히 자신을 믿어야 합니다. 자신이 작품을 더 좋게 만들 수 있음을 알아야 합니다. 여러분이 천재거나 애당초 기준이 극단적으로 낮은 사람이라면 몰라도, 그렇지 않은 사람들의 경우 글을 집필한 뒤에는 머릿속의 생각을 켜둔 채 비판적인 시각으로 원고를 살피며 끈기 있게 퇴고하는 과정이 따릅니다.

저는 아무런 의문도 없이 열정을 하얗게 불태우며 이야기를 쓸 자신이 있습니다. 제가 연습을 통해 실력을 갈고 닦았다면. 이 이야기가 어디로 향하는지 감을 잡고 있다면. 이야기가 원하는 목적지에 도달했을 때, 저는 기꺼이 그대로 돌아서서 원고를 몇 번이나 살펴볼 겁니다. 단어 하나하나, 아이디어 하나하나를 살피며 시험하고 또 시험할 겁니다. 이야기가 올바른 방향으로 나아갈 때까지. 이야기 전체가 올바른 방향으로 나아갈 때까지.

한마디 덧붙이자면, 이 단계에서 다른 사람들, 즉 동료나 전문 편집자의 비판적인 의견을 구하는 것이 가장 유용합니다. 글을 잘 아는 사람들이 작가를 응원하며 들려주는 비판적인 의견의 가치는 헤아릴 수 없습니다. 저는 아직 글을 발표하지 않은 사람도, 경험 많은 전문 작가도 자신감과 비판적인 눈을 기르는 데 워크숍이 유용하다고 굳게 믿고 있습니다. 믿을 만한 편집자는 값을 매길 수 없는 진주입니다. 독자를 신뢰하는 법과 어떤 독자를 믿어야 하는지 알아내는 법을 배우는 것은 아주 커다란 한 걸음입니다. 어떤 작가들은 끝내 이 걸음을 내딛지 못합니다. 이 주제에 대해서는 곧 다시 이야기하겠습니다.

요약하자면, 저는 이야기를 믿어야만 이야기의 방향을 알 수 있습니다. 이야기를 다 쓴 다음에는 자신을 믿어야만 제가 어디서 길을 벗어났는지, 모든 것을 어떻게 온전히 한 방향으로 되돌릴지 알아낼 수 있습니다.

그러고 나서야, 보통 오랜 시간이 흐른 뒤에야, 저는 이야기가 하고자 하는 말이 사실 무엇이었으며 왜 그런 방향으로 나아갈 수밖에 없었는지를 온전히 이해하고 말할 수 있습니다. 모든 예술 작품은 이성만으로 전부 이해할 수 없는 나름의 이유를 갖고 있습니다.

완성된 이야기는 언제나 글을 쓰기 전에 작가가 그렸던 그림에 미치지 못합니다. 하지만 작가가 스스로 깨닫지도 못했던 역할을, 작가가 스스로 하는 줄도 몰랐던 말을 이야기가 해주기도 합니다. 이것이 작품을 믿어야 하는 최고의 이유입니다. 작품이 스스로를 찾아내게 하십시오.

이야기를 조종해 자신의 범위를 넘어서는 목표를 달성

하게 하는 것, 이를테면 유명해지고 싶다는 포부나 작품의 판매 부수에 대한 대리인의 의견이나 즉각적인 이윤을 얻고자 하는 출판사의 소망 같은 목표는 물론 심지어 가르침과 치유 같은 고상한 목표까지도 포함해서 그런 목표를 달성하게 하는 것, 또는 이야기를 그렇게 이용할 생각을 품는 것은 작품을 신뢰하지 못하고 존중하지 않는 행동입니다. 물론 거의 모든 작가가 여기서 어느 정도는 타협을 합니다. 작가도 자본주의가 심판 행세를 하는 시대의 직업인이니 시장을 염두에 두어야 하거든요. 오로지 시인들만이 시장을 완전히 무시하는 숭고한 행동을 하고, 이슬을 먹으며 삽니다. 지원금으로 먹고 살기도 하고요. 작가들은 잘못된 것을 바로잡고 싶어 하거나, 무도한 일의 증인이 되려 하거나, 자신이 생각하는 진실을 다른 사람들에게 납득시키려고 합니다. 그러나 이런 의식적인 목적이 작품을 좌우하게 내버려둔다면, 작품의 잠재적인 힘과 범위가 제한됩니다. 마치 '예술을 위한 예술'을 외치는 것 같군요. 하지만 이건 강력한 주장이라기보다, 현실적인 관찰 결과입니다.*

누군가가 1820년경에 제임스 클러크 맥스웰**에게 물었습니다. 전기의 쓰임새는 무엇입니까? 그러자 맥스웰은 곧바로 이렇게 물었죠. 아기의 쓰임새는 무엇입니까?

『등대로』의 쓰임새는 무엇입니까? 『전쟁과 평화』의 쓰임새는 무엇입니까? 제가 어찌 감히 그것을 규정하고 제한하려 할 수 있을까요?

예술은 인간 공동체를 확립하고 확인하는 데 강력한 기능을 발휘합니다. 말로 하는 것이든 글로 쓴 것이든 이야기는 온 세상의 다른 사람들과 우리 자신의 위치를 더 많이 이해할 수 있게 해주죠. 이런 쓰임새는 예술 작품에 처음부터 존재하며, 그것이 있어야 작품이 완전해집니다. 그러나 제한된 목표, 의식적인 목표, 객관적인 목표는 모두 그 완전성을 가리거나 흉하게 변형시킬 가능성이 높습니다.

저의 재주와 경험이 충분한 것 같지 않아도(실제로 언제나 충분하지 않습니다), 저는 반드시 저의 재능을 믿어야 합니다. 따라서 제가 쓰는 이야기를 믿고, 그 쓰임새나 의미나 아름다움이 제가 계획한 모든 것을 뛰어넘을 가능성이 있음을 알아야 합니다.

---

\*    [원주] 예를 들어, 『전쟁과 평화』를 읽어보자(아직 『전쟁과 평화』를 읽지 않은 사람들은 왜 꾸물거리고 있는가?). 모든 소설 중 가장 위대한 이 작품에서 가끔 톨스토이 백작의 목소리가 불쑥 치고 들어온다. 그는 역사에 대해, 위인에 대해, 러시아의 영혼에 대해, 그 밖의 여러 주제에 대해 어떻게 생각해야 하는지를 우리에게 일러준다. 강연으로 들을 때보다 이렇게 이야기에서 무의식적으로 흡수할 때, 그의 의견이 훨씬 더 흥미롭고 설득력 있게 들린다. 톨스토이는 자신감이 아주 대단한 작가였고, 그럴 자격도 있었다. 그의 작품이 지닌 힘과 아름다움은 대부분 등장인물에 대한 그의 완전한 믿음에서 나온다. 그들은 반드시 해야 하는 행동을 모두 해낸다. 그것으로 충분하다. 그러나 톨스토이는 열렬한 신념 때문에 오히려 그 신념을 작품에 구현하는 자신의 힘에 대한 자신감을 다소 잃어버린 듯하다. 모든 소설 중 가장 위대한 이 작품에서 지루하고 설득력 없는 부분에서는 모두 이런 신뢰 부족이 드러난다.

\*\*    영국의 물리학자.

이야기는 이야기꾼과 청중, 작가와 독자 사이의 협업입니다. 픽션은 환상일 뿐만 아니라, 공모이기도 합니다.

독자가 없으면 이야기도 없습니다. 아무리 잘 쓴 작품도 누군가가 읽어주지 않으면 이야기로서 존재하지 못합니다. 작가 못지않게 독자도 작품을 만들어내는 사람입니다. 작가는 이 사실을 무시하기 일쑤입니다. 아마 화가 나기 때문이겠죠.

작가와 독자의 관계는 대중적인 시각에서 통제와 동의의 문제로 보입니다. 작가는 독자의 흥미와 감정을 강제하고 통제하고 조종하는 주인입니다. 이 가설을 좋아하는 작가가 아주 많습니다.

게으른 독자는 대가의 솜씨를 지닌 작가를 원합니다. 모든 일을 작가가 알아서 하고, 자기는 텔레비전을 보듯이 이야기가 만들어지는 걸 그냥 보기만 하겠다는 겁니다.

대부분의 베스트셀러는 기꺼이 수동적인 소비자가 되려는 독자를 염두에 두고 쓴 작품입니다. 표지의 선전 문구는 그 책이 지닌 위압적이고 공격적인 힘을 강조할 때가 많습니다. 책장을 넘기는 걸 멈출 수 없다, 가슴이 덜컹한다, 머릿속을 태운다, 심장이 멈출 것 같다…… 이게 뭐죠? 전기 충격 고문입니까?

이런 형태의 상업적인 글과 저널리즘에서 글쓰기 클리

세가 나옵니다. "첫 번째 문단으로 독자를 사로잡아라." "충격적인 장면으로 독자를 강타하라." "독자에게 숨 쉴 시간을 주면 안 된다."

많은 작가들, 특히 픽션을 학술적으로 보는 시각에 사로잡힌 사람들은 자신이 말하는 내용과 말하는 방식에 머리와 자아를 너무 깊숙이 동원한 나머지 자신의 말을 듣는 상대가 있다는 사실을 잊어버립니다. 독자를 사로잡아 가슴이 덜컹거리게 하라는 식의 조언에 조금이라도 쓰임새가 있다면, 그것은 적어도 사로잡을 독자가 존재한다는 사실을 작가에게 일깨워준다는 점입니다.

그러나 문예창작과의 교수가 아닌 누군가가 자신의 작품을 볼 수도 있다는 사실을 깨달았다는 이유만으로 공격 모드로 들어가 무서운 개를 풀어놓을 필요는 없습니다. 다른 선택지가 있으니까요. 독자를 무력한 희생자나 수동적인 소비자가 아니라, 적극적이고 똑똑해서 협업할 가치가 있는 상대로 보는 겁니다. 환상을 꾸며내기 위해 공모할 수 있는 사람으로 보는 거죠.

상호 신뢰를 확립해보기로 결정하는 작가들은 언어 공격과 포격 없이도 독자의 주의를 끄는 것이 가능하다고 믿습니다. 소비자를 사로잡거나 겁을 주거나 강제하거나 조종하기보다, 그들은 독자의 관심을 끌어보려고 합니다. 독자를 유도하거나 유혹해서 이야기와 함께 움직이며 이야기에 참여하고 함께 상상하게 만들어보려고 합니다.

상대를 억지로 범하려 하지 않고 함께 춤을 추는 겁니다.

이야기를 춤으로, 독자와 작가를 함께 춤추는 파트너로 생각해보세요. 작가가 춤을 이끄는 것은 맞습니다. 하지만 이끄는 것과 밀어붙이는 것은 다릅니다. 이끄는 건, 두 사람이 서로 협조하며 우아하게 움직일 수 있는 상호성의 장을 만드는 겁니다. 탱고를 추려면 두 사람이 필요합니다.

작가에게 사로잡혀 얻어맞고 전기 충격을 받은 경험밖에 없는 독자라면 작가의 이야기에 흥미를 느끼는 데 조금 연습이 필요할지도 모르겠습니다. 아마 탱고 추는 법을 배워야 할 겁니다. 그러나 이 방법을 일단 시도해본 뒤에는, 무서운 개들 사이로 결코 돌아가지 않을 겁니다.

마지막으로, '청중'이라는 어려운 문제가 있습니다. 작품을 계획하거나 집필하거나 퇴고하는 작가의 머릿속에서 잠재적인 독자는 어떤 존재일까요? 그 작품의 청중이 작가의 머릿속을 지배하며 펜을 이끌어야 할까요? 아니면 글을 쓰는 동안 작가는 그런 고려와 걱정에서 완전히 자유로워야 할까요?

간단히 대답할 수 있으면 좋겠지만, 사실 이건 무서울 정도로 복잡한 질문입니다. 특히 도덕적인 차원에서 그렇습니다.

작가가 되어 픽션을 구상하는 건 독자의 존재를 은근히 염두에 둔 행동입니다. 글쓰기는 의사소통입니다. 비록 그것이 전부는 아니지만. 한 사람이 누군가에게 의사를 전달합니다. 사람들이 무엇을 읽고 싶어 하는지가 사람들이 무엇을 쓰고 싶어 하는지에 영향을 미칩니다. 작가의 주변 사람들이 지 닌 영적인 욕구, 지적인 욕구, 도덕적 욕구가 작가에게서 이 야기를 끌어냅니다. 하지만 이것은 모두 상당히 무의식적인 차원에서 일어나는 일입니다.

이번에도 작가의 작업이 3단계로 이루어진다고 보는 편 이 유용합니다. 접근 단계에서는 잠재적인 청중을 반드시 생 각해야 할 것 같습니다. 이 이야기는 누구를 위한 것인가? 어 린이를 위한 것인가? 청소년을 위한 것인가? 제한된 범위 의 특별한 청중을 염두에 두었다면 주제와 어휘도 거기에 맞 춰야 합니다. 평균적인 공식을 따르는 로맨스 소설에서부터 『뉴요커』에 실리는 평균적인 소설에 이르기까지 장르의 문 법을 따르는 모든 글은 청중을 염두에 두고 집필됩니다. 청중 의 범위가 워낙 구체적이라서, 시장이라고 불러도 될 정도입 니다.

독자/시장을 전혀 고려하지 않는 것은 픽션 중에서도 가 장 위험을 무릅쓰는 종류입니다. 그들은 어딘가에서 누군가 가 자신을 읽어줄 거라고 말할 겁니다! 이런 이야기 중 99퍼 센트는 누구에게도 읽히지 못할 가능성이 높습니다. 그리고 98퍼센트는 읽을 수 없는 글일 가능성이 높죠. 나머지 1~2퍼 센트는 걸작으로 유명해집니다. 그러나 보통 그 용감한 저 자가 이미 오래전에 입을 다물어버린 뒤 아주 천천히 명성을 얻죠.

청중을 의식하는 것은 긍정적인 방향으로도 부정적인

방향으로도 모두 작품을 제한합니다. 청중을 의식하면 여러 선택지가 생기는데, 개중에는 윤리적 함의를 지닌 것이 많습니다. 청교도주의인가, 포르노인가? 독자에게 충격을 줄 것인가, 안심시킬 것인가? 한 번도 시도한 적이 없는 일을 할 것인가, 지난번에 발표한 작품을 그대로 답습할 것인가? 등등.

구체적인 독자층을 겨냥함으로써 생겨난 한계가 어쩌면 대단히 고상한 예술을 낳을 수도 있습니다. 사실 모든 예술은 규칙과 제한의 문제죠. 그러나 **시장으로서** 청중을 의식하는 것이 글을 통제하는 가장 중요한 요인이라면, 그 작가는 그냥 돈을 받고 글을 써주는 사람에 불과합니다. 이런 하청 문사 중에도 예술가연하는 사람이 있고 꾸밈없이 서투른 사람이 있는데, 저는 개인적으로 후자가 더 좋습니다.

지금까지의 설명은 모두 접근 단계에 관한 것이었습니다. 내가 무엇을 쓸지 고민하는 단계죠. 이제 어떤 독자(제 손녀에서부터 모든 후손에 이르기까지 다양한 사람 중에서 고르면 됩니다)를 염두에 둘 것인지 흐릿하게든 또렷하게든 알게 되었으니 저는 글쓰기를 시작합니다. 이 집필 단계에서 청중을 의식하는 것은 때로 더할 나위 없이 치명적입니다. 작가가 자신의 이야기를 믿지 못하고 어느 한 지점에서 막혀 자꾸만 처음부터 다시 시작하며 끝내 작품을 완성하지 못하게 만드는 요인이 됩니다. 작가에게는 자기만의 방이 필요합니다. 어깨 너머에서 글을 들여다보며 "그 문장 첫 머리를 'The'로 시작하는 게 좋은 방법입니까?"라는 말이나 해대는 상상 속

비평가들이 가득한 방은 안 됩니다. 지나치게 예민한 내면의 미학 검열관 또는 외부에서 같은 역할을 하는 것(내 대리인이나 편집자가 무슨 말을 할까?)은 이야기의 앞길을 가로막는 바위 사태와 같습니다. 집필 단계에서 저는 작품이 스스로 길을 찾아낼 거라 믿고 작품을 도우며 전적으로 작품 그 자체에 집중해야 합니다. 작품의 목표나 잠재적인 독자에 대해서는 거의 또는 전혀 생각하지 말아야 합니다.

그러나 세 번째 단계인 퇴고에 이르면 상황이 다시 반전됩니다. 누군가가 이 이야기를 읽을 것이라는 인식, 예상되는 독자의 종류에 대한 인식이 몹시 중요해집니다.

퇴고의 목표가 무엇입니까? 명확성―강한 인상―속도―힘―아름다움…… 모두 이 이야기를 머리와 마음으로 받아들이는 사람이 있음을 암시합니다. 퇴고는 불필요한 장애물을 걸어내, 독자가 이야기를 받아들일 수 있게 합니다. 그래서 쉼표가 중요한 겁니다. 그래서 그냥 얼추 맞는 단어가 아니라 딱 맞는 단어가 중요한 겁니다. 그래서 조리 있는 내용이 중요한 겁니다. 그래서 도덕적인 함의가 중요한 겁니다. 그 밖에도 이야기를 읽기 쉽게 만들어주고 살아나게 해주는 모든 요소가 중요합니다. 퇴고할 때 여러분은 반드시 자신과 자신의 판단력이 잠재적인 독자의 영민한 머리에 맞춰 작동할 것이라고 믿어야 합니다.

또한 배우자, 친구, 워크숍 동료, 교사, 편집자, 대리인 등 주변의 구체적인 독자들도 믿어야 합니다. 자신의 판단과 이 사람들의 판단 사이에서 갈등할 때도 있을 겁니다. 작품에 꼭 필요한 오만함 또는 겸손함 또는 딱 알맞은 정도의 타협에 도달하기가 항상 쉽지만은 않습니다. 저의 작가 친구들 중에는 비판적인 제안을 도저히 듣지 못하는 사람이 있습니다. 그들은 남의 제안을 묻어버리려고 방어적인 설명을 시작합니다. 아, 그렇지, 하지만 봐, 내가 뭘 한 거냐면…… 이 사람들은 천재일까요, 아니면 멍청한 걸까요? 세월이 흐르면 알 수 있을 겁니다. 저의 작가 친구들 중에는 비판적인 제안이란 제안을 모두 무비판적으로 받아들이다가 결국 제안을 한 사람의 수만큼 많은 버전의 원고를 만들어내는 사람도 있습니다. 그런 사람들이 불한당처럼 상대를 조종하려고 드는 대리인과 편집자를 만나면 어떻게 손쓸 도리가 없습니다.

그럼 저는 어떤 방법을 권고할까요? 여러분의 작품을 믿고, 여러분 자신을 믿고, 독자를 믿어야 합니다. 하지만 현명하게 믿어야죠. 맹목적으로 믿지 말고, 조심스럽게 믿는 겁니다. 경직된 믿음이 아니라 유연한 믿음이어야 합니다. 글을 쓰는 것은 줄타기처럼 위험한 일입니다. 작가는 허공에서 단어들로 이루어진 거미줄 위를 걷고, 그 아래 어둠 속에서는 사람들이 지켜봅니다. 자신의 균형 감각 외에 또 무엇을 믿을 수 있을까요?

# 작가와 등장인물

픽션 워크숍을 계획할 때 적어둔 단상들을 다듬어 이 책에 실을 짧은 에세이로 만들었다.

글에 등장시키는 인물을 완전히 새로 만들어내든 아니면 자신이 아는 사람의 면모를 빌려 오든, 픽션 작가는 이 인물이 일단 소설 속 인물이 되면 자기만의 생명을 얻는다는 데에 대체로 동의한다. 때로는 이 인물이 작가의 통제에서 벗어나 작가조차 예상하지 못한 행동이나 말을 하기도 한다.

내가 쓰는 작품 속 사람들은 내게 가까운 사람인 동시에 신비로운 존재다. 친척이나 친구나 적과 비슷하다. 그들은 내 머릿속에 살면서 내 생각에서 떠나지 않는다. 나는 그들을 창조했으나, 그들의 동기를 고민하고 그들의 운명을 이해하려고 노력해야 한다. 그들은 내 것과는 다른 자기만의 현실을 얻는다. 그들이 그렇게 할수록 나는 그들의 말과 행동을 점점 더 통제할 수 없게 된다. 내가 글을 쓰는 동안 그 인물들은 내 머릿속에서 살아 움직인다. 나는 살아 있는 사람을 대할 때와 똑같이 그들을 존중해야 마땅하다. 그들을 이용하고 조종하려 들면 안 된다. 그들은 플라스틱으로 만든 장난감도 아니고 메가폰도 아니다.

그러나 집필이란 특수한 상황이다. 글을 쓰는 동안에는 내가 한발 물러나, 내 인물들이 이야기에 딱 맞는 말과 행동을 할 것이라고 전적으로 믿을 수 있다. 이야기를 계획할 때와 퇴고할 때는 인물들과 어느 정도 감정적인 거리를 유지하는 편이 좋다. 특히 내가 가장 좋아하거나 가장 싫어하는 인물의 경우가 그렇다. 나는 그들을 곁눈질로 비스듬히 바라보며, 다소 차갑게 그들의 동기를 조사하고, 그들의 말을 에누리해서 들어야 한다. 그들이 나의 빌어먹을 자아를 대변하는 것이 아니라, 정말로 자신의 진심을 말하고 있다는 확신이 들 때까지.

만약 내가 내 소설 속 인물들을 무엇보다도 나의 자아 이미지, 자기애 또는 자기혐오, 나의 욕구, 의견 등을 충족시키는 데 이용한다면, 그들은 진정한 자신의 모습이 될 수 없고 진실도 말할 수 없다. 이야기 자체는 욕구와 의견을 드러내 보여주는 역할을 효과적으로 수행할 수 있을지도 모르지만, 등장인물들은 인물이 아니라 꼭두각시가 되어버릴 것이다.

작가로서 나는 내가 바로 내 이야기 속 등장인물들이지만 그들은 내가 아니라는 점을 반드시 의식해야 한다. 나는 곧 그들이고, 그들에게 책임이 있다. 그러나 그들은 그들 자신이므로 나에 대해, 나의 정치적 견해에 대해, 나의 도덕이나 편집자나 소득에 대해 아무런 책임이 없다. 그들은 내 경험과 상상이 구현된 존재이며, 내 삶이 아닌 상상 속 삶을 산다. 물론 그 상상 속 삶이 내 삶을 설명해줄 수는 있다. 나는 내 경험과 감정을 구현해주는 인물에게 열렬한 감정을 느낄수 있으나, 나와 그 인물을 **혼동**하지 않게 반드시 주의를 기울여야 한다.

만약 내가 픽션 속 인물과 나 자신을 융합시키거나 혼동한다면, 그 인물에 대한 내 판단은 곧 자기 판단이 된다. 그러면 정의를 실현하기가 거의 불가능하다. 내가 나 자신을 증인 겸 피고인 겸 검사 겸 판사 겸 배심원으로 만들고, 그 인물의 말과 행동을 정당화하거나 비난하는 데 픽션을 이용하는 꼴이 되기 때문이다.

자기 인식에는 맑은 머리가 필요하다. 이런 또렷함은 강인한 정신으로 얻을 수 있고, 강인한 정신은 부드러운 마음으로 얻을 수 있다. 어쨌든 노력을 기울여 얻어야 한다. 작가는 이야기를 향해 투명해지는 법을 배워야 한다. 자아는 불투명하다. 이야기의 공간을 채워 정직함을 차단하고, 이해를 어렵게 만들고, 말을 날조한다.

모든 예술과 마찬가지로 픽션도 창조자가 창조물과 자신의 차이를 사랑하는 공간에서 발생한다. 그 공간이 없다면 일관된 진실성도, 이야기가 말하고자 하는 인간에 대한 진정한 존중도 있을 수 없다.

이 문제를 바라보는 또 다른 방법. 작가의 관점이 등장인물의 관점과 정확히 일치한다면, 그 이야기는 픽션이 아니다. 위장된 회고록이거나 픽션이라는 외피를 쓴 설교문이다.

나는 거리두기라는 단어를 좋아하지 않는다. 작가와 등장인물 사이에 반드시 거리가 있어야 한다고 말하면, 마치 내가 순진한 과학자나 세련된 미니멀리스트가 추구하는 척하는 '객관성'을 추구하는 것처럼 들린다. 그렇지 않다. 나는 주관성에 전적으로 찬성한다. 그것은 빼앗을 수 없는 작가의 특권이다. 하지만 작가와 등장인물 사이에는 반드시 거리가 있어야 한다.

순진한 독자는 대개 이 거리를 고려하지 못한다. 경험 없는 독자는 작가가 순전히 경험만을 바탕으로 글을 쓰는 줄 안다. 그들은 등장인물의 믿음과 작가의 믿음이 같다고 믿는다. 화자의 말을 전적으로 믿으면 안 된다는 생각에 익숙해지는 데에는 시간이 좀 걸린다.

데이비드 코퍼필드의 경험과 감정이 찰스 디킨스의 것과 아주 흡사한 것은 사실이지만, 데이비드 코퍼필드는 찰스 디킨스가 아니다. 우리가 마치 프로이트에게 빙의한 듯 그럴 듯하게 말하자면, 디킨스가 자신이 창조한 인물에게 아무리 강한 '동질감'을 느꼈다 해도 속으로 자신과 그 인물을 혼동한 적은 없었다. 둘 사이의 거리, 관점의 차이가 무엇보다 중요하다.

찰스가 사실로 경험했던 일들을 데이비드는 픽션으로 겪는다. 찰스가 겪은 고통을 데이비드도 겪는다. 하지만 찰스가 아는 것을 데이비드는 모른다. 찰스처럼 시간이 흐른 뒤 다른 생각, 다른 감정으로 거리를 두고 자신의 삶을 바라볼 수 없다. 찰스는 자신에 대해 많은 것을 배웠다. 그러니 우리는 데이비드의 관점을 택해서 우리 자신에 대해 많은 것을 배울 수 있다. 그러나 만약 찰스가 자신의 견해와 데이비드의 견해를 혼동했다면, 그와 우리는 아무것도 배우지 못했을 것이다. 우리는 구두약 공장*을 결코 벗어나지 못했을 것이다.

흥미로운 예를 하나 더 든다면,『허클베리 핀』이 있다. 마크 트웨인이 이 책에서 엄청난 위험을 무릅쓰고 뛰어난 솜씨로 이룩한 업적은 바로 자신의 견해와 헉의 견해 사이에 눈에 보이지는 않지만 대단히 아이러니한 거리를 유지한 것이다. 이야기를 들려주는 사람은 헉이다. 이 작품 속 단어 하나하나는 그가 자신의 목소리로 자신의 견해를 말한 것이다. 마크는 조용하다. 마크의 견해, 특히 노예제도와 짐이라는 인물에 대한 견해는 결코 말로 표현되지 않는다. 순전히 이야기 그 자체와 등장인물들(무엇보다 짐이라는 인물)을 통해 구분할 수 있을 뿐이다. 이 책에서 진짜 어른은 짐뿐이다. 그는 상냥하고, 따뜻하고, 강하고, 참을성 있는 남자이며, 섬세하고 강력

---

\*    찰스 디킨스는 어린 시절 어려운 가정 형편 때문에 구두약 공장에서 일했다.

한 도덕심을 갖고 있다. 기회가 주어진다면 헉도 자라서 그런 남자가 될지 모른다. 그러나 작품 속 시점에서 헉은 무지하고 편견에 가득 찬 아이라서 옳고 그름을 구분하지 못한다(하지만 딱 한 번 중요한 순간에 그는 올바른 추측을 내놓는다). 이 아이의 목소리와 마크 트웨인의 침묵이 자아내는 긴장 속에 이 책이 지닌 힘이 대부분 자리하고 있다. 우리는 이런 식을 책을 읽을 수 있는 나이가 되자마자, 이 책이 정말로 하고자 하는 말은 바로 그 침묵 속에 있음을 알아차려야 한다.

반면 톰 소여는 자라서 잘하면 똑똑한 기업가가 될 것이고, 최악의 경우 사기꾼이 될 것이다. 그의 상상력에 윤리적인 무게추가 전혀 없기 때문이다. 『허클베리 핀』의 뒷부분에서 무심하게 남을 조종하려 하는 이 상상력이 헉과 짐과 이야기를 통제하려 할 때마다 글이 지루하고 지겨워진다.

토니 모리슨은 톰이 짐을 감옥에 집어넣는 것, 그가 짐을 괴롭히려고 생각해내는 방법들, 그리고 헉이 불편해하면서도 무력하게 그의 공범이 되는 것이 남북전쟁 이후 재건 기간 동안 노예해방이 배반당한 것을 상징한다고 설명했다. 노예들은 해방된 뒤에도 전혀 자유롭지 않았다. 그리고 흑인을 열등한 존재로 생각하는 데 익숙한 백인들은 필연적으로 악행의 공모자가 되었다. 이렇게 보면 『허클베리 핀』의 길고 고통스러운 엔딩이 이해가 간다. 작품도 도덕적인 면에서 온전해진다. 그러나 그것은 도덕적으로나 미학적으로나 위험한 일이었으므로, 부분적인 성공만 거뒀다. 아마 마크 트웨인이 톰에게 과도한 동질감을 느꼈기 때문일 것이다. 그는 똑똑한 척하면서 모든 것을 걸고 남을 조종하려 하는 사람들(톰뿐만 아니라 사기꾼인 킹과 듀크도 여기 속한다)에 대해 글을 쓰는 것을 좋아했다. 따라서 헉과 짐과 독자들은 모두 가만히 앉아서, 그들이 이류밖에 안 되는 자신의 솜씨를 과시하는 모습을 지켜볼 수밖에 없다. 마크 트웨인은 헉에게 애정 어린 거리를 완벽히 유지하며, 부드러운 풍자를 한 번도 깨뜨리지 않았다. 그러나 마지막의 씁쓸한 반전에 톰이 필요했기 때문에 그는 톰을 데려와 어화둥둥 떠받들다가 거리를 유지할 수 없게 되었다. 그래서 작품이 균형을 잃었다.

작가는 아닌 척할지 몰라도, 작가의 관점은 등장인물의 관점보다 더 넓다. 등장인물에게는 없는 지식도 거기 포함되어 있다. 작가의 지식 속에서만 존재하는 등장인물이 실존 인물과는 완전히 다른 방식으로 우리에게 알려질 수 있다는 뜻이다. 이런 깨달음을 통해 어쩌면 우리 자신의 삶과도 관련된 통찰력과 영원한 진실을 알 수 있을지도 모른다.

작가와 등장인물을 융합한다면, 즉 등장인물의 행동을 작가가 승인하는 범위로만 한정하거나 등장인물의 의견을 작가의 의견에 맞춰 제한한다면 이런 통찰력과 진실을 얻을 기회가 사라진다.

작가의 어조는 차가울 수도 있고 열정적일 수도 있다. 초연할 수도 있고 심판처럼 판정을 내리는 어조일 수도 있다. 작가의 관점과 등장인물의 관점이 서로 다르다는 사실이 휠히 드러날 수도 있고 감춰질 수도 있다. 그러나 그 차이는 반드시 존재해야 한다. 이 차이가 제공해주는 공간에서 발견, 변화, 학습, 행동, 비극, 충족이 발생한다. 이렇게 이야기가 생겨난다.

# 아무도 의심하지 않는 가설들

1990년대에 했던 작가 대상 강연과 워크숍 메모를 모아, 이 책에 싣기 위해 쓴 글.

"Hypocrite lecteur, mon semblable, mon frère…" et ma soeur…*

이 글은 몇 년에 걸쳐 워크숍 원고와 출판된 책 등 여러 이야기를 읽고 그 결과를 다소 불퉁하게 적은 것이다. 이로 인해 독자로서 나는 나와 어울리지도 않고 소속되고 싶지도 않은 집단에 속하게 되었다.

당신은 나와 똑같다. 당신은 우리와 같다. 작가는 내게

---

\* 따옴표 안은 보들레르의 시집 『악의 꽃』 중 「독자에게」의 한 구절로, T. S. 엘리엇이 「황무지」에 그대로 인용하기도 했다. "위선적인 독자여, 내 동료, 내 형제여……"라는 뜻. 따옴표 밖의 구절은 '그리고 내 자매여'라는 뜻으로 르귄이 덧붙인 듯하다.

이렇게 말한다. 그러면 나는 이렇게 소리를 지르고 싶다. 아냐! 당신은 내가 어떤 사람인지 몰라!

나처럼 픽션을 쓰는 작가들은 누가 우리 작품을 읽는지 모른다. 우리가 독자에 대해 제한적으로나마 가설을 세워볼 수 있는 것은, 대학의 문예지, 특별한 종교와 관련된 잡지, 특별한 상업적 목적을 지닌 잡지처럼 제한된 독자를 지닌 출판물에 글을 쓸 때나 섭정시대 로맨스처럼 배경이 엄격하게 설정된 장르 소설을 쓸 때뿐이다. 그나마 이런 경우에도 독자들이 인종, 성, 종교, 정치, 젊음, 나이, 굴, 개, 흙, 모차르트 등 온갖 주제에 대해 작가와 똑같은 생각을 할 것이라고 가정하는 것은 현명하지 못하다.

아무도 의심하지 않는 가설, 즉 우리 모두 생각이 똑같다고 생각해버리는 실수를 소수집단이나 사회적으로 억압받는 집단에 속한 작가들은 비교적 덜 저지르는 편이다. 그들은 '우리'와 '그들'이 다르다는 사실을 너무나 잘 알고 있다. '우리'를 '모두'와 혼동하는 것에 가장 유혹을 느끼는 것은 사회의 특권층이나 지배층에 속하는 사람, 또는 대학이나 백인 미국인 동네나 신문사 편집부원처럼 고립되거나 비호받는 환경에 속하는 사람이다.

전제는 이렇다. 모두가 나와 비슷하고, 우리는 모두 똑같은 생각을 갖고 있다.

여기서 나오는 추론 결과는 이렇다. 나처럼 생각하지 않는 사람은 중요하지 않다.

이른바 '정치적 올바름'이라는 현상(우리 같은 평범한 사람들이 삽을 삽이라고 부르는 식으로 평범하고 소박한 말을 하는 걸 막으려고 동정심이 흘러넘치는 자유주의자들이 꾸민 음모)은 앞의 추론 결과를 신념의 문제처럼 전시하며, 갖가지 편협한 주장을 옹호하는 데 이용한다.

오만은 보통 무지다. 때로는 순진함일 수도 있다. 다른 사람의 생각과 감정에 대한 아이들의 무지는 용서받아 마땅하지만, 그래도 바로잡아줄 필요가 있다. 지리적 요인이나 빈곤 때문에 고립된 공동체에는 어른이 될 때까지 평생 같은 공동체에서 같은 신념, 가치관, 가설을 갖고 살아와서 너나없이 비슷한 사람들이 많다.

그러나 요즘은 어떤 작가도 글에 드러난 편견이나 편협함을 옹호하는 도구로 무지나 순진함을 정당하게 들고 나올 수 없다.

다른 사람의 생각과 감정에 대해 어떻게 조금이라도 알 수 있을까? 경험을 통해 알아내는 것은 맞지만, 픽션 작가들은 많은 경험을 상상력으로 처리해서 역시 상상력을 통해 독자에게 전달한다. 그러나 아무리 고립된 사회에서 살았어도, 아무리 비호받으며 살았어도, 책을 읽으면 사람들 사이의 엄청난 차이에 대한 지식을 누구나 접할 수 있다. 글을 읽지 않는 작가는 용서할 수 없는 존재다.

심지어 텔레비전만 봐도 우리는 사람들이 다양하다는 것을 알 수 있다. 가끔은.

나는 아무도 의심하지 않는 가설 중 흔히 나타나는 네 가지 변형에 대해 먼저 이야기한 뒤, 다섯 번째 변형을 더 자세히 들여다볼 것이다.


### 1. 우리는 모두 남자다.

이 가설은 무한히 많은 방식으로 픽션에 나타난다. 첫째, 남자가 하는 일은 보편적인 흥미의 대상인 반면 여자의 일은 하찮다는 믿음이 책 전체에 배어 있는 방식. 따라서 남자가 이야기의 중심이 되고, 여자는 그 주변에 위치한다. 둘째, 여자는 남자와 관련되어 있을 때에만 관찰 대상이 되고, 여자들의 대화 역시 남자와 관련되어 있을 때에만 언급되는 방식. 셋째, 성적인 매력을 지닌 젊은 여성의 몸과 얼굴은 생생히 묘사되지만, 남자나 나이 든 여자에 대해서는 그런 설명이 나오지 않는 방식. 넷째, 독자가 여성혐오적인 발언을 환영할 것이라고 가정하는 방식. 다섯째, 대명사 그he에 남녀가 모두 포함되는 척하는 방식. 이 밖에도 많은 방식이 있다.

이 가설은 상당히 최근까지도 문학에서 거의 의문의 대상이 되지 않았다. 지금도 반동적이고 여성혐오적인 작가와 비평가가 이 가설을 맹렬하게 지지하고 있다. 이 가설에 의문을 품는 것은 이 가설을 옳다고 믿었던 위대한 작가들의 권위에 의문을 품는 것과 같다고 생각하는 사람들도 이 가설을 옹호한다. 그런 방어적인 태도가 불필요하다는 말은 이제 굳이 할 필요도 없을 것이다. 그런데도 『뉴욕타임스』와 많은 학문의 보루들은 남자를 잡아먹을 기세로 브래지어를 불태우며 셰익스피어의 이름을 끌어내리고 멜빌을 악마화하려 드는 미친 무리로부터 안타깝게도 여전히 우리를 철저히 보호하고 있다. 앞으로 시간이 얼마나 흘러야, 페미니스트 비평이 문화적 상대주의와 역사 인식이라는 온화하고 정직한 빛을 어두운 부정의 땅에 비춤으로써 그 위대한 작가들의 글을 읽는 경험을 엄청나게 풍요롭게 만들었음을 이 용감한 옹호자들이 알아차릴지 궁금하다.

## 2. 우리는 모두 백인이다.

이 가설은 작가가 백인이 아닌 인물의 피부색만 작품 속에서 언급하는 방식으로 암시될 때가 아주, 아주 많다. 흰 피부가 정상이고, 다른 색은 모두 비정상임을 확실하게 암시하는 방식이다. 다른 피부색은 '기타'에 속한다. '우리가 아니다.'

여성혐오와 마찬가지로, 흔히 경악스러울 만큼 야만적이고 독선적으로 표현되는 인종적 멸시와 증오는 과거에 나온 소설에 워낙 자주 등장하기 때문에 피할 길이 없다. 독자가 이것을 감당하기 위해서는 역시 역사 인식을 갖는 수밖에 없다. 역사 인식은 관용을 요구하지만, 그것이 반드시 용서로 이어지지는 않는다.


### 3. 우리는 모두 이성애자다.

'물론이다.' 이야기 속의 모든 성적 매력과 성적인 활동은 이성애자들의 것이다. 이 가설은 지금도 가장 순진한 픽션에 적용된다. 그 순진함이 고의적인 것이든 아니든 상관없다.

이성애자가 지배적인 내집단in-group*이라고 은근히 암시될 때도 있다. 작가는 부정적으로 고정된 이미지로 남자 동성애자나 남자 역을 하는 여자 동성애자를 표현하면서, 마치 말로 슬쩍 윙크를 하는 것 같은 표시를 남긴다. 독자에게서 증오에 찬 웃음을 이끌어내는 초대장이다.


### 4. 우리는 모두 그리스도를 믿는다.

그리스도교가 인류의 보편적인 종교가 아니라는 사실을 알아차리지 못한 작가, 또는 그리스도교가 세상에서 유일하게 정당한 종교라고 믿는 작가는 독자가 그리스도교의 이미지와 어휘(성모, 죄악, 구원 등등)에 자동적으로 적절한 반응

---

\* 조직이나 사회 내부의 배타적인 소집단. 개인이 심리적으로 소속감을 느끼며 동일시하는 집단을 뜻한다. 이와 반대로 개인이 동일시하지 않는 집단은 외집단out-group이라고 한다.

을 보일 것이라고 당연히 생각해버릴 가능성이 크다. 이런 작가는 십자가에 무임승차한다. 15세기 유럽에서는 이 가설이 용서받을 수 있었지만, 현대 소설에서는 아무리 좋게 봐줘도 현명하지 못하다.

이들 중에서도 특히 어리석은 하위 그룹을 꼽는다면, 현재 가톨릭을 믿거나 과거 가톨릭을 믿은 적이 있고 모든 독자가 교구 학교를 다녀서 어떤 식으로든 수녀에게 집착한다고 확신하는 작가들이 있다.

하지만 이들보다 훨씬 더 무서운 것은 그리스도교를 믿지 않는 인물을 묘사할 때 그리스도교를 제외하면 영성靈性도 도덕도 존재하지 않는다는 믿음을 드러내는 작가들이다. 가끔 등장하는 선량한 유대인이나 정직한 비非신자에게 혹시 특별한 은총을 베푼다 해도, 그것은 그들을 배타적인 그리스도교 세계에 포함시키는 형태가 될 뿐이다. 일신교의 편협함에는 무엇도 상대가 되지 않는다.

스스로 보편적인 줄 아는 다섯 번째 가설은 특별히 살펴볼 필요가 있다. 픽션이라는 맥락에서 자주 언급되는 주제가 아니기 때문이다. 우리는 모두 젊다는 것이 바로 다섯 번째 가설인데, 이것이 복잡하다. 나이에 대한 우리 경험은 우리 나이가 바뀌면서 함께 달라진다. 항상 변한다는 뜻이다. 나이에 대한 편견은 양방향으로 작동한다. 어떤 사람은 평생 동안 자기가 최고라는 생각을 유지한다. 즉, 자기가 젊을 때는 서른 살이 넘은 사람을 모두 멸시하고, 중년이 되면 젊은이와 노인을 모두 하찮게 취급하고, 노인이 되면 아이를 싫어하는 식이다. 80년간 지속되는 편견이다.

남자, 백인, 이성애자, 그리스도교인은 미국 사회에서 특권 집단이므로 힘을 갖고 있다. 젊은이는 그렇지 않다. 하지만 대학, 패션계, 영화계, 대중음악계, 스포츠계, 그리고 우리에게 수많은 기준을 정해주는 광고계에서 젊은이는 특권 집단이거나 지배 집단이다. 지금은 젊은이를 존중하지 않으면서 아첨을 떨고, 노인을 멸시하면서 감상적으로 바라보는 추세다.

두 집단을 따로 떼어놓는 추세도 있다. 대부분의 사교 모임과 직장에서 보모나 교사로 지정된 소수를 제외한 성인들은 아이들과 분리되어 있다. 젊은이의 관심사와 어른의 관심사는 완전히 다르다고 여겨진다. 두 집단이 만날 수 있는 곳은 '가정'밖에 남지 않았다. 정치가, 설교자, 전문가는 '가정'에 대해 재잘재잘 떠들어대면서도, 그것이 무엇으로 구성되어 있는지는 살펴보려 하지 않는 것 같다. 현대의 가정은 대개 어른 한 명과 아이 한 명으로 구성된 미니 집단이다. 나이 차이는 한 세대에 불과하다. 이혼과 재혼으로 이보다 더 큰 가정이 만들어질 수 있지만 부모, 의붓부모, 의붓형제를 많이 갖고 있는 아이들도 가족 중에 쉰 살이 넘은 사람을 접하지 못할 때가 많다. 나이가 많은 사람은 보통 자의로든 타의로든 아이들과 전혀 접촉하지 못한다.

연령에 따라 사람들이 이렇게 이상하게 분리되어 있는 것을 보고 왜 작가들이 젊은이의 관점만을 유일한 관점처럼 사용하게 된 건지는 나도 잘 모르겠지만, 어쨌든 많은 작가들이 그렇게 한다. 여기서 그들이 의심하지 않는 가설은 모든 독자가 젊거나 젊은이에게 동질감을 느낀다는 것이다. 젊은이가 곧 '우리'다. 나이 많은 사람은 '그들'이고 아웃사이더다.

모든 어른은 한때 아이였고, 청소년이었다. 우리도 그 시기를 겪었으므로, 그때의 경험을 알고 있다.

하지만 지금은 아이도 청소년도 아니다. 어른 소설을 읽는 독자는 대부분 어른이다.

독자들 중에는 또한 자식을 기르는 부모거나, 어떤 식으로든 부모의 책임을 받아들인 사람이 아주 많다. 비록 그들이 젊은이에게 동질감을 느낀다 해도, 그 감정이 단순하지 않다는 뜻이다. 지극히 복잡하다. 소속감도 아니고, 단순한 과거 회상도 아니다. 아이와 젊은이에 대해 자신이 사회적·개인적으로 책임이 있음을 받아들인 어른, 자신도 한때는 젊었음을 부정할 필요가 없는 어른은 단 하나의 관점이 아니라 여러 관점을 갖고 있다.

어린이나 청소년을 위한 책을 쓸 때는 아이나 청소년의 관점을 취하는 것이 당연히 자연스럽다. 어른을 위한 책에서도 그것은 정당한 문학적 장치다. 강력한 힘을 발휘할 때도 많다. 다시 젊어지고 싶다는 향수 어린 갈망을 충족시키는 단순한 기능도 있겠지만, 순수한 관점은 선천적으로 풍자적이다. 이것이 현명한 작가의 손에 들어가면, 어른의 이중 시야를 특히 섬세하게 암시하는 도구가 될 수 있다. 그러나 최근에 나온 많은 어른 소설에서 아이의 시각은 풍자적으로 사용되지도 않고 이야기의 복잡성을 더욱 증가시키지도 않는다. 암묵적으로든 노골적으로든 그냥 깊이를 지닌 어른의 시야보다 더 가치 있게 취급될 뿐이다. 극단적인 향수鄕愁다.

　이런 작품에서는 어른과 아이가 절대적으로 분리되고, 그것을 바탕으로 판단이 내려진다. 어른은 아이나 젊은이에 비해 인간성이 떨어지는 사람으로 인식되며, 독자는 이런 인식을 그냥 받아들여야 한다. 부모를 비롯해서 어떤 식으로든 권위를 지닌 인물은 연민도 이해도 없이 자동적으로 적으로 설정된다. 그들은 독단적으로 힘을 휘두르는 전능한 존재다. 성자처럼 모든 것을 이해해주는 예외적인 어른이 나올 수도 있다. 힘없는 노인, 다른(이 단어가 중요하다) 종족의 원시적 지혜를 풍부하게 알고 있는 할아버지 같은 존재가 그들이다. 감상주의가 지나친 단순화 앞에서 꼬리를 흔들며 아부한다.

　지금은 세상을 떠난, 지배 계층의 어느 백인 남자의 말처럼, 권력은 반드시 부패한다. 어른은 아이보다 더 많은 힘을 갖고 있으니 그만큼 부패했고, 아이는 적어도 어른에 비해서는 순수하다. 그러나 사람을 사람으로 규정해주는 것은 순수성이 아니다. 동물도 우리처럼 순수성을 갖고 있다.

어른이 아이에게 정말로 절대적인 힘을 휘두를 수도 있고, 그 힘을 남용할 수도 있다. 그러나 작가의 관점이 유치하거나 유아적일 때에는 남용이라는 말에 대한 정당한 설명조차 힘을 잃는다. 어른을 전능한 존재로 바라보는 유아적인 시각을 받아들이려면 독자는 그동안 살면서 힘들게 얻은 지식, 즉 대부분의 어른은 사실 어떤 종류의 힘이든 별로 갖고 있지 않다는 지식을 버려야 한다.

픽션 속 등장인물들을 다룬 앞의 에세이에서 예로 든 두 작품을 여기서도 사례로 제시하겠다. 『데이비드 코퍼필드』와 『허클베리 핀』이다.

우리는 의붓아버지가 잔혹한 사람이라는 어린 데이비드의 인식 속에 갇혀, 그 인식을 공유한다. 그러나 디킨스의 소설은 시기와 증오에 찬 어른들이 아이를 학대하는 이야기가 아니다. 아이가 자라 어른이 되고, 완전한 인간이 되는 이야기다. 사실 데이비드의 실수는 모두 어디서나 반복되는 실수다. 어른의 거짓 권위를 진짜로 착각하고, 언제나 바로 가까이에서 정말로 자신을 도울 수 있었던 사람을 제대로 평가하지 못하는 아이의 실수. 소설의 끝부분에 이르러 데이비드는 자신을 무력하게 묶어두었던 유아적인 환상을 떨치고 성장한 모습을 보인다.

어렸을 때의 디킨스는 여러 면에서 데이비드 그 자체였지만, 소설가 디킨스는 자신과 그 아이를 혼동하지 않는다. 대신 힘들게 얻은 복잡한 시각을 계속 유지한다. 그래서 아이들의 고통에 대해 무서울 정도로 정확한 이해를 보여주는『데이비드 코퍼필드』가 어른을 위한 책이 된다.

　J. D. 샐린저의『호밀밭의 파수꾼』과는 대조적이다. 여기서 작가는 어른을 비인간적으로 강력하며 이해심이 없는 존재로 보는 아이의 시각을 채택하고, 끝까지 그 너머를 보지 못한다. 따라서 어른을 위한 소설로 출판된 그의 작품을 더 잘 이해하는 사람은 열 살짜리 아이들이다.

　아이 같은 시각과 아이의 시각이 반드시 똑같지는 않다.『톰 소여』에는 이 두 시각이 다소 불편하게 혼합되어 있는 부분이 많지만,『허클베리 핀』은 화자가 소년인데도 전혀 아이 같은 구석이 없다. 헉의 제한된 어휘, 인식, 추측, 무지, 오해, 편견 뒤에는 작가의 확고부동하고, 명료하고, 풍자적인 지성이 있다. 우리는 그 지성을 통해 헉의 도덕적 딜레마를 이해하고 느낀다. 정작 헉 본인은 그것을 이해하지 못해 그렇게 애를 먹는데도.

　헉만 한 나이에 그 책을 읽으면서 나는 그것을 이해했다. 아직 열여덟 살이 안 된 사람이 나름대로 최고의 능력을 발휘해 풍자를 이해할 때처럼. 따라서 나는 소설 속 표현들과 사건들에 충격을 받았을 때조차 이해심을 갖고 그 책을 읽을 수 있었다. 적어도 소년들이 톰의 고집스러운 주장으로 짐을 가두고 괴롭히는 에피소드가 나올 때까지는 그랬다. 그 에피소드에서 나는 내가 사랑하게 된 흑인 남자가 백인 아이들 앞에서 무력한 모습을 보았다. 그의 두려움과 슬픔과 인내심은 무시당하고 폄하되었다. 나는 트웨인도 이 사악한 장난에 한패가 되었다고 생각했다. 그가 이런 장난을 승인했다고 생각했다. 그가 남북전쟁 이후 재건기의 잔인한 조롱을 풍자하고 있음을 이해하지 못했다. 트웨인의 의도를 이해하기 위해서는 역사에 관한 지식이 필요했다. 그는 나를 짐과 같은 인류로 분류함으로써 나를 명예롭게 대우하고 있었다.

『허클베리 핀』에서 헉이 전혀 의심을 품지 않는 가설(그가 살고 있는 사회의 가설이다)은 작가의 신념 및 인식(그가 살고 있는 사회의 신념 및 인식과는 반대일 때가 많다)과 시종일관 고의적으로, 그리고 충격적으로 서로 충돌한다. 이 책은 대단히 복잡하고 위험하다. 안전한 문학을 원하는 사람들은 이렇게 위험한 책을 결코 용서하지 못할 것이다.

아무도 의심하지 않는 가설에는 각각 그 가설을 거꾸로 뒤집은 반대 가설이 존재할 가능성이 있다. 이런 반대 가설을 소설로 쓴다면, 남자가 여자의 성적 대상으로만 취급받고, 동성애가 사회적 기준이고, 백인이 등장할 때마다 피부가 하얗다는 말이 별도로 언급되고, 도덕적으로 행동하는 사람은 신은 섬기지 않는 무정부주의자뿐이고, 어른들이 자신을 멋대로 휘두르려 하는 아이들의 권위에 맞서 반항하지만 좌절하고 마는 이야기가 나올 것이다. 내 경험상 이런 이야기가 실린 책은 드물다. 혹시 사이언스픽션에서는 그런 책을 만날 수 있을지도 모르겠다.

그러나 사실주의 소설이 이런 가설에 단순히 의문을 제기하는 데 그치거나 이런 가설을 무시해버리는 경우는 드물지 않다. 여자도 남자만큼 인류를 대표한다는 생각, 동성애자나 유색인이나 비非그리스도교인도 이성애자나 백인이나 그리스도교인만큼 인류를 대표한다는 생각을 담은 소설이 분명히 나와 있기는 하다. 어른이나 부모의 시각을 아이 같은 시각만큼 인정하는 소설도 있다.

편협성에 대한 거부를 모두 자유주의자의 음모로 보는 사람들이 그런 책에 '정치적 올바름'이라는 낙인을 찍어버릴지도 모른다. 출판사와 비평가도 그런 작품을 대개 게토로 몰아넣어, '일반적인 흥미를 다루는' 소설과 분리한다. 남자의 행동을 중심에 놓은 소설, 주요 인물이 남자, 백인, 이성애자, 젊은이인 소설에서는 이런 사람들에 대해 특별한 설명이 언급되지 않고, 소설 자체는 '일반적인 흥미를 다루는' 작품으로 분류된다. 주요 인물이 여자, 흑인, 동성애자 노인인 소설에 대해서는 비평가들이 그 특별한 집단을 다룬 작품이라고 말할 가능성이 크다. 심지어 작품에 공감하는 비평가들조차 이런 소설은 주로 또는 오로지 그 집단의 흥미를 끌 뿐이라고 생각해버린다. 이렇게 해서 기성 비평계와 출판사의 홍보 활동 및 판매 전술이 편견에 엄청난 권위를 부여한다.

작가에게는 반동적인 기성 비평계와 소심한 시장에 반

항하는 일이 내키지 않을 수 있다. "나는 그저 내가 아는 이 사람들에 대한 소설을 쓰고 싶을 뿐이야!" "난 그저 내 책을 팔고 싶을 뿐이야!" 얼마든지 그럴 수 있다. 그러나 정상 또는 표준과 관련해서 아무도 의심하지 않는 가설로 위장한 편견과 얼마나 결탁해야 안전을 살 수 있을까?

작가가 느끼는 위험은 현실이다. 마크 트웨인의 사례를 다시 보자. 『허클베리 핀』은 지금도 혹평에 시달리며 금서가 되거나 검열을 당한다. 등장인물들이 '검둥이'라는 단어를 사용하네 어쩌네 하는 이유들 때문인데, 모두 인종과 관련되어 있다. 평등이라는 이름으로 이 작품을 이렇게 괴롭히는 사람들 중에는, 10대들이 역사적인 맥락을 이해하지 못한다고 생각하는 사람, 선을 가르치려면 악에 관한 지식을 억압해야 한다고 믿는 사람, 복잡한 도덕적 목적을 이해하지 않으려는 사람, 세속 문학이 도덕교육과 사회교육의 도구가 될 수 있음을 믿지 않거나 두려워하는 사람이 포함되어 있다. 위험한 책은 가설에 의문을 품으라는 요구 때문에 위협을 느낀 사람들로 인해 항상 위험에 처할 것이다. 그들은 차라리 기존의 가설을 그대로 꼭 붙들고, 책을 금서로 지정하는 편을 택한다.

안전해지려면 내집단의 비위를 맞춰야 한다. 세상 사람 모두가 용감한 것은 아니다. 나는 자신의 의견이 보편적인 정당성을 지니고 있는지 쉽게 의문을 품고 생각해보지 못하는 작가들에게 딱 하나만 생각해보라고 요구하고 싶다. 우리가 젠더, 성별, 인종, 종교, 나이 등을 기준으로 속해 있는 모든 집단이 내집단이며, 그 주위를 둘러싼 거대한 외집단은 우리 옆집뿐만 아니라 전 세계에서 인류가 존재하는 한 언제까지나 살아 있을 것이라는 점. 외집단은 '다른 사람들'로 불린다. 우리가 글을 쓰는 것은 그들을 위해서이다.

# 자부심

글쓰기 워크숍에 관한 에세이

폴 M. 리글리와 데비 크로스가 1989년 수전 페트리 기금과 클래리언 웨스트 라이터스 워크숍을 위해 편집한 책에 기고한 글이다. 여기저기 손을 보기는 했지만, 내용은 똑같다.

가끔 나는 워크숍을 걱정한다. 나도 많은 워크숍에서 강단에 섰다. 클래리언 웨스트에서 네 번 강사로 나섰고, 오스트레일리아와 오리건 해안의 헤이스택, 오리건 사막의 맬러필드 스테이션, 인디애나 앤드 베닝턴 라이터스 회의, 워싱턴의 라이팅 센터스, 포틀랜드 주립대학 등에서도 같은 역할을 했다. 내가 사랑하고 많이 그리워하는 플라이트 오브 마인드의 강단에 선 적도 많다. 지금도 가끔 워크숍에서 강사로 활동하지만, 이제 그만해야 하지 않을까 하는 생각이 들 때도 가끔 있다. 내가 늙어서 게을러졌을 뿐만 아니라, 워크숍에 대해 엇갈린 생각을 갖고 있기 때문이다. 워크숍은 좋은 것인가, 나쁜 것인가.

이 질문을 던질 때마다 나는 항상 좋은 것이라는 답에 안

착한다. 무게를 싣지는 않지만, 그래도 두 발로 땅을 디딘다.

워크숍은 좋은 점이 있는 만큼 나쁜 점도 확실히 갖고 있다.

워크숍이 끼칠 수 있는 피해 중에 가장 무해한 것은 시간 낭비다. 사람들이 글 쓰는 법을 가르치거나 배울 수 있을 것이라는 기대를 안고 워크숍에 왔을 때 이런 결과와 맞닥뜨린다. 내가 사람들에게 글 쓰는 법을 가르칠 수 있다고 생각한다면, 그들의 시간을 낭비하는 꼴이다. 사람들이 내게서 글 쓰는 법을 배울 수 있다고 기대한다면, 그건 그들이 내 시간을 낭비하는 꼴이다. 게다가 이 문장을 반대로 뒤집어도 역시 옳다.

워크숍에 참석하는 사람들은 글 쓰는 법을 배우지 않는다.* 그들이 거기서 무엇을 배우는지 또는 하는지에 대해서는 나중에 말하겠다.

이보다 더 해롭고 워크숍을 오염시킬 수 있는 요소는 자기중심적이고 오만한 행동이다. 오래전 문예창작 수업과 작가 회의는 대부분 위대한 작가와 그의 제자들이 휩쓰는 자기

---

* [원주] 나는 '글쓰기'라는 말을 문학성과 상업성을 모두 갖췄거나 둘 중 하나만 갖춘 글을 쓴다는 뜻으로 사용한다. 문장을 구성하는 법이나 구두점 사용법 같은 글쓰기 요령은 정말로 가르치고 배울 수 있다. 대개는 초등학교와 중·고등학교에서 그런 가르침이 이루어진다. 적어도 우리는 그런 가르침이 제대로 이루어지기를 희망한다. 이런 글쓰기 요령은 내가 말한 '글쓰기'에 꼭 필요한 선행조건인데도, 어떤 사람은 그런 요령을 모르는 채 글쓰기 워크숍에 참가한다. 예술에 기술은 필요하지 않다고 믿는 사람들이다. 그건 착각이다.

선전장이었다. 이제는 오이 피클처럼 발효된 거물들의 이름을 내건 문예창작 프로그램과 '명문' 대학 등에서는 지금도 이런 일이 많이 일어난다. 작가들 사이의 위계와 그 위계에서 발생하는 권위를 바탕으로 글쓰기를 가르치던 방식에서 우리가 해방된 것은 이제 거의 모든 글쓰기 수업에 사용되는 클래리언 시스템, 즉 상호 집단비평 시스템 덕분이었다.

그러나 상호 비평 워크숍에서조차 강사가 오만하게 굴 수 있다. 예전에 어떤 강사가 잘 알지도 못하는 에설런법*을 이용해 심리 게임을 하면서 일부러 참가자들의 인격을 해체해버린 적이 있었다. 해체한 인격을 다시 돌려놓는 방법에 대해 그는 눈곱만큼도 아는 것이 없었다. 또 어떤 강사는 참가자들이 쓴 글을 쓰레기로 매도하는 방식으로 벌을 주며 자기만의 악마의 섬**을 운영하기도 했다. 그는 자신이 좋아하는 모범수 한두 명만 예외적으로 총애했다. 또 어떤 강사는 일주일 동안 체계적으로 여성혐오를 가르쳐 '좋은 남자 몇 명'을 만들어낸다는 훈련 시설을 운영하기도 했다. 이런 강사는 너무나, 너무나 많다. 그 밖에 인기를 노리는 것처럼 보이는 강사도 있고, 허둥대는 학생들을 내버려둔 채 월요일부터 도망쳤다가 금요일에야 나타나 수업료를 챙겨 가는 강사도 있다.

이런 방종한 강사들은 생생하고 영구적인 피해를 입힐

---

\* 집단 요법이나 심리극 등을 이용하는 심리·물리 요법.
\*\* 남아메리카 프랑스령 기아나에 있는 섬으로 과거 프랑스의 유형지였다.

수 있다. 특히 강사는 유명하고 존경받는 사람이고, 워크숍 참가자는 불안하고 취약한 사람(모든 참가자가 대체로 이런 편이다)일 때 피해가 크다. 자신이 쓴 글을 비평해달라고 내 놓는 것은 진짜 용기가 필요한 신뢰의 행동이다. 그러니 존중 받아야 마땅하다. 내가 아는 사람 중에는 존경하던 작가에게 서 잔인하게 퇴짜를 맞은 뒤 오랫동안 글쓰기를 중단한 사람 이 여러 명 있다. 그중에 한 명은 아예 두 번 다시 글을 쓰지 않 았다. 글쓰기 강사에게 예술을 옹호할 책임과 기준을 아주 높 게 설정할 권리가 있는 것은 확실하지만, 배우고자 하는 사람 을 막아 세울 권리는 누구에게도 없다. 실력이 뛰어난 사람을 옹호하는 것과 상대를 마구 괴롭히고 들볶는 행동은 아무런 관련이 없다.

참가자의 오만한 행동 또한 다른 참가자들이나 집단 전 체의 활동에 파괴적인 영향을 미칠 수 있다. 이럴 때는 강사 가 노련함을 발휘해서 그 말썽꾼의 장단에 말려들지 말아야 한다. 그런 말썽꾼은 대개 남을 조종하며 괴롭히는 유형이거 나 수동적으로 괴롭히며 사이코패스처럼 자신의 요구를 강 요하는 유형이다. 나는 강사로서 이런 사람들과 타협하지 말 아야 한다는 사실을 빨리 배우지 못했다. 지금도 그들을 잘 다루지 못한다. 그러나 다른 참가자들에게 도움을 요청하면 그들이 도와준다는 사실을 알게 되었다. 나를 돕는 사람들의 솜씨, 상냥함, 감수성은 언제나 놀라울 따름이다.

모든 워크숍에서 출입문에 반드시 '자만을 살찌우지 마

시오!'라는 말을 붙여놓아야 할지도 모른다. 하지만 이 경우 문의 뒤편에는 '이타심을 살찌우지 마시오!'라는 말도 붙여야 한다. 자만과 이타주의 모두 모든 종류의 예술에 방해가 되기 때문이다. 필요한 것은 집중력이다.

이제 나는 어깨를 움츠리고, 입을 딱 다물고, 사납게 앞을 노려보며, 위험을 무릅쓰고 할 말을 해야겠다. 워크숍 중에는 어느 정도 선천적으로 해로운 유형이 두 가지 있다. 둘 다 작업에 오히려 방해가 되는 경향이 있는데, 서로 사용하는 방식은 다르지만 글쓰기를 목적이 아니라 수단으로 이용한다는 점이 같다. 나는 이들을 각각 상업적 워크숍과 기성체제 수호 워크숍이라고 부르겠다.

상업적인 목적에 치우친 워크숍은 참가자들이 모두 책을 수십만 부씩 파는 뉴욕의 편집자와 대리인을 만나려고 안달하고, 언제나 '시장' '짧은 글에 좋은 시장' '종교적인 글에 좋은 시장'에 관한 이야기만 하는 얌전한 유형에서부터 참가자들이 모두 짧은 글을 쓰는 노부인들을 비웃으면서 살인도 불사할 기세로 앞에서 말한 편집자와 대리인을 만나려 안달하는 화려한 유형까지 다양하다. 후자의 워크숍에서도 참가자들은 항상 '시장' '연결해줄 사람과의 만남' '똑똑한 대리인 찾기' '시리즈 판매' 등에 관한 이야기만 한다. 작가들이 이런 사업적인 측면에 관심을 갖는 것은 정당하고 필요한 일이다. 작가도 자신의 직업에서 이루어지는 거래에 대해, 점점 어려워지는 시장에서 협상하는 법에 대해 배울 필요가 있다. 기술과 마찬가지로 거래도 가르치고 배울 수 있다. 그러나 거래가 가장 중요한 초점이 되는 워크숍은 글쓰기 워크숍이 아니라, 비즈니스 수업이다.

성공적인 판매가 가장 큰 관심사인 사람의 일차적인 직업은 작가가 아니라 판매원이다. 만약 내가 작가의 가장 중요한 목표는 성공적인 판매라고 가르친다면, 그건 글쓰기 수업이 아니다. 소비재의 생산과 마케팅을 가르치는 수업이다. 아니, 내가 그런 걸 가르치는 척하는 수업이라고 해야 할지도 모른다.

반면 기성체제 수호 워크숍과 프로그램은 마케팅 같은 저열한 주제에 대한 이야기를 피한다. 그런 곳에서 **판매**라는 단어는 비속어와 같다. 사람들이 그런 워크숍에 참여하는 것은, 필요한 사람을 만날 수 있는, 필요한 장소이기 때문이다. 그런 프로그램은 대부분 동부에서 실시되는데, 내집단이나 엘리트에게 양식을 제공하는 것이 목적이다. 이 집단의 가장 핵심적인 멤버들은 가장 핵심적인 작가 집단에 들어가, 서로를 추천하는 방식으로 최상급의 지원금을 타낸다.

성공적인 작가로 인정받는 것이 나의 가장 큰 관심사라면, 나의 일차적인 직업은 작가가 아니라 출세를 노리는 아첨가다. 문학과 비슷한 일을 하면서, 그것을 이용해 특권적인 지위에 도달하려 하는 사람이라는 뜻이다. 만약 내가 워크숍에서 이런 기법을 가르친다면, 그것은 글쓰기 수업이 아니라 엘리트 집단에 들어가는 방법을 가르치는 수업이다.

엘리트 집단에 들어가면, 시장에서 작품을 팔 가능성이 높아질 수도 있다. 아주 근사한 동네와 시장 사이에는 언제나 잘 닦인 도로가 있게 마련이다.

파파 헤밍웨이는 작가들이 돈을 위해 글을 쓴다고 말했고, 파파 프로이트는 예술가가 명성, 돈, 여자의 사랑을 얻기 위해 일한다고 말했다. 여자의 사랑에 대해 이야기하면 훨씬 더 재미있겠지만, 나는 여기서 그것을 제외하겠다. 명성과 돈이란 곧 성공과 권력을 뜻한다. 두 파파의 말에 동의하는 사람에게 딱 맞는 워크숍이 있지만, 이 글은 그런 사람을 위한 것이 아니다. 내 생각에는 두 파파가 모두 헛소리를 한 것 같다. 나는 작가들이 글을 쓰는 이유가 명성도 돈도 아니라고 생각한다. 물론 작가들도 그 두 가지를 손에 넣었을 때 좋아하기는 한다. 그러나 작가는 원래 무언가를 '위해' 글을 쓰지 않는다. 심지어 예술 그 자체를 위해 글을 쓰지도 않는다. 그냥 쓸 뿐이다. 가수는 노래하고, 무용수는 춤추고, 작가는 쓴다. 무엇을 '위해' 그런 일을 하느냐는 물음은 예술과 아무 상관이 없다. 아기, 숲, 은하가 그런 물음과 상관이 없는 것과 같다.

화폐경제에서 예술가는 반드시 자신의 작품을 팔거나 누군가의 후원을 받아야 한다. 우리 나라 정부는 모든 예술가에 대해 히스테리에 가까운 의심을 품고 있고 대부분의 예술 재단은 작가들에게 특히 인색하므로, 북미의 작가들은 마케팅과 지원금 타는 법에 대해 직접 관심을 쏟을 수밖에 없다. 그들은 자기 직업에서 이루어지는 거래에 대해 배울 필요가 있다. 그 학습을 도와주는 안내서도 많고 단체도 있다. 그러나 거래는 예술이 아니다. 작가와 글쓰기 교사가 글의 품질보다 상업성을 앞에 두는 것은 작가와 작품을 깎아내리는 행동이다. 글쓰기 워크숍이 글의 품질보다 마케팅과 계약서 작성을 앞에 두는 것은 예술을 깎아내리는 행동이다.

내 말에 동의하지 않아도 좋다. 그냥 내 워크숍에 나타나지만 않으면 된다.

마지막으로, 시간 낭비를 초래하는 원인이 더 있다. 워크숍의 상호의존성, 매년 워크숍에 참가하면서도 1년 내내 어떤 글도 쓰지 않는 워크숍 중독자들을 부추기는 방침…… 그리고 신청자가 다른 워크숍과 작가촌에 참가할 수 있는 다른 지원금을 받은 경력이 있다는 이유만으로 지원금을 주는 방침.

뉴잉글랜드에서 엘리트 분위기를 대단히 강조하는 예술인촌에 다녀온 내 친구가 그곳에서 만난 어떤 여자의 이야기를 해주었다. 그녀는 그런 예술인촌과 예술인 회의를 돌아다니며 살기 때문에 주소가 없었다. 지난 10년 동안 발표한 작품은 단편 두 편이 전부였다. 그 여자에게 직업이 있는 것은 맞지만, 그 직업이 작가는 아니었다.

이런 중독자들은 항상 낡은 원고를 워크숍에 가져온다. 그리고 비평 시간이 되면, 예전에 여기보다 더 훌륭한 워크숍에서 훌륭한 작가가 이 원고를 아주 칭찬했다고 말한다. 강사가 새로운 작품을 내놓으라고 요구하면 그들은 격분한다. "이건 내가 1950년부터 계속 작업하고 있는 원고야!" 이끼 같은 수염을 기르고 초록색 옷을 입어 해 질 녘에는 잘 눈에 띄지 않는 그들은 앞으로 20년 뒤에도 그 망할 놈의 미완성 원고를 계속 들고 다니며 이렇게 징징거릴 것이다. "하지만 **감수성이 엄청나게 좋은** 글이라고 **롱펠로**가 말했어!"

하기야 나도 워크숍 중독자이긴 하다. 계속 워크숍을 하니까. 왜지?

자, 긍정적인 면부터. 아마 남에게 글 쓰는 법을 가르칠 수 있는 사람은 아무도 없겠지만, 상업적인 프로그램과 기성 체제 수호 프로그램에서 각각 이윤과 특권을 손에 넣는 기법을 가르칠 수 있듯이 작업 중심적인 워크숍에서는 현실적인 기대, 유용한 습관, 예술에 대한 존중, 작가로서 자신에 대한 존중을 습득할 수 있다.

강사가 워크숍 참가자에게 주어야 하는 것은, 내가 생각하기에, 무엇보다 경험이다. 말로 잘 정리해서 들려주는 경험일 수도 있고, 단순히 작가로서 그 자리에 참가해 작품을 읽고 서로 의견을 나누며 공유하는 경험일 수도 있다.

대부분의 참가자에게 가장 필요한 일은 자신을 작가로 생각하는 법을 배우는 것이다.

젊은이들에게는 이것이 전혀 문제가 되지 않을 때가 아주 많다. 많은 10대 청소년과 대학생 또래의 젊은이들은 소설가의 삶에 무엇이 수반되는지 전혀 모르기 때문에 소설과 시나리오를 쓰고 밴드에서 드럼도 치면서 열다섯 가지쯤 되는 시험에 통과하는 일을 뚝딱 해치울 수 있다고 생각한다. 이런 유쾌한 태도는 건강하고 사랑스럽다. 또한 그들이 진지한 워크숍에는 맞지 않는다는 증거이기도 하다(내 생각에는 학위를 수여하는 글쓰기 프로그램에도 맞지 않다). 아주 드문 경우를 제외하고, 젊은 사람들은 작가가 되는 데 필요한 만큼 자신을 다 쏟지 못한다.

많은 어른들의 문제는 정반대다. 자신감이 부족하다는 것. 여자들, 특히 자녀가 있는 여자들이나 나이가 중년 이상인 여자들은 '다른 사람을 위해' 하는 일이 아니라면 무엇이든 진지하게 생각하는 것을 엄청나게 힘들어한다. 이타주의의 함정이다. 어려서부터 자신이 돈을 벌어 와야 하는 평범한 남자라고 생각하며 자란 남자들도 역시 자신을 작가로서 진지하게 받아들이는 생각의 도약을 잘 해내지 못한다. 수십 년 전부터 아마추어 작가와 반쯤 아마추어 작가 집단들이 크게 발전했고, 워크숍이 엄격한 평등주의를 기반으로 기능하고 있는데도, 워크숍에 강사가 있는 이유가 바로 이것이다. 강사는 이미 작품을 발표한 적이 있어서 의심의 여지가 없는 진짜 작가로서, 워크숍의 중심인물이 되어 자신의 전문적인 지식을 공유하고 참가자 모두에게 작가의 기분을 느끼게 해줄 수 있다.

따라서 강사는 반드시 글쓰기 교사가 아니라 글쓰기를 가르치는 작가여야 한다. 워크숍 분야에서 활발하게 전문적인 글을 발표한 적이 있어야 한다.

또한 강사의 남녀 비율이 반드시 비슷해야 한다(게센 행성* 사람들이라면, 이 요건이 전혀 문제가 되지 않겠지만, 다른 행성에서는 워크숍 운영자들이 이 문제를 핵심 과제 중 하나로 삼아야 한다).

강사는 단순히 상징적인 스승이 아니다. 참가자들에게 직접적으로 유용한 존재이기도 하다. 그들이 내는 과제, 방향 제시, 토론, 연습, 비평, 반응, 신경질 등을 통해 참가자는 자신이 마감에 맞춰 글을 쓸 수 있음을, 밤새 단편 하나를 쓸 수 있음을, 새로운 양식을 시도할 수 있음을, 위험을 무릅쓸 수 있음을, 자신도 몰랐던 재능이 있음을 발견하게 된다. 강사는 그들의 연습에 방향을 잡아주는 사람이다.

연습은 흥미로운 단어다. 우리는 연습이 초보자에게나 맞는 기본적인 것이라고 생각한다. 그러나 예술을 연습하는 것은 곧 예술을 하는 것이다. 그것 자체가 예술이다. 워크숍 참가자가 자기처럼 연습 중인 작가들과 함께 일주일 동안 글쓰기 연습을 하고 나면, 정말로 작가가 되었다는 기분을 느끼면서 어느 정도 자신감을 가질 수 있다.

따라서 효과적인 워크숍의 요체는 그곳에 모인 사람들의 집단 그 자체인지도 모른다. 집단의 형성에는 강사의 도움이 있지만, 사람들의 모임 그 자체가 에너지원이 된다. 참고로, 그 모임이 가능한 한 문자 그대로 서클, 즉 원형을 유지하는 것이 중요하다. 이것을 워크숍의 원뿔형 천막 이론이라고

---

＊　르 귄의 소설 『어둠의 왼손』에 나오는 곳. 이 행성 사람들은 양성인이다.

한다. 원형을 유지하는 집단에는 위계 구조가 없다. 많은 사람이 한자리에 모여 만들어낸 하나의 형태다.

워크숍에 참가해서 글을 쓰고, 읽고, 비평하고, 토론하는 사람들은 많은 것을 배운다. 무엇보다 먼저, 비평을 받아들이는 법, 자신이 비평을 받아들일 수 있음을 배운다. 부정적인 비평, 긍정적인 비평, 공격적인 비평, 건설적인 비평, 가치 있는 비평, 멍청한 비평, 그들은 이 모든 것을 받아들일 수 있다. 사실 대부분의 사람이 그렇게 할 수 있지만, 직접 해볼 때까지는 그 사실을 모른다. 그래서 비평을 두려워하다 보면, 글을 제대로 쓸 수 없게 된다. 자신이 가차 없는 비평을 받았는데도 계속 글을 쓸 수 있음을 깨닫고 나면, 갇혀 있던 많은 에너지가 자유로워진다.

워크숍 참가자들은 또한 다른 사람의 글을 읽고 책임 있는 비평을 내놓는 법도 배운다. 남의 글을 제대로 읽는 경험을 이때 처음 하는 사람이 아주 많다. 휴식과 도피를 위해 쓰레기 같은 글을 읽을 때처럼 수동적으로 받아들이기만 하는 독서와는 다르다. 영문학 기초 수업을 들을 때처럼 냉담하게 머리만 써서 글을 분석하는 독서와도 다르다. 적극적으로 열심히 글을 읽으면서 부분적으로만 머리를 사용해 **텍스트와 협업**하는 독서다. 이런 독서를 가르치는 워크숍은 스스로 자신감을 가져도 될 것이다. 그러나 일단 집단이 만들어지고 나면, 거기에 속한 모든 사람이 서로의 작품을 그런 식으로 읽게 된다. 이런 독서를 처음 접하는 사람에게는 이 방식이 몹시 짜릿하게 느껴질 때가 많아서, 텍스트를 과대평가하는 결과가 나올 수 있다. 활기찬 워크숍의 사소한 위험 중 하나다.

글을 읽는 법을 배우면, 글쓰기에 대해 완전히 새로운 시각을 갖게 된다. 자신이 쓴 글을 어떻게 읽어야 하는지 이제 알기 때문이다. 비평과 협업 기술을 자기 작품에도 적용할 수 있게 되었으므로, 건설적인 퇴고와 수정이 가능하다. 경험이 일천한 많은 작가들처럼 퇴고가 파괴적인 결과를 낳을까 봐, 또는 영원히 끝나지 않을까 봐 두려워할 필요가 없다.

나는 워크숍에서 집단 활동을 하며 심리적 예리함과 감수성을 믿고 이용하는 법을 배웠다고 말했다. 아마도 사람들이 함께 힘든 일을 열심히 해내고 있다고 느끼는 데에서, 정직과 신뢰가 일을 해내는 데 절대적으로 필요하다는 점을 경험한 데에서 그런 결과가 나온 것 같다. 따라서 사람들은 그런 정직과 신뢰에 도달하기 위해 자신이 가진 재주를 모두 동원할 것이다. 집단이 집단으로서 제대로 효과를 발휘하면, 강사를 포함해 거기에 속한 모든 사람이 에너지를 얻어 더 강해진다.

이런 경험이 워낙 드물고 귀하기 때문에, 훌륭한 워크숍에서 거의 항상 작은 동료 집단들이 파생되어 몇 달 또는 몇 년 동안 함께 활동하게 되는 것도 놀랄 일이 아니다.

내가 계속 글쓰기를 가르치는 이유 중 하나가 바로 이것이다. 나는 워크숍을 마친 뒤 집에 와서 글을 쓴다.

백지를 응시하는 숭고한 영웅 작가. 그러나 소설과 영화에서 작가는 지독하리만치 지루한 존재다. 대리석을 때려 구멍을 뚫지도 않고, 캔버스 위에서 붓을 휘두르지도 않고, 거대한 오케스트라를 지휘하지도 않고, 햄릿을 연기하며 죽어가지도 않기 때문이다. 그는 그저 백지를 응시하고, 술을 마시고, 울적해하다가 종이를 구겨 쓰레기통에 던져 넣을 뿐이다. 이것도 지루한데, 가만히 한자리에 앉아 있기만 하는 것도 지루하다. 그러다 누가 뭐라고 한마디 말하기라도 하면, 그는 화들짝 놀라서 소리친다. **"뭐라고?"** 분명히 말하지만, 작가는 지루할 뿐만 아니라 고독하기도 하다. 그녀(올랜도처럼 작가의 성별이 바뀌었다)의 가족이 함께 있을 때조차 그렇다. 아니, 어쩌면 가족이 옆에 있기 때문에 고독한 것 같기도 하다. 가족들은 이렇게 묻는다. 내 파란색 셔츠 어디 있어? 저녁 식사는 언제 되는 거야? 작가는 단어라는 모래알로 이루어진 사막에 혼자 있는 작고 보잘것없는 사람이 된 것 같은 기분을 느끼기 일쑤다. 베스트셀러와 위대한 작가라는 거인들이 조각상처럼 그녀를 내려다보며 말한다. 내 작품을 봐, 이되다 만 구제불능아! 한자리에 가만히 앉아 있기만 하는 이 고독한 사람은 작업 중심적인 워크숍에 가면 혹시 집단의 지지와 협업을 통한 경쟁, 공통의 에너지를 얻을 수 있음을 알게 될지도 모른다. 배우, 무용수, 음악가 등 공연 예술가들은 항상 그런 것을 누리고 있으니까.

자만과 자기선전을 막을 수만 있다면, 사람들이 서로를 돕고, 자극하고, 흉내 내며 정직과 신뢰를 실천하는 워크숍에서 그런 에너지가 보기 드물게 순수하고 깨끗한 형태로 만들어질 수 있다.

그 워크숍 참가자들은 그 에너지 중 일부를 집까지 가져갈 수 있을지도 모른다. 그들이 배운 것은 '글을 쓰는 법'이 아니라, 글쓰기란 무엇인가이다.

나는 훌륭한 워크숍이 사자가 사막의 샘 옆에서 느끼는 자부심과 같다고 생각한다. 사자들은 모두 밤새 얼룩말을 사냥해서 으르렁거리며 함께 먹는다. 그러고는 샘으로 와서 함께 물을 마신다. 뜨거운 낮에는 샘 주위에 여기저기 누워서 너그러운 표정으로 작게 으르렁거리며 찰싹찰싹 파리를 쫓는다. 비록 일주일만이라도 이 자랑스러운 사자 무리에 속해보는 것은 중요한 경험이다.

ALONE IN THE DESERT OF WORDS

단어의 사막에 혼자

Heading for the
Waterhole

샘으로 향하는 중

# 내가 가장 자주 듣는 질문

2000년 10월 포틀랜드 아츠 앤드 렉처스에서 한 번, 그다음에는 2002년 4월 시애틀 아츠 앤드 렉처스에서 또 한 번 했던 강연 원고다. 이 책에 싣기 위해 원고를 살짝 수정했다. 나의 책 『글쓰기의 항해술』과 글쓰기를 다룬 여러 글에 이 글의 일부를 인용한 적은 있으나, 글 전체를 어딘가에 발표한 적은 없다. 강연 때의 제목은 '아이디어를 어디에서 얻습니까?'였지만, 강연 원고와 에세이를 모은 책 『밤의 언어』에 같은 제목의 다른 글이 있다(이 질문에 아주 다양한 답을 할 수 있기 때문이다). 그래서 이 원고의 제목을 바꿨다.

픽션 작가들이 가장 자주 받는 질문은 이것이다. "아이디어를 어디에서 얻습니까?" 할란 엘리슨은 뉴욕주 스커넥터디에 있는 어느 우편판매 회사에서 소설 아이디어를 얻는다고 몇 년 전부터 말했다.

"아이디어를 어디에서 얻습니까?"라는 질문을 던지는 사람들이 정말로 알고 싶은 것은 스커넥터디에 있는 그 회사의 이메일 주소인 듯하다.

다시 말해서, 그들은 작가가 되고 싶어 하는 사람들이다. 작가가 부와 명성을 누린다고 믿기 때문에. 그들은 작가들만 아는 비결이 있다고 믿는다. 자기들도 그 비결을 배울 수만 있다면, 스커넥터디의 그 신비로운 회사 주소만 알아낸다면, 스티븐 킹 같은 작가가 될 것이라고 믿는다.

내가 아는 작가들은 가난하고, 평판이 나쁘다. 게다가 비결을 알고 있다면, 결코 그 비밀을 지킬 수 있는 사람들이 아니다. 작가는 말이 많은 사람이다. 조잘조잘 잘도 떠들어댄다. 자기가 무엇을 쓰고 있는지, 그것이 얼마나 힘든지 항상 서로에게 징징거리고, 워크숍에서는 글쓰기를 가르친다. 글쓰기에 관한 책도 쓰고, 지금 나처럼 글쓰기에 관한 강연도 한다. 작가가 말하지 않는 것은 없다. 아이디어를 어디서 얻어야 하는지 초보 작가들에게 말해줄 수만 있다면 그렇게 할 것이다. 사실 항상 그런 말을 하고 있다. 그리고 몇몇 작가는 그 덕분에 부와 명성을 정말로 조금쯤 누리기도 한다.

그럼 글 쓰는 법에 대한 글을 쓰는 작가들은 아이디어에 대해 무슨 말을 할까? 이런 말을 한다. 대화에 귀를 기울여라, 흥미로운 내용을 듣거나 읽었을 때 메모를 해라, 일기를 써라, 인물을 묘사해봐라, 서랍장 서랍을 상상하면서 그 안에 무엇이 있는지 묘사해봐라…… 다 좋은데, 이건 모두 그냥 일이다. 일은 누구나 할 수 있다. 내가 되고 싶은 것은 작가다. 스커넥터디의 그 회사 주소가 뭐지?

글쓰기의 비결은 글쓰다. 이런 말을 듣고 싶어 하지 않는 사람들에게만 비밀로 남아 있는 비결이다. 글쓰기야말로 작가가 되는 방법이다.

그럼 나는 왜 아이디어를 어디서 얻느냐는 어리석은 질문에 대답하려고 시도했을까? 어리석은 껍데기 아래에 진짜 질문이 있기 때문이다. 사람들이 정말로 답을 얻고 싶어 하는 큰 질문이.

예술은 기술이다. 모든 예술은 언제나 기본적으로 기술의 산물이다. 그러나 진정한 예술 작품에는 근본적이고 영속적인 핵심이 있다. 그것을 바탕으로 기술이 작용해서 자유롭게 모습을 드러낸다. 돌덩이 안에 들어 있는 조각상을 조각가는 어떻게 찾아내는 걸까? 눈에 보이지도 않는 조각상을 어떻게 알아볼까? 이것이 진짜 질문이다.

이 질문에 내가 가장 즐겨 하는 대답 중 하나는 다음과 같다. 누군가가 윌리 넬슨에게 어떻게 악상을 얻느냐고 묻자 그는 이렇게 말했다. "허공에 곡조가 가득합니다. 나는 그저 손을 뻗어 하나를 골라잡을 뿐이에요."

이건 비결이 아니지만, 달콤한 미스터리다.

그것도 진짜. 진짜 미스터리. 바로 그거다. 픽션 작가에게, 이야기꾼에게 세상은 이야기로 가득한 곳이다. 이야기가 거기 있으니, 작가는 그저 손을 뻗어 붙잡을 뿐이다.

그다음에는 그 이야기가 스스로 펼쳐지도록 내버려두는 능력이 있어야 한다.

가장 먼저 기다릴 줄 알아야 한다. 침묵 속에서 기다리는 법. 침묵 속에서 기다리며 귀를 기울인다. 곡조를, 비전을, 이야기를 들으려고 귀를 기울인다. 움켜쥐지도 말고, 밀어붙이지도 말고, 그냥 기다리면서 귀를 기울여야 한다. 원하는 것이 찾아올 때 잡을 수 있게 준비를 갖추고서. 이것은 신뢰의 행동이다. 자신을 믿고 세상을 믿는 행동. 예술가는 말한다. 내게 필요한 것은 세상이 내게 줄 것이고, 나는 그것을 올바르게 사용할 수 있을 것이다.

움켜쥐고자 하는 탐욕이 아니라 때를 기다리는 준비 자세가 필요하다. 기꺼이 주의 깊게 귀를 기울이고, 선명한 눈으로 정확하게 본 다음에 단어들이 스스로 올바른 길을 찾아가게 가만히 두고 보는 자세. 거의 올바른 길이 아니다. 올바른 길이다. 그 비전에서 뭔가를 만들어내는 법을 아는 것, 그것이 기술이다. 연습은 바로 이 기술을 위한 것이다. 준비 자세로 기다리라는 것은 가만히 앉아 있으라는 뜻이 아니다. 비록 작가들이 주로 하는 일이 그것처럼 보이기는 하지만. 예술가는 끊임없이 자신의 예술을 연습한다. 그리고 글쓰기는 앉아 있는 시간이 많이 필요한 예술이다. 음계와 손가락 연습, 연필 스케치, 아직 완성되지 못한 채 계속 퇴짜를 맞는 이야기들…… 연습하는 예술가는 연습과 성과의 차이를 안다. 그 둘이 근본적으로 연결되어 있다는 것도 안다. 언뜻 몇 시간 또는 몇 년을 낭비하는 것처럼 보이는 사람들은 인내심과 준비 자세, 좋은 귀, 예리한 눈, 솜씨 좋은 손, 풍부한 어휘력과 문법 지식이라는 재능을 가지고 있다. 그 재능이 어디서 오는지는 하느님만 아시지만, 기술은 연습에서 온다.

힘들게 얻은 숙련된 기술, 이 도구를 가지고 예술가는 '아이디어'(곡조, 비전, 이야기)가 일그러지지 않고 선명하게 드러나도록 최선을 다한다. 어리석음, 어색함, 서투름이 없어야 한다. 관습, 유행, 여론에 왜곡되지 않아야 한다.

이것은 매우 과격한 일이다. 자신의 직업을 허투루 생각하지 않는 예술가가 아이디어를 다루는 일, 비전을 언어라는 매체로 다듬어내는 일. 이것은 내가 세상에서 가장 좋아하는 일이고, 기술은 내가 글쓰기에 대해 이야기할 때 즐겨 말하는 주제다. 나는 이 주제에 대해 한없이 즐겁게 이야기할 수 있다. 하지만 지금 나는 작업의 기반이 되는 비전, 즉 '아이디어'가 어디서 오는지에 대해 이야기하는 중이니까……

허공에는 곡조가 가득하다.

돌덩어리에는 조각상이 가득하다.

땅에는 비전이 가득하다.

세상에는 이야기가 가득하다.

예술가는 이것을 믿는다. 맞는 말이라고 믿는다. 그렇게 확신한다. 자신이 경험한 모든 것이 작품의 소재, '아이디어'를 줄 것이라고 확신한다(여기서부터 나는 음악과 미술을 빼고 이야기에만 집중하겠다. 비록 모든 예술의 뿌리는 하나라고 생각하지만, 내가 조금이라도 진짜 지식을 갖고 있는 분야는 이야기뿐이다).

그럼, 이 '아이디어'라는 것, 이 말은 무슨 뜻일까? '아이디어'는 이야기의 소재, 주제, 내용을 간단히 일컫는 말이다. 이야기가 무엇을 다루고 있는가. 어떤 이야기인가.

상상한 내용을 지칭하기에 아이디어는 이상한 단어다. 추상적이지 않고 대단히 구체적이며, 지식이 아니라 표현으로 구현된 내용을 지칭해야 하는데. 그래도 우리는 아이디어라는 단어를 고수한다. 또한 이 단어가 완전히 과녁에서 빗나간 것도 아니다. 상상력은 이성적인 능력이니까.

"꿈에서 그 이야기의 아이디어를 얻었는데……" "1년 내내 좋은 이야기의 아이디어를 얻지 못했다……" "오전이 절반쯤 지난 지금 내 머리에는 갖가지 아이디어와 비전 등등이 빽빽하게 차 있지만, 나는 그것들을 덜어낼 수 없습니다. 올바른 리듬을 찾지 못해서……"

마지막 문장은 1926년에 버지니아 울프가 작가 친구에게 보낸 편지에 쓴 것이다. 나중에 이 문장에 대해 다시 살펴볼 것이다. 리듬에 대한 언급이 예술의 원천에 대해 내가 생각하거나 읽은 그 어떤 내용보다 더 심오하기 때문이다. 하지만 리듬에 대해 이야기하기 전에, 경험과 상상력에 대한 이야기가 먼저다.

작가는 어디서 아이디어를 얻을까? 경험에서 얻는다. 그건 누가 봐도 뻔한 사실이다.

상상력에서 얻는다. 이건 덜 뻔한 사실이다.

픽션은 경험에 상상력이 작용해서 만들어진다. 우리는 머릿속에서 경험을 다듬어 조리 있는 내용으로 만든다. 세상을 억지로 조리 있게 만든다. 우리에게 이야기를 들려달라고.

픽션 작가만 이러는 것이 아니다. 우리 모두가 이렇게 한다. 항상, 끊임없이. 살아남기 위해서. 세상을 이야기로 만들지 못하는 사람은 미쳐버린다. 아니면 유아나 (아마도) 동물처럼 역사가 없는 세상, 오로지 현재밖에 없는 세상에 산다.

동물의 정신은 커다랗고, 신성하고, 현존하는 미스터리다. 나는 동물에게도 언어가 있다고 믿는다. 하지만 그들의 언어는 전적으로 진실만을 말한다. **거짓말**을 할 줄 아는 동물은 우리뿐인 것 같다. 우리는 현실과 다른 것, 처음부터 달랐던 것, 처음부터 달랐지만 현실이 될 수도 있었던 것을 생각해내서 말할 수 있다. 없는 것을 지어내고, 가정하고, 상상할 수 있다. 이 모든 것이 기억과 함께 뒤섞인다. 그래서 우리는 이야기를 들려주는 유일한 동물이다.

원숭이는 경험을 기억하고, 경험을 기반으로 추정할 수 있다. 개미탑을 막대기로 찔렀더니 개미들이 막대기를 타고 올라오는 걸 한 번 본 뒤, 원숭이는 그 개미탑을 다시 그 막대기로 찌른다. 어쩌면 개미가 또 막대기를 타고 올라올지도 모르니까. 그러면 또 그 개미들을 핥아먹을 수 있을 것이다. 냠냠. 그러나 상상력을 지닌 동물은 우리 인간뿐이다. 원숭이가 개미탑을 막대기로 찔렀다가 빼보니 막대기에 금가루가 잔뜩 묻어 있었는데, 광물을 찾아다니던 사람이 그 광경을 본 것이 1877년 로디지아에서 일어난 대大골드러시의 시작이었다는 이야기를 들려줄 수 있는 동물은 우리 인간뿐이다.

이 이야기는 사실이 아니라 픽션이다. 이 이야기에서 현실과 일치하는 것은, 일부 원숭이가 정말로 개미탑을 막대기로 찌른다는 사실과 로디지아라는 지명이 실제로 존재했다는 사실뿐이다. 하지만 1877년에 로디지아에서 골드러시가 일어나지는 않았다. 그 부분은 내가 지어낸 이야기다. 나는 인간이므로 거짓말을 한다. 모든 인간은 거짓말쟁이다. 이건 진실이다. 내 말을 믿어야 한다.

❧

픽션은 경험에 상상력이 작용한 것이다. 우리가 자신의 경험, 기억, 힘들게 얻은 지식, 과거사라고 생각하는 것 중에는 사실 픽션이 아주 많다. 하지만 신경 쓸 필요 없다. 지금 내가 말하는 주제는 진짜 픽션, 즉 소설이다. 소설은 모두 작가가 실제로 경험한 일에 상상력이 작용해서 변화시키고, 걸러내고, 왜곡하고, 선명하게 다듬고, 미화한 결과물이다.

'아이디어'는 세상에서 머리를 거쳐 우리에게 온다.

이 과정 중 내 관심사는 바로 아이디어가 머리를 통과하는 부분이다. 상상력이 원료에 작용하는 부분. 하지만 아주 많은 사람이 마뜩잖게 생각하는 부분이기도 하다.

오래전 나는 「미국인은 왜 용을 두려워하는가?」라는 글을 썼다. 누가 봐도 상상력의 산물임이 분명한 판타지 소설뿐만 아니라 모든 픽션을 아주 많은 미국인이 불신하고 멸시한다는 내용이었다. 미국인들은 이런 작품에 느끼는 두려움과 멸시를 흔히 경제적 주장이나 종교적 주장으로 합리화한다. 소설을 읽는 것은 귀한 시간을 낭비하는 짓이고, 진정한 책은 성경뿐이라고 주장하는 식이다. 나는 많은 미국인이 "상상력을 아이와 여자에게나 맞는 것, 소득이 전혀 없는 일, 십중팔구 죄가 될 수도 있는 일로 보고 억압하라"는 가르침을 받았으며 상상력을 "두려워하게 되었다. 그러나 상상력을 단련하는 법은 전혀 배우지 못했다"고 썼다.

내가 이 글을 쓴 때는 1974년이다. 그 뒤로 새 천 년이 밝았는데도 우리는 여전히 용을 두려워한다.

뭔가가 두렵다면, 그것을 왜소하게 축소하려고 애써볼 수 있다. 그것을 유치한 것으로 만들면 된다. 판타지는 애들이나 보는 것이니 진지하게 고려할 대상이 아니다. 하지만 판타지가 돈을 벌어들일 수 있다는 사실은 이미 증명되었다. 이건 진지하게 고려할 문제다. 따라서 영국의 학교 이야기와 대단한 재능을 지닌 고아 이야기라는 몹시 친숙한 전통 둘을 결합한 해리 포터 시리즈 1권이 대히트를 기록했을 때, 많은 비평가들은 그 독창성에 아낌없는 찬사를 보냈다. 이를 통해 그들이 보여준 것은, 그 책이 채택한 두 전통에 대해 자신들이 절대적으로 무지하다는 사실이었다. 두 전통 중에 학교 이야기는 규모가 작은 편이지만, 나머지 하나는 『마하바라타』와 『라마야나』, 『천일야화』와 『베오울프』, 원숭이 이야기, 중세 로맨스와 르네상스 서사시에서부터 루이스 캐럴과 키플링을 거쳐 톨킨, 보르헤스, 칼비노, 루슈디 등 모든 작가에게 이어지는 웅대한 전통이다. 단순히 '오락'이나 '애들한테 엄청 재미있는 책'이라거나 '뭐, 최소한 애들이 책을 읽게 만들긴 했잖아' 같은 말로 대충 정리해버릴 수 있는 문학 전통이 아니라는 얘기다.

비평가들과 학자들은 상상력을 종이에 옮긴 영어 소설 중 가장 위대한 작품을 묻어버리려고 40년 전부터 노력해왔다. 그 작품을 무시하고, 짐짓 은혜를 베푸는 척하고, 많은 사람과 함께 이 작품에 등을 돌린다. 이 작품이 무섭기 때문이다. 용이 무섭기 때문이다. 그들은 스마우그* 공포증을 갖고 있다. "아이고, 그 끔찍한 오크들." 그들은 에드먼드 윌슨의 뒤에 바글바글 모여서 이렇게 울어댄다. 자기들이 톨킨을 인정한다면, 판타지도 문학이 될 수 있음을 인정할 수밖에 없다는 걸 그들은 알고 있다. 그렇게 되면, 그들은 문학을 새로이 정의해야 할 것이다. 그러나 그들은 지독히 게을러서 그런 작업에 나서려 하지 않는다.

대다수의 비평가와 교수는 여전히 모더니스트 사실주의를 '문학'으로 본다. 다른 양식의 소설들, 즉 웨스턴 미스터리 사이언스픽션 판타지 로맨스 역사 등 생각할 수 있는 모든 장르의 소설은 그냥 '장르 소설'로 폄하해버린다. 그리고 이들을 모두 게토로 보낸다. 그런데 그 게토의 크기가 도시의 약

---

\*    톨킨의 1937년 작품 『호빗』에 나오는 용.

열두 배나 된다. 게다가 지금은 도시보다 훨씬 더 활발한 곳이 되었다. 그래서 뭐? 하지만 그들도 마술적 사실주의에는 신경을 쓴다. 가브리엘 가르시아 마르케스가 상아탑의 초석을 조용히 갉아먹는 소리가 들린다. 정신 나간 인도인들(미국인과 인도인)이 『뉴욕타임스 북리뷰』라는 다락방에서 춤추는 소리가 들린다. 그들은 그걸 모두 뭉뚱그려서 포스트모더니즘이라고 부르면, 그것이 사라질지도 모른다고 생각한다.

사실주의 소설이 선천적으로 상상 소설보다 우월하다고 생각하는 것은 곧 흉내가 창조보다 우월하다고 생각하는 것과 같다. 못된 생각이 드는 순간에 나는 사람들이 입 밖에 내어 말하지는 않지만 널리 받아들여지고 있는 이 몹시 청교도적인 인식이 최근 회고록과 개인적인 에세이가 인기를 얻는 현상과 관련되어 있는지 궁금해졌다.

하지만 회고록과 개인적인 에세이의 인기는 진짜였다. 학자들이 인정하고 말고 할 문제가 아니라, 사람들이 정말로 좋아하는 거였다. 그들은 정말로 회고록과 개인적인 에세이를 읽고 싶어 하고, 작가들은 그런 글을 쓰고 싶어 한다. 오히려 내가 흐름에서 벗어난 느낌이다. 나는 확실히 역사 이야기와 전기를 좋아하지만, 가족과 개인의 이야기를 담은 회고록이 현재 지배적인 인기를 누리고 있다면…… 음, 내게 편견이 있는지 내 영혼을 뒤져본 결과 나는 편견을 찾아냈다. 내가 흉내보다 창조를 더 좋아한다는 것. 나는 소설을 사랑한다. 지어낸 것을 사랑한다.

우리가 개인적인 경험을 직접적으로 가져온 이야기를 높이 평가하는 것은 사실주의 소설을 높이 평가하는 현상이 논리적으로 연장된 결과인 것 같다. 만약 실제 경험을 충실히 흉내 내는 것이 소설의 가장 큰 덕목이라면, 회고록은 소설이 결코 따라갈 수 없는 덕목을 갖추고 있다. 분명한 사실에 종속되어 있는 회고록 작가의 상상력은 사실을 미학적으로 이어주고 사실에서 도덕적 교훈이나 지적인 교훈을 이끌어내는 역할을 하지만, 이야기를 지어내는 것은 금지되어 있다. 확실히 감정이 자극받기야 하겠지만, 그래도 상상력을 불러낼 수는 없다. 새로운 것을 발견하기보다 인정받는 것이 보상이다.

진정한 인정은 진정한 보상이다. 개인적인 에세이는 고상하고 어려운 분야다. 나는 그 분야를 두드릴 생각이 없다. 개인적 에세이에 상당한 경외와 감탄을 느끼기는 한다. 하지만 그 분야가 집처럼 편안하지는 않다.

나는 이 나라에서 계속 용을 찾아보고 있지만, 전혀 찾을 수가 없다. 아니, 찾더라도 모두 변장하고 있다.

최근 가장 찬사를 받은 회고록 중 일부는 가난 속에서 성장한 이야기를 담았다. 절망적인 가난, 폭력적인 아버지, 무능력한 어머니, 학대받는 아이들, 불행, 두려움, 고독…… 그런데 이것이 논픽션의 속성인가? 가난, 폭력, 무능, 결손가정, 불의, 몰락…… 모두 화롯가에서 들려주는 이야기, 민담, 죽음마저 뛰어넘은 유령의 복수 이야기에 등장하는 요소들

이다. 『제인 에어』『폭풍의 언덕』『허클베리 핀』『백년의 고
독』…… 우리의 경험이라는 바탕은 어둡고, 우리가 창조하는
이야기는 모두 그 어둠 속에서 시작된다. 그리고 그들 중 일
부가 불길 속에서 훌쩍 뛰어나온다.

　상상력은 삶이라는 암흑물질을 변화시킬 수 있다. 많은
개인적 에세이와 자서전에서 내가 점점 갈망하고 그리워하
는 것이 바로 그것이다. 변신. 우리가 공유하는 친숙한 불행
을 알아주고 인정해주는 것만으로는 부족하다. 나는 **한 번도
본 적이 없는 것**을 보고 싶다. 비전이 무시무시하게 이글거리
는 모습으로 나를 향해 뛰어나오면 좋겠다. 변화의 힘을 품은
상상력의 불꽃이 되어. 나는 진짜 용을 원한다.

ও

　경험은 아이디어의 원천이다. 그러나 이야기는 실제 일
어난 일을 비추는 거울이 아니다. 픽션은 경험을 상상력으로
번역하고 변형하고 변신시킨 것이다. 진실에는 사실이 포함
되지만, 진실과 사실이 항상 같은 시공에 존재하지는 않는다.
예술에서 진실은 흉내가 아니라 환생이다.

　사실을 담은 역사책이나 회고록에서 경험이라는 원료
가 가치를 지니려면 선별, 배열, 성형 과정을 거쳐야 한다. 소
설에서는 이 과정이 훨씬 더 과격하다. 작가는 원료를 선별해
서 성형하는 데 그치지 않고, 융합하고, 발효시키고, 다시 결

합시키고, 다시 손보고, 다시 배열하고, 다시 탄생시킨다. 이 과정에서 원료는 자기만의 형태를 찾을 수 있게 되는데, 합리적인 사고는 여기에 간접적으로만 관련되어 있을 뿐이다. 어쩌면 모든 과정이 순수한 창작처럼 보일 수도 있다. 괴물에게 바쳐진 제물로 바위에 묶여 있는 여자. 미친 선장과 하얀 고래. 절대적인 힘을 주는 반지. 용.

그러나 세상에 순수한 창작이라는 것은 존재하지 않는다. 언제나 출발점은 경험이다. 창작은 재조합이다. 우리는 자신이 갖고 있는 것을 가지고 작업할 수밖에 없다. 사람의 머릿속에는 괴물, 리바이어던, 키메라가 있다. 이들은 정신적인 사실이다. 용은 우리에 관한 진실 중 하나다. 그 진실을 표현할 다른 방법이 우리에게는 없다. 용의 존재를 부정하는 사람들은 대개 용에게 잡아먹힌다. 안에서부터.

상상력에 대한 우리의 깊은 불신, 상상력을 통제하고 제한하려는 청교도적 욕망을 보여주는 방식으로 최근에 나타난 것 하나는 전자 매체, 텔레비전, 게임이나 CD-ROM 같은 매체에서 이야기를 들려주는 방식이다.

독서는 활동적이다. 이야기를 읽는 것은 곧 그 이야기에 활발히 참여하는 것이다. 이야기를 읽는 것은 그 이야기를 들려주는 것이다. 자신에게 이야기를 들려주며 다시 경험하고,

작가와 함께 이야기를 다시 쓴다. 단어 하나하나, 문장 하나하나…… 증거를 원한다면, 여덟 살짜리 아이가 좋아하는 이야기를 읽는 모습을 지켜보면 된다. 아이는 이야기에 몰두해서 온몸에 힘을 주고 맹렬히 살아 있다. 사냥에 나선 사자만큼 진지하다. 먹이를 먹는 호랑이 같다.

독서는 가장 신비로운 행동이다. 시청이라는 방식이 독서를 대체한 적은 과거에도 전혀 없었고, 앞으로도 없을 것이다. 시청은 완전히 다른 방식이고, 보상도 다르다.

책을 읽는 독자는 그 책을 만들어간다. 임의적인 상징과 인쇄된 글자를 자기만의 내적인 현실로 번역해서 거기에 의미를 부여한다. 독서는 창조적인 행동이다. 여기에 비해 시청은 수동적이다. 영화를 보는 사람은 그 영화를 만들지 못한다. 영화를 보는 것은 그 안으로 끌려 들어가는 것, 영화에 참여해 영화의 일부가 되는 것이다. 영화에 흡수되는 것이다. 독서를 할 때는 독자가 책을 잡아먹고, 영화를 볼 때는 영화가 보는 사람을 잡아먹는다.

이건 아주 굉장한 일일 수 있다. 좋은 영화에 먹혀서, 자신의 눈과 귀를 따라 어쩌면 평생 경험하지 못할 현실 속으로 끌려 들어가는 것은 굉장한 일이다. 그러나 '수동적'이라는 말은 '취약하다'는 뜻이다. 수많은 매체가 우리에게 이야기를 들려주며, 바로 그 점을 이용한다.

독서는 텍스트와 독자 사이의 적극적인 거래다. 텍스트는 독자의 통제하에 있다. 독자는 텍스트를 건너뛸 수도 있고, 한 곳에서 머뭇거릴 수도 있고, 텍스트를 해석할 수도 있고, 오독할 수도 있고, 앞으로 다시 돌아가 생각에 잠길 수도 있고, 이야기의 흐름을 따라갈 수도 있고 거부할 수도 있고, 판단을 내릴 수도 있고, 그 판단을 수정할 수도 있다. 진정한 상호작용을 할 시간도 여유도 있다. 소설은 작가와 독자 사이에서 활발히 진행되는 협업이다.

시청은 이것과는 다른 거래다. 협력적이지 않다. 시청자는 영화 제작자나 프로그래머에게 통제권을 넘겨주기로 동의한다. 심리적 시간이나 여유가 없어서 영화와 프로그램이 들려주는 시청각 이야기 외에는 그 어떤 것도 수용할 수 없다. 스크린이나 모니터는 일시적으로 시청자의 우주가 된다. 자유재량의 여지는 거의 없고, 끊임없이 흘러 들어오는 정보와 이미지를 통제할 방법도 없다. 그 정보와 이미지를 거부하고, 감정적으로나 지적으로나 거기서 스스로 멀어지는 방법뿐이다. 그러면 그 정보와 이미지가 기본적으로 무의미하게 보인다. 아니면 아예 프로그램을 끄는 방법도 있다.

거래의 성격을 띤 시청에 대해 많은 이야기가 오가고 프로그래머들이 **양방향**이라는 단어를 아주 선호하지만, 전자 매체는 프로그래머에게 통제의 낙원이고 시청자에게는 수동성의 낙원이다. 이른바 양방향 프로그램에도 프로그래머가 집어넣은 것을 제외하면 남는 것이 없다. 이른바 선택지는 프로그래머가 선택한 하위 프로그램으로 이어질 뿐이므로, 선택지라기보다는 각주에 가깝다. 롤플레잉 게임에서도 역할은 고정되어 있으며, 관습적인 성격을 띤다. 정말로 개성을 지닌 등장인물은 없고, 페르소나가 있을 뿐이다(그래서 10대들이 게임을 열렬히 좋아한다. 그들에게 페르소나가 필요하기 때문이다. 그러나 제대로 사람이 되려면 그들도 그 페르소나를 결국 떨쳐내야 한다). 하이퍼텍스트는 이야기꾼에게 굉장히 복잡한 구성의 가능성을 제공해주지만, 지금까지 나온 하이퍼텍스트 픽션은 여러 갈래 길 중 하나를 택해 따라가봤자 또 갈림길이 나오는 보르헤스의 정원과 비슷한 것 같다. 프랙탈처럼 매혹적이어도, 궁극적으로는 악몽이다. 양방향 이야기에서 시청자가 텍스트를 통제하는 경우도 악몽이다. 시청자가 소설을 고쳐 쓸 수 있다는 뜻으로 이 말을 해석했을 때 그렇게 된다. 『모비 딕』의 결말이 마음에 안 드는 사람은 결말을 고쳐 쓸 수 있다. 해피엔딩으로 바꿔서 에이허브가 고래를 죽이게 하는 것이다. 와.

독자는 고래를 죽일 수 없다. 에이허브가 왜 고래랑 합작해서 스스로 목숨을 끊었는지 이해할 때까지 몇 번이고 다시 읽는 방법뿐이다. 독자는 텍스트를 통제하지 않고, 정말로 상호작용을 주고받는다. 시청자는 프로그램의 통제를 받거나, 자신이 프로그램을 통제하려 한다. 게임의 종류가 다르다. 사는 세상도 다르다.

내가 이 강연을 준비하고 있을 때, 3-D 애니메이션으로 만든 『어린 왕자』가 CD-ROM으로 발매되었다. 선전 문구에 따르면, "어린 왕자의 이야기 이상을 제공한다. 예를 들어, 어린 왕자의 우주에서 궤도를 도는 행성을 하나 붙잡아 그 행성의 비밀과 주민들에 대해 모두 알아낼 수 있다."

책에서 어린 왕자는 여러 행성을 방문하는데, 저마다 지극히 흥미로운 주민들이 살고 있다. 어린 왕자가 살던 아주 작은 행성에는 엄청난 비밀이 있다. 바로 장미다. 그가 사랑하는 장미. CD-ROM을 만든 사람들은 생텍쥐페리가 어린 왕자의 행성에 인색하게 굴었다고 생각했을까? 아니면 예술 작품에 별로 중요하지 않은 정보를 잔뜩 집어넣으면 그 작품이 풍요로워진다고 확신했나?

아, 이것이 전부가 아니다. 이 CD-ROM을 산 사람들은 "여우 훈련 게임에 들어갈 수 있다. 어린 왕자가 만나는 여우를 '길들이'면, 여우가 여러분에게 선물을 줄 것이다."

『어린 왕자』에 나오는 여우를 기억하는가? 여우는 왕자에게 자신을 길들이라고 강력히 말한다. 왕자가 이유를 묻자 여우는 만약 자신이 길들여진다면 언제나 밀밭을 사랑할 것이라고 말한다. 밀 색깔이 왕자의 머리카락 색깔과 같기 때문이다. 왕자가 어떻게 길들이면 되느냐고 묻자, 여우는 참을성이 아주 많아야 한다고 말한다. 먼저 앉아야 한다. "나한테서 조금 떨어진 풀밭에. 내가 널 곁눈질로 볼 건데, 넌 아무 말도 하면 안 돼. 말은 오해의 근원이거든. 그래도 넌 매일 조금씩 내게 가까이 다가와 앉게 될 거야……" 또한 왕자는 매일 같은 시각에 와야 한다. 그러면 여우는 "몇 시에 널 맞이하기 위해 마음의 준비를 해야 하는지" 알게 될 것이다. "의식儀式을 제대로 지켜야 해."

그렇게 해서 여우는 길들여진다. 어린 왕자가 떠나기 직전에 여우는 이렇게 말한다. "아, 난 울 거야." 그래서 왕자는 이렇게 탄식한다. "길들여진 것이 너한테는 전혀 좋지 않았어." 하지만 여우는 이렇게 말한다. "좋았어. 밀밭 색깔 덕분에." 마침내 헤어질 때 여우는 이렇게 말한다. "내가 비밀 하나를 선물로 줄게…… 너의 장미가 중요해진 건 네가 그 장미에 허비한 시간 때문이야…… 너는 네가 길들인 것에 책임이 있어. 영원히."

그런데 CD-ROM을 보는 아이는 동그란 먹이가 접시에 떨어질 때까지 버튼을 눌러 여우를 길들인다…… 아니, 이건 쥐를 길들이는 방법이다…… 아이가 프로그램에서 '올바른' 선택지를 계속 선택하다 보면, 마침내 여우가 길들여졌다는 메시지가 뜬다. 왠지 이건 책에서 말하는 길들이기를 상상한 것과 다른 듯하다. 매일 같은 시각에 와서 조용히 앉아 있는 동안, 여우는 곁눈질로 아이를 보는 모습. 뭔가 아주 중요한 것이 망가져버렸다. 위조되었다. CD-ROM에서 여우의 '선물'이 무엇일 것 같은가? 나는 모르지만, 설사 에메랄드를 중앙에 박은 24K 금반지라 해도 책에서 여우가 준 선물을 이기지는 못할 것이다. "너는 네가 길들인 것에 책임이 있어. 영원히." 여우가 준 선물은 이거였다.

『어린 왕자』가 독자에게 주는 선물은 바로 그 작품 자체다. 이 소설은 독자에게 예쁜 그림 몇 장이 곁들여진 예쁜 이야기, 그리고 두려움, 슬픔, 애정, 상실을 마주할 기회 외에 아무것도 주지 않는다.

전쟁이 한창일 때 결국 그 전쟁으로 목숨을 잃고 만 남자가 쓴 이 이야기에 아이들과 어른들은 물론 문학비평가들까지 경의를 표하는 이유가 바로 이것이다. 어쩌면 그 CD-ROM은 생각만큼 끔찍하지 않을 수도 있다. 하지만 진짜 여우처럼 반드시 야생의 모습 그대로 내버려두어야 하는 어떤 것, 즉 예술가의 상상력을 길들여 착취하려는 노력이었다는 생각을 떨치기 어렵다.

앙투안 드 생텍쥐페리는 1930년대에 정말로 사막에 불시착한 경험이 있고, 그때 거의 죽을 뻔했다. 이건 사실이다. 하지만 다른 행성에서 온 어린 왕자를 거기서 만나지는 않았다. 그가 만난 것은 공포, 갈증, 절망, 구원이었다. 그는 그때의 경험을 『바람, 모래, 별들』에서 사실 그대로 훌륭하게 묘사했다. 그러나 시간이 흘러 그 경험이 발효되고 변형되어 어린 왕자의 환상적인 이야기로 변신했다. 경험에 상상력이 작용한 것이다. 현실의 사막 모래에서 꽃처럼, 장미처럼 솟아난 창조물이다.

예술의 원천, 아이디어의 원천을 생각할 때 우리는 흔히 경험에 지나치게 많은 공을 돌린다. 성실한 전기 작가들은 소설가가 이야기를 지어내는 사람이라는 사실을 잘 깨닫지 못한다. 그래서 작가의 작품에 나오는 모든 것의 직접적인 원천을 찾으려 한다. 마치 소설 속 등장인물 하나하나가 작가의 지인을 바탕으로 만들어진 것처럼. 플롯을 구성하는 모든 실마리가 반드시 구체적인 실제 사건을 거울처럼 반영해야 한다는 듯이. 상상력의 놀라운 재조합 능력을 무시해버리는 이런 근본주의적인 태도로 인해 경험이 이야기로 변하는 그 길고 모호한 과정이 뚝뚝 끊겨버린다.

작가 지망생들은 경험이 충분히 모이면 글을 쓰기 시작할 거라고 계속 내게 말한다. 보통 나는 가만히 듣기만 하지만, 때로는 참지 못하고 그들에게 이렇게 묻는다. 아, 제인 오스틴처럼? 브론테 자매처럼? 콩고의 부두에서 하역 인부로 일하고, 리우에서 마약을 주사하고, 킬리만자로에서 사자를 사냥하고, 소호에서 섹스를 하는 등 작가가 반드시 해야 하는 온갖 일을 하면서 심장이 쫄깃해지는 모험이 가득한 거칠고 정신 나간 인생을 사는 여자들처럼? 아니지, 모든 작가가 아니라 일부 작가가 해야 하는 경험이려나?

아주 젊은 작가들에게는 비교적 빈곤한 경험이 실제로 장애가 되는 것이 보통이다. 설사 소설의 재료가 될 만한 경험을 갖고 있다 해도(사실은 그 경험이라는 것이 평생 동안 작가의 상상력에 양식이 되는, 바로 그런 유년기와 청소년기의 경험일 때가 많다), 그들에게는 맥락이 없다. 즉, 비교 대상이 아직 충분하지 않다. 그들은 다른 사람들이 존재한다는 사실을 배울 시간이 없었다. 그들과 비슷한 경험을 지닌 사람, 다른 경험을 지닌 사람. 그들 자신도 앞으로 다양한 경험을 하게 될 것이다…… 그것이 소설가에게 필수적인 비교의 토대가 되고, 감정이입을 할 수 있는 지식의 창고가 된다. 작가는 어차피 새로운 세상을 통째로 지어내는 사람이다.

따라서 픽션 작가는 시작이 느린 사람이다. 서른 살 무렵까지는 대부분 별로 구실을 하지 못한다. 삶의 경험이 부족해서가 아니라, 그들의 상상력이 경험을 비교하고 발효시킬 시간, 그들의 행동과 느낌에 작용할 시간, 인간이 처한 상황에 공통적인 경험이 가치가 있음을 깨달을 시간이 없었기 때문이다. 자기중심적이고 자기 연민이 담긴 자전적인 첫 소설은 대개 상상력 빈곤에 시달린다.

그러나 많은 판타지 소설, 즉 이른바 상상력으로 만들어낸 작품도 똑같이 상상력 빈곤에 시달린다. 작가가 아직 상상력을 실제로 사용해본 적이 없고, 이야기를 지어본 적이 없기 때문이다. 그들은 그저 소원을 성취해주는 게임에서 전형적인 인물들을 이리저리 움직여 작품을 써냈을 뿐이다. 그건 잘 먹히는 게임이다.

판타지에서는 허구성, 창조성, 용의 존재가 뻔히 눈앞에 나와 있기 때문에, 이야기가 경험과 아무런 관련이 없을 것이라고, 판타지 소설 속 모든 것은 그저 작가가 원하는 세상의 모습일 것이라고 생각해버리기 쉽다. 규칙은 없고, 모든 카드가 와일드카드다. 판타지 속의 모든 아이디어는 그저 소망을 반영한 것일 뿐이다. 맞나? 천만에. 틀렸다.

이야기가 흔한 경험과 널리 인정되는 현실에서 멀어질수록, 소망을 반영하기는 어려워지고, 기본적인 아이디어들은 반드시 흔한 경험과 널리 인정되는 현실에 더욱 확고히 뿌리를 내려야 하는 것인지도 모른다.

진지한 판타지는 우리 정신에서 매우 이상하고 위험한 영역으로 들어간다. 현명한 심리학자도 조심스레 걸음을 내딛는 곳이다. 그 때문에 진지한 판타지는 인간 본성에 대해 대개 보수적이면서 사실적인 태도를 취한다. 작품의 분위기는 비극적이라기보다 희극적이다. 즉, 그럭저럭 행복한 결말로 끝난다는 뜻이다. 그러나 비극의 주인공이 비극을 자초하는 것처럼, 판타지의 행복한 결말도 주인공이 행동으로 얻어내야 한다. 진지한 판타지는 거친 창조의 여행으로 독자를 초대한다. 놀라움과 경이를 지나고, 목숨을 위협하는 위험을 겪으며, 줄곧 흔하고 일상적이고 사실적인 도덕에 매달려야 하는 여행이다. 너그러움, 신뢰성, 측은지심, 용기. 판타지에서 이런 도덕적 덕목들이 의문의 대상이 되는 경우는 거의 없다. 이들은 그냥 받아들여져서 시험의 대상이 된다. 대부분의 경우 한계에 이를 때까지, 그리고 그 너머까지.

책표지에 선전 문구를 쓰는 사람들은 판타지에 대해 "선과 악의 전투"라는 말을 강박적으로 넣는다. 이것은 솔제니친의 다음과 같은 말의 맥락에서만 진지한 판타지에 걸맞은 표현이다. "선과 악의 경계선은 모든 인간의 심장을 똑바로 가르며 지나간다." 진지한 판타지에서 진짜 전투는 도덕적이고 내면적인 성격을 띤다. 포고*가 말했듯이, 우리가 적을 만났는데 그 적이 바로 우리 자신이다. 선을 행하기 위해 영웅은 '악의 축'이 바로 자신 안에 있음을 반드시 깨닫거나 배워야 한다.

상업적인 판타지에서 이른바 선과 악의 전투는 단순한 힘겨루기다. 인물들의 행동을 보라. 이른바 선한 마법사와 이른바 악한 마법사는 모두 똑같이 폭력적이고 무책임하다. 톨킨의 이야기와는 거리가 멀어도 한참 멀다.

하지만 도덕적 진지함이 왜 중요한가? 개연성과 일관성이 왜 중요한가? 어차피 '모두 만들어진' 이야기인데.

도덕적 진지함이야말로 판타지를 중요하게 만들어주는 요소다. 이야기 속의 진짜 알맹이를 이루고 있기 때문이다. 생생한 알맹이가 걸려 있지 않다면, 단순히 싸움에 이겨서 모두의 머리 위에 서는 것이 도덕적 선택의 자리를 대신한다면, 만들어진 이야기는 필연적으로 하찮아진다. 쉬운 소원 성취는 아이들에게 대단히 매력적이다. 아이들은 정말로 무력하기 때문이다. 그러나 이야기가 내놓을 수 있는 것이 이것밖에 없다면, 결국은 부족한 이야기가 된다.

같은 맥락에서, 창조물이 순수할수록 개연성과 일관성이 중요해진다. 만들어진 땅의 규칙은 반드시 곧이곧대로 지

---

\* 월트 켈리의 네 컷 만화 『포고』의 주인공.

켜져야 한다. 작가를 포함한 모든 마법사는 주문을 욀 때 극도로 주의한다. 단어 하나라도 틀리면 안 된다. 엉성한 마법사는 금방 죽어버린다. 진지한 판타지 작가는 창조에서, 창조의 자유에서 기쁨을 얻지만, 서투른 창조는 마법을 죽인다는 것을 안다. 판타지는 염치없이 사실을 비웃으면서도, 우울한 회색 사실주의만큼 진실에 깊숙이 관련되어 있다.

~

관련된 이야기 하나. 경험으로 이야기를 만들 때 상상력이 할 일은 경험을 화려하게 꾸미는 쪽이 아니라 얌전히 가라앉히는 쪽이 될 수 있다. 세상은 믿을 수 없을 만큼 이상한 곳이고, 인간의 행동도 워낙 괴상해서 소극笑劇이나 풍자가 아니고서는 어떤 이야기로도 감당할 수 없을 때가 많다. 나는 지금 딸의 화장지 사용량을 엄격히 제한했던 남자의 이야기를 생각하고 있다. 실화다. 그 남자에게는 딸이 셋 있었는데, 딸들이 화장지를 너무 많이 쓰는 것에 격분한 그는 화장지를 점선대로 일일이 찢어서 여섯 장씩 세 더미로 나눠 화장실 선반에 놓았다. 딸들은 매일 한 사람당 한 더미를 쓸 수 있었다. 내 말이 무슨 뜻인지 알겠는가? 이런 경우에 상상력은 이렇게 기괴한 내용을 작품에 넣으면 작품이 코미디나 그냥 괴상한 이야기가 되어버리지 않을지 판단하는 기능을 한다.

'상상력에 맡기는' 것, 즉 인유와 암시로만 이야기에 여러 요소를 집어넣는 것은 엄청나게 중요하다. 기자들도 사건 전체를 보도할 수는 없고, 일부를 떼어서 말할 수 있을 뿐이다. 사실주의 작가도 판타지 작가도 많은 이야기를 작품에서 제외시키고, 이미지나 은유를 통해 독자가 딱 상상할 수 있을 만큼만 그 내용을 암시한다.

그리고 독자는 작가의 의도대로 움직인다. 이야기는 협업 예술이다. 작가의 상상력이 독자의 상상력과 연대해 작용하며, 독자에게 자신과 협력해서 빈틈을 메우고, 살을 붙이고, 독자들 각자의 경험을 작품에 반영해달라고 요청한다. 픽션은 카메라도 거울도 아니다. 그보다는 동양화에 훨씬 더 가깝다. 선 몇 개, 얼룩 몇 개, 그리고 나머지 공간은 모두 여백인 그림. 안개 속에서 소나무 아래의 주막을 향해 산을 오르는 여행자를 그 여백에 그려 넣는 사람은 바로 우리다.

나는 실제 경험이 거의 그대로 반영된 판타지 작품을 쓴 적도 있고, 허황된 공상만을 근거로 처음부터 끝까지 이야기를 지어낸 사실주의 작품을 쓴 적도 있다. 내 사이언스픽션 작품 중 일부는 꼼꼼히 조사한 정확한 사실로 가득 차 있지만, 1990년에 오리건 해안에서 평범한 사람들이 평범한 행동을 하는 모습을 그린 작품들에는 순전히 상상으로 지어낸 커다란 습지와 위험한 모래밭이 있다. 경험과 상상의 조합에서

'아이디어'가 생겨나며, 분리할 수 없는 그 조합은 예측이 불가능하고 명령에 잘 따르지도 않는다는 점을 보여주기 위해 내 작품 몇 편을 앞으로 참고할 생각이다. 잘될지 모르겠다.

내 어스시 시리즈 작품 중 특히 첫 번째 소설에서 사람들은 항상 작은 배를 타고 바다를 돌아다닌다. 그 모습이 상당히 그럴듯해서, 내가 작은 배를 타고 바다를 돌아다닌 경험이 많을 거라고 많은 사람들이 생각하는 것이 이해가 간다.

하지만 내가 돛단배를 탄 경험은 버클리 고등학교 2학년 때 체육 수업으로 항해를 택한 것이 전부다. 어느 바람 부는 날 내 친구 진과 나는 9피트짜리 작은 돛단배를 타고 나갔다가 수심이 1미터쯤 되는 곳에서 전복 사고를 일으켰다. 우리는 배가 가라앉는 동안 찬송가 〈내 주를 가까이 하게 함은〉을 부르다가, 물살을 헤치며 800미터를 걸어서 보트 창고로 돌아왔다. 우리에게 배를 빌려준 사람은 믿을 수 없다는 반응이었다. 너희가 그 배를 **침몰시켰어? 어떻게?**

이 질문의 답은 앞으로도 작가의 비밀로 남을 것이다.

어쨌든, 그래서 어스시에서 게드가 배를 타고 돌아다니는 모습에는 경험이 전혀 반영되어 있지 않다. 적어도 내 경험은 없다. 그때의 그 돛단배 경험과 **다른 사람들의 경험**(내가 읽은 소설들), 그리고 약간의 조사(그래서 룩파호가 뱃전 바깥쪽에 나무판을 겹쳐서 붙이는 클링커식으로 만들어진 이유를 안다)를 바탕으로 친구들에게 물어보기도 하면서 내 상상력을 발휘했을 뿐이다. 여객선을 타고 바다를 여행한 경험도 참고했다. 하지만 기본적으로 순전히 지어낸 이야기인 것은 맞다.

『어둠의 왼손』에 나오는 눈과 얼음도 마찬가지다. 나는 열일곱 살이 되어서야 처음 눈을 본 사람이다. 빙하에서 썰매를 끌어본 경험은 당연히 없다. 스콧이나 섀클턴* 같은 사람들과 함께했을 때를 빼면. 물론 책 속에서. 아이디어를 어디서 얻느냐고? 당연히 책에서 얻는다. 다른 사람들이 쓴 책. 책이란 그러라고 있는 것 아닌가. 내가 책을 읽지 않았다면, 어떻게 글을 쓸 수 있겠는가?

작가들은 모두 서로의 어깨 위에 서 있다. 모두 서로의 아이디어와 재주와 플롯과 비결을 이용한다. 문학은 공동 작업이다. '영향의 불안'이니 뭐니 하는 말은 그냥 남성호르몬의 작용일 뿐이다. 내 말을 오해하면 안 된다. 나는 표절하라고 말하는 것이 아니다. 흉내 내기, 베끼기, 도둑질을 말하는 것이 아니다. 만약 내가 정말 고의적으로 다른 작가의 글을 이용했다고 생각했다면, 지금 이 자리에 서서 나 자신을 자랑스러워하지 않고 종이봉투로 내 머리를 가렸을 것이다(저명한 역사학자 여러 명도 이렇게 해야 한다). 내 말은, 경험이 우리에게 스며들듯이 다른 사람의 책에서 이런저런 것이 우리에게 스며든다는 뜻이다. 실제 경험과 마찬가지로 상상력에 의해 발효되고 변형되어 완전히 달라진 모습으로 나타나는

---

* 두 사람 모두 영국의 남극 탐험가.

그런 요소들은 우리 정신이라는 토양에서 자라난 우리 자신의 것이다.

따라서 나는 지금까지 내가 읽었던 모든 픽션과 논픽션의 작가들, 동료들, 협력자들에게 무한한 신세를 졌음을 기쁘게 인정한다. 내게 무한히 재능을 나눠준 그들을 찬양하고 존경한다.

상상으로 만들어낸 젠더가 존재하는 행성을 배경으로 한 내 사이언스픽션 소설에서, 두 사람이 빙하 위에서 썰매를 끄는 장면을 나는 최대한 사실에 가깝게 정확히 묘사했다. 썰매의 기어와 장비에 대한 세세한 설명, 그들이 끌 수 있는 무게, 하루 동안 갈 수 있는 거리, 눈의 표면이 장소에 따라 어떻게 달라지는지 등에 대한 묘사가 그렇다. 내가 직접 경험한 것은 하나도 없고, 모두 20대 때부터 읽은 남극 관련 책에서 가져온 정보다. 사실적인 자료를 순수한 판타지 속에 짜 넣은 것이다. 사실 이 행성 주민들의 젠더에 관한 설명도 그렇지만, 여기서 하기에는 너무 복잡한 이야기다.

예전에 나무의 관점에서 이야기를 쓰고 싶다는 생각을 한 적이 있다. 맥민빌로 이어진 도로변에서 떡갈나무 한 그루를 보고 떠올린 '아이디어'였다. 차가 그 옆을 지나는 동안 나는 그 나무가 어렸을 때를 생각했다. 18번 고속도로는 조용한 시골 도로다. 그 나무가 고속도로와 자동차들을 어떻게 생각하는지도 궁금했다. 자, 그럼 나무로 살아가는 경험을 어디서 얻는다지? 그게 있어야 내 상상력이 작업을 시작할 수 있을 텐데. 책은 별로 도움이 되지 않는다. 섀클턴이나 스콧과 달리, 떡갈나무는 일기를 쓰지 않으니까. 내가 가진 경험이라고는 직접적인 관찰 결과가 고작이다. 나는 지금까지 많은 떡갈나무를 봤고, 떡갈나무 근처에 있어봤고, 떡갈나무를 올라가 이파리들 사이로 들어가보기도 했다. 하지만 이제는 나무의 내면으로 들어가야 했다. 떡갈나무가 되면 어떤 기분일까? 우선 아주 커진 기분이 들 것이다. 생기 있지만 조용하고, 저 멀리서 햇빛을 받고 있는 끝부분을 제외하면 유연성은 별로 없을 것이다. 그리고 깊은 느낌. 아주 깊이…… 뿌리가 어둠 속으로 뻗는다…… 땅에 뿌리가 박힌 채 200년 동안 한자리에 꼼짝 않고 서 있으면서도 계절의 변화와 해가 바뀌는 것을 경험하며 길고 긴 세월을 여행하는…… 어떤 식으로 하는 건지 이제 감이 잡힐 것이다. 여러분이 어렸을 때도 했고, 지금도 계속 하고 있는 일이다. 여러분이 하지 않으면, 꿈이 그 일을 대신 해준다.

꿈에서 책임이 시작된다고 어느 시인이 말했다. 꿈에서, 상상 속에서 우리는 점차 서로가 된다. 나는 당신이 된다. 장벽이 내려간다.

거창한 이야기, 장편소설은 단 한 번의 자극이 아니라 여러 아이디어와 이미지, 비전과 정신적 인식이 한곳에 모여 연결되어 만들어진다. 그들은 어느 중심점을 향해 서서히 모여드는데, 대개 나는 작품을 완성하고 한참 시간이 흐른 뒤에야 그 중심점의 정체를 파악하고는 이렇게 말한다. 아, 그 소설은 저걸 다룬 거구나. 여러 아이디어와 이미지가 한곳으로 모이는 과정에서, 즉 내가 그 작품에 대해 아직 아는 것이 제대로 없을 때 내게 가장 근본적으로 필요한 것은 두 가지다. 그곳의 풍경을 내가 봐야 한다는 것. 그리고 중요 인물들을 내가 알아야 한다는 것. 그들의 올바른 이름까지 내가 알아낼 수 있어야 한다. 이름이 틀리면, 그 인물은 내게 다가오지 않을 것이다. 나는 그들이 어떤 사람인지 알지 못할 것이다. 내가 직접 그들이 될 수 없을 것이다. 그들은 말도 하지 않고, 어떤 행동도 하지 않을 것이다. 내가 어떻게 이름을 생각해내는지, 그리고 그것이 옳은 이름이라는 사실을 어떻게 알아내는지 내게 묻지 말라. 나도 전혀 모르니까. 그냥 들으면 안다. 그러고 나면 그 사람이 어디 있는지 알게 되고, 이제는 이야기를 시작할 수 있다.

내가 최근에 발표한 작품 『텔링』을 예로 들어보자. 대다수의 내 작품들과 달리 이 작품은 정말로 아이디어라고 할 만한 것, 즉 내가 배운 어떤 사실에서 시작되었다. 나는 오래전부터 중국의 도교 철학에 관심이 있었다. 나는 도교라는 종교에 대해서도 조금 알게 되었다. 대단히 복잡한 고대 대중 종교인 도교는 2천 년 동안 중국 문화에서 중요한 요소였다. 그런데 이런 지식과 함께 나는 이 종교가 마오쩌둥에 의해 억압을 받다 못해 지상에서 거의 완전히 사라졌음을 알게 되었다. 사이코패스 폭군 한 명이 단 한 세대 만에 2천 년의 역사를 지닌 전통을 파괴해버린 것이다. 내가 살아 있는 동안에 그런 일이 벌어지는데도 나는 아무것도 모르고 있었다.

이 사건의 무게, 그리고 내 무지의 무게에 나는 말문이 막혔다. 생각을 좀 해볼 필요가 있었다. 내게는 소설을 쓰는 것이 곧 생각하는 방식이므로, 결국 이 일에 대해서도 소설을 쓸 수밖에 없었다. 하지만 중국에 대한 소설을 어떻게 쓸 수 있을까? 내 경험이 빈곤해서 치명적일 텐데. 그렇다면 상상의 세계를 배경으로, 고의적인 정치적 조치로 종교 하나가 말살되는 이야기를 쓰자…… 그 대척점에는 정치적 자유를 억압하는 신정국가를 놓을까? 그래, 이걸 테마로 삼자. 원한다면 내 아이디어라고 말해도 된다.

이 테마에 들뜬 나는 빨리 소설을 시작하고 싶어 안달이 난다. 그래서 내게 이야기를 들려줄 사람들을 찾아 나선다. 그 이야기를 직접 몸으로 겪을 사람들이다. 먼저 나는 도도하고 똑똑한 여자를 찾아낸다. 이 젊은 여자는 지구에서 그 행성으로 간다. 그녀의 이름은 기억나지 않는다. 그녀는 이름을 다섯 개나 갖고 있었는데, 모두 진짜 이름이 아니었다. 나는 소설의 첫머리를 다섯 번이나 고쳐 썼지만, 도무지 성과가 없었다. 그래서 거기서 멈출 수밖에 없었다.

매일 같은 시각에 아무 말도 없이 참을성 있게 앉아 있는 방법뿐이었다. 그동안 여우가 곁눈질로 나를 보면서, 내가 조금씩 다가가는 것을 서서히 허락해주었다.

그 이야기의 주인공인 그 여자가 마침내 내게 말을 걸었다. 나는 수티예요. 날 따라와요. 그래서 나는 그녀를 따라갔다. 그녀는 나를 데리고 높은 산으로 올라가 그 이야기를 주었다.

내게 좋은 아이디어는 있었지만, 이야기는 없었다. 비평가들은 마치 이야기가 곧 아이디어인 것처럼 말하지만, 이념이 예술을 만들지 못하듯이 머리만으로는 이야기를 만들 수 없다. 이야기가 스스로 중심을 찾고 목소리를 찾아 스스로를 만들어야 했다. 수티의 목소리를 찾아야 했다. 나는 그 순간을 기다리고 있었기 때문에, 그 뒤에 이야기가 내게 자신을 내어줄 수 있었다.

아니면 이렇게 표현해보자. 내 머릿속에 좋은 것이 많이 있었다. 명확한 아이디어들. 하지만 나는 그것을 하나로 모을 수도, 그것과 함께 춤을 출 수도 없었다. 참을성 있게 기다려 박자를 잡아내지 못했으니까. 내게는 리듬이 없었다.

이 책의 제목은 버지니아 울프가 친구인 비타 색빌웨스트에게 쓴 편지에서 가져온 것이다. 비타는 "딱 맞는 단어", 플로베르의 프랑스어 표현으로는 mot juste를 찾는 것에 대해 잘난 척 이야기하면서, 문체에 대해 몹시 프랑스식 고민을 하고 있었다. 그래서 버지니아는 아주 영국식으로 답장을 보냈다.

　　**딱 맞는** 단어에 대한 당신의 생각은 틀렸습니다. 문체
는 아주 간단한 문제예요. **리듬**이 가장 중요하죠. 이걸 알
고 나면 엉뚱한 단어를 쓰기가 불가능해집니다. 오전이
절반쯤 지난 지금 내 머리에는 갖가지 아이디어와 비전
등등이 빽빽하게 차 있지만, 나는 그것들을 덜어낼 수 없
습니다. 올바른 리듬을 찾지 못해서. 이건 매우 심오한 문
제예요. 리듬이 무엇인가 하는 문제. 단어보다 훨씬 더 깊
습니다. 어떤 광경, 감정이 마음속에 이렇게 물결을 일으
킵니다. 그러고 한참 지난 뒤에야 거기에 단어를 맞춥니
다. 글을 쓸 때 우리는 이것을 다시 포착해서(이것이 현재
나의 믿음입니다) 작동하게 만들어야 합니다(단어와는
아무런 상관이 없는 듯합니다). 그러고 나면 그것이 마음
속에서 깨어지고 구르면서 단어를 자신에게 맞추죠. 하지
만 내년이면 내 생각은 틀림없이 달라져 있을 것 같네요.

　　울프가 이 글을 쓴 것은 80년 전이다. 그녀가 그 이듬해
에 생각이 달라졌는지는 몰라도, 어쨌든 누구에게도 그런 말
을 하지는 않았다. 이 글에서 울프의 말투는 가볍지만, 그녀
의 말은 진심이었다. 매우 심오하다. 나는 이야기의 원천, 즉
아이디어의 원천에 대해 이보다 더 심오하거나 더 유용한 것
을 아직 하나도 찾아내지 못했다.

기억과 경험 아래에, 상상과 창조 아래에, 울프의 말처럼 단어 아래에 리듬이 있고, 기억과 상상력과 단어는 모두 그 리듬에 맞춰 움직인다. 작가가 할 일은 그 리듬이 느껴질 만큼 깊이 내려가서 리듬을 찾아 거기에 맞춰 움직이는 것이다. 그 리듬이 기억과 상상력을 움직여 단어를 찾아내게 가만히 놔두는 것이다.

울프는 아이디어가 가득한데 덜어낼 수 없다고 말한다. 리듬을 찾지 못했기 때문에. 울프는 그 아이디어들의 잠금장치를 풀어, 그들이 이야기를 향해 나아가게 해줄 박자, 그들이 스스로 이야기를 하게 해줄 박자를 찾지 못했다.

울프는 그것을 마음에 이는 물결이라고 부른다. 어떤 광경이나 감정이 그 물결을 일으킬 수 있다는 말도 한다. 잔잔한 수면에 돌이 떨어지면, 중심에서부터 침묵 속에 완벽한 리듬으로 원이 퍼져나가는 것과 같다. 마음은 그 원들을 따라 밖으로, 밖으로 나아가다가 마침내 단어로 변한다…… 하지만 울프의 이미지는 이보다 더 거대하다. 그녀가 생각한 물결은 파도다. 조용하고 매끄럽게 바다 위를 1천 킬로미터 넘게 가로질러 와서 해안에 철썩 부서지는 파도. 파도가 부서져 날아오르면서 단어라는 거품이 된다. 그러나 그 파도, 일정한 박자의 충격은 단어 이전에 존재하며, "단어와는 아무런 상관이 없"다. 따라서 작가가 할 일은 그 파도를 알아보는 것이다. 저 멀리 바다에서, 마음이라는 대양 저편에서 조용히 부풀어 오르는 파도를 알아보고 해안까지 따라오는 것이다. 해안에서 파도는 단어를 변화시키거나 스스로 단어가 되어 품고 있던 이야기를 내려놓고, 자신의 이미지를 토해내고, 비밀을 쏟아낼 수 있다. 그러고는 이야기의 대양으로 스르르 다시 물러간다.

아이디어와 비전이 꼭 필요한 저변의 리듬을 찾지 못하는 것은 무엇 때문인가? 울프는 왜 그날 오전에 아이디어와 비전을 '덜어내지' 못했을까? 수많은 이유가 있을 수 있다. 정신을 산만하게 하는 것, 걱정거리. 하지만 내 생각에는 작가가 너무 서둘러서 단어를 너무 일찍 움켜쥐기 때문에 단어를 찾지 못할 때가 아주 많은 것 같다. 작가는 파도가 들어와 부서질 때까지 기다리지 못한다. 작가인 탓에 그냥 글을 쓰고 싶어 한다. 사람들에게 이런저런 이야기를 들려주고, 또 다른 것을 보여주고 싶어 한다. 자신이 아는 것, 아이디어, 의견, 신념, 중요한 생각…… 작가는 파도가 들어와 모든 아이디어와 의견 너머로 자신을 데려가줄 때까지 기다리지 못한다. 그곳에서는 **엉뚱한 단어를 쓰기가 불가능**해지는데.

우리들 중 누구도 버지니아 울프가 아니지만, 모든 작가가 적어도 한 순간이나마 파도를 타본 적이 있다면, 항상 딱 맞는 단어를 찾아내는 경험을 했다면 좋겠다.

독자로서 우리는 모두 그 파도를 타본 적이 있기 때문에, 그 즐거움을 안다.

산문과 시, 모든 예술, 음악, 춤은 우리 몸, 우리 존재, 이 세상의 몸과 존재가 지닌 심오한 리듬에서 솟아나 그 리듬과 함께 움직인다. 물리학자가 읽는 우주는 아주 다양한 진폭의 진동, 리듬으로 이루어져 있다. 예술은 그 리듬을 따라가며 표현한다. 일단 올바른 박자를 찾기만 하면, 우리의 아이디어와 단어가 그 리듬에 맞춰 춤춘다. 누구나 합류해서 춤출 수 있는 윤무輪舞다. 그러면 나는 당신이 되고 장벽이 내려간다. 잠시 동안.

# 글을 쓰지 않는 늙은 몸

이 글의 일부는 『뉴욕타임스』 '신디케이트'에 기고한 글 「작가의 블록」에 포함되었고, 또 다른 일부는 『글쓰기의 항해술』에 포함되었다. 몇 년 전부터 내가 쓰고 싶을 글을 쓰지 못할 때마다 다시 떠올리곤 하던 두서없는 생각을 담은 글이다.

지금 이 순간 나는 글을 쓰고 있지 않다. 다시 말해서, 지금 여기서 나는 글을 쓰고 있지 않다는 글을 쓰고 있다. 글을 쓰지 않으니 행복하지 않아서. 하지만 글로 쓸 것이 전혀 없다면 어쩔 수 없다. 나는 왜 쓸 것이 생길 때까지 진득하게 기다리지 못할까? 기다림이 왜 이렇게 힘들까?

내가 다른 일에는 도무지 이만큼 재주가 없고, 어떤 일도 이 일만큼 좋지 않기 때문이다. 내가 그 무엇보다 하고 싶은 일은 글쓰기다.

그것이 훌륭한 식사나 섹스나 햇빛처럼 물리적인 의미에서 곧장 기쁨을 안겨주기 때문은 아니다. 집필은 힘든 일이고, 몸은 쌓인 것을 배출하며 만족을 느끼는 활동 없이 적막과 긴장을 유지해야 한다. 일을 해내는 도구와 일의 결과에 대해 확신할 수 없을 때가 대부분이고, 일종의 불안감에 에워싸일 때도 많다("죽기 전에 이걸 끝내야 하는데, 이걸 완성하다가 내가 죽겠어"). 어쨌든 실제로 글을 쓰는 동안 나는 일종의 무아지경에 빠진다. 즐겁지도 않고 다른 어떤 느낌도 없다. 이렇다 할 특징도 없다. 그냥 자아의 무의식이다. 글을 쓰는 동안 나는 내 존재는 물론이고 다른 어떤 존재도 의식하지 못한다. 종이 위에서 소리를 내고, 리듬을 만들고, 서로 연결되어 구문을 형성하는 단어들과 그렇게 만들어지는 이야기 속의 존재들만 의식할 뿐이다.

아하, 그럼 글쓰기는 도피인가? (아, 이 단어에서 느껴지는 청교도적 분위기라니!) 불만, 무능, 고뇌로부터의 도피인가? 그래, 틀림없다. 또한 삶에 대한 통제력 부족, 무력함에 대한 보상이기도 하다. 글을 쓸 때 나는 힘을 쥐고 통제하는 사람이다. 내가 단어를 선택하고 이야기의 모양을 다듬는다. 그렇지 않은가?

그런가? 나는 누구지? 글을 쓸 때 나는 어디에 있지? 박자를 따라간다. 단어들. 통제권은 그들에게 있다. 힘을 쥔 것은 이야기다. 나는 그것을 따라가며 기록하는 사람이다. 그것이 내 일이고, 그 일을 올바르게 해내려면 노력을 기울여야 한다.

우리는 **도피**와 **보상**이라는 단어를 부정적으로 사용하기 때문에, 창조 행위를 정의할 때는 그 두 단어를 쓸 수 없다. 창조 행위는 긍정적이고 더 작은 단위로 쪼갤 수 없다. 진정한 창조는 진정 만족스럽다. 내가 아는 어떤 것보다 더 진정 만족스럽다.

그래서 쓸 것이 하나도 없을 때 내게는 도피처도 보상도 없다. 내가 통제권을 넘길 대상도, 함께 나눌 힘도, 만족도 없다. 그냥 여기서 늙은 몸으로 갈피를 잡지 못하고, 아무것도 말이 되는 것 같지 않다고 걱정하는 수밖에 없다. 밤낮으로 끊임없이 풀려나오며 세월의 미궁에서 나를 인도하는 그 단어들의 실 뭉치가 그립다. 들려줄 이야기를 원한다. 무엇이 내게 이야기를 줄까?

글을 쓸 여유 시간이 생기면 나는 대개 가만히 앉아서 열심히 생각한다. 열심히, 힘을 다해. 그렇게 이야기의 토양이 될 수 있는 흥미로운 사람들과 흥미로운 상황을 지어낸다. 나는 그것을 종이에 적고 노력을 기울인다. 하지만 아무것도 자라나지 않는다. 어떤 일이 일어날 때까지 기다리지 않고, 억지로 그 일을 일으키려 하기 때문이다. 내게는 이야기가 없다. 그 이야기를 이끌어갈 사람이 없다.

젊었을 때 나는 나 자신과 일체화할 수 있는 상상 속 인물을 내 마음과 몸에서 찾았을 때 글로 쓸 이야기가 생겼음을 깨달았다. 나는 그 인물과 아주 깊고 강하게 몸으로 동질감을 느낄 수 있었다. 사랑에 빠지는 경험과 몹시 비슷했다. 어쩌면 정말로 사랑에 빠진 건지도 모른다.

이것은 이야기를 들려주는 일의 물리적 측면이다. 내게는 지금도 신비롭다. 내가 60대에 이른 뒤로 이런 일이 다시 일어나서(예를 들면, 『용서로 가는 네 가지 길』의 테예이오와 합찌바) 내게 커다란 기쁨을 주었다. 밤낮으로 등장인물이 되어 살고, 내 안에 그 인물이 살게 하고, 그들의 세계와 내 세계가 맞닿아서 상호작용하는 경험은 생생하고 강렬한 기쁨이다. 그러나 『바닷길』 때는 누구와도 그토록 깊이 일체화하지 못했다. 지난 10~15년 동안 내 작품 속에 등장한 대부분의 인물도 마찬가지였다. 그러나 『테하누』나 「수르」나 「허니스」를 쓸 때는 내가 했던 어떤 작업 못지않게 짜릿했다. 만족감도 확실했다.

나는 지금도 남자 등장인물과 일체화하거나 동질감을 느낄 때 가장 강렬한 경험을 한다. 몸이 전혀 내 것처럼 느껴지지 않기 때문이다. 젠더를 뛰어넘는 경험에는 원래 짜릿한 흥분이 내포되어 있다(아마 그래서 사랑에 빠지는 느낌과 비슷한 것 같다). 테나르나 버지니아나 드래건플라이 같은 여자 인물들과 동질감을 느낄 때는 다르다. 성적인 측면이 훨씬 더 강렬하지만, 그것은 성기에서 기인하는 감각이 아니다. 더 심오하다. 내 몸 한가운데, 즉 태극권에서 중심이 되는 부분이자 기氣가 모여 있는 곳에서 느껴지는 감각이다. 나의 여자들이 내 안에서 사는 곳이 거기다.

이런 일체화가 남자와 여자에게 다르게 느껴질 수 있다(다른 작가들도 이런 일을 한다면 그렇다는 뜻이다. 나도 잘 모른다). 그래도 나는 진짜는 젠더를 한참 넘어선 곳에 있다는 버지니아 울프의 생각이 옳다고 믿고 싶다. 노먼 메일러는 작가가 되려면 불알이 있어야 한다고 진지하게 믿는 것 같다. 메일러처럼 글을 쓰고 싶다면, 그래야 할 것 같기도 하다. 그러나 내게 작가의 불알은 짜증스럽지는 않을망정, 중요하지도 않다. 그곳에서 작품 속 사건이 일어나지는 않으니까. 아까 몸의 한가운데라고 말한 것은 불알이나 음경이나 여자의 그곳이나 자궁이라는 뜻이 아니었다. 성적인 환원주의는 다른 것 못지않게 나쁘다. 더 나쁠 수도 있다.

자궁 절제 수술을 받았을 때, 나는 내 글을 걱정했다. 성적인 환원주의에 겁을 먹은 탓이었다. 그러나 노먼 메일러 같은 남자가 불알을 잃으면 어떻게 될지 상상해보면, 그 수술이 내게 그렇게 나쁘지는 않았다고 확신할 수 있다. 나의 성 또는 글쓰기를 생식 능력과 동일시한 적이 한 번도 없으니, 나 자신을 쓰레기처럼 취급할 필요가 없었다. 약간의 고통과 두려움은 있었지만 무시무시한 수준은 아니었으므로, 나는 자궁을 잃은 것이 작가로서, 글을 쓰는 몸을 지닌 사람으로서 내게 어떤 의미인지 생각해볼 수 있었다.

내가 자궁을 잃음으로써 모종의 연결, 편안한 신체적 상상력을 잃어버린 느낌이 들기는 했다. 그것을 대체할 수 있을지는 모르겠지만, 대체가 가능하다면 정신적 상상력 하나만으로 그 자리를 채워야 했다. 한동안 나는 예전처럼 상상 속 인물과 나를 일체화할 수 없을 줄 알았다. 나 외에 다른 사람은 '될' 수 없을 것 같았다.

내가 자궁이 있었을 때 작품 속 등장인물들을 태아처럼

몸속에 품고 돌아다니는 줄 알았다는 뜻은 아니다. 젊었을 때는 굳이 생각하지 않아도 상상 속 인물들과 신체적으로 완전히 연결되었으며 그들을 감정적으로 이해했다는 뜻이다.

어쩌면 그 수술 때문일 수도 있고 단순히 노화 때문일 수도 있는데, 이제 나는 그 연결을 머리로 일부러 만들어야 했다. 단순히 육체적이지만은 않은 열정으로 그들을 향해 손을 뻗어야 했다. 예전보다 더 근본적이고 완전한 방식으로 다른 사람이 '되어야' 했다.

이것을 반드시 상실이라고 할 필요는 없었다. 나를 더 모험적인 길로 밀어내는 소득을 얻은 것 같다는 생각이 조금씩 들기 시작했다. 머리를 더 많이 동원할수록 좋았다. 신체적 감정적 연결, 그 열정이 존재하는 한은.

에세이는 머릿속에 있다. 이야기처럼 신체를 갖고 있지 않다. 그래서 에세이는 장기적으로 나를 만족시키지 못한다. 하지만 머리로 하는 작업이라도 아무것도 안 하는 것보다는 낫다. 단어들을 줄에 꿰어 그 줄을 잡고 하루라는 미로를 통과하는 지금의 나를 보라(이 미로는 아주 간단하다. 길을 선택해야 하는 건 한두 번뿐이고, 보상으로 먹이를 얻을 수 있다). 어떤 식으로든 단어들을 의미 있게 연결하는 건 아무것도 안 하는 것보다 낫다.

만약 내가 단어들에서 강렬하게 느껴지는 의미를 발견하거나 그 단어들에 그런 의미를 부여할 수 있다면 더 좋다. 지금처럼 그 의미가 지적인 것이든, 음악으로 이루어진 것이든 상관없다. 후자의 경우라면, **바라건대**, 내가 쓰는 글이 시가 되면 좋겠다.

무엇보다 좋은 것은 그 단어들이 몸을 찾아 이야기를 시작하는 것이다.

앞에서 나는 다른 사람이 '된다'거나 '그 사람을 갖는다'거나 '그 사람을 찾아낸다'는 말을 했다. 이건 미스터리다.

여기서 **갖는다**는 말은 아기를 '갖는다'고 할 때와 같은 의미가 아니다. 몸을 '갖는다'는 뜻이다. 몸을 갖는 것은 곧 일체화되는 것이다. 일체화가 열쇠다.

내가 쓰려고 계획했지만 이야기가 되지 못한 것들은 모두 그 열쇠가 없었다. 그 이야기의 주체가 될 사람, 마음, 영혼, 일체화된 본질이 없었다. 끝내 제대로 만들어지지 못하는 이야기를 쓸 때 나는 사람들을 지어낸다. 글 쓰는 법을 가르치는 책에서 말하는 대로 그 인물들을 묘사할 수는 있다. 이야기 속에서 그들의 기능이 무엇인지도 안다. 나는 그들에 대해 글을 쓰지만, 그들을 찾아내지는 못했다. 그들이 나를 찾아내지도 못했다. 그들은 내 안에 살지 않고, 나도 그들 안에 살지 않는다. 나는 그들을 갖고 있지 않다. 그들에게는 몸이 없다. 그래서 나는 이야기를 손에 넣지 못한다.

그러나 등장인물과 내적인 연결이 만들어지는 순간, 나는 몸과 영혼으로 깨닫는다. 내가 그 사람을 **가졌**구나, 내가 그 사람이구나. 그 사람을 갖는 것(신기하게도 그 사람과 함께 이름도 나를 찾아온다)은 곧 이야기를 갖는 것이다. 그러고 나면 나는 곧바로 집필을 시작할 수 있다. 그 사람 자신이 앞으로 어디로 갈 건지, 무슨 일이 벌어질지, 이 이야기가 무엇인지 다 알 것이라고 믿고서.

지극히 위험한 방법이지만 내게는 효과가 있다. 특히 과거보다 요즘 더 그렇다. 강요되거나 무관계한 요소가 없는 이야기를 만드는 데 도움이 된다. 의견, 의지력, (인기 없음, 검열, 편집자, 시장 등에 대한) 두려움, 기타 중요하지 않은 것들이 불쑥 침입해서 이야기를 통제하려 드는 일은 일어나지 않는다.

이야기를 찾아 헤매다가 안달이 날 때는 이야기의 소재나 주제나 유대나 공명이나 시간-장소 때문이 아니다(물론 이 모든 것이 관련되어 있기는 하다). 내 머릿속에서 낯선 사람을 찾아 낚싯대를 이리저리 던지다가 안달이 난 것이다. 나는 누군가를 찾아 머릿속 풍경 속을 헤맨다. 늙은 뱃사람*이든 미스 베이츠**든 이야기가 끝날 때까지 나를 붙들어놓고 이야기를 들려주는 사람을 찾으려고(내가 그들을 원할 때, 내가 그들을 초대할 때, 내가 그들을 갈망할 때가 아니라 내가 시간을 내기에 가장 불편할 때에 그들이 이야기를 시작할 가능성이 아주 높다).

머릿속 풍경에 아무도 없을 때는 조용하고 외롭다. 그런

---

\* 　콜리지의 시 「늙은 뱃사람의 노래」에 나오는 인물.
\*\* 　제인 오스틴의 1815년 소설 『에마』의 등장인물.

시간이 계속 이어지다 보면, 결국 이제 이곳에 누군가가 나타나는 일은 두 번 다시 없을 것 같다는 생각이 든다. 옛날에 글을 썼던 멍청하고 늙은 여자만 남을 것이다. 의지력으로 그곳에 사람을 채워 넣으려 해봤자 소용없다. 그들은 자기가 준비되었을 때에만 나타난다. 누가 불러도 대답하지 않는다. 침묵이 그들의 대답이다.

많은 작가들이 지금은 이런 침묵의 시간을 '방해물'로 생각한다.

그보다는 공터로 보는 편이 낫지 않을까? 자신이 가야 하는 곳으로 가기 위해 거쳐야 하는 길로?

글을 쓰고 싶은데 쓸 것이 하나도 없으면, 정말로 방해물이 앞을 가로막은 것 같은 느낌이 들기는 한다. 에너지가 가득한데 그 에너지를 쓸 곳이 없고, 글을 잘 쓸 수 있을 것 같은데 그 재주를 쓸 곳이 없어서 숨이 막힌다. 좌절감에 마음이 지치고, 화가 난다. 그러나 그냥 뭐라도 쓰기 위해 아무거나 쓰면서 그 침묵을 잡음으로 채우고, 의지력을 동원해 이야기 속 상황들을 억지로 만들어낸다면, 내가 스스로 방해물이 될 수 있다. 그럴 때는 가만히 기다리면서 침묵에 귀를 기울이는 편이 낫다. 몸이 계속 리듬을 따르게 하되 마음을 말로 가득 채우지는 않는 작업을 하는 편이 낫다.

나는 이 기다림을 '목소리에 귀를 기울이는 때'라고 불렀다. 정말로 그랬다. 「허니스」를 쓸 때 처음부터 끝까지 기다리고 또 기다렸더니, 여자들 중 한 명의 목소리가 나를 찾아와 나를 통해 입을 열었다.

하지만 그것은 단순한 목소리가 아니었다. 신체적 지식
이었다. 몸이 바로 이야기다. 그리고 목소리는 그 이야기를
들려준다.

# 일 위에 누운 작가, 일하는 작가

재닛 스턴버그의 1995년 선집 『일 위에 누운 작가』 2권 『새로운 땅의 새로운 에세이』에 기고한 글.

그녀의 일은
결코 끝나지 않는다.
그녀는 이 말을 들었고
직접 눈으로 보았다.
　　그녀의 일이
관련 없는 섬유들을 돌려
실타래로 만들어내는 것을. 물레
또는 바퀴가 구름 같은 덩어리를 돌려
질긴 실로 만든다,
자꾸만, 자꾸만, 자꾸만.
　　그녀의 일이
관련 없는 요소들로

무늬를 짠다. 날실을

가로지르며 던져진 북이

장미를, 미로를, 번개를 만든다,

자꾸만, 자꾸만, 자꾸만.

　　그녀의 일이

흙과 물에서

완전한 것을 끄집어낸다. 주전자의

쓰임새가 있는 구멍,

물건을 담는

그릇, 신성한 것, 거치대,

구원자,

점토로 뒤덮인 그녀의 손과 그녀 사이

점토로 뒤덮인 물레에서 만들어진다,

자꾸만, 자꾸만, 자꾸만.

　　그녀의 일은

주전자와 바구니,

가방, 그릇, 상자, 큰 가방,

냄비, 병, 물병, 찬장, 벽장,

방, 집 안의 방, 문,

집 안의 방 안의 책상,

책상의 서랍과 작은 분류 칸,

몇 세대 동안

비밀 편지가 놓여 있는

비밀 칸.
       그녀의 일은
편지,
비밀 편지.
몇 세대 동안
써지지 않은 편지.
그녀가 그 편지를 써야 한다
자꾸만, 자꾸만, 자꾸만.


       그녀는 몸으로 일한다,
일용직 노동자,
그녀는 일하고, 수고하며,
땀 흘리고 불평한다,
그녀는 바로 자신의 도구다,
물레바퀴, 북, 물레.
그녀는 기름진 양털과 생찰흙이다
그리고 현명한 손이다
노동자의 임금을 받고
낮에 일하는 손.
       그녀는 자기 몸 안에서 일한다,
밤의 생물.
그녀는 담장 사이를 달린다.
그녀는 사냥당해 먹힌다.

그녀는 먹이를 찾아 헤매다 달려들어 죽이고 먹어치운다.

그녀는 소리 나지 않는 날개로 난다.

그녀의 눈은 어둠을 이해한다.

그녀가 지나간 자리는 피투성이,

그녀의 비명에

모든 것이 우뚝 멈춘다,

그 또 하나의 지혜를 듣고서.


　　　누군가 말하길 일하는 여자는 모두

전사라고 한다.

나는 그 말에 저항한다.

필요에 따라 투사가 된 건 맞다,

현명한 투사,

하지만 그게 직업?

장군들 중 하나라고?

내 눈에는 영웅이 되기보다

더 나은 일이 그녀에게 있는 것 같다.

훈장은 더 납작한 가슴을 위한 것이었다.

마치 그녀의 젖꼭지에 대롱대롱 매달린 것 같아서

보기에 민망하다.

군복도 맞지 않는다.

만약 그녀가 엉덩이로 총을 쏘면,

프로이트의 후예들이 보내는 갈채 소리가—

봤어? 봤어? 그들이 말한다,

봤어? 봤어? 저 여자가 그걸 원해!

(저 여자가 내 걸 원해!

그녀는 가질 수 없어!

가질 수 없죠 그렇죠 아빠?

그래, 아들.)


그녀가 여신이라고 말하는 사람도 있다,

여신, 초월적인 존재,

원래 모든 것을 아는 존재,

타자기 앞의

원형元型.

나는 이 말에 저항한다.


그녀의 일, 나는 정말로 그녀의 일이

싸움도 아니고 승리도 아니라고 생각한다,

지구가 되는 것도 아니고, 달이 되는 것도 아니다.

그녀의 일, 나는 정말로 그녀의 일이

자신의 진짜 일이 무엇인지 알아내서

하는 것이라고 생각한다,

그녀의 일, 그녀 자신의 일,

그녀가 인간인 것,

그녀가 이 세상에 존재하는 것.

그래, 만약 내가
작가라면, 내 일은
단어다. 쓰지 않은 편지들.
　　　단어들은 나의 존재 방식
인간, 여자, 나.
단어는 나를 자아내는 물레,
인생이라는 천을 짜기 위해
세월이라는 날실 사이로 던져진 북,
모양을 잡아
사용하고, 장식하는 손.
단어는 나의 치아,
나의 날개.
단어는 나의 지혜.

나는 낡은 책상의
비밀 서랍 안
편지 다발.
편지에 무엇이 있나?
무슨 말이 있나?


　　　사악한 공작의 손에 여기 갇혀 있어요.

조지는 이제 훨씬 나아졌고, 나는 미친 듯이 복숭아 통조림을 만들고 있어요.

남편에게도, 심지어 내 자매에게도 말할 수 없어요, 당신 없이는 살 수 없어요, 밤낮으로 당신을 생각해요, 언제 내게 올 건가요?

내 형제 윌이 런던으로 갔는데, 내가 온 마음을 다해 나도 데려가달라고 애원했지만 윌도 아버지도 들어주지 않고 그냥 웃음을 터뜨리면서 말했어요, 이 계집애가 결혼할 때가 됐구나.

여자 유령이 집 안을 걸어 다녀요. 전에 아기 방으로 쓰이던 방에서 그 여자가 우는 소리를 들었어요.

내 편지가 당신에게 닿을지 내가 알 수만 있다면, 하지만 어느 관청에서도 정보를 얻을 수 없어요, 당신이 어디로 파견됐는지 말해주지 않을 거예요.

나 때문에 슬퍼하지 말아요. 내가 다 알고 하는 일이에요.

아이들을 데려와서 다 같이 놀게 하면, 우리는 얼굴이 파랗게 질릴 때까지 앉아서 이야기할 수 있어요.

그녀의 사촌 로저와 엽총 얘기 그도 알았어요?

이게 소용이 있을지 모르겠지만, 나는 9월부터 이 일을 붙들고 있어요.

그의 목을 매다는 데 몇 명이 필요할까요?

나는 가족을 데리고 자유의 땅 미국으로 갑니다.

내 책상의 비밀 칸에서 낡은 편지 다발을 발견했어요.

이야기가 담긴 편지들
그들은 이야기를 들려준다.
작가는 이야기를, 이야기를 들려준다,
자꾸만, 자꾸만, 자꾸만.

　　사람들은 말한다, 남자는 행동하고 여자는 존재한다고.
행동과 존재. 행동하는 것과 존재하는 것.
OK, 난 글을 쓸 거야.
난 이야기를 할 거야.
("Je suis là où ça parle,*"

아름다운 엘렌이 말한다.)

나는 말하고 활용할 것이다.

나는 이렇게

존재할 것이다. 나는 어떻게 존재하는가?

행동하는 것과 똑같은 방식으로.

나는 그것을 일이라 부를 것이다

그게 아니면 상관없다, 노는 것이니.


　　　일하는 작가는

노는 것이다.

체스나 포커나 모노폴리가 아니다,

그런 전쟁 게임이 아니다ー

설사 그녀가 모든 규칙을 지키며

이긴다 해도ー뭘 얻지?

그들의 웃기는 돈?ー

영웅 놀이도 아니고,

신 놀이도 아니고ー

하지만 말이지, 뭔가를 만들어내는 건

신이 하는 일과 비슷하지 않아?

좋다, 그럼, 신 놀이,

조물주 아프로디테, 그녀가 없으면


*　　'나는 그것이 말하는 곳에 존재한다'라는 뜻.

"반짝이는 빛의 경계선 안으로 그 무엇도

　태어나지 않고, 아름답거나 사랑스러운 것도 만들어지

지 않는다",

　빙글빙글 도는 거미 할머니,

　모든 것을 지어내는 생각 여자,

　노는 코요테 여자—

　그것을, 게임을 한다,

　승자도 패자도 없는,

　솜씨의 게임, 믿게

　만드는 게임.


　그래 그건 도박이다,

　하지만 돈을 따려는 게 아냐.

　미안 어니 이건 경마가 아니야.

　판돈이

　좀 더 많다.


　　일하는 작가는

　이상하고, 특이하고, 특별하다,

　확실히, 하지만, 내 생각에,

　단수는 아니다.

　그녀는 복수 쪽으로 쏠린다.

예를 들어 나는 어슐러다, 미스
어슐러 크로버,
르 귄 부인, 그다음에는 씨,
어슐러 K. 르 귄, 이 후자가
'작가'다, 하지만 다른 이름들은
누구였고, 누구인가?
그녀는 복수로 일하는
작가다.


　　　그들이 무엇을 하는가,
복수의 그녀들은?
침대에 누워 있다.
사냥개처럼 게으르다.
복수의 그녀는 침대에 누워 있다
이른 아침에.
해가 뜨기 한참 전, 겨울에,
여름에 "아침형 인간들은
지붕에서 지저귀고 있다."
참새들처럼
그녀의 생각이 폴짝폴짝 뛰다가
날아오르며 단어들을 시험한다.
아침 햇빛처럼
그녀의 생각이 형태를 미세하게

건드려 드러내고,

침침한 곳에서 보는 눈을,

무한한 혼돈에서 존재를 가져온다.


좋을 때의 일이다.

이 복수의 작가가 무엇을 써야 하는지

찾아내는 때다.

첫 햇살에,

깨어나는 아이의

눈으로 본다,

잠과 하루 사이에 누워

꿈의 몸속에서,

육체의 몸속에서

그것은 과거에/지금

태아, 아기, 어린이, 소녀, 여자, 연인, 어머니이고,

다른 몸들을 품은 적이 있다,

이제 막 생겨난 존재들, 깨어나지 못한 정신, 깨우면 안

되는 정신,

아픈 적도, 망가진 적도, 치유된 적도 있고,

나이를 먹었고, 태어나서 죽어가고, 죽을 것이다,

그녀의 일이라는

필멸의 무한한

몸속에서

좋을 때의 일이다.


태양의 양털을 실로 잣는다, 그 구름 같은 덩어리,

눈길 하나와 몸짓 하나를 실로 짠다,

찰흙으로 감정을 빚는다.

정리한다. 패턴을 만든다.

패턴을 따라간다.

거기 꿈의 시간 속에

누워

패턴을 따라간다.


　　　그다음에는 잘라버려야 해 —

심호흡을 하고,

첫 번째 잘라내기, 백지! —

그리고 다시 꿰매기 (신성한 착취 공장에서

하는 고된 노동),

옷, 영혼외투,

단어로 만들어낸 것들,

태양양털로 짠 천,

황제의 새 옷.


(그렇지, 어떤 아이가 와서

투덜거린다. "근데 그 사람은 옷을 안 입었잖아요!"

이 선머슴의 입을 막아라

우리 모두 옷을 입지 않았음을,

우리 영혼이 알몸에

단어들만,

다른 사람이 선물로 준

자비로움만 입었음을

녀석이 알 때까지.

바보라면 모두 꿰뚫어 볼 수 있다.

바보만이 그렇게 말한다.)


    오래전 내가 글 쓰는

어슬러지만 '작가'는 아니었을 때,

아직 별로 복수가 아닐 때,

참새가 아니라 올빼미와 함께 일했을 때,

어린 마음으로 한밤중에 끼적였다.


어떤 곳에 왔는데

어두워서 잘 보이지 않았다,

길이 휘어져 갈라져서,

제각각 다른 방향으로 가는 것 같았다.

나는 길을 잃었다.

어느 길로 가야 할지 몰랐다.

한 도로 표지판에는 시내 방향이라고 적힌 것 같은데
다른 표지판에는 아무 말도 없었다.

그래서 나는 아무 말도 없는 방향을 택했다.
나 자신을
따라갔다.
"상관 안 해." 나는 말했다.
겁에 질려서.
"읽어주는 사람이 끝내 전혀 없어도 상관 안 해!
난 이 길로 갈 거야."

그러다 나 자신을 찾았다.
어두운 숲에서, 침묵 속에서.

당신도 당신 자신을 찾아야 할지 모른다,
당신 자신들을,
어두운 숲에서.
어쨌든 나는 그때 그랬다. 그리고 지금도,
항상. 좋지 않을 때.

　　어두운 숲속 그 집의
다락방에 있는 책상
감춰진 칸 안의

가짜 패널 뒤편

비밀 서랍 안에서

숨은 걸쇠를 찾아내,

스프링을 꾹 누르면,

문이 활짝 열리면서

낡은 편지 다발이 나타나고,

그중 하나에

지도가 있다

당신이 그곳에 가기도 전에

직접 그린

숲의 지도.


　　일하는 작가

나는 그녀가

길 없는 숲에서 길을 걷는 것을 본다

또는 미로에서, 미궁에서.

그녀가 걸으면서 빙글 돌면,

가느다란 실이 뒤에 떨어져

그녀를 따라오며,

그녀가 어디로 가고 있는지,

어디로 갔는지

말해준다.

이야기를 들려준다.

목소리 한 줄, 실 가닥,
문장들이 길을 알려준다.


　'일 위에 누운 작가'
나는 그녀도 본다, 그녀가
그 위에 누운 것을.
이른 아침에, 누워 있다,
다소 불편하게.
이건 그냥 장미 침대라고,
월계수 침대라고,
아니면 스프링 매트리스라고,
아니면 소파베드라고
자신을 설득하려 애쓰면서.
하지만 그녀는 계속 움찔거린다.


덩어리가 있어, 그녀가 말한다.
뭐가 있어
돌멩이인지 — 렌즈콩인지 —
잠이 안 와.


뭐가 있어
쪼갠 완두콩 크기
내가 아직 쓰지 않은 것.

내가 제대로 쓰지 못한 것.
잠이 안 와.

그녀는 일어나
그것을 글로 쓴다.
그녀의 일은
결코 끝나지 않는다.

# 발표 지면

"Introducing Myself(나를 소개하기)," copyright © 1992 by Ursula K. Le Guin, first appeared in *Left Bank*.

"My Island(내 섬)," copyright © 1996 by Ursula K. Le Guin, first appeared in *Islands: An International Magazine*.

"On the Frontier(변경에서)," copyright © 2003 by Ursula K. Le Guin; an earlier version of this essay entitled "Which Side Am I On, Anyway?" appeared in *Frontiers*, 1996.

"All Happy Families(모든 행복한 가정)," copyright © 1997 by Ursula K. Le Guin, first appeared in *Michigan Quarterly Review*, Winter 1997.

"Things Not Actually Present: On *The Book of Fantasy* and J. L. Borges(실제로 존재하지 않는 것 —『환상의 책』과 J. L. 보르헤스에 관하여)," copyright © 1988 by Ursula K. Le Guin, first appeared as the introduction to the Viking edition of *The Book of Fantasy*.

"Reading Young, Reading Old: Mark Twain's *Diaries of Adam and Eve*(젊은 독서, 늙은 독서 —마크 트웨인의 『아담과 이브의 일기』)," copyright © 1995 by Ursula K. Le Guin, first appeared as the introduction to *The Diaries of Adam and Eve* in The Oxford Mark Twain.

"Thinking about Cordwainer Smith(코드웨이너 스미스에 대한 단상)," copyright © 1994 by Ursula K. Le Guin, first appeared in the Readercon 6 program book.

"Rhythmic Pattern in *The Lord of the Rings*(『반지의 제왕』의 리듬 패턴)," copyright
ⓒ 2001 by Ursula K. Le Guin, first appeared in *Meditations on Middle Earth*.

"The Wilderness Within: The Sleeping Beauty and 'The Poacher'(내면의 황야—잠
자는 숲속의 미녀와 「밀렵꾼」)," copyright ⓒ 2002 by Ursula K. Le Guin, first
appeared in *Mirror, Mirror on the Wall: Women Writers Explore their Favorite Fairy
Tales*, 2d ed.

"Off the Page: Loud Cows: A Talk and a Poem about Reading Aloud(종이 밖으로:
시끄러운 암소들—소리 내어 읽기에 관한 시와 이야기)," copyright ⓒ 1992
by Ursula K. Le Guin, first read at the National Council for Research on
Women Awards and appears as the frontpiece of *The Ethnography of Reading*,
ed. Jonathan Boyarin, 1994.

"Dogs, Cats, and Dancers: Thoughts about Beauty(개, 고양이, 무용수—아름다
움에 대한 생각)," copyright ⓒ 1992 by Ursula K. Le Guin, first appeared in
*Allure*.

"The Writer on, and at, Her Work(일 위에 누운 작가, 일하는 작가)," copyright ⓒ
1991 by Ursula K. Le Guin, first appeared in *The Writer on Her Work*, vol. 2.

All other essays are copyright ⓒ 2003 by Ursula K. Le Guin and appear for the first
time in this volume.

**어슐러 K. 르 귄** Ursula K. Le Guin (1929~2018)

미국의 SF·판타지 작가. '어스시 시리즈'와 '헤인 우주 시리즈'로 대표되는 환상적이고 독특한 작품 세계를 구축했다. 휴고상, 네뷸러상, 로커스상, 세계 판타지 소설상 등 주요 문학상을 여러 차례 수상했고 2003년 미국 SF 판타지 작가 협회의 그랜드마스터로 선정됐다. 소설뿐 아니라 시, 평론, 수필, 동화, 각본, 번역, 편집과 강연 등 다양한 분야에서 활동하며 2014년에는 전미도서상 공로상을 수상했다.

**옮긴이 김승욱**

동아일보 문화부 기자로 근무했으며, 현재 전문 번역가로 활동하고 있다. 『19호실로 가다』『우아한 연인』『펠럼 그렌빌 우드하우스』『스토너』 등 다수의 작품을 우리말로 옮겼다.

# 마음에 이는 물결

작가, 독자, 상상력에 대하여

**지은이** 어슐러 K. 르 귄
**옮긴이** 김승욱
**펴낸이** 김영정

초판 1쇄 펴낸날 2023년 2월 24일
초판 2쇄 펴낸날 2023년 4월 14일

**펴낸곳** ㈜**현대문학**
**등록번호** 제1-452호
**주소** 06532 서울시 서초구 신반포로 321(잠원동, 미래엔)
**전화** 02-2017-0280
**팩스** 02-516-5433
**홈페이지** www.hdmh.co.kr

© 2023, 현대문학

ISBN 979-11-6790-187-3 (03840)

* 책값은 뒤표지에 있습니다.
* 파본은 구입처에서 교환해 드립니다.